Maria Matray

Ein Spiel mit der Liebe

Maria Matray

Ein Spiel mit der Liebe

George Sand und Alfred de Musset

Roman

Langen Müller

Schutzumschlaggestaltung: Werner Rebhuhn, Cuxhaven,
unter Verwendung des Gemäldes »Canale Grande« von James Holland
(Bildarchiv Preußischer Kulturbesitz, Berlin)
Satz: IBV Satz- und Datentechnik GmbH, Berlin
Gesetzt aus 10 auf 12 p Palatino
Druck und Binden: May + Co., Darmstadt
Printed in Germany
ISBN 3-7844-2289-6

George Sand fängt ihren Schmetterling ein... zähmt ihn... Das ist die Zeit der Liebe. Wenn er sich zu wehren beginnt, durchbohrt sie ihn mit einer Nadel. Das ist die Verabschiedung. Dann seziert sie ihn, konserviert ihn und tut ihn in ihre Sammlung von Romanhelden.

Franz Liszt

Vorspiel

Als er das Ende der hohen Mauer erreichte, sah er es zum ersten Mal, das berühmte Nohant.

Er blieb stehen und atmete tief durch. Es war kein Schloß, wie immer wieder behauptet wurde, es war ein Gutshaus, ein ordentlicher, praktischer Bau, in dem es sich leben ließ, stellte er erleichtert fest.

Bis Châteauroux war er mit der neuen Eisenbahn gelangt, von dort mit der Postkutsche nach La Châtres. Den Rest des Wegs war er gelaufen. Langsam, fast zögernd, ging er jetzt die Kastanienallee entlang auf den Eingang zu. Er suchte nach einer Glocke, fand aber keine. Er drückte auf die Klinke, die Tür war unverschlossen.

Er betrat eine freundlich anmutende Halle, von der eine Treppe in den oberen Stock führte. Auf den Stufen saß ein kleines Mädchen und spielte mit einer Puppe.

Er räusperte sich und sagte: »Guten Tag!« Das Kind sah kurz zu ihm auf und wandte sich dann wortlos wieder seiner Puppe zu.

Neben der Treppe zweigte ein Gang ab. Dem folgte er und gelangte in die Küche, die ihm ungewöhnlich groß vorkam. Mehrere junge Frauen hantierten dort. Auch sie nahmen von seiner Gegenwart nur kurz Notiz und arbeiteten dann weiter.

»Mein Name ist Vischer. Ferdinand Vischer«, sagte er schließlich. »Madame Sand war so liebenswürdig, mir zu erlauben ...«

Eine der jungen Frauen, er hielt sie für ein Küchenmädchen, kam mit ausgestreckter Hand auf ihn zu. »Ich weiß«, sagte sie.

»Ich bin Lina Sand . . .«, und, als sie Ferdinands verwirrten Blick wahrnahm: ». . . die Frau von Maurice. Dem Sohn. Madame erwartet Sie. Kommen Sie!« Sie band die Schürze ab und ging ihm voraus.

In der Halle, wo das Kind unbeirrt weiterspielte, öffnete sie die Tür zum Salon. »Machen Sie es sich bequem. Ich werde Madame sagen, daß Sie eingetroffen sind. Aber es kann noch etwas dauern. Sie unterbricht ungern ihre Arbeit.«

Ferdinand murmelte etwas Höfliches. Die junge Frau nickte ihm zu und verschwand.

Er sah sich neugierig um.

Das Portrait über dem kleinen Sekretär mußte Aurora von Königsmarck sein, die Großmutter von George Sand. Oder war sie nicht eher die Urgroßmutter? Die Familienverhältnisse waren sehr unübersichtlich.

Und das Gemälde über dem Kamin war Maurice, Marschall von Frankreich. Der Bastard, den die schöne Aurora August dem Starken in Dresden geboren hatte. Der Marschall schwängerte später irgendein leichtsinniges Mädchen. Und die Tochter aus dieser Liaison – nach der Königsmarck Aurora genannt – war, jetzt fühlte sich Ferdinand seiner Sache sicher, die Großmutter von George Sand. In dieser Familie hießen alle Männer Maurice und alle Frauen Aurora, fiel ihm auf. Aurora war ja auch George Sands wirklicher Vorname.

Ferdinands Blick streifte das Klavier, ein kleines, gar nicht eindrucksvolles Instrument. Ob Frédéric Chopin auf diesem winzigen Ding gespielt hatte? Sein Herz war voller Mitleid mit dem armen Polen und voller Furcht vor der Dame des Hauses, die Chopin so schlecht behandelt hatte. Ferdinands Finger glitten über die Tasten.

»Spielen Sie Klavier?« fragte eine etwas rauhe Stimme hinter ihm.

Er fuhr herum. »Nein! So gut wie gar nicht!« konnte er noch herausbringen, bevor ihm der Anblick von George Sand die Sprache verschlug. Das also war sie, die große Verführerin, die Circe, das männerverschlingende Ungeheuer? Sie war bedeutend kleiner, als er sie sich vorgestellt hatte. Und dick war sie bestimmt auch. Genau konnte er das allerdings unter der weiten Robe, die sie trug, nicht feststellen. Aber die runden Wangen, die eine Neigung zu Hängebäckchen verrieten, ließen darauf schließen. Nur die Augen, die berühmten schwarzen Augen, waren immer noch so schön wie auf dem Portrait, das Delacroix von ihr gemalt hatte, als sie etwa dreißig Jahre war. Und heute war sie mehr als doppelt so alt!

Madame Sand hatte ihren Besucher ebenso intensiv betrachtet wie er sie. Er war sehr jung, sah gut aus und hatte mit einem fremden Akzent gesprochen. »Sie sind Deutscher«, erinnerte sie sich. »Das haben Sie mir ja geschrieben.«

»Ja, Madame. Ich komme aus Frankfurt.«

»Wie Ihr großer Landsmann Goethe?«

»Ja. Das ist leider die einzige Gemeinsamkeit zwischen ihm und mir.«

Madame setzte sich und deutete mit einer Geste an, daß auch er Platz nehmen möge. »Sie wollen etwas über mich schreiben. Richtig?«

»Ja, Madame. Über Sie und über Alfred de Musset. Ich bin ein großer Bewunderer von Alfred de Musset!« Er merkte sofort, daß er einen Fehler begangen hatte. Das hätte er nicht sagen sollen!

»Wenn Sie Musset so bewundern... warum kommen Sie dann zu mir?« fragte sie kühl.

Ferdinand versuchte, seinen Lapsus wiedergutzumachen. »Sie müssen wissen, Madame, daß Ihr Name in ganz Deutschland berühmt ist! Jeder kennt Ihre Werke! Jeder hat ›Lélia‹ gelesen. Wogegen Musset...«

»Kommen Sie mir nicht mit ›Lélia‹!« unterbrach sie ihn streng. »Ich stehe heute sehr kritisch zu dem Buch!«

»...wogegen Musset bei uns so gut wie unbekannt ist«, führte er mutig seinen Satz zu Ende. »Das liegt in erster Linie daran, daß eigentlich nur ein dem Poeten Ebenbürtiger Gedichte

aus einer fremden Sprache übersetzen kann, ohne daß Sinn und Versstruktur leiden oder sogar einfach verlorengehen!«

»Warum versuchen Sie es nicht selbst, wenn Sie so beeindruckt von ihm sind!«

»Ich bin kein Poet, Madame. Mein Feld ist die Prosa. Über die komme ich nicht hinaus.«

Madame versank in Nachdenken, und Ferdinand wagte nicht, ihr Schweigen zu stören. Schließlich blickte sie auf und sagte: »Etwa ein Jahr vor Mussets Tod bat ich ihn, mir meine Briefe zurückzugeben.«

»Und?« fragte Ferdinand aufgeregt. »Hat er sie Ihnen geschickt?«

»Ja. Ich wollte unseren Briefwechsel veröffentlichen.« Plötzlich wurde sie ganz beredt. »Mißverstehen Sie das nicht! Ich schreibe, um Geld zu verdienen! Ich habe eine große Familie zu ernähren. Auch Nohant will erhalten sein. Alles bleibt an mir hängen. An mir ganz allein. Nacht für Nacht sitze ich am Schreibtisch, bis der Morgen graut. Bis sechs Uhr früh. Meine Hände sehen immer aus wie in Tinte gebadet!« Sie streckte ihm die Finger hin, die tatsächlich voller Tintenflecke waren. »Es macht mir keine Freude mehr. Es ist nichts als Arbeit. Schwere Arbeit. Ganz selten schreibe ich noch über irgend etwas, das mir wichtig ist. Über die Lage der Frauen … die Ehe … die perfide Gesetzgebung, die eine Scheidung fast unmöglich macht … die Ausbeutung der Arbeiter … all das, was mir am Herzen liegt! Im Jahre achtundvierzig, da wußte ich noch, warum ich lebe! Da hatte ich noch etwas Wichtiges zu sagen!«

»Man nannte Sie damals die ›Muse der Revolution‹, glaube ich«, warf Ferdinand ein.

Sie seufzte. »Die Muse ist der ewigen Schinderei herzlich müde. Der Briefwechsel zwischen Musset und mir … der hätte sich bestimmt gut verkauft. Aber Sainte-Beuve war dagegen. Er bestand darauf, daß er erst nach meinem Tod veröffentlicht werden darf. Dann nützt er mir nichts mehr. Dann werden andere davon profitieren«, sagte sie bitter.

Ferdinand faßte Mut. »Wäre es möglich... ich meine, würden Sie mir gestatten, einen Blick auf die Briefe zu werfen?«

»Nein, mein Lieber. Sainte-Beuve ist mein Lehrer und Meister. Ich habe mein Leben lang auf ihn gehört, und dabei bleibe ich!« Madame stand auf. »Lina wird Ihnen Ihr Zimmer zeigen.«

Ferdinand murmelte etwas von »nicht zur Last fallen wollen«, und sicher könne er in La Châtres ein Zimmer finden, aber Madame schnitt ihm das Wort ab. »Um sechs Uhr versammeln wir uns zum Diner!«

Als Lina ihn im Salon abholte, trug sie das kleine Mädchen auf dem Arm, das auf der Treppe gespielt hatte. Es hieße Aurora, erklärte sie, was Ferdinand nicht weiter überraschte.

Das Kind sah ihn mit großen schwarzen Augen unverwandt an, während Lina ihn die Treppe hinauf zu seinem Zimmer führte.

Ferdinand konnte sich von den Anstrengungen der Reise nur noch kurz erfrischen, bevor er pünktlich um sechs Uhr im Speisezimmer erschien.

Als erstes stellte Lina ihm ihren Mann vor, der viel älter war als sie und keinerlei Ähnlichkeit mit seiner Mutter hatte. Die anderen Gäste waren Juliette Allard, eine attraktive junge Schriftstellerin aus Paris, die schon über eine Woche in Nohant war, und zwei ältere Herren, ein Arzt, Emile Regnault, und ein Gutsbesitzer, Michel Papet, beide alte Freunde von Madame aus dem nahen La Châtres.

Sowie die Dame des Hauses erschien, setzte man sich, und das Diner wurde serviert. Die vorzüglichen Weine belebten die Unterhaltung, an der Madame mit keinem Wort teilnahm, was aber nicht ausschloß, daß sie sehr genau zuhörte. Die hübsche Juliette wandte sich vorwiegend an Ferdinand, erzählte von Gustave Flaubert und dem russischen Dichter Turgenjew, die bis vor drei Tagen hier in Nohant gewesen waren. Wäre Ferdinand früher eingetroffen, hätte er die beiden Berühmtheiten kennengelernt. Das hätte ihm doch bestimmt Freude gemacht, meinte sie.

Maurice und die beiden Herren aus der Nachbarschaft waren sichtlich bemüht, herauszufinden, wer und was der Fremde war.

Nach seinem Studium in Deutschland habe er ein Jahr an der Sorbonne gearbeitet, erklärte Ferdinand, und während dieser Zeit Berichte aus Paris für die »Frankfurter Zeitung« verfaßt. Jetzt lebe er wieder in Frankfurt und schreibe an einem Buch. Daß es dabei um George Sand und Alfred de Musset ging, verschwieg er.

Nach Tisch wurde ein Spaziergang durch den Park unternommen. Lina und Maurice führten an, gefolgt von Ferdinand und Juliette, die sich bei ihm einhakte. Die beiden älteren Herren, mit George in ihrer Mitte, bildeten die Nachhut.

Ein endloses Dominospiel im Salon beschloß den Abend. Die Nachbarn machten sich auf den Weg, die anderen zogen sich auf ihre Zimmer zurück.

Ferdinand schlief sofort ein. Er hatte einen langen und aufregenden Tag hinter sich.

Irgendwann wachte er davon auf, daß jemand leise an der Tür klopfte. Es dauerte, bis er zu sich kam, sich erinnerte, wo er war. Das leise Klopfen hielt an. Es war noch dunkel. Es konnte sich also kaum um ein Signal zum Aufstehen handeln. Er fragte sich, ob es womöglich Juliette sein könnte. Sie hatte heftig mit ihm kokettiert. Darüber bestand kein Zweifel.

»Ich komme gleich«, rief er, fuhr sich durch das Haar und entriegelte die Tür.

Vor ihm stand die Dame des Hauses. Sie trug ein wallendes Negligé, der Robe nicht unähnlich, die sie tagsüber getragen hatte. In der einen Hand hielt sie eine brennende Öllampe, in der anderen ein Bündel Papiere.

»Habe ich Sie geweckt, schöner Ferdinand?« fragte sie lächelnd.

»Nein, wirklich nicht«, log er stammelnd und suchte seine Bestürzung zu verbergen.

Sie war schon im Zimmer und schloß die Tür hinter sich ab. »Ich habe über Sie nachgedacht«, erklärte sie, stellte die Lampe auf den Nachttisch und setzte sich, ihr Negligé malerisch ordnend, auf das Fußende seines Bettes.

»Sie haben über mich ... nachgedacht?« stotterte er, erschreckt von dem Gedanken, was ihm bevorstehen könnte. Ein Pariser Freund, der vorgab, George Sand gut zu kennen, hatte behauptet, alle jungen Männer, die ihr Sohn ins Haus brachte, müßten ihr Bett teilen. Ferdinand hatte das für ein übles Gerücht gehalten, jetzt aber gewann es von Sekunde zu Sekunde an Wahrscheinlichkeit.

»Ich war sehr egoistisch heute nachmittag, als ich Ihnen Einblick in den Briefwechsel zwischen Alfred und mir verwehrte«, sagte sie und ließ ihn nicht aus den Augen. »Das ist sonst nicht meine Art. Ich bin immer bemüht, jungen Kollegen behilflich zu sein.«

»Heißt das, Sie werden mich die Briefe lesen lassen?« fragte Ferdinand, jetzt ganz wach und sehr aufgeregt.

»Natürlich nicht alle ... aber ich habe Ihnen einige mitgebracht!« Er wollte nach dem Bündel in ihrer Hand greifen, aber sie hielt es fest. »Sie könnten Alfreds Schrift nicht entziffern und meine auch nicht. Außerdem muß ich Ihnen von mir erzählen und die Zusammenhänge erklären. Sonst würden Sie nichts verstehen.«

»Ja, bitte! Bitte, tun Sie das!« Erstaunt wurde sich Ferdinand bewußt, daß er durchaus käuflich sein konnte.

George erhob sich wieder, setzte sich ans Kopfende seines Bettes und zog die Bettdecke über die Knie. Nah am Nachttisch sei das Licht besser, erklärte sie.

Ruhig und leise begann sie vorzulesen. Ferdinand starrte sie an, ohne richtig aufzunehmen, was sie sagte. Das milde Licht der Lampe glättete ihre Züge. Über dem Rand des Briefes, aus dem sie vorlas, sah er ihre schönen Augen. Das schwarze Haar, in dem er keine weiße Strähne entdecken konnte, fiel offen über ihre Schultern. Das war die Frau, die Alfred de Musset geliebt hatte!

Und er, Ferdinand, liebte Alfred de Musset, den Dichter, der er nicht sein konnte.

George merkte, daß er unaufmerksam war. »Sie hören mir ja gar nicht zu«, sagte sie sanft und ganz ohne Vorwurf.

»Ich kann es nicht ...« Seine Stimme klang heiser. »Ich muß Sie immer ansehen ...«

Sie ließ das Blatt sinken und schlug einladend die Bettdecke zurück. »Willst du das Licht löschen?«

»Nein, bitte nicht! Ich möchte Sie sehen ...«

Das war die erste von vielen Nächten, in denen George Sand ihren jugendlichen Liebhaber an sich fesselte. Er hörte ihr begierig zu und liebte seine Scheherazade, wie er sie nannte, mit aller Kraft, die er aufbringen konnte.

Als ein Gast, dessen Namen sie nicht nannte, in Nohant erwartet wurde, war es Zeit für Ferdinand, seine Zelte abzubrechen.

George und er schieden voneinander in aller Freundschaft und mit dem Gefühl, ein Geschäft zur beiderseitigen Zufriedenheit abgewickelt zu haben. Ferdinand wußte jetzt, was er wissen wollte, und George hatte mit seiner Hilfe ein Bad im Jungbrunnen genommen, das sie von Zeit zu Zeit brauchte.

1

Aurora, die sich später einmal George nennen würde, stand vor dem Schreibtisch ihres Mannes, des Barons Casimir Dudevant, den Blick starr auf einen kleinen Schlüssel gerichtet, der zu ihrer Verblüffung im Schloß einer Schublade steckte. Das war noch nie vorgekommen. Casimir trug den Schlüssel sonst stets bei sich und wich Fragen nach dem geheimnisvollen Inhalt der Lade aus.

Aurora war gerade von einem Ausritt nach La Châtres zurückgekommen, wo sie Émile Regnault versprochen hatte, ihm die Adresse des Lieferanten zu besorgen, bei dem Casimir seine Weine bezog. Sie hatte blaue Leinenhosen an, die besser zu einem Bauern gepaßt hätten, einen Kittel, wie ihn die jungen Burschen im Dorf trugen, und eine Mütze, unter die sie ihre schwarzen Locken gestopft hatte. Man hätte sie für einen Jungen halten können. Dabei war sie siebenundzwanzig Jahre alt und Mutter von zwei Kindern, von Maurice und der kleinen Solange.

Die versprochene Adresse mußte irgendwo auf Casimirs Schreibtisch liegen, vermutete sie. Deshalb war sie in sein kleines Arbeitszimmer gekommen. Jetzt aber hatte sie der Schlüssel in der Lade den Weinlieferanten vollkommen vergessen lassen.

Auroras gute Erziehung sollte ihr zwar verboten haben, ihrem Mann nachzuspionieren, aber ihre angeborene Neugier siegte über alle Skrupel. Sie öffnete die Lade.

Vor ihr lag ein versiegelter Brief mit der Aufschrift »Für Aurora! Nach meinem Tod zu öffnen!«

Vorsichtig untersuchte sie das Siegel. Es war unmöglich, es abzulösen, ohne Spuren zu hinterlassen.

Zielstrebig erbrach sie das Siegel, entfaltete einen Bogen und las:

»Aurora! Damit es Dein Leben genauso verdirbt, wie Du mir meines verdorben hast, sage ich Dir hiermit, daß ich immer gewußt habe, wie erbärmlich Du Dich benimmst! Ich bin nicht blind. Ich habe immer gesehen, was Du treibst! Ich verwünsche den Tag, an dem wir uns kennenlernten, von ganzem Herzen! Vor allem aber verwünsche ich Deine Reise nach Paris, von der Du schwanger zurückgekommen bist! Als die kleine Solange keine acht Monate nach Deiner Rückkehr zur Welt kam, wolltest Du mir einreden, sie sei zu früh geboren worden, weil Du die Treppe hinuntergefallen warst. Sie wog acht Pfund, die angebliche Frühgeburt! Du bildest Dir weiß Gott was darauf ein, daß Du klüger, feiner, mehr belesen bist als ich und hältst mich für einen jämmerlichen Tropf! Wenn ich tot bin, werden Dir die Augen aufgehen.

Das wünscht Dir
Casimir.«

Aurora war so schockiert über das, was sie gelesen hatte, daß sie sich erst einmal hinsetzen mußte.

Casimir, an dessen Schweigsamkeit sie gewohnt war, hatte alles wahrgenommen und ausgesprochen, was besser unausgesprochen geblieben wäre. Wenn sie ehrlich sein wollte, mußte sie zugeben, daß sie immer vermutet hatte, Casimir ahne, daß er nicht der Vater von Solange sei. Aber wenn er das ahnte, warum hatte er nichts gesagt, sondern sein Wissen als Überraschung nach seinem Tod aufbewahrt?! Wahrscheinlich war das typisch für ihn. Er war feige und hatte Angst vor einer Aussprache, der er nicht gewachsen sein würde. Gut! Wenn das so war, hätte er weiter schweigen müssen. Für immer! Aber das brachte Casimir nicht fertig!

Langsam wich ihr Ärger einem aufblühenden Hoffnungsschimmer. Sie fragte sich, ob Casimir ihr nicht unter Umständen mit seiner infamen Epistel einen großen Gefallen erwiesen haben könnte? Vielleicht öffnete ihr dieser Schlüssel, den er vergessen hatte abzuziehen, den Weg in die Freiheit, die sie seit langem ersehnte, die sie sich oft ausgemalt hatte und die ihr vor wenigen Stunden noch ganz unerreichbar erschienen war.

Aurora hörte der Zofe nicht zu, die ihr beim Umkleiden half und dabei irgendein Küchengeschwätz kolportierte. Sie dachte angestrengt nach.

Um die Treppe zum Erdgeschoß zu erreichen, mußte sie das Kinderzimmer durchqueren, ein Arrangement, das sie getroffen hatte, um Casimir den Weg in ihr Schlafzimmer zu erschweren.

Als sie jetzt das Kinderzimmer betrat, lief Maurice auf sie zu und schmiegte sich zärtlich an ihren Rock. Aurora strich ihm fast automatisch über das Haar und begegnete dabei Solanges Blick.

Solange thronte in einem hohen Babystuhl, auf dessen schmaler Tischplatte, die das Kind wie ein Riegel gefangen hielt, ein Teller mit Milchbrei stand, aus dem sie Löffel für Löffel in ihren weit geöffneten hungrigen Mund schob. Sie hatte ein ernstes, pausbäckiges Gesichtchen und blaue Augen, die in auffälligem Kontrast zu denen ihrer Mutter standen.

Stephane de Grandsagne hatte dieselben strahlendblauen Augen gehabt. Da Aurora bemüht war, jede Erinnerung an ihn aus ihrem Gedächtnis zu tilgen, vermied sie es manchmal, Solange in die Augen zu sehen. Stephane, ein junger Gelehrter, hatte einen Sommer mit Auroras Freunden in La Châtres verbracht. Am Ende der Ferien folgte sie ihm nach Paris und kehrte erst sehr viel später nach Nohant zurück. Die Entschuldigung für ihr Fernbleiben war die Erkrankung ihrer Mutter gewesen, die in Paris lebte und angeblich auf die Pflege ihrer Tochter angewiesen war.

Aurora senkte die Augen vor Solanges Blick und lief die Treppe hinunter ins Speisezimmer.

Casimir und Aurora sprachen nie viel bei Tisch. Aber heute war Aurora so in ihre eigenen Gedankengänge vertieft, daß sie Casimirs spärliche Äußerungen unbeantwortet ließ.

Wieso hatte sie diesen Mann geheiratet, der ihr gegenüber saß, mit bestem Appetit sein Essen verschlang und dem Wein reichlich zusprach, fragte sie sich und wußte keine Antwort. Er sah nett aus, stellte sie fest, harmlos, seine glatte Stirn verriet nicht, welche Gemeinheiten sich hinter ihr verbargen.

Aurora war Hausgast bei Freunden ihres früh verstorbenen Vaters gewesen. Dort begegnete sie Casimir. Er war der Sohn des Barons Dudevant, eines Obersten im Ruhestand, und er gefiel ihr nicht schlecht. Bald herrschte ein guter kameradschaftlicher Ton zwischen den beiden jungen Leuten. Man lachte, man flirtete, von Liebe wurde nicht geredet. Wenige Monate später heirateten sie.

Casimir war ein erfahrener Liebhaber, aber von der Kunst, ein unschuldiges junges Mädchen in die Freuden der körperlichen Liebe einzuweihen, wußte er nichts. Das, was Aurora widerfahren war, konnte sie nicht mit den Vorstellungen vereinen, die sie aus der Lektüre unzähliger Romane geschöpft hatte. Der Zwang, Gefühle heucheln zu müssen, die sie nicht empfand, belastete sie schwer.

Die Heirat befreite Aurora von der Vorherrschaft ihrer Mutter, brachte ihr aber dafür die ihres Ehemannes ein, von deren Ausmaß sie damals noch nichts ahnte. Die wohlhabende Erbin konnte ohne seine Genehmigung nicht einmal über ihr eigenes Geld verfügen.

Nach Tisch ging man in den Salon hinüber, wo Casimir manchmal Patiencen legte und Aurora meist las.

»Entschuldige mich«, sagte Casimir jetzt, »ich bin mit Hippolyte verabredet. Er will meinen Rat für irgend etwas. Ich weiß nicht genau, für was.«

»Nein, bleib hier. Ich habe mit dir zu reden. Setz dich!«

Casimir sah sie verblüfft an. Gewöhnlich war sie froh, wenn er abends seiner Wege ging.

»So setz dich schon!«

Casimir ließ sich in einen Sessel fallen.

Aurora berichtete in kurzen, sachlichen Worten, was vorgefallen war, und betonte dann fast dramatisch, wie tief der Inhalt seines »Testaments« sie verletzt habe.

Nach dem ersten Schreck rettete sich Casimir in helle Empörung. »Das geschieht dir recht«, schrie er. »Wie konntest du es wagen, einen versiegelten Brief zu öffnen?! Das durftest du nicht!«

»Sollte ich warten, bis ich Witwe bin?« fragte Aurora mit beißendem Spott. »Das dauert mir zu lange. Wie ich sehe, bist du bei bester Gesundheit!«

»Noch. Noch bin ich das. Einigermaßen. Aber nicht mehr lange, wenn du so weitermachst.«

Aurora versuchte ein Lachen, das ihr aber nicht sehr gut gelang. »Keine Sorge, ich mache nicht so weiter.«

»Was soll das heißen?«

»Seit ich weiß, wie du in Wahrheit zu mir stehst, kann ich doch nicht tun, als sei nichts geschehen.«

»Mach keine große Angelegenheit daraus, Aurora.« Casimir gab sich etwas versöhnlicher. »Wahrscheinlich hätte ich den Brief eines Tages weggeworfen, und das wäre das Ende davon gewesen.«

»Aber das hast du nicht getan. Ich habe ihn gelesen, und das ist das Ende!« entgegnete Aurora scharf.

Casimir erschrak. Was meinte sie mit »das ist das Ende«, überlegte er. Will sie einen Skandal? Ich traue ihr alles zu. Alles! »Hör auf, Aurora«, versuchte er zu beschwichtigen. »Es kann vorkommen, daß einem die Galle überläuft. Und wenn man dann keinen Streit will, ist es besser, alles einfach hinzuschreiben, damit man es los ist.«

Aurora hatte ihm nicht zugehört. »Ich habe über uns nachgedacht«, sagte sie. Casimir sah sie beunruhigt an. »Ich werde von jetzt an sechs Monate in Paris leben und die übrige Zeit hier in Nohant. Verstehst du?«

»Ich verstehe überhaupt nichts«, schrie Casimir. »Was soll mit den Kindern geschehen?«

»Ich werde einen Hauslehrer für Maurice engagieren.«

»Und Solange?« fragte Casimir heftig. »Du kannst Solange nicht einfach im Stich lassen! Sie ist doch noch so klein«, fügte er beschwörend hinzu. Dabei merkte er, wie absurd es war, das Kind, das nicht seines war, als Waffe benutzen zu wollen, um Aurora zu halten.

»Sowie sie etwas älter ist, nehme ich sie mit«, verkündete Aurora.

»Du willst sie mitnehmen?!« Casimir war ehrlich entrüstet. »Was wird das für ein Leben sein! Mir graut, wenn ich daran denke.«

»Ich brauche dreitausend Francs in Paris«, fuhr Aurora unbeirrt fort. »Das genügt mir. Ich habe es genau ausgerechnet.«

Casimir war um ein geringes erleichtert. Von dreitausend Francs konnte Aurora niemals sechs Monate leben. Sie verstand nichts von Geld, gab es nur spielend aus. Ein hübscher Hut, ein eleganter Schal... schon war sie in Versuchung und vergaß, nach dem Preis zu fragen.

»Was werden die Leute sagen, wenn du hier plötzlich verschwindest?!«

»Das ist mir vollkommen gleichgültig!«

»Mir aber nicht! Wie soll ich deine Abwesenheit erklären?«

Aurora erkannte, wie betroffen Casimir war, und einen Augenblick lang tat er ihr leid. »Wenn du meine Bedingungen erfüllst, bin ich bereit, unsere Ehe fortzusetzen.« Rasch fügte sie hinzu: »Nach außen hin natürlich nur. Und mir wird bestimmt eine glaubhafte Erklärung für meinen Pariser Aufenthalt einfallen.«

»Vielleicht die Krankheit deiner Mutter?« Das war ihm herausgerutscht. Er sah Aurora beunruhigt an.

Sie ließ ihm die Bemerkung durchgehen, denn sie witterte den Sieg. »Also, was ist? Bist du einverstanden?«

»Was bleibt mir übrig.«

»Gut, dann sind wir uns also einig.« Sie reichte ihm die Hand, die er beschämt küßte.

Nun, da alles ausgestanden war, verspürte Casimir eine große Erleichterung. Er würde Aurora, die wortgewandte, die anspruchsvolle, die ihm so weit überlegene Aurora volle sechs Monate im fernen Paris wissen. Sechs Monate lang würde er von ihr verschont bleiben, konnte tun und lassen, was er wollte, konnte unbehelligt saufen und huren. Das war dreitausend Francs wert.

Obwohl ihr der Abschied von den Kindern, besonders von Maurice, der sehr an ihr hing, schwerfallen würde, sah Aurora ihrem neuen Leben mit Optimismus entgegen und mit Stolz auf das Erreichte.

Casimir und sie hatten inzwischen zu einem kühlen, aber immerhin höflichen Umgangston gefunden. Nur Hippolyte, ihr Halbbruder, war aufrichtig besorgt um sie.

Beide hatten denselben Vater. Aurora war, wenn auch mit knapper Not, ehelich geboren worden, wogegen Hippolytes Mutter eine ledige Dienstmagd auf dem Gutshof war und blieb. Er wurde aber stets als zur Familie gehörend behandelt und erzogen. Nach dem Tod des gemeinsamen Vaters hatte die Großmutter ihn generös in ihrem Testament bedacht, so daß er finanziell unabhängig war.

Aurora und ihn verband ein Gefühl von geschwisterlicher Zusammengehörigkeit. Hippolyte, der älter war als sie, hatte von Kindheit an immer die Rolle ihres Beschützers spielen wollen. Daß Aurora keinen Beschützer brauchte und sich heimlich über ihn lustig machte, merkte er schließlich, war verletzt und versuchte, sich zurückzuhalten. Aber jetzt konnte er einfach nicht schweigen.

Er fand Aurora in ihrem Schlafzimmer vor einem großen Reisekorb. »Ich weiß, du willst nicht, daß man dir Ratschläge gibt«, begann er. »Du glaubst immer, du weißt alles und brauchst niemanden zu fragen! Aber jetzt machst du einen ganz großen Fehler, Aurora. Glaub mir!«

Aurora war amüsiert. »Was denn für einen?« fragte sie mit Unschuldsmiene.

»Man läßt Mann und Kinder nicht einfach im Stich und geht...«

»Aber ich lasse sie doch nicht im Stich!« unterbrach sie ihn. »Maurice wird sowieso bald ins Internat nach Paris müssen, und Solange nehme ich zu mir, sowie sie etwas älter ist. Außerdem bin ich doch sechs Monate im Jahr hier in Nohant!«

»Ich weiß!« sagte Hippolyte seufzend. »Casimir hat mir alles erzählt. Natürlich war er ein Narr, diesen Unsinn aufzuschreiben. Aber er ist ein gutmütiger Narr.«

»Findest du?« fragte Aurora unversöhnt.

»Meinetwegen nicht gutmütig. Aber wenigstens nicht bösartig!«

»Das genügt nicht.«

»Ihr tut mir leid. Beide!«

»Ich brauche dir bestimmt nicht leid zu tun, und Casimir zählt die Stunden, bis ich weg bin und er schnurstracks zu seinen Weibern im Dorf laufen kann, die ich ihm von Herzen gönne.«

»Wo wirst du wohnen in Paris?« fragte Hippolyte schließlich.

»Ich weiß es noch nicht. Aber das wird sich schon finden.«

»Willst du, bis du was gefunden hast, in meiner Wohnung unterschlüpfen?« Hippolyte hielt sich eine Wohnung in Paris, da er dort oft geschäftlich zu tun hatte.

»Mit dem allergrößten Vergnügen! Danke dir, Hippolyte!« Sie umarmte ihn und küßte ihn auf beide Wangen.

Casimir und Hippolyte brachten Aurora an einem eisigen Januartag des Jahres 1831 nach La Châtres zur Poststation und halfen ihr und ihrem umfangreichen Gepäck in die Kutsche.

Während sich die beiden Männer mit sehr unterschiedlichen Empfindungen im nächsten Gasthof betranken, lehnte Aurora vergnügt gegen die gnadenlos harten Polster des Wagens und dachte an Jules... Jules... Jules...

Jules Sandeau war Student und neunzehn Jahre alt. Er hatte ein hübsches Gesicht und etwas Mädchenhaftes im Wesen, das ihn sehr von seinen Gefährten unterschied, den jungen Patriziersöhnen aus La Châtres, die den kleinen Jules, wie sie ihn nannten, eines Tages in Paris aufgegabelt und mitgebracht hatten, als sie über die Semesterferien nach Hause fuhren.

Die Gefährten würden sich eher die Hand abgehackt haben, als Jules mitzunehmen, hätten sie geahnt, daß ausgerechnet dieses Milchgesicht, der kleine Jules, Gnade vor Auroras Augen finden würde.

Die Sommer der jungen Leute arteten regelmäßig in eine kaum unterbrochene Folge von wilden Spielen und gefahrvollen Exkursionen aus, an denen sich Aurora immer leidenschaftlich beteiligt hatte.

Der kleine Jules machte sich nichts aus diesen aufregenden Jagden. Er zog es vor, still im Park der Villa seines Gastgebers, des Vaters von Michel Papet, mit einem Buch im Schatten der großen Linde zu sitzen.

Zur allgemeinen Verwunderung verlor Aurora in diesem Sommer plötzlich den Geschmack an den üblichen Strapazen. Sie beschloß, genau wie Jules, im Park zu bleiben und zu lesen. Öfter und öfter wanderten ihre Augen zu ihm hinüber und begegneten dabei seinen bewundernden Blicken, die ihr bald den Schlaf raubten.

Die Freunde, die alle in Aurora verliebt waren, von ihr aber nur Kameradschaft ernteten, beobachteten das, was sich unter ihren Augen anbahnte, mit schlecht verhüllter Empörung.

Immerhin war es Aurora etwas peinlich, daß der kleine Jules so viel jünger war als sie. Aber dafür fand sie eine Lösung. Sie erklärte den Freunden, daß sie für ihn nichts als die zärtliche Liebe einer Mutter verspüre und nannte ihn, wann immer sie von ihm sprach, nur noch »das Kind« oder auch »das arme Kind«.

Wenig später wurden die zärtliche Mutter und das arme Kind ein Liebespaar. Die Vereinigung fand in einem Pavillon statt, den Aurora vorausschauend so hatte anlegen lassen, daß ein Besucher weder vom Dorf noch vom Gutshaus beobachtet werden konnte.

Bis in den Spätsommer hinein trafen die Verliebten sich immer wieder und träumten von einer gemeinsamen Zukunft.

Als die Ferien zu Ende gingen und Jules mit den anderen Freunden zurück nach Paris mußte, kam sich Aurora einsam und verlassen vor...

Jetzt aber würde sie bald in Jules' Armen liegen. Der Gedanke erregte und beflügelte sie.

Aber es gab noch etwas anderes, was sie fast ebenso aufregte. Dies Geheimnis hielt sie in ihrem Reisekorb versteckt.

Aurora hatte ihr Leben lang eine umfangreiche Korrespondenz geführt, erst mit Freundinnen aus der Klosterschule der Englischen Augustinerinnen, dann mit den jungen Herren aus La Châtres. Ihre Briefe waren lebendig, phantasievoll, amüsant und gefühlvoll zugleich, manchmal sogar selbstkritisch. Da es ihr sehr viel leichter fiel, ihre Gedanken schriftlich auszudrücken als im Gespräch, begann sie kleine Geschichten zu schreiben, vorerst allerdings nur als Zeitvertreib an stillen, einsamen Wintertagen im ländlichen Nohant. Bald aber fragte sich die eifrige Romanleserin Aurora Dudevant, warum um alles in der Welt sie nicht selber einen Roman schreiben sollte?!

Das Ergebnis dieser Überlegungen, ihr erster Roman, lag im Reisekorb. Er hieß »Aimée«.

Obwohl Aurora schon oft in Paris gewesen war, berauschte sie das Leben und Treiben der großen Stadt diesmal wie nie zuvor.

Jules war selig, sie wiederzuhaben und zog sofort mit ihr in Hippolytes Wohnung ein. Die Freunde aus La Châtres tauchten bald zu jeder ihnen beliebigen Tages- und Nachtzeit dort auf und fühlten sich ganz wie zuhause.

Allerdings waren sie jetzt keine Sommerfrischler, sondern hatten sich in mehr oder weniger fleißige Studenten oder Berufstätige verwandelt. Aber alle waren bereit, ihre Pflichten für einen Scherz, einen Streich oder andere Vergnügungen gröblich zu verletzen, wenn Aurora nur dabei war.

Auroras besondere Vorliebe galt dem Theater. Da aber Damen nur auf dem Balkon oder in den teuren Logen sitzen durften, verkleidete sie sich als Mann, um so mit den anderen ins billige Parterre gehen zu können. Die Kameraden steuerten eigene Kleidungsstücke bei, und Aurora genoß es, Arm in Arm mit ihnen durch die Straßen zu bummeln. Die maskuline Kleidung verjüngte sie. Sie sah aus wie ein Student im ersten Semester. Wenn sie im verdunkelten Theater Jules umarmte und leidenschaftlich küßte, trafen sie oft verdutzte und auch streng mißbilligende Blicke der Umstehenden, worüber sich alle Freunde, und vor allem Jules, nachher immer halbtot lachen wollten.

Aus dieser Gruppe von lärmenden Einwanderern aus La Châtres galt Auroras besondere Sympathie und Dankbarkeit dem Studenten der Medizin Émile Regnault, dem schönen Émile, wie sie ihn nannte. Er war es gewesen, der Jules in den Kreis eingeführt hatte und ihm auch weiter die Treue hielt. Die anderen waren längst eifersüchtig auf den kleinen Jules und nahmen ihm übel, daß Aurora ausgerechnet ihn zu ihrem Liebhaber erkoren hatte.

Nach Émile war der riesige Fleury ihr spezieller Liebling. Er sah wie ein Bär aus mit seinem dichten Vollbart und langem, zottligen Haar. Sie mußte immer wieder lachen, wenn er sie mit buchstäblichen Bärenkräften in die Luft hob, so daß sie sich wie ein Spielzeug vorkam. Fleury ging mit betonter Unregelmäßigkeit einer Kaufmannslehre nach, die er seit Auroras Ankunft noch ärger vernachlässigte als zuvor.

Michel Papet spielte eine besondere Rolle in dem kleinen Kreis. Als Sohn ebenso reicher wie freigebiger Eltern war er fast immer gut bei Kasse, was die anderen schamlos ausnützten.

Casimir hatte es sofort gewußt, aber Aurora erkannte erst jetzt, daß sie niemals sechs Monate mit dreitausend Francs auskommen konnte. Es gab nur einen Ausweg, sie mußte Geld verdienen!

Der Gedanke begeisterte sie. Sie sah eine ungeheure

Unabhängigkeit voraus, wenn sie eines Tages so viel verdienen würde, daß sie niemanden mehr um Geld zu bitten brauchte. Nicht einmal Casimir!

Der Schlüssel zu diesem Glück war ihr kleiner Roman »Aimée«, den sie sogar vor Jules verheimlicht hatte. Sie holte das Manuskript aus dem Reisekorb, überflog es und war zufrieden mit dem, was sie las. Aber wie sollte es weitergehen?

Bei den ersten Wahlen nach der Revolution von 1830 hatten sich die beiden Casimire, wie Aurora und Casimir in besseren Zeiten von ihren Freunden genannt wurden, für den Deputierten von La Châtres eingesetzt, einen Herrn Duris-Dufresne, der dann auch tatsächlich über seinen Konkurrenten siegte.

Aurora beschloß, ihm Gelegenheit zu geben, sich für diese Wahlhilfe dankbar zu erweisen.

Von einem Studenten verwandelte sie sich in die Baronin Dudevant und ließ sich bei ihm im Abgeordnetenhaus melden.

Er begrüßte sie mit exquisiter Liebenswürdigkeit, weigerte sich aber, »Aimée« zu lesen. Das hieße Perlen vor die Säue werfen, behauptete er. Er lese niemals Romane, verstünde nichts davon. Auf Drängen der Baronin Dudevant fiel ihm ein, daß einer seiner Kollegen, der Deputierte aus der Bretagne, sich auch schriftstellerisch versuchte. Er hätte sogar einen aufsehenerregenden Roman verfaßt, in dem ein Priester eine Tote vergewaltigte. An diesen Herrn empfahl er die Baronin.

Aurora besuchte den bretonischen Deputierten, versicherte ihm, daß sie seinen Roman mit tiefer Bewegung gelesen habe, was eine glatte Lüge war, und erreichte so, daß er sich bereit erklärte, »Aimée« zu begutachten. Das Resultat war niederschmetternd. Er riet ihr, schnellstens nach Nohant zuückzukehren.

Als sie schon fast den Mut verloren hatte, erhielt sie von

einer ihr wohlgesinnten Dame aus La Châtres – und davon gab es dort nicht viele – eine Empfehlung an Henri de Latouche. Latouche war ein anerkannter Schriftsteller und gleichzeitig Herausgeber und Verleger.

Nachdem sie sich schriftlich auf die Dame aus La Châtres berufen hatte, ließ Latouche sie wissen, er sei bereit, sie zu empfangen.

Aurora zog sich sehr damenhaft an, frisierte das schwarze Haar auf das vorteilhafteste und sagte sich immer wieder: Jetzt oder nie! Dies ist die allerletzte Möglichkeit! Jetzt muß es glücken!

Sie nahm ihr Manuskript unter den Arm und marschierte mit kräftigen Schritten zum Quai Malaquais Nummer 19, einem recht ansehnlichen Gebäude. Sie stieg die Treppen hinauf, klingelte, nannte dem Diener ihren Namen und wurde eingelassen. Der Diener öffnete die Tür zur Bibliothek und meldete: »Baronin Dudevant.«

Latouche saß hinter seinem Schreibtisch über ein Buch gebeugt. Aurora sah einen kahlen Schädel, von silbrigblonden Haarsträhnen notdürftig verdeckt, und lange, buschige Brauen, unter denen die Augen fast unsichtbar waren.

Schließlich blickte er auf, musterte sie kurz und erhob sich. »Es war liebenswürdig von Ihnen, sich hierher zu bemühen, Madame, aber auch sehr unnötig. Sie hätten mir Ihr Manuskript zuschicken können.«

Aurora schüttelte tapfer den Kopf und behauptete: »Das hätte ich niemals getan!«

»Warum nicht?« Latouche klang uninteressiert. »Also gut, lassen Sie es hier... ich werde es lesen.« Er war um seinen Schreibtisch herumgekommen und streckte jetzt die Hand nach dem Papierbündel aus.

Aber Aurora hielt es fest. »Sie brauchen es nicht zu lesen! Ich lese es Ihnen vor! Jetzt! Sofort!«

Latouche seufzte und wies auf einen Sessel, in dem Aurora sich sofort niederließ und zu lesen begann, während er, die Hände auf dem Rücken verschränkt, auf und ab marschierte, immer wieder am Fenster anhielt und auf die Straße hinunterblickte.

Als sie geendet hatte, wandte er sich ihr endlich zu. »Was erwarten Sie von mir? Was wollen Sie hören?«

»Die Wahrheit natürlich! Die ehrliche Wahrheit!«

»Eine unehrliche Wahrheit gibt es nicht! Wahrheit ist immer ehrlich«, korrigierte er sie, »und ich bezweifle, daß Sie sie wirklich hören wollen. Statt dessen gebe ich Ihnen lieber einen Rat! Einen ehrlichen Rat! Nehmen Sie die nächste Eilpost und kehren Sie schnellstens zu Ihrem Gatten und Ihren Kindern zurück!«

»Ist es so... hoffnungslos?« stammelte sie betroffen.

»Hoffnungslos wäre übertrieben. Aber warum wollen Sie die Horde der unbefriedigten, romaneschreibenden Damen vergrößern, die es alle für nötig halten, die Welt mit ihren Gefühlsausbrüchen zu langweilen, wo doch in Nohant eine wirkliche Aufgabe auf Sie wartet!«

Aurora hatte aus seinen strengen Worten nur eines herausgehört: Ihre Arbeit war nicht ganz hoffnungslos.

Jetzt kam es darauf an, Latouche zu gewinnen, ihn zu beeindrucken! Vielleicht sollte sie ihn schockieren? Ihn mit der »ehrlichen« Wahrheit schockieren?

»Ich habe einen Liebhaber hier in Paris, der ist sieben Jahre jünger als ich«, verkündete sie mit ziemlicher Lautstärke. »Er macht mich vollkommen glücklich. Und solange er das tut, werde ich nicht zu meinem Mann zurückgehen. Auch wenn Sie es mir befehlen! Geben Sie sich keine Mühe!«

Latouche begann leise zu lachen. »Vielleicht habe ich Ihnen unrecht getan«, bekannte er. »Vielleicht sind Sie doch nicht die Provinzlerin, für die ich Sie gehalten habe.«

Aurora merkte, daß sie an Boden gewann. »Ich bin bereit, alles umzuschreiben! Ganz von vorn anzufangen!« erklärte sie energisch.

»Sind Sie auch bereit, Kritik anzunehmen?«

»Natürlich!«

»Bereit, alles zu vergessen, was Sie bisher geschrieben haben? Bereit, erst mal zu lernen? Wirklich zu lernen?«

»Das bin ich! Stellen Sie mich auf die Probe!« Aurora hatte Latouches schwache Stelle getroffen. Er war ein leidenschaftlicher Lehrer, obwohl er oft Undank für unerbetene Ratschläge geerntet hatte.

Latouche seufzte, wie jemand, der sich gegen besseres Wissen zu einem Entschluß durchringt. »Gut!« sagte er. »Ich will es mit Ihnen versuchen. Ich bin der Herausgeber einer kleinen Zeitung. Die Redaktion ist hier im Haus. Wenn Sie wollen, können Sie morgen anfangen.«

Aurora sah ihn strahlend an und fragte: »Wo ist Ihr Papierkorb?«

Er deutete auf ein Messinggefäß neben dem Kamin. Sie sprang auf, zerriß mit erstaunlicher Kraft ihr Manuskript und stopfte es in das Gefäß. Über die Vernichtung ihres Werks brauchte sie sich keine Sorgen zu machen, im Schrank in Nohant lag eine Abschrift.

Ihre Geste hatte den erwünschten Erfolg. Latouche mußte wieder lachen. »Sie verdienen zwölf Francs im Monat«, sagte er. »Enttäuscht?«

»Nein, gar nicht«, versicherte sie. »Könnte ich bitte einen Vorschuß haben?«

Latouche kramte einen Franc aus der Tasche und gab ihn ihr.

»Danke. Das ist mein erstes selbstverdientes Geld. Das werde ich nie ausgeben.«

Aurora fügte sich schnell in die Arbeitsweise der kleinen Redaktion ein. In der ersten Zeit machte sie oft Fehler, mußte vielen mit heißem Herzen komponierten Sätzen nachtrauern, die Latouche ihr gnadenlos strich, aber sie arbeitete mit großem Fleiß und lernte viel.

Die Sonne, die auf das Boheme-Leben schien, das Aurora sich so sehr gewünscht hatte, wurde durch zwei Schatten verdunkelt.

Der erste betraf Aurora selbst. Sie wurde sich, vorerst noch ganz vage, bewußt, daß die Zeit des kleinen Jules ihren Höhepunkt überschritten hatten. Sie zog keinerlei Konsequenzen aus dieser Erkenntnis.

Jules war verliebt wie am ersten Tag. Also spielte sie das Turteltaubenspiel mit, so gut sie konnte. Zu Jules' Glück war kein Konkurrent in Sicht, der ihm hätte gefährlich werden können. Außerdem verbanden beide inzwischen berufliche Interessen.

Nachdem Aurora bei Latouche angefangen hatte, gestand sie Jules ihre schriftstellerischen Ambitionen. Es stellte sich heraus, daß er sie nicht nur teilte, sondern schon selbst eine hübsche kleine Novelle verfaßt hatte.

Sie beschlossen, gemeinsam einen Roman zu schreiben.

Der zweite Schatten war von ganz realer Art. Aurora mußte nach Nohant zurück. Ihre ersten sechs Monate gingen zu Ende. Die Abreise wurde um so notwendiger, als Hippolyte seine Pariser Wohnung brauchte. Aurora hatte seine Gastfreundschaft schon übermäßig strapaziert. Das bedeutete auch, daß sie sich von Latouche und dem Redaktionsstab trennen mußte, was ihr nicht leichtfiel.

Der schöne Émile wurde beauftragt, eine Wohnung zu suchen, in die Aurora und Jules ziehen konnten, wenn sie aus Nohant zurückkämen. Denn Jules sollte mit auf die Reise gehen und wieder bei Michel Papet in La Châtres wohnen, während die beiden ihren Roman vollendeten, von dem bisher nur ein etwas schattenhafter Handlungsablauf existierte.

Émile erklärte, für die Miete, die Aurora zu zahlen bereit sei, könne er höchstens eine Einzimmer-Wohnung finden.

»Ein Zimmer ist zu wenig«, empörte sich Aurora. »Ich habe eine Mutter, einen Mann und einen Bruder, die mich besuchen werden. Dann ist das Zimmer viel zu voll!«

»Wie groß muß denn die Wohnung sein?«

»Mindestens zwei Zimmer, besser drei. Das Wichtigste ist, daß sie einen Vorder- und einen Hintereingang hat.«

»Wozu denn das?« fragte Jules harmlos.

»Damit du entwischen kannst, wenn ein gewisser Casimir Dudevant plötzlich gegen die Tür hämmert.«

»Kann denn das passieren?« Jules sah so erschrocken aus, daß Aurora und Émile lachen mußten.

»Man muß auf alles vorbereitet sein«, meinte Aurora diplomatisch.

»Also drei Zimmer mit Fluchtweg«, stellte Émile fest.

Die Heimkehr nach Nohant war ereignislos. Die Kinder freuten sich, und Casimir tat, als ob Aurora nur ein paar Tage fort gewesen wäre. Sie war erstaunt, wie mühelos sie in ihre alte Rolle zurückschlüpfte. Sie hatte Monotonie befürchtet und fand Ruhe.

Jules wohnte bei Michel Papet in dem schloßähnlichen Haus der Familie in La Châtres. Seine Gegenwart wurde vor Casimir geheimgehalten. Jeden Nachmittag schlich er sich in den kleinen Pavillon, der den Anfang ihrer Beziehung ermöglicht hatte. Unter Auroras energischen Anweisungen wurde gearbeitet – und gut gearbeitet.

Jules war sichtlich enttäuscht über die Sachlichkeit, mit der sie vorging. Er wäre noch viel enttäuschter gewesen, hätte er gewußt, daß sie in den frühen Morgenstunden an einem anderen Roman schrieb, an dem er keinen Anteil hatte.

So zufrieden Aurora mit der Arbeit war, so unzufrieden

war sie mit sich selbst. Wenn Jules sie liebkoste, fühlte sie sich wie versteinert. Wieder mußte sie Gefühle heucheln, die sie nicht empfand. Was war mit ihr los? Sie prüfte ihre eigenen Reaktionen sehr genau. Das Zusammentreffen im Pavillon war ziemlich gefahrlos und schon oft erprobt. In einer verstärkten Gefahr der Entdeckung glaubte sie einen neuen Anreiz finden zu können, der ihre Gefühle wieder beleben würde.

Sie forderte Jules auf, nachts in ihr Schlafzimmer zu klettern. Es lag im ersten Stock des Hauses. Casimir schlief im Erdgeschoß schräg darunter. Wilder Wein, der sich an der Mauer emporrankte, sollte ihm als Leiter dienen.

Jules war nicht begeistert von dem Abenteuer, das sie ihm zumutete. Er weihte Michel ein, der das Unternehmen ebenso sinnlos wie riskant fand. Michel versuchte, Aurora umzustimmen, da er für den unsportlichen Jules fürchtete und Aurora vor einem Skandal bewahren wollte. Aber je mehr er abriet, desto mehr beharrte sie auf ihrem Vorhaben. Michel erreichte schließlich, daß er Jules begleiten durfte. Er würde unter Auroras Fenster im Garten Wache stehen und Kieselsteine gegen das Fenster werfen, sollte das Licht in Casimirs Zimmer angehen. Denn dann müßte Jules sofort die Flucht ergreifen.

Die Nacht verlief ohne Zwischenfälle. Michel brauchte keine Kieselsteine zu werfen.

Als Aurora am nächsten Nachmittag Jules im Pavillon traf, übergab sie ihm ein paar Zeilen des Dankes für Michel und einen Brief an den schönen Émile, den Jules in La Châtres zur Post bringen sollte.

An Michel Papet hatte sie geschrieben:

»Lieber Michel, wie gut Du doch bist! Wie sehr Du Jules liebst, und wie sehr mein Herz Dir das dankt. Als wärst Du ein armer Soldat, hast Du die Nacht im Straßengraben biwakiert, während wir, egoistisch vor Glück, uns nicht aus den Armen des einen oder des anderen losreißen konnten. Mitten in unseren wahnwitzigsten Verzückungen haben wir Dich gesegnet. Dein Name mischte sich in unsere Küsse, alle unsere Gedanken waren bei Dir. Deine Gegenwart, so nah von uns, und die Fürsorge, mit der Du über unser Glück wachtest, haben es noch inniger gemacht. Aber, mein armer Freund, wenn Du Dir dabei einen Rheumatismus geholt haben solltest, dann wäre das unsere Schuld! Mein Gott, wieviel egoistischer ist doch die Liebe als die Freundschaft!«

Der Brief an den schönen Émile enthielt folgende Zeilen:

»Michel hat nicht geknurrt. Er ist wirklich treu. Bis zum Hals ist er in unsere Narrheit eingestiegen. Während der ganzen Zeit, die Jules bei mir war, hat er in einem Graben in meinem Garten biwakiert. Ich hatte alles vorausberechnet, alles einkalkuliert. Jules riskierte weiter nichts als eine gesalzene Ladung Schrot in den Hintern, während er zu meinem Fenster heraufkletterte. Er war in meinem Zimmer, in meinen Armen, glücklich, geschwächt, umarmt, besessen, schreiend, weinend, lachend. Es war eine rasende Lust, wie wir sie, glaube ich, nie vorher empfunden haben. Ich bin erledigt, vernichtet, voller Bißwunden und blauer Flecke. Ich kann mich nicht aufrecht halten. Ich bin besessen von einer wahnsinnigen Freude.«

Am Abend, als Aurora sich allein entkleidete, betrachtete sie ihr Spiegelbild. Es war keineswegs von blauen Flekken bedeckt, auch Abdrücke von Jules' Zähnen waren nirgends zu sehen.

Ihre Phantasie hatte die Wirklichkeit weit übertroffen. Diese Erkenntnis hinterließ einen schalen Geschmack in ihrem Mund. Sie hatte das Gefühl, etwas schuldig geblieben zu sein. Wem? Jules? Michel? Sich selbst? Sie wußte es nicht.

Sowie das gemeinsame Werk beendet war, hatte Aurora Jules damit nach Paris geschickt, um es an den Mann zu bringen. Das war ihm, zu Auroras Verwunderung, ohne Schwierigkeiten gelungen.

Als sie Jules schließlich folgte, war der Roman bereits erschienen und hatte sich gut verkauft. Er hieß »Die Nonne und die Schauspielerin oder Die Verirrungen der Liebe«.

Als Autor zeichnete ein nicht existierender J. Sand.

Die Mansardenwohnung, die Émile Regnault für Aurora und Jules am Quai Saint-Michel gefunden hatte, erwartete ihre Bewohnerin, die die Freunde verblüffte, indem sie ihre kleine Tochter Solange mitbrachte.

Jules verspürte die ersten Zweifel an der Beständigkeit von Auroras Liebe, denn ihre intimen Begegnungen würden sich des Kindes wegen weniger frei gestalten müssen. Aber er verbarg seine Befürchtungen und heuchelte überschwengliche Bewunderung für das rundliche kleine Mädchen.

Auch die Freunde waren wenig begeistert davon, daß das Kind Auroras Junggesellenleben teilen sollte. Sie fühlten sich durch seine Gegenwart eingeengt und gestört. Émile, und nur Émile, war des Kindes wegen schockiert.

Aurora lachte ihn aus. »Du wirst dich wundern, wie sehr Solange unser Leben verändern wird. Jules und ich werden wie die bravsten aller Eltern mit unserer Tochter und unseren Büchern in den Jardin de Luxembourg wandern, auf einer Bank sitzen und lesen, während Solange im Sand spielt.«

»Schön und gut«, sagte Émile unversöhnt. »Aber nachts? Was passiert nachts?«

»Nichts, lieber Émile. Was soll denn passieren?« fragte

Aurora mit Unschuldsmiene, während Fleury, der Bär, über das ganze Gesicht grinste.

»Ich meine, wo wird sie schlafen?« Émile klang ärgerlich.

»Das wird sich schon herausstellen. Augenblicklich schläft sie, zusammengerollt wie eine Katze, in unserem Bett.«

»Und wenn ihr zu Bett geht? Was passiert dann?«

»Noch immer nichts! Dann legen wir sie hierher, zum Beispiel!« Sie deutete auf ein kleines, wackliges Kanapee, das der Vormieter zurückgelassen hatte. »Oder irgendwo anders hin. Es wird sich bestimmt alles finden!«

Michel Papet kam Émile zu Hilfe. »Du mußt zugeben, Aurora, daß das Kind in Nohant besser aufgehoben wäre.«

»Warum?« Aurora gab sich empört. »Bei dem lasterhaften Casimir? Oder bei Hippolyte, der ein Saufbold ist?«

»Was machen wir mit der Kleinen, wenn wir ins Theater gehen?« ließ sich Fleury vernehmen.

»Wir gehen eben nicht ins Theater! Jules und ich werden die Abende von jetzt an zu Hause verbringen. Nicht wahr, Jules?«

Jules nickte stumm.

Émile war noch immer nicht beruhigt. »Die Art und Weise, wie hier oft geredet wird, finde ich ganz und gar unpassend für ein junges Mädchen«, verkündete er und sah so bekümmert aus, daß Aurora ihn umarmte und auf die Wange küßte.

»Der gute Émile!« sagte sie lachend. »Er sorgt sich um die Moral meiner Tochter! Sie ist aber noch längst kein junges Mädchen, sondern ein harmloses kleines Kind und obendrein dumm wie eine Gans!«

Es stellte sich heraus, daß Solange keineswegs zum Problem wurde. Aurora engagierte ein nettes Kindermädchen, das Jeannine hieß und ihr gleichzeitig als Zofe diente. Statt der braven Eltern ging Jules allein mit Solange spazieren, während Aurora zu Hause arbeitete. Sie hatte mit Leichtigkeit ihre Begabung bewiesen, Dinge des täglichen Lebens schnell, praktisch und tatkräftig zu erledigen.

Für den Raum der Dreizimmerwohnung, in dem Solange und Jeannine schliefen, hatte sie, trotz ihrer frivolen Reden, vorsorglich Betten und einige andere Möbel aus Nohant nach Paris schicken lassen. Die angrenzende Stube wurde zum Schlaf- und Arbeitszimmer. Ein Arrangement, das Jules höchst unbequem fand. Das Vorderzimmer mit Blick auf die Seine, in dem die Freunde sich zu versammeln pflegten, hatte die in einer Mansardenwohnung unvermeidlichen schrägen Wände, was, nach Auroras Meinung, die Möblierung erleichterte. Außer ein paar kleinen Sesseln am Kamin ersetzte sie Stühle weitgehend durch große Kissen, so daß der Raum einem Nomadenzelt glich.

Das gewohnte Leben konnte also mehr oder weniger ungestört vor sich gehen. Abends, wenn Solange schon schlief, zogen alle weiterhin durch die Pariser Straßen oder gingen ins Theater.

2

Im Théâtre de la Porte-Saint-Martin fand die Premiere von »Antony« statt, einem neuen Stück von Alexandre Dumas. Unter Auroras Führung hatte die Clique sich rechtzeitig eingefunden und wurde Zeuge des größten Theaterereignisses der Saison.

Antony war zwar die Titelrolle, ein romantischer, leidenschaftlicher, edler Abenteurer, aber es war Adèle, seine Geliebte, die die meisten Lorbeeren erntete und das Publikum zu Tränen und Ovationen hinriß. Sie wurde von Marie Dorval gespielt, die damit den größten Erfolg ihrer Karriere errang.

Mit verweinten Augen applaudierten Aurora und ihr Gefolge, bis die Lichter im Theater ausgingen.

Zu Hause angekommen, setzte sich Aurora an ihren Schreibtisch und schrieb, noch ganz unter dem starken Eindruck ihres Spiels, einen schwärmerischen Brief an Marie Dorval.

Am Tag darauf erschien die Schauspielerin überraschend in der Mansarde am Quai Saint-Michel. Auroras Zeilen hatten sie so beeindruckt, daß sie unbedingt die Briefschreiberin kennenlernen mußte, erklärte sie, noch ganz atemlos von den vielen Treppen, die sie heraufgelaufen war. Aurora gefiele ihr ausgezeichnet, konstatierte sie, umarmte die Verblüffte, und ihr junger Mann gefiele ihr auch.

Da das Theater sonntags immer geschlossen sei, gebe sie jeden Sonntag in ihrer Wohnung ein kleines Diner für enge Freunde. Sie hoffe, recht bald einmal Aurora und Jules bei sich zu sehen.

Damit verschwand sie so unerwartet, wie sie gekommen war und hinterließ eine Wolke von starkem Parfum.

Marie Dorval, gerade dreiunddreißig Jahre alt, war klein, zart, hatte kastanienbraune Locken und strahlendblaue Augen, die sich auf Wunsch jederzeit mit Tränen füllen konnten, wenn die Rolle auf der Bühne oder die im Leben es verlangte.

Als uneheliches Kind einer jungen Schauspielerin war sie buchstäblich in den Kulissen eines Wandertheaters zur Welt gekommen. Mit vier Jahren machte sie in einer Kinderrolle den ersten Schritt aus der Kulisse und auf die Bühne, die von da an ihre Heimat und ihr Leben wurde.

Als Fünfzehnjährige heiratete sie, hochschwanger, ihren Geliebten, einen schwindsüchtigen jungen Kollegen. Noch bevor das zweite Kind, eine Tochter wie das erste, zur Welt kam, starb der junge Vater.

Marie betete ihre Kinder an, schleppte sie von Ort zu Ort und sorgte für sie, so gut sie es vermochte. Die beiden Mädchen bekamen noch eine kleine Schwester, die ohne den Segen der Kirche geboren wurde. Mit dem Erzeuger, dem Kapellmeister Alexandre Piccini, blieb Marie ihr Leben lang freundschaftlich verbunden.

Nach langen Wanderbühnenjahren erreichte sie endlich ihr Ziel: Paris! Jean-Toussaint Merle, der Direktor des Théâtre de la Porte-Saint-Martin, heiratete schnellstens den aufsteigenden Star und sicherte sich so die Dorval für seine Bühne. Man mietete eine große Wohnung, denn Marie bestand darauf, die gesamte Familie um sich zu haben. Es gab immer Platz für die drei Töchter, für verschiedene Schwiegersöhne in spe sowie für den alternden Piccini, der nach dem Tod seiner Frau Maries Heim für das seine ansah, ganz gleich, wo oder mit wem sie dort wohnte.

Wechselnden Verehrern gelang es, die Gunst der leicht entflammten Schauspielerin zu erringen. Der prominenteste unter ihnen war – und blieb es sieben Jahre lang – der Dichter und Aristokrat Alfred de Vigny, der sich sehr gegen seinen Willen unsterblich in Marie verliebt hatte.

De Vigny war stolz darauf, den Gesellschaftskreisen des Faubourg Saint-Germain anzugehören. Er war stolz auf seine Frau, eine Engländerin aus vornehmem Haus, und er schämte sich Maries, die wie ein Marktweib schimpfte, wenn sie gereizt war, und die er immer wieder der Untreue bezichtigte. Aber er war außerstande, sich von ihr zu trennen.

Marie war stolz darauf, die Geliebte des berühmten Dichters zu sein. Auch Merle, ihr Gatte, war stolz auf den Geliebten seiner Frau und brachte ihm die freundschaftlichsten Empfindungen entgegen.

De Vigny hatte in der Rue de Montaigne eine Garçonnière gemietet. Dort fanden die amourösen Zusammenkünfte mit Marie statt, denn die Wohnung Dorval-Merle mied er soweit wie möglich. Marie bestand allerdings darauf, daß er wenigstens zu ihren sonntäglichen Diners erschien, die er dann stets mit abweisender Wortkargheit durchlitt.

Aurora kauerte auf einem Stapel von Kissen und beobachtete Jules gespannt, der ihr neues Manuskript las, das sie ihm bisher vorenthalten hatte. Sein Gesicht, das sonst mit fast kindlicher Direktheit seine Gedanken widerspiegelte, war verschlossen. Nervös rauchte sie eine Zigarette nach der anderen.

»Na?« fragte sie erwartungsvoll, als er endlich die letzte Seite umwandte.

Jules legte das Manuskript vorsichtig auf den Tisch. »Es ist gut«, sagte er schließlich. »Sehr gut.«

»Ist das dein Ernst?«

»Ja, natürlich«, versicherte er nicht ganz überzeugend.

»Aber? Ich höre doch ein Aber!«

»Kein Aber. Wirklich nicht.«

»Sag mir die Wahrheit!«

Zögernd erklärte Jules schließlich: »Unsere Nonne und unsere Schauspielerin... die waren Phantasiegestalten. Erfindungen unserer Vorstellungskraft. Niemand konnte behaupten, das ist der oder die. Sie ähnelten niemand, den wir kennen. Ich finde... so sollte ein Roman sein.«

»Richtig«, stimmte sie zu.

»Deine Indiana... deine Titelheldin... das ist doch keine erfundene Gestalt... das bist du!« sagte er und verschwieg, daß ihm diese Art der Selbstdarstellung schamlos, fast obszön vorkam.

»Unsinn! Indiana ist eine Kreolin! Ich bin doch keine Kreolin!«

»Diese Frau, die gegen die Ehe revoltiert, nur, weil sie sich nicht zur Liebe zwingen lassen will... das ist ein deutliches Selbstportrait«, sagte Jules mit größerem Ernst, als sie von ihm gewohnt war. »Und der Ehemann... dein Oberst Delmar... das ist Casimir, wie er leibt und lebt. Zumindest so, wie du ihn mir immer geschildert hast«, schränkte er ein. »Grob, vulgär, aber im Grunde kein schlechter Kerl!«

»Jetzt sag nur noch, daß du dich in Indianas Geliebtem wiedererkannt hast«, versuchte Aurora zu scherzen.

»Vielleicht habe ich das, vielleicht auch nicht. Das ist völlig unwichtig«, lenkte er ab. »Die Hauptsache ist, daß du ein gutes Buch geschrieben hast.«

Jetzt hatte Aurora ihren kleinen Jules da, wo sie ihn haben wollte. »Daß *wir* ein gutes Buch geschrieben haben«, korrigierte sie ihn.

»Doch nicht wir! Ich habe keinen Satz... kein einziges Wort davon geschrieben!«

»Das ist ganz gleich!« behauptete sie. »Als wir anfingen, haben wir uns geschworen, nur noch gemeinsam zu schreiben. ›J. Sand‹ – das sind wir! Du und ich!«

»Dann nimm einen anderen Namen!«

»Was für einen?«

»Warum nicht deinen eigenen?«

»Das kann ich Casimir nicht antun. Außerdem gefällt mir der Name Sand, weil er ein Teil von Sandeau ist, ein Teil von dir!« erklärte sie mit einem Anflug von Schmeichelei.

»Er gehört dir! Ich schenk ihn dir!«

»Danke! Das Geschenk nehme ich gern an!«

»Aber das ›J‹ steht für Jules. Das behalte ich. Du mußt dir einen neuen Vornamen suchen!«

»George!« sagte Aurora wie aus der Pistole geschossen und verriet damit, daß alles von ihr geplant und durchdacht war. »George ohne ›s‹. Das englische George. Ich will, daß man mich für einen Mann hält!« Sie verbesserte sich: »Natürlich nicht mich, sondern den Autor von ›Indiana‹!«

Am selben Abend feierten Aurora und ihr Gefolge bis in die tiefe Nacht hinein die Geburt von »George Sand«. Sie verbot allen unter Androhung von Strafe, Aurora, den schönen Namen der Morgenröte, jemals wieder in den Mund zu nehmen. Sie war George, der Kumpan, der Kamerad! Darauf bestand sie.

Und sie verlangte, daß die anderen von jetzt an nicht mehr von *ihr,* sondern von *ihm* sprechen sollten. Nicht von *ihrem* Roman, sondern von *seinem!*

Damit hatte sie allerdings die Grenze des Erreichbaren überschritten. Die männlichen Kameraden weigerten sich standhaft, sie voll als maskulin anzuerkennen. Schließlich waren sie alle nicht in einen Mann verliebt, sondern in eine sehr weibliche, sehr schöne Frau, die es sich in den Kopf gesetzt hatte, George zu heißen.

Jules nahm an dem Lachen, Trinken und Scherzen kaum teil. Er trauerte seiner Aurora nach, die er nicht mehr beim Namen nennen durfte.

Mit dem ersten Geld, das ihr »Die Nonne und die Schauspielerin« eingebracht hatte, war George zu Antoine gegangen, dem besten Herrenschneider von Paris.

Nach kurzem Zögern erklärte er sich bereit, ihr einen Anzug zu schneidern. George wollte zwar männlich aussehen, aber keinesfalls bürgerlich. Sie schlug seidene Kniehosen vor.

Antoine war entsetzt. Er überredete sie zu engen, langen Hosen aus feinem, leicht kariertem englischen Wollstoff, zu einer hellgrünen Samtweste, die auf dem Rükken zu schließen war, und einem weit geschnittenen Gehrock aus dunkelgrünem Tuch. Ein Spitzenjabot am Hals milderte die strengen Linien.

Bei der Kopfbedeckung wich George von der Mode ab. Sie wählte einen weichen Filzhut à la Rubens, der ihr das bohemehafte Aussehen verlieh, das sie anstrebte.

So war George an dem Sonntag gekleidet, als sie und Jules bei Marie Dorval eingeladen waren.

Ein Dienstmädchen, das ihnen die Tür geöffnet hatte, führte sie durch einen langen, mit einer Mischung von Parfum und Küchengeruch behafteten Gang zu dem geräumigen Speisezimmer, in dem die Gäste sich schon versammelt hatten.

Ein schönes Portrait der Dorval als Phädra prangte in prächtigem Goldrahmen über der Anrichte. Der große ovale Tisch war mit feinem Porzellan und gutem Silber gedeckt. Trotz dieser gutbürgerlichen Requisiten wirkte das Interieur ein wenig improvisiert.

Die Schauspielerin sprang auf, als George und Jules eintraten, lief ihnen temperamentvoll entgegen und küßte beide auf die Wangen. Dann machte sie »die beiden Herren«, wie sie lachend sagte, mit der Familie, den Gästen und – voller Stolz – mit Alfred de Vigny bekannt.

George war de Vigny noch nie begegnet, schätzte aber seine Gedichte. De Vigny dankte mit kühler Höflichkeit, als sie ihm sagte, wieviel ihr sein Werk bedeute, musterte sie kurz und verfiel dann in sein sonntägliches Schweigen.

Marie führte die Unterhaltung, die sich um das Theater drehte und um nichts anderes. Es wurde getratscht, gelacht, gut gegessen und getrunken.

Um von Marie Dorval akzeptiert zu werden, was sie sich dringend wünschte, erzählte George freimütig von ihrer Mutter, die in ihrer Jugend in kleinen Pariser Theatern als Statistin aufgetreten war. De Vigny hörte George mit unverhohlenem Mißfallen zu. Nachdem er sich nun endgültig von ihr abwandte, gab es nur noch Marie für George. Niemals zuvor hatte sie so viel Bewunderung für ein weibliches Wesen verspürt. Eine Bewunderung, die mit Neid gemischt war, auf den Charme, die selbstverständliche Natürlichkeit und das verführerische Aussehen der hübschen Frau.

Als es Zeit war, sich zu verabschieden, begleitete die Dorval George und Jules hinaus in die Diele. Sie küßte George und flüsterte, unvermittelt ins vertrauliche »du« überwechselnd: »Du gefällst mir. Komm bald wieder!«

George ging beflügelt nach Hause. Sie wollte von Marie träumen. Jules störte sie dabei sehr. Es war höchste Zeit, darüber nachzudenken, wie sie ihn loswerden konnte, fand sie.

De Vigny führte ein Tagebuch, in dem er seine intimsten Gedanken und alle Details seiner zahlreichen erotischen Erlebnisse festhielt. Das Buch lag, für seine Frau leicht zugänglich, in einer unverschlossenen Lade seines Schreibtisches. Es war allerdings mit griechischer Schrift geschrieben, und mit den seltsamen Buchstaben konnte die Frau Gräfin nichts anfangen.

An diesem Sonntag machte er sich Notizen über George Sand.

»Sie mag fünfundzwanzig Jahre alt sein und sieht aus wie die bekannte ›Judith‹ im Museum ... schwarzes, lokkiges Haar bis auf die Schultern fallend, wie es die Engel bei Raphael tragen ... Ihre Augen sind groß und schwarz, das ernste Gesicht ist unbewegt ... die untere Gesichtshälfte nicht vorteilhaft, der Mund schlecht gezeichnet ... Sie ist ohne Grazie im Benehmen, rüde in der Sprache, männlich im Aussehen, im Ton ihrer Stimme und der Dreistigkeit ihrer Ausdrücke ...«

Das Schicksal war gnädig zu dem kleinen Jules. Es schüttete ein Füllhorn von Erfolg und Geld über George aus, so daß sie vorerst nicht dazu kam, sich mit ihm zu befassen.

Der Roman »Indiana« war ein durchschlagender Erfolg. Die Zeitungen lobten die junge Autorin über alle Maßen. Gustave Planche, der am meisten gefürchtete Kritiker von Paris, berühmt-berüchtigt für das Gift, das er auf glücklose Autoren spritzte, ließ nur lobende Worte und Ermutigungen aus seiner Feder fließen.

Überglücklich sandte ihm George einen herzlichen Dankesbrief und lud ihn ein, sie in ihrer Mansardenwohnung zu besuchen, einer Aufforderung, der er umgehend nachkam.

Planche war nicht nur wegen seiner scharfen Zunge unbeliebt, sondern er galt auch als hoffnungslos verlottert, was Kleidung und Reinlichkeit betraf. Aber für George war er ein makelloser Engel, um so mehr, als er ihr ein Angebot von Buloz überbrachte, dem Herausgeber der »Revue des deux Mondes«, einer sehr angesehenen Zeitschrift, in der auch Planches Rezensionen erschienen. Für ein Gehalt, das die zwölf Francs, die Latouche ihr gegeben hatte, um ein Vielfaches überstieg, sollte sie eine regelmäßige Mitarbeiterin der »Revue« werden.

Damit nicht genug, zahlte ihr der Verlag, der »Indiana« herausgebracht hatte, für ihren nächsten Roman, von dem nur der Titel »Valentine« feststand, einen Vorschuß von tausendfünfhundert Francs. George kam sich reich vor.

Der dritte Glücksfall verhieß allerdings nichts Gutes für Jules. Latouche, mit dessen Hilfe sie die ersten Schritte im Journalismus getan hatte, gab alle Aktivitäten in Paris auf und zog aufs Land. Er bot George an, seine schöne Wohnung am Quai Malaquais zu übernehmen. Sie griff sofort zu.

Obwohl die neue Wohnung beträchtlich geräumiger war als die alte, erklärte sie Jules, daß er nicht mit ihr an den Quai Malaquais ziehen könne, da er sie bei ihrem beträchtlich angewachsenen Arbeitspensum stören würde. Schon immer hatte sie ihm Faulheit vorgeworfen. Dabei war er nicht wirklich faul, aber Georges eiserne Arbeitsdisziplin, die keine Entschuldigungen kannte, lähmte ihn einfach. Er konnte nicht mit ihr Schritt halten.

»Ich bin leider nicht wie du mit einer kleinen stählernen Feder im Gehirn geboren worden, auf die man nur zu drücken braucht, damit die Denkmaschinerie sich in Bewegung setzt«, klagte er.

Wie ein Lebemann, der die Geliebte, von der er genug hat, generös in die unfreiwillige Freiheit entläßt, mietete George für Jules eine kleine Wohnung in der Rue de l'Université, möblierte sie und ließ alle seine Sachen dorthin schaffen.

Jules konnte der gewaltsamen Trennung nichts entgegensetzen. Willenlos ließ er alles mit sich geschehen.

Als er dann allein in der neuen Wohnung saß, kam er sich so ausgestoßen, so verlassen vor, daß er aus dem Leben scheiden wollte. Er schluckte eine Überdosis Morphium.

Sein Freund Émile Regnault kam zufällig vorbei, bevor es zu spät war. Er rettete ihn und benachrichtigte George von dem, was passiert war.

Die Nachricht von Jules' mißglücktem Selbstmord erschütterte George nicht. Sie glaubte zu erraten, daß es ein Versuch war, sich in ihr Leben zurückzudrängeln, also eine Art Erpressung, die kein Mitleid verdiente.

»Wird er durchkommen?« fragte sie.

»Ich hoffe es.« Und da Émile annahm, daß George sich große Sorgen um den Geliebten von gestern machte, fügte er tröstend hinzu: »Ich bin eigentlich ganz sicher.«

»Gut. Eine Zeitlang wird er es schwer haben, aber er kommt schon drüber weg. Schließlich ist er ja noch sehr jung.« Sie merkte selbst, wie kühl und unbeteiligt sie klang und nahm Zuflucht zu einer Notlüge. »Weißt du übrigens, daß er eine neue Geliebte hat?!«

»Nein. Davon weiß ich nichts.«

»Aber ich weiß es.«

»Woher?«

»Das ist doch wohl gleichgültig.« Sie wechselte schnell das Thema. »Ich bin sehr erleichtert, daß er nicht genug von dem Gift hatte, um sich umzubringen. Es war Morphium, sagtest du?«

»Ja. Um ein Haar hätte es gereicht. Er verlangt nach dir, George.«

»Ich werde ihn natürlich besuchen ... jeden Tag werde

ich ihn besuchen ...«, sie stockte. »Das kann ich gar nicht. Ich reise ja morgen nach Nohant! Das hatte ich vor Schreck ganz vergessen. Es tut mir wirklich leid, aber daran läßt sich nichts ändern. Ich glaube, es ist sogar besser so. Es wäre nicht gut für ihn, mich jetzt wiederzusehen. Es würde nur alte Wunden aufreißen.«

Émile sah sie wortlos an.

Sein Schweigen irritierte sie. »Er sollte auch verreisen«, erklärte sie unerwartet. »Und zwar nach Italien. Wir haben oft von einer Italienreise gesprochen... früher.«

»Er hat kein Geld.«

»Ich leihe es ihm!« Plötzlich war sie ganz heiter und sachlich. »Sowie er wieder verdient, kann er es mir zurückzahlen. Sag ihm das! Sonst nimmt er es womöglich nicht an! Willst du das für ihn tun, Emile?«

Émile zögerte. Er glaubte nicht an Jules' neue Geliebte, und er glaubte auch nicht an die Dringlichkeit von Georges Reise nach Nohant. Er sah nur, daß sie sich mit Geld von dem loskaufen wollte, was sie seiner Meinung nach verschuldet hatte. »Wenn du denn wirklich nach Nohant mußt...«, sagte er schließlich.

»Ja, das muß ich. Leider!« Nun wurde sie sehr schnell praktisch. »Er hat keinen Paß! Sieh zu, daß er sich sofort einen besorgt. Und belege rechtzeitig einen Platz für ihn in der Postkutsche.« Dann sagte sie, etwas leiser: »Und sorge dafür, daß nicht alle Welt erfährt, was vorgefallen ist. Versprichst du mir das, Émile?«

Casimir zeigte sich über Georges Ankunft recht überrascht, und nur Maurice war wirklich glücklich, die Mutter wiederzusehen.

Casimir bestand nicht mehr darauf, daß George das halbe Jahr in Nohant verbrachte. Es wäre ihm sogar recht gewesen, wenn sie ganz in Paris bleiben würde. Aber damit hätte sie sich niemals einverstanden erklärt. Nohant war ihr Zuhause, das Heim ihres Vaters und ihrer Großmutter. Casimir gab sich keinen Illusionen hin, sie ganz von dort vertreiben zu können.

Jedesmal, wenn George nach Nohant zurückkam, wurde ihr stärker bewußt, wie sehr sie das Haus, das Gut, das Land und die von Weiden gesäumten Ufer der Indre liebte. In dieser heimatlichen Idylle gab es nur einen störenden Faktor, das war Casimir, der sich ganz als Besitzer fühlte und aus George einen Gast im eigenen Haus zu machen suchte. Eines Tages, schwor sie sich, eines Tages würde sie Casimir aus Nohant vertreiben. Bis dahin tröstete sie der Gedanke, daß er in diesen ersten erregenden Pariser Zeiten den Kindern vielleicht ein besserer Vater war, als sie ihnen eine Mutter sein konnte.

Jetzt wartete sie nur auf die Nachricht von Émile, daß Jules wirklich abgereist war.

Sobald sie eintraf, schrieb sie an den Hausbesitzer und kündigte Jules' Wohnung. Sie schickte ihm die zwei Monatsmieten, die ihm zustanden, und bat ihn, die Möbel in ihre neue Wohung am Quai Malaquais bringen zu lassen.

Dann schrieb sie an Émile:

»Jules' alten Kram, der sich vielleicht noch in den Schränken befindet, packe ich zusammen, sowie ich wieder in Paris bin, und schicke ihn zu Dir. Denn ich will keine Auseinandersetzung und keinerlei Verbindung mit ihm, wenn er zurück ist. Was ich über sein Leben entdekken mußte, hat mich so tief verletzt, daß ich kein anderes Gefühl mehr für ihn aufbringe als gütiges Mitleid. Mache ihm klar, daß nichts uns in Zukunft wieder zusammenbringen kann. Wenn er das von allein begriffen hat, erspare ihm den Schmerz, es erfahren zu müssen. Denn er hat alles verloren. Sogar meine Achtung... Er ist genügend bestraft.«

3

Die neue Wohnung war keine Mansarde, sie hatte keine schrägen Wände, sie war komfortabler und gepflegter als die alte. Vom Salon aus konnte man die Tuilerien am anderen Ufer der Seine sehen.

Für Solange und Jeannine gab es ein geräumiges Zimmer, um vieles heller und freundlicher als die Kammer, die sie in der Mansarde bewohnt hatten.

Die Aussicht von Georges Arbeitszimmer, das zum Hof hin lag, war durch das dichte Laubwerk einer großen Akazie ausgefüllt. Es glich einem raschelnden grünen Blättervorhang, der sich im Herbst braun färbte und im Winter in ein filigranes Geäst verwandelte, das zum Träumen einlud.

Georges zweiter Roman, »Valentine«, erreichte fast die Verkaufsziffern ihres ersten Buches. Wie in »Indiana« ging es um eine Dreieckskonstellation: unbefriedigte Frau, gefühlsarmer Ehemann und der Liebhaber. Der kam diesmal aus einer niederen Gesellschaftsschicht, er war der Sohn eines Pächters. Das erregte Aufsehen und trug zum Erfolg des Buches bei.

George hätte rundum zufrieden sein können, aber sie war es nicht. Der rabiate Bruch mit Jules hatte manchem ihrer Freunde zu denken gegeben. Selbst die alte Clique aus La Châtres ließ sie fühlen, daß sie einem von ihnen – plötzlich zählten sie Jules wieder als einen von ihnen – unrecht getan hatte.

Honoré de Balzac, der dem jungen »Liebespaar in der

Mansarde«, wie er George und Jules zärtlich zu nennen pflegte, früher seine volle Sympathie geschenkt hatte, rückte ostentativ von George ab und nahm Partei für den armen Jules. Als Jules aus Italien zurückkam und keine Wohnung mehr vorfand, lud er ihn ein, bei ihm zu wohnen. Das sprach sich in den Pariser Literatenkreisen schnell herum, und George bekam es zu spüren.

Sie war irritiert, traurig und auch ärgerlich, da sie sich keiner Schuld bewußt war. Was hatte sie denn verbrochen?! Sie war nicht auf den kleinen Selbstmordversuch hereingefallen, den Jules inszeniert hatte. Trotzdem war sie großzügig gewesen und hatte seine Italienreise finanziert. Das wollte man ihr zum Vorwurf machen?

Wenn man sie jetzt mied und sich um Jules scharte, war das ungerecht und heuchlerisch, fand sie und begann sich ihrerseits abzukapseln. Ihr war nur die Arbeit geblieben, und in die stürzte sie sich mit wahrer Wollust.

Ihre ersten zwei Romane waren recht erfolgreich gewesen. Der dritte mußte mehr sein als die beiden ersten. Er mußte sich gründlich von der Masse der vielen Romane unterscheiden, mit denen Frankreich überschwemmt wurde, er mußte Aufsehen erregen, anstößig sein, schokkieren! Als Titel wählte sie wieder den Vornamen der Heldin. Die hieß Lélia und sollte eine Schwester haben, die eine Kurtisane war. Diese Schwester nahm in Georges Überlegungen mehr und mehr die Züge von Marie Dorval an.

Die Begegnung mit Marie war sehr lebendig in ihren Gedanken geblieben, obwohl sie sie seit dem sonntäglichen Diner nicht mehr gesehen hatte. Sie beschloß, Marie genauso unangemeldet und impulsiv aufzusuchen, wie Marie damals in die Mansarde gekommen war.

Der Haushalt Dorval-Merle war nicht auf frühe Besuche eingerichtet. Die Wohnung war unordentlich und roch ungelüftet. Merle, der Gatte, latschte ihr in einem alten Bademantel und Pantoffeln den langen Korridor voraus, als er sie zu Maries Schlafzimmer geleitete.

Ein Hauch von Parfum schlug George entgegen, als Merle ihr die Tür öffnete und wortlos verschwand. Marie lag noch im Bett, die kastanienfarbenen Locken bildeten einen Strahlenkranz um das rosige Gesicht auf den seidenen Kissen.

Sie blinzelte verschlafen, erkannte George und breitete die Arme weit zu einem Willkommen aus.

George lief auf das Bett zu, beugte sich über Marie, küßte sie und wäre in ihrer Trauer und Verlassenheit am liebsten zu ihr ins Bett gekrochen. Sie spürte, daß sie Marie bewunderte, sie anbetete, ja, daß sie sie liebte. Diese Erkenntnis verwirrte George. Sie wußte plötzlich nicht mehr, was sie sagen sollte, wie sie ihren unerwarteten Besuch erklären konnte.

Aber Marie stellte keine Fragen, brauchte keine Erklärungen. Sie plauderte unbefangen, erzählte von irgendeinem kleinen Zwischenfall während der gestrigen Vorstellung und bat schließlich George, die Tür zum Korridor zu öffnen und lauthals »Amélie!« zu rufen.

Minuten später erschien das Mädchen mit einem Tablett, auf dem eine Tasse Schokolade stand.

Marie setzte sich auf und begann langsam, mit kleinen Schlucken ihre heiße Schokolade zu trinken.

George beobachtete sie genau. Sie fand alles an ihr verführerisch, die zarte Haut, die durch die Spitzen des Nachtgewands schimmerte, den schlanken schwanengleichen Hals, der schwer an der Last der Locken zu tragen schien.

Als Marie den letzten Schluck getrunken hatte, verabschiedete sich George. Marie zog sie mit der Hand nah zu sich und bot ihr den noch feuchten Mund zum Kuß.

George verspürte süßen Schokoladengeschmack auf

den Lippen. Wie berauscht ging sie nach Hause, wo sie sich in schweren Selbstvorwürfen über ihr ungeschicktes Benehmen erging.

»Sagen Sie mir bitte, was ich tun soll, um Sie so wenig wie möglich zu inkommodieren«, schrieb sie an Marie. »Ich bin so ungeschickt, so einfältig, so langsam, wenn ich meine Gedanken ausdrücken möchte und so linkisch und stumm immer dann, wenn ich viel auf dem Herzen habe. Bitte beurteilen Sie mich nicht nach dem äußeren Schein! Warten Sie noch etwas, bevor Sie entscheiden, wieviel Mitleid oder Zuneigung Sie mir gewähren können. Ich, ich spüre, daß ich Sie mit einem verjüngten, durch und durch erneuerten Herzen liebe. Wenn es ein Traum ist, wie alles, was ich mir im Leben gewünscht habe, nehmen Sie ihn mir nicht so schnell. Er tut mir so gut...«

Marie verspürte keinerlei Mitleid für George, dafür aber um so mehr Zuneigung. In endlosen Gesprächen kamen sich die beiden Frauen näher, wurden offener und ehrlicher miteinander.

George lernte das haltlose, leidenschaftliche und ganz von ihrem erotischen Appetit bestimmte Liebesleben Maries verstehen und beneidete sie heiß um ihre Leichtfertigkeit. Sie gestand der Freundin die eigenen Schwierigkeiten, ihre Unfähigkeit, Erfüllung zu finden. Die Diskrepanz zwischen ihren intellektuellen Wunschvorstellungen und der Wirklichkeit mache ihr immer schwer zu schaffen, klagte sie und ließ sich von Marie trösten.

De Vigny merkte bald, wieviel Zeit seine Mätresse an George verschwendete und wurde eifersüchtig.

Marie sah sich gezwungen, ein vorsichtiges Doppelspiel zu spielen. Bei George beschwerte sie sich über de Vignys Härte und Kälte, bei ihm beschuldigte sie George, zudringlich zu sein. Sie könne sich ihrer kaum erwehren, behauptete sie. Zum Beweis legte sie ihm einige Briefe vor, die George ihr geschrieben hatte.

De Vigny las sie stirnrunzelnd und verkündete: »Ich verbiete dir, dieser Sappho zu antworten!«, worüber Marie herzlich lachte, als hätte er einen Scherz gemacht.

Dabei hatte sie ihm nur die harmlosen Briefe gezeigt. Die, die allzu deutlich klangen, bekam er nie zu sehen.

Einmal hatte George ihr geschrieben:

»Ich kann Dich heute nicht sehen, mein Liebling. Das Glück ist mir leider nicht vergönnt. Aber am Montag – morgens oder abends – im Theater oder in Deinem Bett – muß ich dich sehen, meine Dame, oder ich begehe irgendeine Torheit!«

4

George war tatsächlich auf dem besten Weg, eine Torheit zu begehen. Und sie hatte ihr Ziel sehr hochgesteckt. Es hieß Charles-Augustin Sainte-Beuve.

Als sie nach ihrem ersten Erfolg den Kritiker Gustave Planche hofierte, tat sie das, weil er gefährlich war und für bösartig galt. Nicht, weil sie ihn so schätzte.

Von Sainte-Beuve dagegen las George jeden Artikel, jeden Essay, bewunderte sein umfassendes Wissen und, mehr noch, seine profunde Menschenkenntnis. Sainte-Beuve interessierte sich niemals ausschließlich für das Werk, sondern beurteilte es im Rahmen der Persönlichkeit des Autors und seiner Zeit. Genau wie Planche war er Literaturkritiker, aber seine Besprechungen standen auf einem höheren Niveau, und ihnen wurde weitaus größere Bedeutung beigemessen. Er gehörte zu den Gründern des »Cénacle«, eines Kreises von romantischen Dichtern, zu denen Victor Hugo, de Vigny, Charles Nodier, Lamartine und neuerdings auch der blutjunge, vielversprechende Alfred de Musset gehörten.

George war Sainte-Beuve bisher nur flüchtig begegnet, aber sie war entschlossen, ihn für sich zu gewinnen. Sie erinnerte sich an ein rundliches, freundliches Gesicht, spärliche Haare, forschende Augen und einen etwas zur Fülle neigenden Körper.

Sie schrieb ihm ein paar charmante Zeilen und bat um Freikarten für die Premiere von Victor Hugos »Lucrezia Borgia«. Sie hoffe, daß er, ein Freund Hugos, keine

Schwierigkeiten haben werde, sie zu erhalten. »Wenn ich aufdringlich sein sollte«, schloß sie ihren Brief, »sagen Sie es mir! Aber kommen Sie und sagen Sie es mir selbst! So könnte ich eine Absage leichter verschmerzen.«

Die Theaterkarten trafen pünktlich ein. George verfaßte ein artiges Dankesschreiben und erneuerte ihre Aufforderung, sie doch zu besuchen, auf das dringlichste.

Sainte-Beuve zögerte lange, bevor er ihrer Einladung folgte und war recht erleichtert, als Madame Sand nicht zu Hause war und er einfach seine Visitenkarten hinterlassen konnte. Dabei schätzte er sie als Schriftstellerin und erwartete viel von ihrem Talent. Aber die Frau hinter diesem männlichen Pseudonym flößte ihm ein gewisses Unbehagen ein. Das traurige Ende der Sandeau-Beziehung und der Klatsch, der sich um ihre Freundschaft mit Marie Dorval rankte, ließen ihn vorsichtig sein.

Durch Planche erfuhr George, daß Sainte-Beuve an einem Roman arbeitete. Sofort schrieb sie ihm wieder und bat, lesen zu dürfen, was er geschrieben hatte. Als Gegenleistung versprach sie, ihm aus ihrem neuen Buch, aus »Lélia«, vorzulesen.

Diesem Angebot konnte Sainte-Beuve nicht widerstehen. Sie hatte seine literarische Neugier geweckt.

»Mein Roman ist in einem erbärmlichen Anfangsstadium. Ich werde ihn noch viele Male überarbeiten müssen, bevor ich an eine Drucklegung denken kann«, erklärte Sainte-Beuve, der auf einem bequemen Sessel am Kaminfeuer in Georges Salon saß.

George kauerte malerisch auf einem Stapel Kissen zu seinen Füßen. »Um so glücklicher bin ich, daß Sie mir erlauben, ihn schon in seiner jetzigen Fassung zu lesen«, sagte sie und blickte bewundernd zu ihm auf. »Haben Sie schon einen Titel?«

»Er soll ›Wollust‹ heißen.« George sah Sainte-Beuve

überrascht an. »Ich bin nicht sicher, daß ich bei diesem Titel bleibe«, schränkte er schnell ein. »Ich benutze die Wollust nur als das Laster, dem mein Held zu erliegen droht. Sein Kampf gegen die Sinnenlust ist mein zentrales Thema.«

Etwas ratlos sagte George: »Wie auch immer... mir gefällt der Titel!«

»Um so besser.« Er reichte George ein Bündel dicht beschriebener Seiten. »Da haben Sie mein Werk!« Er sprach das Wort »Werk« betont ironisch aus. »Lesen Sie es, wenn Sie Zeit haben, und üben Sie strenge Kritik!«

George wehrte fast erschrocken ab. »Ich will nicht kritisieren! Ich will lernen... von Ihnen lernen! Nichts anderes!«

Wenn sie gehofft hatte, in Sainte-Beuve denselben Lehrinstinkt zu finden, der ihr bei Latouche zum Erfolg verholfen hatte, irrte sie. Er ließ ihre Bemerkung kommentarlos vorbeigehen und erklärte nur: »Jetzt ist die Reihe an Ihnen! Sie haben versprochen, mir aus Ihrem neuen Buch vorzulesen.«

»Ja, das will ich. Lassen Sie mich nur noch mein Zigarillo zu Ende rauchen.«

Er betrachtete sie amüsiert. Sie hätte eine Odaliske sein können. Sie trug ein orientalisch anmutendes Gewand, das das Exotische in ihrem Aussehen unterstrich. »Eigentlich sollten Sie kein Zigarillo rauchen, sondern eine Nargileh«, konstatierte er.

»Das ist ein guter Vorschlag!« entgegnete George lachend. »Ich werde irgendeinen Märchenprinzen bitten, mir eine zu schenken.« Sie warf das Zigarillo ins Feuer, legte Sainte-Beuves Papierbündel ehrfürchtig auf einen kleinen Tisch, griff nach ihrem eigenen Manuskript und begann mit leiser Stimme zu lesen.

Ihr Buch begann mit einem Briefwechsel zwischen der schönen Lélia und dem jungen Sténio, der sie liebte, aber nie erhört wurde, und ging dann in freie Prosa über.

Was Sainte-Beuve hörte, paßte genau in die Reihe der romantischen Romane, die mit Goethes »Werther« angefangen hatte, und die das Publikum liebte. Georges Beschreibungen waren plastisch und farbig, ihre Wortwahl oft von origineller Direktheit.

Auf einem phantastischen, prunkvollen Maskenball begegnete die ernste, stets traurige Lélia ihrer Schwester, die eine Kurtisane geworden war.

Sainte-Beuve horchte auf. Sollte sie mit dieser Kurtisane etwa Marie Dorval gezeichnet haben, überlegte er.

Die Schwestern ergingen sich in Jugenderinnerungen. Die Kurtisane führte das Wort. »Wir schliefen ruhig in unserem Garten«, las George vor, »die Zedern hauchten ihre balsamischen Düfte und der glühende Südwind küßte unsere feuchten Stirnen... An diesem Tag enthüllte mir ein höchst verwirrender, aber auch berauschender Traum das Geheimnis, das mir bis dahin undurchdringlich schien... Ich träumte, daß ein schöner Mann sich über mich beugte, meinen Mund mit seinen warmen roten Lippen berührte... und ich erwachte beklommen, zitternd und glücklicher, als ich jemals gewesen war. Du, meine Schwester, lagst neben mir. Ich erhob mich leise und betrachtete dich mit einer sonderbaren Neugier, mit einer bisher nie gekannten Erregung... In deinem Gesicht war etwas so Männliches, das mich fast hinderte, dich zu erkennen. Ich fand, daß du dem schönen schwarzlockigen Mann glichst, von dem ich eben geträumt hatte. Zitternd küßte ich deine Wangen. Da öffnetest du die Augen, und dein Blick erfüllte mich mit Scham, als ob ich etwas Schlechtes begangen hätte...«

Natürlich ist das die Dorval, stellte Sainte-Beuve in Gedanken fest. Phantastisch, diese impertinente Offenheit, mit der sie die Freundschaft preisgibt, über die ganz Paris klatscht. Recht hat sie!

Jetzt war es an Lélia, der Schwester Geständnisse zu machen. »Als ich gerade ins Leben eintrat«, fuhr George fort zu lesen, »und noch nichts von der Wirklichkeit wußte, kam ein Mann ... und ich liebte ihn mit der gleichen Liebe, mit der ich Gott und den Himmel geliebt habe, die Sonne und das Meer. Aber dieser Mann kannte andere Vergnügungen und wollte sie mit mir teilen ... Ich suchte in ihm mein unersättliches Bedürfnis nach Glück. Da aber keine körperliche Vereinigung es mir geben konnte, war es eine nie endende Qual ... Daß ich ihn so lange liebte, lag zweifellos an der fieberhaften Erregung meines Gemüts, die durch die nie erlangte Befriedigung erzeugt wurde. Ich empfand eine fremdartige, rasende Begierde, die keine fleischliche Umarmung stillen konnte. Wenn er gesättigt und zufrieden neben mir eingeschlafen war, blieb ich starr und bestürzt an seiner Seite ... Mein Herz schlug heftig, heiß stieg mir das Blut zu Kopfe, ich zitterte. Ich spürte die Erregung und die süße Verwirrung der körperlichen Liebe. Die Versuchung war groß, ihn zu wecken und die Liebkosungen zu wiederholen, die ich nicht hatte genießen können. Aber ich widerstand diesem trügerischen Wunsch, denn ich wußte, daß er meine Leiden nicht hätte beruhigen können ... Ich bekämpfte den Dämon der Hoffnung, der in mir noch wach war. Ich entfloh dem Lager der Wollust, diesem Heiligtum der Liebe, das das Grab meiner Illusionen und meiner Kraft geworden war.«

George legte das Manuskript beiseite. »Ich denke, das reicht für heute«, sagte sie sanft und steckte sich ein neues Zigarillo an.

Nach einem Schweigen, das George beunruhigte, fragte Sainte-Beuve: »Lélia ... das sind Sie?«

»Ja. Ganz und gar.«

Sainte-Beuve blickte sie forschend an. Dann sagte er:

»Sie machen mir angst.«

»Ich mache mir selber auch oft angst. Jetzt begreifen Sie, warum ich ewig auf der Suche nach Erfüllung bin und immer wieder enttäuscht werde.«

»Wenn das wirklich so ist«, sagte Sainte-Beuve, »könnte es dann nicht vielleicht Ihre eigene Schuld sein?«

»Ich bin gern bereit, die Schuld auf mich zu nehmen. Aber ich brauche Hilfe, mein Freund. Eine Hilfe, die Sie mir geben könnten. Das weiß ich.«

»Sie erwarten zuviel von mir.« Er stand auf. »Ich möchte Sie bitten, mir noch mehr aus Ihrem Roman vorzulesen. Aber nicht heute. Ich bin sehr angetan von dem, was ich gehört habe.«

Nachdem Sainte-Beuve gegangen war, griff George nach seinem Manuskript und begann zu lesen. Aber ein ärgerlicher Gedanke, der sie wie ein Stachel im Fleisch quälte, störte ihre Konzentration. Sainte-Beuve hatte gesagt, er habe Angst vor ihr, und sie hatte ihm irreführend und nichtssagend geantwortet. Immer wieder passierten ihr solche Fehler im Gespräch, und sie kam nie zur Ruhe, bevor sie sie nicht korrigieren konnte, was ihr brieflich viel besser gelang als mündlich.

Also griff sie zur Feder.

»... Ihr Buch ist schön. Ich kann nicht sagen, warum. Beurteilen ist nicht mein Metier. Aber es hat mir das Herz durchdrungen, wie es eben der Bericht über ein schmerzerfülltes und kraftvolles Leben tut, der mit einfachen und tiefen Worten geschrieben ist, mit einer innerlich gesammelten Seele und heiligen Ideen. Wieviel wertvoller Sie sind als ich, mein Freund, wieviel jünger, tugendhafter und glücklicher.«

Nach diesem etwas aus der Luft gegriffenen Lob über sein Buch kam sie zu dem Punkt, an dem ihr lag: »Nachdem Sie ›Lélia‹ zugehört hatten, sagten Sie etwas, das mir weh tat. Sie sagten, Sie hätten Angst vor mir. Ich bitte Sie inständig, verjagen Sie diese Angst, und verwechseln Sie den Menschen nicht allzu sehr mit seinen Leiden. Sie haben die Leiden gehört. Aber Sie wissen, daß der Mensch sich in Wirklichkeit oft hinter ihnen versteckt und folglich weniger poetisch, weniger böse und weniger verdammt ist als sein Dämon. Sie sind dem Wesen der Engel näher! Reichen Sie mir die Hand und überlassen Sie mich nicht dem Teufel! Glauben Sie nicht zu sehr an meine satanische Natur. Ich schwöre Ihnen, sie ist nichts als eine Pose.«

Als sie das zu Papier gebracht hatte, blätterte sie erleichtert weiter in seinem Manuskript, über das sie schon alles gesagt hatte, was sie sagen konnte.

Sainte-Beuve ließ sich lange bitten, bevor er George aufsuchte, um mehr von »Lélia« zu hören.

Sowie die Lesung vorbei war, die ihn wieder stark beeindruckte, brachte George mit erstaunlicher Direktheit das Anliegen zur Sprache, auf das es ihr ankam. Sie sehne sich nach einem Freund, einem Vertrauten, gestand sie, mit dem sie ihre Probleme besprechen könnte, der ihr helfen würde. Sie fühle sich oft im Stich gelassen und neige dann zur Melancholie.

Sainte-Beuve, der ersehnte Freund, gab vor, sie nicht zu verstehen. »Ich glaube, ich kenne jemand, der genau der Mensch sein könnte, nach dem Sie suchen und der auch Ihre Melancholie kurieren würde«, sagte er nachdenklich. »Er ist jung, sehr jung und ungeheuer begabt. Ich denke an Alfred de Musset.« Musset war ihm eingefallen, weil in Aussehen und Alter eine gewisse Ähnlichkeit zwischen ihm und Jules Sandeau bestand, und er annahm, dies wäre der Typus, der George in Versuchung bringen könnte.

»Alfred de Musset«, wiederholte George gedehnt, und ihre Stimme verriet grenzenlose Enttäuschung über diesen Vorschlag. »Musset paßt überhaupt nicht zu mir! Er ist ein Dandy! Wir haben nichts Gemeinsames! Überhaupt nichts!«

»Woher wollen Sie das wissen? Kennen Sie ihn denn?«

»Vom Sehen. Er thronte in einer Loge bei der Premiere von ›Antony‹, als ich mich mit meinen alten Freunden im Parterre rumdrückte. Er sah aus, wie... wie eine Schneiderpuppe... so gepflegt... so elegant gekleidet. Außerdem hört man ziemlich schlimme Dinge über ihn.«

Sainte-Beuve mußte lachen. »Das tut mir leid. Ich wußte nicht, daß Sie in dieser Hinsicht so empfindlich sind!«

George wurde ärgerlich. »Sie verstehen mich nicht. Sie wollen mich nicht verstehen.«

»Machen Sie mir einen Vorschlag! Wer es auch sei, wenn ich ihn kenne, werde ich ihn mit Vergnügen bei Ihnen einführen«, versprach er und hoffte, gründlich von sich selbst abgelenkt zu haben.

»Ich denke an...«, es dauerte einige Sekunden, bis ihr ein Name einfiel, »... an Alexandre Dumas. Sein ›Antony‹ hat mich sehr beeindruckt.« Und mit durch Charme gemildertem Sarkasmus fügte sie hinzu: »Außerdem ist er ein würdiger alter Herr. Ganze zwei Jahre älter als ich. Und nicht so ein junger Fratz wie Ihr Musset!«

Sainte-Beuve versprach, sie möglichst bald mit Dumas zu besuchen.

Beim Verabschieden sagte George: »Adieu, mein Freund! Wie gern würde ich Ihre Zuneigung verdienen. Aber ich merke mehr und mehr, daß Sie viel besser sind als ich... und das ärgert mich.«

Unter den scheinbar heiteren Worten lag so viel Traurigkeit, daß Sainte-Beuve gerührt war.

George stand mit flammenden Augen vor ihrer Freundin Marie Dorval, die in einem reizenden Negligé am Toilettentisch saß und sich im Handspiegel betrachtete.

»Sieh mich an!« befahl George. »Bin ich so abstoßend, daß man sich vor mir fürchten muß?«

Marie legte den Spiegel beiseite und blickte George vergnügt an. »Ich habe mich noch nie vor dir gefürchtet!«

»Bin ich ein Ungeheuer?« beharrte George. »Oder bin ich schon so bejahrt, daß man mich zum alten Eisen werfen muß?«

Marie lachte. »Du redest furchtbaren Unsinn heute morgen.«

»Das ist kein Unsinn!« widersprach George. »Seit Wochen und Wochen bemühe ich mich vergeblich um einen Mann, den ich liebe und verehre. Aber er hat Angst vor mir! Er hat es selbst zugegeben.«

»Dann bemühst du dich um den falschen Mann!«

»Nein!« rief George leidenschaftlich. »Er ist der richtige!«

»Von welchem Feigling redest du? Sei nicht so geheimnisvoll!«

George seufzte und gestand: »Von Sainte-Beuve.«

Marie wurde ernst. »Du hättest dir keinen falscheren aussuchen können. Bei ihm hast du überhaupt keine Chancen!«

»Warum nicht? Macht er sich nichts aus Frauen?«

»Oh, doch! Aber er gehört zu den seltenen Männern, die ihr Leben lang nur eine Frau lieben.«

»Und wer ist die Glückliche?«

»Adèle Hugo.«

George sah Marie überrascht an. »Die Frau von Victor Hugo?«

»Ja.«

»Und was sagt er dazu?«

»Ich weiß es nicht. Die Hugos sind geheimnisvoll und äußerst diskret. Man ahnt vieles, aber man weiß nichts Genaues.«

»Dann sage ich dir jetzt etwas Genaues!« rief George.

»Vor Adèle Hugo fürchte ich mich nicht! Mit ihr nehme ich es jederzeit auf!«

Marie erhob sich und schloß George in die Arme. »Sei nicht so halsstarrig«, sagte sie zärtlich. »Du mußt nicht jeden Mann haben, den du dir in den Kopf gesetzt hast! Tu mir den Gefallen und laß die Finger von Sainte-Beuve!«

»Vielleicht hast du recht«, gab George etwas kleinlaut zu.

»Deine Freundin Marie hat immer recht, wenn es um solche Dinge geht.« Sie streichelte Georges Wangen. »Ich will nicht, daß man dir weh tut. Verstehst du?«

George hatte die feste Absicht gehabt, Maries Rat zu befolgen, aber sie konnte es einfach nicht. Wenn sie sich nicht geliebt fühlte, empfand sie eine solche Leere, eine solche Kälte um sich, daß sie von finsteren Gedanken geplagt wurde. Also schrieb sie weiter ihre kleinen Briefe an Sainte-Beuve, bat immer wieder um seinen Besuch und lud ihn schließlich ein, bei ihr zu speisen.

»Wenn Sie nicht hungrig sind, so ist das kein Grund, mir abzusagen«, schrieb sie. »Mir liegt nicht daran, daß Sie essen, ich will mit Ihnen sprechen können, ohne gestört zu werden.«

»Ich werde Sie nicht besuchen«, schrieb er zurück, »und mache mir deshalb täglich Vorwürfe. Die Tatsache ist, daß ich leidend bin, wütend und müde ... Ich brauche nichts so sehr wie Ruhe. Ich komme mit meinem Buch nicht von der Stelle ... Entschuldigen Sie also bitte, daß ich nicht zum Diner kommen kann, bevor sich die Ideen in meinem Kopf etwas gelichtet haben. Wenn es soweit ist, komme ich, und wir werden über ›Lélia‹ sprechen. Das wird mich beleben. Das ist mir das Liebste: Lesen – und dann mit denen sprechen, die das Gelesene geschrieben haben ...« Er erklärte auch, warum das Zusammentreffen mit Dumas vorerst nicht zustande käme, Dumas sei verreist.

Sainte-Beuve war ganz bereit, Georges Berater und Freund zu sein, vielleicht auch ihre Geständnisse entgegenzunehmen, aber keinesfalls wollte er sich in den Reigen von Georges Liebhabern einordnen lassen, zu dem der Pariser Klatsch längst auch den Kritiker Planche rechnete und Georges ersten Förderer Henri de Latouche, dessen Wohnung sie übernommen hatte und den sie öfter auf seinem Landsitz besuchte. Niemals wollte Sainte-Beuve George ganz verlieren. Dazu interessierte und faszinierte sie ihn viel zu sehr. Hier war eine Frau, die offensichtlich viele Liebschaften gehabt hatte, sich aber als unfähig schilderte, Befriedigung zu empfinden. War das ein Widerspruch, fragte er sich, oder war die sich angeblich stets wiederholende Enttäuschung der Antrieb für die Suche nach Erlösung von dem, was Lélia als ihren Fluch bezeichnete? Er versuchte Georges Gedankengänge nachzuvollziehen, analysierte ihren Charakter, sezierte ihn förmlich. Vor allem aber glaubte er fest an ihr großes schriftstellerisches Talent.

Mit jedem Brief, den sie ihm schrieb und jeder Absage, die sie erhielt, wurde George unsicherer. Sie war weit von dem Siegesbewußtsein entfernt, das sie in ihren ersten Pariser Monaten so strahlend und erfolgreich zur Schau getragen hatte.

Als sie sich nicht mehr zu helfen wußte, schrieb sie ihm einen Brief, von dem sie hoffte, daß er lustig klang. Aber Sainte-Beuve konnte die Verzweiflung zwischen den Zeilen lesen.

»Mein Freund, Sie sind ein äußerst seltsames Exemplar«, schrieb sie. »Ich habe Ihr Verschwinden über mich ergehen lassen, aber jetzt dauert es, glaube ich, schon mindestens einen Monat, und ich kann es nicht mehr mit Vergeßlichkeit oder Faulheit erklären. Ich bin ein sehr duldsamer Mensch. Aber wenn ich annehmen muß, daß sich hinter diesen lang anhaltenden Launen hintergründige Dinge verstecken, dann wäre mir eine offene Grobheit von Ihnen lieber als diese anmaßende, störrische Zurückhaltung, die mich weiß Gott was vermuten läßt. Ich suche in meinem Lebenswandel nach irgendeinem schweren Makel, der Ihre erhabene Gegenwart verscheucht. Ich frage mich, ob es in meiner Umgebung irgend etwas gibt, das Sie verletzt, oder etwas an mir, das Sie abstößt.

Ich sehe da zwei mögliche Gründe. Der eine scheint mir glaubhaft, aber trist, der andere dumm und albern. Der eine wäre, daß ich Sie traurig stimme, daß mein zur Schwermut neigender Charakter ein Ihnen peinliches Spektakel bietet und Ihr jugendliches Vertrauen in das Leben trübt. Das könnte ich verstehen.

Der zweite wäre, daß Sie in irgendeine eifersüchtige Frau verliebt sind, die mir die Ehre antut, mich für eine Rivalin zu halten und Ihnen verbietet, mich zu besuchen. Könnten Sie sie nicht davon überzeugen, daß ich dreihundert Jahre alt bin und als Frau schon abgedankt hatte, als ihre Großmutter geboren wurde?

Mein Freund, wenn ich Ihnen nicht gefalle, sagen Sie es frei heraus! Wie groß auch meine Trauer sein würde, eine Freundschaft zu verlieren, die mir kostbar ist und die ich über alles schätze, so ist mir die Gewißheit doch um vieles lieber als Ungewißheit. George.«

Fünf lange Tage wartete sie auf Antwort. Dann konnte sie das Warten nicht länger ertragen. Sie schrieb ihm:

»Es gibt keine Freundschaft, es gibt überhaupt nichts. Wir sind nur ein Ameisenhaufen von hochmütigen Lügnern!... Tun Sie, was Sie wollen, mein Freund, ich werde Sie nicht mehr quälen. Sind Sie glücklich? Um so besser! Dafür segne ich den Himmel und finde, daß Sie recht haben, mich zu meiden. Ich bin nicht fröhlich, aber die Einsamkeit gefällt mir. Sollte Ihr Glück ein Ende haben und

Sie mich an einem Tag der Traurigkeit oder der Langeweile brauchen, zählen Sie immer auf mich. G. S.«

Tage später erhielt sie die Erklärung, warum er nicht früher geantwortet hatte. Seine Mutter war erkrankt, er mußte zu ihr eilen.

Dann ging Sainte-Beuve auf ihre Briefe ein.

»Es gibt eine Seite von Ihnen, eine dunkle Seite, die mir fremd ist und die ich nicht verstehe. Sie ließ mich sagen: Ich habe Angst vor Ihnen! Seit ich Sie besser kenne, schätze und bewundere ich Ihre andere Seite außerordentlich, die männliche Loyalität vereint mit weiblicher Grazie. Aber es bleibt immer ein mysteriöser Punkt zurück, der mit Ihrem Genie und Ihren Geheimnissen zusammenhängen mag und den Sie wohl selbst nicht erklären können.« Er schloß: »Adieu, Madame, seien Sie nicht so gnadenlos gegen sich selbst und gegen die Schöpfung. Unterziehen Sie sich nicht der Mühe, mir zu antworten und glauben Sie mir, daß ich auf die Fortsetzung unserer ernsthaften Freundschaft zähle. Ihr respektvoll ergebener Sainte-Beuve.«

Dieser heißersehnte Brief tröstete sie nicht. Sie las nur heraus, daß sie ihm nicht mehr schreiben sollte.

Das vertiefte ihre Verzweiflung.

5

Wenige Wochen später begegnete George in den Räumen der »Revue des deux Mondes« dem Schriftsteller Prosper Mérimée. Beide hatten an einer Redaktionsbesprechung mit Buloz teilgenommen, dem Herausgeber der Zeitschrift.

Beim Verlassen des Hauses kamen sie miteinander ins Gespräch, das sie in einem Café fortsetzten. Mérimée machte George sofort heftig den Hof, was sie nach den verletzenden Erfahrungen mit Sainte-Beuve als tröstlich empfand.

Sie vermied es, ihn in ihre Wohnung einzuladen, aber sie trafen sich bald zu langen Spaziergängen am Ufer der Seine. Seine amüsanten Sarkasmen, hinter denen sie eine Melancholie vermutete, die der ihren glich, lenkten sie von ihrem Kummer ab.

Er war viel gereist und konnte interessant von fremden Ländern erzählen. Fast ein halbes Jahr hatte er in Italien bei seinem Freund Stendhal verbracht, der französischer Konsul im Kirchenstaat war. Von dort war er nach Spanien gezogen, wo er sich so wohl fühlte, daß ihm der Abschied schwer fiel. Besonders die spanischen Zigeuner hatten es ihm angetan. Zu seinen Plänen gehöre ein Roman über eine Zigeunerin, die Carmen heißen sollte und wie George aussehen müsse, behauptete er.

Neben seiner schrifstellerischen Tätigkeit bekleidete der stattliche Mérimée das Amt eines Inspektors der historischen Denkmäler Frankreichs. Er besaß Einfluß, seine Verbindungen reichten bis in hohe Regierungskreise.

Obwohl er also alles andere als ein Bohemien war, äußerte er mit verblüffender Offenheit immer wieder den Wunsch, ihre aufblühende Freundschaft durch Intimitäten zu vertiefen. Darüber sprach er mit einer selbstverständlichen Sachlichkeit, wie George sie nur in Gesprächen zwischen Männern vermutet hätte. Das Ziel solcher lebemännischen Betrachtungsweise zu sein, war neu für sie. Verbrämende Worte wie Liebe oder auch nur Verliebtheit kamen nie über seine Lippen. Seine durchaus dringlichen Aufforderungen hätten ebensogut einem köstlichen Diner in einem erstklassigen Restaurant gelten können wie dem Verlangen nach intimen Beziehungen. Auf den Genuß kam es ihm an.

George war keinesfalls bereit, seinen Wünschen ohne weiteres nachzugeben. Sie verdächtigte ihn, zu den von ihr verabscheuten Dandys zu gehören. Zu den Snobs, wie das neue Modewort lautete, für die sie keinen Gebrauch hatte. Als er sie zu einer Vorstellung von Meyerbeers neuer Oper »Robert der Teufel« einlud und etwas von einem anschließenden Souper andeutete, brachte sie ostentativ die vierjährige Solange mit in die Loge.

Wenn Mérimée verärgert war, ließ er es sich nicht anmerken. Lange bevor der letzte Vorhang fiel, war Solange fest eingeschlafen. Der Schlußapplaus weckte sie unsanft. Mérimée setzte sich das verschlafene Kind auf die Schultern und stolzierte mit ihm durch die aus der Oper strömenden eleganten Besucher auf die Straße.

George deutete das als eine echte Konzession an ihre nicht gerade auf gesellschaftliche Formen bedachte Lebensweise und war beeindruckt.

Sie erzählte ihm nun oft von der Arbeit an ihrem neuen Buch und kokettierte damit, ganz Lélia zu sein, die unerfüllte, unbefriedigte Frau. Sie schilderte Mérimée, was ihm blühen würde, wenn sie tatsächlich seinem Drängen nachgeben sollte. Eine eiskalte Frau würde neben ihm liegen, die niemals an seiner Wollust teilhaben konnte.

Mérimée lachte sie aus. Seine Spezialität sei es, Eis zum Schmelzen zu bringen. Sie solle es nur auf eine Probe ankommen lassen.

Die scherzhafte Unterhaltung mit frivolen Untertönen resultierte in Georges Einladung, am nächsten Abend bei ihr das Souper einzunehmen.

Man speiste, man trank, ein gutgelaunter Mérimée brillierte mit witzigen Bonmots und Anekdoten. George blieb schweigsam.

Man ging ins Boudoir.

Mérimée entledigte sich seines Jacketts, lockerte den Kragen und setzte sich bequem, die Beine weit ausgestreckt, in einen Sessel, um zuzusehen, wie die Zofe George beim Entkleiden half.

George graute plötzlich vor Mérimée und vor dem Schauspiel, das Jeannine und sie ihm boten. Mit zusammengebissenen Zähnen ließ sie das Mädchen walten, ohne jede Ziererei und ganz ohne Koketterie.

George hatte die beliebte und erprobte Ouvertüre erotischer Zusammenkünfte, die Zeremonie des Entkleidens, jeden Reizes beraubt.

Entgeistert und enttäuscht hatte Mérimée ihr zugesehen. Er ahnte, was passieren mußte. George hatte ihm das Vergnügen gründlich verdorben. Eine Vereinigung war unmöglich.

Er verlangte Hilfe von ihr. Sie verweigerte sie ihm. Er ließ die Maske des Liebhabers fallen und machte sich mit beißendem Spott über sie lustig, worauf sie, um das Maß ihres Unglücks voll zu machen, in Tränen ausbrach.

Mérimée verließ die Wohnung, so schnell er konnte.

Die doppelte Blamage wäre nicht so katastrophal gewesen, hätten beide Akteure taktvoll geschwiegen.

Aber George lief noch in derselben Nacht zu ihrer Freundin Marie Dorval, um ihr unter dem Siegel der Verschwiegenheit ihr Unglück zu beichten. »Ich bin bald dreißig Jahre alt«, schluchzte sie, »und habe mich benommen wie ein albernes Schulmädchen! Ich schäme mich entsetzlich! Nie, nie werde ich so sein können wie du! Oh, wie ich dich beneide!«

Marie tröstete sie, so gut sie konnte.

Am nächsten Abend besuchte Alexandre Dumas seine Hauptdarstellerin in ihrer Garderobe. Er war gerade nach Paris zurückgekehrt und wollte von ihr den neuesten Klatsch hören.

Marie sah plötzlich eine Gelegenheit, ihre Freundin George an Prosper Mérimée zu rächen. Sie berichtete dem Klatschmaul Dumas, daß die Sand gestern mit Mérimée geschlafen habe. Er sei eine totale Niete gewesen, habe sie ihr erzählt.

Maries Worte machten schnell die Runde. Sie kamen auch Mérimée zu Ohren, der, obwohl in seiner Männlichkeit tief verletzt, sein Versagen zugab. Schließlich hatte Stendhal einmal dieselbe Niederlage erlitten und sie ebenso offen zugegeben. Allerdings schob Mérimée die volle Verantwortung für das, was passiert oder vielmehr nicht passiert war, George zu.

Mérimée war als Schriftsteller, sowie seiner anderen Ämter wegen, einem großen Kreis bekannt. George hatte sich stets durch Männerkleidung und Zigarrenrauchen bemüht, Aufmerksamkeit zu erregen. Es war also kein Wunder, daß beide für lange Zeit zum Gesprächsthema wurden und Spott und Schadenfreude über sich ergehen lassen mußten.

Wer für George war, gab Marie Dorval wegen ihrer Schwatzhaftigkeit die Schuld an dem Skandal. Nur George begriff, daß Marie auf ihre besondere Art ihr Gutes tun wollte und verteidigte sie mutig gegen alle Angriffe.

Um nicht noch tiefer in die Verzweiflung über ihr Debakel zu versinken, sann George auf Flucht.

Nohant war früher immer das Ziel ihrer Fluchtversuche gewesen, aber ihr Sohn, Maurice, der einzige Mensch, dessen sie dort mit Liebe gedachte, war inzwischen Schüler im Collège Henri IV geworden, einem Pariser Internat.

Sie ließ sich zu dem Kollegium fahren und bat, man möge Maurice mit ihr ausgehen lassen. Das wurde gestattet, aber Maurice erwies sich als wenig hilfreich. Er hatte Ärger mit zwei Klassenkameraden gehabt und konnte über nichts anderes sprechen. Nach einem kurzen Spaziergang verzehrten Mutter und Sohn jeder eine große Portion Speiseeis, dann verschwand Maurice wieder hinter den Mauern des Instituts.

Nun pilgerte George zu ihrer Mutter, die gut versorgt in einer netten kleinen Wohnung am Boulevard Poissonière wohnte.

Die Mutter war ein dunkler Punkt in der Familie.

Sophie-Victoire, Tochter eines Vogelhändlers, der seine Waren am Ufer der Seine feilbot, erregte früh die Aufmerksamkeit der Männer. Sie trat als Statistin in mehreren Boulevardtheatern auf und folgte dann wie eine Marketenderin den bonapartistischen Truppen auf dem Feldzug nach Italien.

Als Leutnant Maurice Dupin ihr begegnete, war sie die Geliebte seines Generals, den sie ohne zu zögern verließ und mit ihm nach Paris zurückkehrte.

Bevor die hochschwangere Sophie-Victoire niederkam, heiratete Maurice sie, sehr gegen den Willen seiner Mutter, der alten Madame Dupin.

George, oder vielmehr damals Aurora, war vier Jahre alt, als ihr Vater sich bei einem Sturz vom Pferd das Genick brach.

Sophie-Victoire wurde nach Paris verbannt, das Kind aber blieb bei seiner Großmutter. Die kleine Aurora litt unter der Trennung und sehnte sich nach der Mutter, die sie immer wiedersah, wenn sie in Paris war. Im Lauf der Jahre aber wurden diese Besuche seltener.

Inzwischen war Madame Dupin von einer leichtsinnigen und leichtlebigen Frau zu einer Frömmlerin geworden. Auroras Lebensgewohnheiten – der Name »George« würde nie über ihre Lippen kommen – waren ihr ein Greuel. Oft genug hatte sie ihr Mißfallen zum Ausdruck gebracht. Aber die Mérimée-Affaire, über die sie aus rätselhaften Quellen erstaunlich gut unterrichtet war, überstieg ihrer Ansicht nach alles, was die Tochter ihr bisher angetan hatte.

»Daß du dich zu mir wagst, nach allem, was passiert ist!« waren ihre Begrüßungsworte.

George erkannte zu spät, daß es falsch war, hierher zu kommen.

»Du weißt ja, wie entsetzt ich bin über das Leben, das du führst«, fuhr die Mutter fort. »Ich habe nie ein Geheimnis aus meinen Gefühlen gemacht. Aber diese Geschichte mit Prosper Mérimée… die schlägt dem Faß den Boden aus. Ich schäme mich vor den Nachbarn. Deinetwegen!«

»Möchten Sie, daß ich wieder gehe?« fragte George.

»Jetzt, wo du da bist, bleib! Meinetwegen! Setz dich! Vielleicht kannst du mir erklären, wie das passieren konnte?!«

»Nein, das kann ich nicht«, entgegnete George, ohne sich zu setzen.

»Ich bin eine große Verehrerin von Prosper Mérimée! Er ist ein wirklich guter Schriftsteller«, ereiferte sich Madame Dupin weiter.

George begutachtete mit den Fingern die Blumenerde in den zahlreichen Töpfen, die auf dem Fensterbrett standen. »Sie haben vergessen, die Blumen zu gießen«, konstatierte sie.

»Ich schätze Prosper Mérimée sehr!« beharrte die Mutter.

»Was haben Sie denn von ihm gelesen?«

Madame Dupin war irritiert. »Ich kann mich im Augenblick nicht an den Titel erinnern. Aber es war ein schönes Buch. Ein sehr schönes!«

»Möchten Sie, daß ich die Blumen gieße?« versuchte George wieder abzulenken.

»Ich möchte, daß du mir zuhörst!« befahl Madame scharf.

»Ich höre Ihnen zu. Prosper Mérimée ist ein wunderbarer Schriftsteller, haben Sie gesagt. Womit Sie vermutlich sagen wollten, daß er besser ist als ich.«

»Das habe ich nicht gesagt!«

»Aber gedacht!«

Etwas weniger kriegerisch erklärte die Mutter: »Er tut mir aufrichtig leid.«

»*Ich* sollte Ihnen aufrichtig leid tun!«

Madame Dupin sah ihre Tochter fast erstaunt an. »Ja«, sagte sie dann, »vielleicht tust du mir auch leid. Aber eins muß ich dir sagen, Aurora. Wenn einem Mann das zustößt, was ihm zugestoßen ist, dann ist das immer«, und sie wiederholte betont, »*immer* die Schuld der beteiligten weiblichen Person! Zumindest ist das meine Erfahrung.«

George hatte ihr aufmerksam zugehört. »Vielleicht haben Sie recht, Mama. Vielleicht haben Sie wirklich recht.« Und nach einem Seufzer: »Ich muß jetzt gehen.«

»Du wolltest doch die Blumen gießen!«

»Nicht heute. Heute müssen Sie sie schon selber gießen. Ich fühle mich nicht sehr gut.« George klang bitter.

Madame sah der Tochter ins Gesicht. »Du siehst auch schlecht aus.«

George nickte. »Ich weiß. Aber Sie sehen blendend aus. Gesund und rosig. Adieu, Mama!«

Als George endlich ihre Wohnung erreichte, fand sie unerwarteten Besuch vor: Gustave Planche, den strengen Kritiker, hinter seinem Rücken auch »Gustave der Schreckliche« genannt. Er saß in Georges Lieblingssessel, die staubigen Schuhe auf ihren Seidenkissen, und rauchte eines ihrer Zigarillos.

George war so glücklich, jemanden zu sehen, an dessen Freundschaft sie nicht zu zweifeln brauchte, daß sie ihn mit einer Liebenswürdigkeit begrüßte, die sein bitteres Herz erwärmte.

Planche war im Auftrag von Buloz gekommen. Der Herausgeber der »Revue des deux Mondes« beabsichtigte, am nächsten Sonntag im Restaurant Lointier ein Festessen für seine Mitarbeiter zu geben. Planche sollte George die Einladung übermitteln.

»Ich bin leider gar nicht in der Stimmung, unter Menschen zu gehen«, klagte sie dem Freund.

»Dagegen gibt es nur eine Medizin!«

»Und die wäre?«

»Unter Menschen zu gehen!«

George mußte lachen.

»So ist es besser! Ich werde Sie rechtzeitig abholen.«

»Halt! Nicht so schnell! Ich habe mich noch nicht entschlossen!«

»Sie würden sich eine einzigartige Gelegenheit entgehen lassen«, warnte Planche. »Eine Gelegenheit, die sich keine schöne Frau entgehen lassen sollte!«

»Wovon reden Sie?« fragte George gequält. »Ich kann heute keine Rätsel raten.«

»Sie, liebste George, würden das einzige weibliche Wesen unter lauter berühmten Männern sein, die Ihnen alle zu Füßen liegen werden!«

»Das ist eine Versuchung, der ich schwer widerstehen kann«, sagte George nachdenklich.

Am Arm von Planche betrat George mit sorgfältig berechneter Verspätung den hinteren Saal bei Lointier, in dem das Festessen stattfand. Sie sah strahlend aus, war auf das sorgfältigste frisiert und trug ein tief dekolletiertes, mit cremefarbenen Spitzen verziertes schwarzes Taftkleid. Vom Gürtel hing ein kleiner silberner Dolch...

6

»...Mir fehlt der Mut zur Arbeit. Was soll ich tun? Mich auf althergebrachte Traditionen zurückziehen? Oder werde ich etwas Originelles fertig bringen? Trotz meiner Verse und trotz meiner Person? Ich will nichts schreiben, wenn ich nicht Shakespeare oder Schiller sein kann! Das heißt doch wohl, daß ich auf der Stelle damit aufhören sollte!

Ich bin oft so verzweifelt, daß ich mein Leben gern für zwei Groschen hergeben würde, wenn... ja, wenn ich dazu nicht vorher sterben müßte. Sollte mir aber eine hübsche Frau begegnen, würde ich den ganzen Klumpen von Menschenfeindlichkeit, den ich hier einen Monat lang zusammengetragen habe, auf der Stelle vergessen. Sollte sie mir dann auch noch schöne Augen machen, verspreche ich, sie mindestens sechs Monate lang anzubeten.

Ich kann nur hoffen, daß ich mit dem Alter reifer werde. So, wie ich jetzt bin, sollte man mich einfach ins Wasser werfen. Ich sehne mich nach einem zierlichen Fuß, nach einer schlanken Taille... nach Liebe! Ich würde sogar meine Kusine lieben, die alt und häßlich ist, wäre sie nicht so pedantisch und geizig.

Man schläfert Kranke mit Opium ein, obwohl man weiß, daß der Schlummer ihnen den Tod bringen kann. So möchte ich meine Seele einschlafen lassen. Dabei glaube ich noch an das Glück, obwohl ich gerade jetzt sehr, sehr unglücklich bin, denn ich bin nicht verliebt.

Ich bin zweitausend Meilen weit davon entfernt. Aber ich weiß, daß ich zur Liebe geschaffen bin.

Oh, glaub mir, das ist für mich das Glück: Wenn ich auf der Straße im Vorbeigehen ein junges Mädchen sehe, das mir auf den ersten Blick hübsch erscheint, drehe ich mich nicht nach ihr um, aus Angst, der zweite Blick könnte mir beweisen, daß der erste sich getäuscht hat. Also laufe ich schnellstens davon, trage in mir ein Bild – halb wahr, halb falsch – und verschönere es mit der Kraft meiner Phantasie. Ich brauche eben irgendeine Ausschweifung!

Jetzt lachst du über mich, den Menschenfeind. Nein, mein Freund, in Wahrheit bin ich gar keiner, denn ich liebe dich mehr als mich selbst, und genau wie ich dich liebe, werde ich eines Tages die Frau lieben, die mich liebt.«

Dies schrieb der sechzehnjährige Alfred de Musset an seinen Schulfreund Paul Foucher während der Ferien, die er auf dem Schloß seines Onkels verbrachte.

Beide besuchten das Collège Henri IV, wohin George Sand wenige Jahre darauf auch ihren Sohn Maurice bringen wird. Das Kollegium stellte große Ansprüche an seine Schüler, die meist aus privilegierten Kreisen stammten. Die Eliteschule erfolgreich durchlaufen zu haben, öffnete alle Türen im späteren Leben.

Musset bestand die Abschlußprüfung mit hohen Auszeichnungen. Er erhielt den ersten Preis für Philosophie, den zweiten für eine Dissertation in Französisch und eine weitere in Lateinisch über den »Ursprung unserer Gesinnungen«. All diese anspruchsvollen Arbeiten hatten ihm keinerlei Anstrengung abgefordert. Die Schule blieb ihm in Erinnerung als eine paradiesische Zeit erster Jugendfreundschaften.

Die Mussets gehörten dem niederen Adel an. Der Vater war Ministerialbeamter, hatte aber eine viel beachtete Biographie über Rousseau geschrieben. Man lebte in relativem Wohlstand. Nach seinem glänzenden Schulabschluß wurde von Alfred erwartet, daß er ein Studium seiner Wahl ergreifen würde. Er belegte Jurisprudenz, wechselte aber bald zur Medizin über.

Die erste Leichenöffnung, der er in der Anatomie beiwohnen mußte, versetzte ihn in Panik. Fast wäre er ohnmächtig geworden. Am Tag nach diesem verhängnisvollen Ereignis gab er das Medizinstudium auf und weigerte sich, ein anderes zu beginnen.

Er wollte Ruhe haben, wollte sich treiben lassen und keine Entscheidung übereilen. In der Schule hatte er reizende Gedichte verfaßt, aber auch sehr talentiert gezeichnet. Wenn er sich nun für eine der beiden Künste entscheiden sollte, wäre es wohl das Schreiben.

Paul Foucher, der Schulfreund, hatte Alfreds Gedichte immer sehr bewundert. Jetzt erbot er sich, sie durch die Vermittlung seiner Schwester Adèle, die mit Victor Hugo verheiratet war, von dem großen Dichter begutachten zu lassen.

Hugo war stark beeindruckt. Er entschloß sich, sie den Dichtern des »Cénacle« vorzulesen. Das Resultat übertraf alle Erwartungen. Ohne eine Gegenstimme wurde Musset in den illustren Kreis aufgenommen, was eine noch nie dagewesene Ehrung war. Sainte-Beuve erklärte: »Alfred de Musset ist der Lenz der Poesie, der vor unseren Augen seine Knospen öffnet. Kein anderer hat jemals so stark in uns die Vorstellung eines Genies erweckt.«

Alfred gelang es nicht ganz, die würdigen Olympier des »Cénacle«, die Victor Hugo, de Vigny, Nodier, Lamartine und wie sie alle hießen, so ernst zu nehmen, wie sie sich selbst nahmen. Seine Verse waren oft ironisch, witzig, manchmal sogar frech. Nicht umsonst war Byron sein großes Vorbild. Auch den bedingungslosen Romantizismus, den die Männer des »Cénacle« auf ihr

Banner geschrieben hatten, teilte er nur bedingt. Er begann den berühmten Kollegen etwas suspekt zu werden.

Als sei es nichts als eine Fingerübung, übersetzte er, als er achtzehn war, Thomas de Quinceys »Bekenntnisse eines englischen Opiumessers« ins Französische. In England war das Buch eine Sensation gewesen. In Frankreich machte es wenig Eindruck. Aber für seinen jungen sensiblen Übersetzer wurde es zu einer Art Meilenstein. De Quinceys Bekenntnisse festigten in ihm den Glauben, der Rausch sei der Quell jeder Kreativität. Er suchte immer wieder, sich in einen rauschhaften Zustand zu versetzen, wofür er nicht unbedingt Opium benötigte. Punsch und Bier genügten, Absinth oder Champagner waren besser. Auch die aufregende Spannung des Glücksspiels berauschte ihn. Vor allem aber war es die Liebe, nach der er sich als Schüler schon so gesehnt hatte. Die Frauen hatten es ihm angetan. In seinen Versen schwärmte er von den jungen unberührten Mädchen. Im Leben aber waren diese wohlbehüteten Geschöpfe für ihn unerreichbar, denn er konnte sie nur für den Preis eines Eheringes gewinnen. Ihm blieb lediglich die Wahl zwischen den reifen, wissenden, verheirateten Frauen, die sich einen Liebhaber nahmen, damit er alle ihre Wünsche erfülle, und den käuflichen Mädchen, die widerspruchslos alle seine Wünsche erfüllten. Die Entscheidung fiel ihm leicht.

Er wußte, daß er hübsch war, und kleidete sich sehr gern gut. Dabei war er extravagant und übertrieb oft das Diktat der Mode. Seine himmelblauen Hosen waren enger als nötig und der Samtkragen seines Gehrocks breiter und länger als vorgeschrieben. So erwarb er sich den Ruf eines Dandys. Aber war Lord Byron, den er tief betrauert hatte, als er vor wenigen Jahren im griechischen Freiheitskampf bei Missolunghi gestorben war, nicht auch ein Dandy gewesen?! Trotz der Ausschweifungen, allen leichtfertigen Spotts und trotz aller Allüren eines Lebemannes, die er sich zu geben versuchte, sah er immer noch wie ein blondgelockter Page aus.

Aus seinem rauschhaften, sorgenfreien, gierigen jungen Leben schöpfte er die Kraft, eine Anzahl aufsehenerregender Gedichte und Verserzählungen zu schreiben, die er in einem Sammelband vereinte und »Contes d'Italie et d'Espagne« nannte. Sie offenbarten, wie weit sich Musset von seinen Gönnern aus der romantischen Schule entfernt hatte. Seine Verse waren kühn und leidenschaftlich, seine Themen immer wieder die Liebe. Ein nie fehlender Zynismus nahm ihnen die Süßlichkeit, die ihnen gefährlich werden konnte und zeugte von dem Einfluß, den Byron auf ihn ausübte.

Von den »Geschichten aus Italien und Spanien« beeindruckt, beauftragte ihn der Direktor des Théâtre de l'Odéon, ein Theaterstück zu schreiben. Er machte sich – mit bei ihm ungewohntem Enthusiasmus – an die Arbeit.

Die Premiere seines Lustspiels, es hieß »Venezianische Nächte«, wurde für den Autor zu einer wahrhaften Tragödie. Es fiel mit Pauken und Trompeten durch.

Zum ersten Mal in seinem Leben war Musset mit dem Mißerfolg konfrontiert. Der Schock war groß. Er ergriff die Flucht genauso resolut, wie er aus dem Anatomiesaal geflüchtet war. Nie wieder würde er ein Theaterstück schreiben, nie wieder sich dem Publikum stellen und sich schutzlos der Ablehnung der Zuschauer aussetzen. Dabei hatte er sich bei der Arbeit an den »Venezianischen Nächten« schon als erfolgreicher Dramatiker gefühlt und Themen für neue Stücke ersonnen.

Dieser erste berufliche Rückschlag wurde durch den plötzlichen Tod seines Vaters zu einem entscheidenden Einschnitt in seinem Leben.

Im Sommer 1831 war in Hamburg die Cholera ausgebrochen, die von dort einen tragischen Siegeszug durch Europa antrat und bald Paris erreichte.

Eines Morgens fühlte sich Monsieur de Musset gar nicht wohl. Er ließ den Arzt kommen. Das besorgte Gesicht des Doktors verhieß den Angehörigen nichts Gutes. Der Vater starb noch in derselben Nacht und ließ die Familie in Trauer und Ratlosigkeit zurück.

Die Rente, die Madame de Musset nach dem Tod ihres Mannes blieb, belief sich auf einen Bruchteil seines früheren Einkommens. Man würde sich einschränken müssen. Vor allem aber brauchte die Familie einen Nachfolger für den Vater, der alle Entscheidungen selbstherrlich getroffen hatte. Alfreds Bruder Paul, sechs Jahre älter als er und Verfasser mäßig erfolgreicher Gesellschaftsromane, sprang in die Bresche und übernahm die Zügel. Ein Teil des Personals wurde entlassen, Madame de Musset verzichtete auf ihre Gesellschafterin. Herminie, die jüngere Schwester, würde sie ersetzen. Alfred versprach hoch und heilig, das Dichten von nun an so ernsthaft zu betreiben, daß es auch Einkünfte bringen würde. Sollte ihm das nicht gelingen, sei er entschlossen, in die Armee einzutreten.

Er machte sich sofort an die Arbeit. Die Themen, die er ursprünglich als Theaterstück konzipiert hatte, schrieb er nun als Lesedramen. Er versah sie mit dem Sammeltitel »Ein Schauspiel im Lehnsessel«.

Seine Idee war neu und machte ihn über den literarischen Kreis hinaus, in dem er schon immer Aufsehen erregt hatte, bekannt. Buloz setzte sich mit ihm in Verbindung und brachte die Versdichtungen in seiner »Revue des deux Mondes« heraus.

In seinen poetischen Phantasien hatte Musset immer wieder rabenhaarige, dunkeläugige Frauen besungen, mit braunem Busen, kleinen Füßen und bernsteinfarbener Haut.

An der Tafel bei Lointier saß er neben einer Frau, die allen seinen Traumvorstellungen entsprach und die, obwohl sie sechs Jahre älter war als er, strahlend jugendlich aussah. Aber das bemerkte er vorerst gar nicht, denn er versuchte sich all das ins Gedächtnis zu rufen, was man ihm über George Sand erzählt hatte. Was ihm auch einfiel, es paßte schlecht zu der schweigsamen Frau an seiner Seite, die geduldig den Tiraden ihres Nachbarn zur Rechten zuhörte.

Als der Nachbar endlich geendet hatte und Madame Sand immer noch schwieg, ergriff er das Wort. »Hatten Sie große Angst vor dieser Ansammlung von Männern heute abend, Madame?« fragte er sie.

»Nein. Wieso?«

»Weil Sie bewaffnet gekommen sind!« Er deutete auf den kleinen Dolch an Georges Gürtel.

Sie lachte. »Nein, Angst habe ich nicht. Ich fürchte mich selten!«

»Mir scheint, es sind die starken Frauen, die sich bewaffnen. Nicht die schwachen, die es nötiger hätten!«

»Zählen Sie mich zu den starken?«

»Sollte ich das nicht?«

George dachte an die langen Tage der Depression, die hinter ihr lagen. »Ich wäre gern stark«, sagte sie langsam. »Aber ich glaube nicht, daß ich es wirklich bin.«

»Sie ahnen nicht, wie dankbar ich Ihnen für dies Geständnis bin, Madame. Vor sehr starken Frauen fürchte ich mich, denn ich bin unbewaffnet.«

George sah ihn zum ersten Mal richtig an. Sie entdeckte ein Phänomen, das ihr noch nie begegnet war: Er hatte keine Wimpern. Seine blauen Augen blickten schutzlos in die Welt. Das faszinierte sie.

Der Nachbar an ihrer anderen Seite meldete sich wieder. »Wissen Sie übrigens, daß Jules Sandeau einen Roman geschrieben hat, der demnächst erscheinen wird?« fragte er anscheinend harmlos.

George wußte es nicht. Und der Gedanke, daß der

kleine Jules einen Schlüsselroman geschrieben haben könnte, um sich an ihr zu rächen, ließ sie jedes Interesse an Mussets Augen verlieren und verdarb ihr den Rest des so vielversprechenden Abends.

Als George Sand und Gustave Planche noch vor den letzten Gästen das Restaurant verließen, wollte Planche sie zu einem der wartenden Mietwagen führen, aber sie winkte ab. Sie wollte zu Fuß gehen.

Schweigend wanderten sie nebeneinander her durch die nächtlichen Straßen. Dann hakte sich George bei Planche ein und beichtete ihm ihre Ängste, was den Roman des kleinen Jules betraf.

»Er hat sich damals miserabel zu mir benommen«, klagte sie. »Undankbar und egoistisch. Und er weiß es! Sie kennen ja die Menschen, lieber Gustave, je tiefer sie sich im Unrecht fühlen, desto bösartiger werden sie. Ich erwarte das Schlimmste.«

Planche hatte von der bevorstehenden Veröffentlichung gehört. Sandeaus Roman hieße »Marianna«, berichtete er, und sein Verleger verspreche sich ein gutes Geschäft von ihm.

»Sie müssen wissen, mein Freund, daß Jules behauptet hat, ›Indiana‹ sei ein Schlüsselroman. Ich selbst sei Indiana, und Casimir Dudevant sei mein Modell für den Obersten gewesen. Das empfand er als einen großen Fehler. Er machte mir regelrechte Vorwürfe.«

Planche war amüsiert. »Wenn er Ihnen das vorgeworfen hat, wird er doch diesen Fehler, wenn es denn einer ist, nicht selbst begehen!«

George blieb stehen. »Sie finden es lächerlich, daß ich mich wegen Sandeau aufrege. Geben Sie es zu!« Planche schwieg. »Ich habe schwere Zeiten durchgemacht, nachdem wir uns getrennt hatten. Selbst alte Freunde wie Balzac hat er gegen mich aufgehetzt!«

»George, liebe George...«, sagte Planche und klang fast zärtlich. »Sie haben es nicht nötig, sich wegen eines Jules Sandeau aufzuregen. Sie sind ihm haushoch überlegen, was immer er auch geschrieben haben mag.«

George schüttelte traurig den Kopf.

Planche wußte, daß er häßlich und ungepflegt war. Seine Häßlichkeit konnte er nicht ändern. Aber trotzig weigerte er sich, an seiner Kleidung irgend etwas zu unternehmen, was ihn akzeptabler gemacht hätte. Dabei war er äußerst empfindlich. Er spürte stets die Aversion, die er erregte, und nahm sie zutiefst übel. Nur George Sand hatte keinerlei Abscheu bei seinem Anblick verraten, sondern ihn vorbehaltlos und freundschaftlich willkommen geheißen, als er sie zum ersten Mal in ihrer Mansardenwohnung aufsuchte. Seitdem liebte er sie mit der Anhänglichkeit und Verteidigungsbereitschaft eines treuen Hundes und wartete nur auf eine Gelegenheit, ihr seine Liebe zu beweisen. Jetzt sah er seine Chance. Dieser Gedanke erregte ihn maßlos.

»Sie wissen, wie ich zu Ihnen stehe«, fuhr er leidenschaftlich fort. »Ich habe nie ein Geheimnis aus meiner Bewunderung für Sie gemacht. Wenn Jules Sandeau Sie auf irgendeine Weise taktlos bloßstellen sollte...«, Planches Stimme überschlug sich fast, »... dann vernichte ich ihn!«

George erschrak. »Nein, nicht doch, mein Lieber! Das will ich nicht! Das will ich ganz und gar nicht!«

Planche war nicht zu bremsen. »Dann wird er nie wieder in Frankreich ein Buch veröffentlichen... so tief werde ich ihn erniedrigen!« krähte er.

»Hören Sie auf!« rief George. »Bitte, hören Sie sofort auf!«

Ernüchtert hielt Planche ein. »Ich wollte nur behilflich sein, meine Liebe«, sagte er kühl.

»Das weiß ich. Sie können mir auch behilflich sein!

Aber nicht durch irgendeinen Eklat! Davon habe ich mehr als genug gehabt!«

»Wie soll ich Ihnen dann helfen?«

»Indem Sie Sandeaus Buch ignorieren! Selbst ein Verriß... besonders ein sehr scharfer... wäre gut für ihn! Brächte ihm Aufmerksamkeit! Weigern Sie sich, sein Buch zu rezensieren. Schweigen Sie es tot. Wenn *Sie* das tun, werden Ihre Kollegen Ihnen folgen. Verstehen Sie, was ich meine?«

Planche ergriff Georges Hand und küßte sie demütig. »Sie sind eine wunderbare, kluge Frau. Natürlich haben Sie recht. Ich verbeuge mich vor Ihnen.«

George war erleichtert, als die Concierge aufschloß und sie schnell im Haus verschwinden konnte. Sie mußte vorsichtig sein mit Planche, erkannte sie. Zu gute Freunde sind manchmal gefährlicher als Feinde.

Es war spät geworden, aber Musset ließ sich trotzdem noch nach dem Café Anglais fahren. Er hoffte Tattet dort anzutreffen.

Tattet spielte eine große Rolle in seinem Leben. Kultiviert, gebildet, konnte Tattet es sich leisten, äußerst anspruchsvoll in der Wahl seiner Freunde zu sein. Er war reich, besaß ein elegantes Stadthaus in Paris und ein Landhaus in der näheren Umgebung, wo er prächtige Reitpferde hielt.

Ohne eigene künstlerische Begabung, verfügte er über einen unbeirrbaren Kunstverstand.

Als ihm Alfred de Mussets erster Gedichtband in die Hände fiel, war er so beeindruckt, daß er sofort die Bekanntschaft dieses Poeten suchte und dank seiner Beziehungen auch fand. Er verliebte sich regelrecht in den schlanken blonden Jüngling, dessen Äußeres völlig seiner Vorstellung von einem Dichter entsprach. Er warb um seine Freundschaft mit einer Ausdauer und Geduld, der

Musset nicht widerstehen konnte, besonders da er bald lernte, den älteren Mann wegen seines Lebensstils, seiner Großzügigkeit und seines unbestechlichen Geistes zu bewundern.

In seinem Stadthaus gab Tattet berühmte Bälle. Musset glänzte bei diesen Veranstaltungen, die oft mit einem Frühstück auf dem Lande endeten, als hervorragender Tänzer. Besonders der Walzer hatte es ihm angetan, der sich erst in den letzten Jahren in Paris eingebürgert hatte, aber immer noch als sehr anstößig galt. Er erlaubte, ja, er verlangte sogar eine körperliche Intimität der Partner, die zugleich aufregend und schockierend war.

Wenn Musset gelegentlich des mondänen Treibens müde wurde oder am Spieltisch verloren hatte und sich entschloß, Tattets Gesellschaft zu meiden, gewann dieser ihn immer wieder zurück, indem er mit so teilnehmendem Verständnis auf seine Probleme einging, daß Musset glaubte, auf einen solchen Freund nicht verzichten zu können.

Heute nun sollte er Tattet im Café Anglais treffen, einem in wohlhabenden Kreisen sehr beliebten Etablissement, um ihm von dem Festessen der »Revue des deux Mondes« zu berichten.

Aber Tattet hatte schon vor einer Stunde mit einer der dort für Amüsement sorgenden Damen das Haus verlassen.

Also beschloß Musset, in die Rue de Grenelle heimzukehren, wo die Familie in einer weitläufigen Wohnung lebte. Der Hauptteil, der den Salon und das Speisezimmer einschloß, war das Reich von Madame de Musset und ihrer Tochter. Alfred bewohnte ein Schlaf- und ein Arbeitszimmer mit eigenem Eingang vom Treppenhaus, während sein Bruder Paul eine Etage höher thronte und von dort über beide Teile der Familie herrschte.

Paul verlangte wohlwollender Mitwisser aller Unternehmungen, Begegnungen und Abenteuer seines Bruders zu sein. Ganz gleich, wie spät Alfred nach Hause kam, immer stand eine angezündete Petroleumlampe vor der Separattreppe, die das kleine Vestibül seiner Wohnung mit Pauls Räumen verband, zum Zeichen, daß er erwartet wurde.

So war es auch heute.

Alfred lief die Treppe hinauf. Der Bruder saß im Bett, ein Buch auf den Knien, und sah ihm erwartungsvoll entgegen.

Alfred berichtete mit vielen Ausschmückungen von der illustren Versammlung der Mitarbeiter der »Revue des deux Mondes«, beschrieb wunschgemäß die Speisefolge auf das genaueste und kam schließlich auf seine Tischnachbarin zu sprechen.

»Weißt du, wem du die Ehre verdankst, die Baronin Dudevant alias George Sand zu Tisch zu führen?« fragte Paul, der immer sehr korrekt war, wenn es um Rang und Titel ging.

Alfred verneinte.

»Sainte-Beuve!«

»Sainte-Beuve?« staunte Alfred. »Der war doch gar nicht da.«

»Ich weiß.« Paul war auch stets bestens unterrichtet. »Aber bevor er Paris verließ, bat er Buloz, die Sitzordnung entsprechend zu arrangieren. Ich weiß es von Raoul aus dem Büro der ›Revue‹.«

»Und warum das Ganze?«

»Ich habe keine Ahnung. Vielleicht war ein Hauch von Kuppelei dabei.«

»Davon habe ich nichts verspürt. Übrigens habe ich nie etwas von der Sand gelesen. Das machte die Konversation nicht gerade leicht.«

»Geh zum Bücherschrank«, befahl Paul. »In der vierten Reihe von oben... das zehnte Buch von links heißt ›Indiana‹. Es ist eine Probe ihres Werks, das vorerst aus ganzen zwei Büchern besteht. Hast du es gefunden?«

Alfred zog das Buch hervor und besah sich den Titel. »Tatsächlich! Ich wünschte, ich wäre so ordentlich wie du!«

»Wenn du ordentlich sagst, meinst du pedantisch!«

Alfred lachte, wünschte dem Bruder eine gute Nacht und verschwand mit dem Buch in seinen Gemächern.

George schlief noch fest, als Planche am Quai Malaquais erschien und Jeannine, die ihm die Tür öffnete, ein Exemplar von Jules Sandeaus Roman und einige beruhigende Zeilen für Madame Sand in die Hand drückte.

Ohne ihren Morgenkaffee auch nur anzurühren, vertiefte sich George sofort in die Lektüre von »Marianna«. Ihre Befürchtungen waren berechtigt gewesen, der kleine Jules hatte einen Schlüsselroman geschrieben. Marianna, die Heldin des Buches, sollte George sein. Daran bestand kein Zweifel. Aber sie erkannte bald, daß das Portrait, das er von ihr gezeichnet hatte, nicht bösartig war. Jules sprach ihr zwar Empfindsamkeit ab, konstatierte einen Mangel an Zärtlichkeit und Herzenswärme sowie ein Übermaß an Energie und Rechthaberei. Aber George war ehrlich genug, diese Vorwürfe hinzunehmen in Erinnerung an die Leiden, die er ihretwegen durchgemacht hatte.

Sie versteckte »Marianna« hinter den doppelten Reihen von Büchern in ihrem Schrank. Auf das Buch angesprochen, behauptete sie immer steif und fest, es weder gelesen noch gesehen zu haben. Planche fühlte sich als heimlicher Mitverschwörer, wenn er Zeuge dieser Lüge sein durfte und liebte George deshalb um so mehr.

Alfred de Musset hatte in Ruhe gefrühstückt, bevor er nach »Indiana« griff. Durch überreichliche Eigenschaftswörter irritiert, begann er, sie auszustreichen und hoffte, daß Paul amüsiert sein würde, wenn er es entdeckte.

Als er weiterlas, hörte er nach und nach mit seinen Korrekturen auf. Die Freimütigkeit und der Mut, mit dem George gewagte erotische Szenen schilderte, begannen ihm zu imponieren.

Die nächste Post brachte George einen charmanten Brief von Alfred de Musset, mit dem er ihr ein Gedicht schickte, das sich auf eine Szene in »Indiana« bezog.

»Sand – als du sie schriebst, wo hast du
sie gesehen,
diese erregende Szene, wo Noun,
halbnackt,
auf dem Bett von Indiana sich mit
Raymond berauscht?
Wer hat sie dir diktiert, diese brennende
Seite,
wo die Liebe vergeblich mit zitternder
Hand
das angebetete Phantom ihrer Illusionen
sucht...
Diese Freuden ohne Glück, so voll von
immenser Leere...
Hast du das geträumt, George, oder erinnerst
du dich daran?«

Musset gab seiner Befürchtung Ausdruck, daß seine Verse es nicht verdienten, vor Georges Augen zu bestehen, ihm aber Gelegenheit böten, ihr seine tief empfundene Bewunderung auszudrücken.

George antwortete umgehend und ausführlich. Schwärmerisch beschrieb sie den ungeheuren Eindruck, den Mussets Gedichte auf sie gemacht hatten und bewies durch zahllose Zitate, daß sie sie tatsächlich gut kannte.

Erst nach dem Austausch weiterer brieflicher Überschwenglichkeiten lud sie ihn zu sich ein.

In der festen Erwartung, der einzige Gast zu sein, erschien Musset am Quai Malaquais.

George hatte aber zum Schutz vor dem berühmten Dandy und wohl auch zum Schutz vor sich selbst zwei alte Freunde eingeladen, den riesigen Fleury und Émile Regnault, der ihr den resoluten Bruch mit Jules Sandeau inzwischen verziehen hatte.

Musset war enttäuscht. Obendrein erwies sich die Zusammenstellung als nicht sehr glücklich. Die drei Männer hatten sich wenig zu sagen. Die Unterhaltung verlief stokkend, Musset unterdrückte hin und wieder ein Gähnen.

Es folgten andere Zusammentreffen und schließlich ein Souper zu zweit, während dessen Musset von starken Leibschmerzen befallen wurde und sich daher unerwartet schnell nach Hause begeben mußte.

Am nächsten Tag schrieb George an ihren erkrankten Gast ein artiges Briefchen, in dem sie ihm rasche Genesung wünschte.

Musset antwortete umgehend:

»Ihr liebenswürdiger Brief, Madame, hat einem armen Idioten, der in Flanell eingewickelt ist wie das Schwert eines Bürgermeisters, viel Freude gemacht. Er dankt Ihnen herzlich und ist äußerst betrübt, daß er Sie zum Zeugen seines lächerlichen Unwohlseins machen mußte. Er wünscht sich nichts mehr, als daß Sie möglichst bald den Wunsch verspüren mögen, einen Abend mit ihm zu verbringen. Ihr sehr ergebener Alfred de Musset.«

Einer weiteren Einladung konnte er nicht folgen, da er an einer Parade zur Erinnerung an die Revolution von 1830 und die Thronbesteigung Louis Phillips teilnehmen mußte, die jedes Jahr stattfand und zu der selbst ungediente Gardisten wie Musset in Galauniform zu erscheinen hatten.

Trotz – oder wegen – aller Hindernisse, die sich ihnen in den Weg stellten, empfanden George Sand und Musset ein aufkeimendes Gefühl füreinander, dem aber jeder von ihnen auf seine Weise zu widerstehen trachtete.

Seit dem Prosper-Mérimée-Debakel war George ein gebranntes Kind. Die Selbstverständlichkeit, die unbekümmerte Direktheit, mit der sie frühere Beziehungen begonnen hatte, waren ihr abhanden gekommen. Sie fürchtete eine neue Blamage, einen neuen Skandal. Ohne daß sich auch nur das Geringste zwischen ihr und Musset abgespielt hätte, wurde bereits über sie geklatscht. Daran war die von Sainte-Beuve empfohlene Sitzordnung bei dem Festessen der »Revue des deux Mondes« schuld.

Ungefragt warnte der eifersüchtige Planche vor Musset. Er nannte ihn einen launenhaften Schürzenjäger, der sich einbilde, Lord Byron zu sein, aber in Wahrheit nur ein jämmerlicher Abklatsch des großen Engländers wäre.

Selbst Marie Dorval riet zur Vorsicht, obwohl sie betonte, daß sie Musset einfach hinreißend fand und ihm gegebenenfalls bestimmt nicht widerstehen könnte, aber de Vigny hätte ihr etwas über ihn erzählt, das sie nicht weitererzählen dürfe, ihr aber sehr zu denken gäbe. Zu ihrer Enttäuschung drang George nicht weiter in sie, obwohl Marie ganz willig war, das Geheimnis nach kurzem Zureden preiszugeben. Aber George war schon so weit, daß sie nichts Schlechtes mehr über Musset hören wollte.

In ihrer Ratlosigkeit entschloß sie sich, ihn die Fahnenabzüge von »Lélia« lesen zu lassen und tischte ihm dann ihre Geschichte auf, sie selbst sei die komplexbeladene Lélia. Sie dachte auch daran, vor ihm zu fliehen und gab vor, nach Italien reisen zu wollen. Sie müsse nur noch vorher die Veröffentlichung von »Lélia« abwarten. Der Gedanke an Italien war kein Zufall. Im Grunde ihres Herzens hatte sie dem kleinen Jules immer übelgenommen, daß er auf ihre Kosten nach Italien gereist war, dem Land, von dem sie nur geträumt, es aber noch nie zu sehen bekommen hatte.

Sie wagte nicht mehr, Musset in ihre Wohnung einzuladen. Statt dessen unternahm sie mit ihm die gleichen langen Spaziergänge unter den Kastanienbäumen am Ufer der Seine, die sie mit Mérimée gemacht hatte. Dabei verwickelte sie ihn in endlose tiefgründige philosophische Gespräche, die ihn langweilten und stellte schließlich ernsthaft die These auf, daß Liebe für sie immer moralisch sein müsse. Musset ließ ihr das kommentarlos durchgehen.

Auch er blieb nicht ungewarnt. Es war besonders sein Freund Tattet, der überhaupt nichts an George Sand entdecken konnte, das Alfred anregen, inspirieren oder geistig bereichern könnte. Sie sei eine männerverschlingende, bücherproduzierende Matrone, erklärte er, die sich selbst zu wichtig nahm und dazu noch von sehr anrüchiger Herkunft sei.

Halb amüsiert, halb verärgert entgegnete Musset, daß er sich bisher noch nie die Mühe gemacht habe, die Herkunft der Damen zu ergründen, mit denen er schlief.

»Zu denen gehört Madame Sand aber nicht!« sagte Tattet streng. »Sie gehört nicht zu den Frauen, die man kommen und gehen lassen kann, weil man sie bezahlt. Das sind die einzigen Frauen, mit denen man sich einlassen sollte. Alle anderen sind gefährlich! Deine Freiheit steht auf dem Spiel! Denke darüber nach, Alfred!«

Obwohl er es sich selbst nicht eingestehen wollte, hatten Tattets Warnungen ihn doch beeindruckt. Er war entschlossen, sich nicht länger von George hinhalten zu lassen, sondern rücksichtslos klare Verhältnisse zu schaffen.

Er griff zur Feder. Noch einmal ging er auf »Lélia« ein und versicherte ihr, daß etwa zwanzig Seiten des Buches ihn stark beeindruckt hätten und mit zu den besten gehörten, die er jemals gelesen hatte. Da aber »Lélia« fast fünfhundert Seiten lang war, konnte dieses Kompliment George kaum erfreuen.

Dann aber wurde er deutlicher.

»Sie kennen mich jetzt gut genug«, schrieb er, »um sicher zu sein, daß die lächerlichen Worte ›Wollen Sie?‹ oder ›Wollen Sie nicht?‹ niemals über meine Lippen kommen werden. In dieser Hinsicht liegt der Atlantische Ozean zwischen uns. Sie können nur moralische Liebe geben, haben Sie mir versichert, und ich kann so etwas für niemanden empfinden. Wenn Sie mich dessen für würdig erachten, könnte ich Ihr Freund ... nein! Nicht einmal Ihr Freund (das ist mir noch viel zu moralisch!), sondern eine Art Kamerad sein, ohne Konsequenzen, ohne Rechte und folglich ohne Eifersucht und ohne Szenen. Er wäre bereit, Ihren Tabak zu rauchen, Ihr Negligé zu zerknittern und sich fürchterlich zu erkälten, wenn er mit Ihnen unter allen Kastanienbäumen des modernen Europas philosophierend promenieren muß. Wenn Sie unter diesen Voraussetzungen einmal nichts vorhaben oder Lust verspüren, eine Dummheit zu begehen (wie entsetzlich höflich ich doch bin!), können Sie über mich verfügen. Sei es für eine Stunde, sei es für einen Abend. Verzeihen Sie, daß ich das so deutlich sage, aber ich habe keinen Grund zu lügen.«

Kaum war der Brief abgeschickt, verspürte er Reue. Warum hatte er ihr so unaufrichtig, so zynisch geschrieben! Empfand er Angst vor einer Bindung, deren Bedeutung er nicht ermessen konnte? Oder waren es Tattets Warnungen, die ihm noch immer in den Knochen saßen? Würde er wirklich seine Freiheit einbüßen, wie der Freund prophezeit hatte? Was war sie denn wert, diese

Freiheit?! Oder fehlte ihm einfach die Kraft für eine Liebe, wie er sie in Versen besungen hatte, weil er seine Vergnügungen zu mühelos und zu billig bekommen konnte?

Er lief zum Schreibtisch und schrieb mit fliegender Feder:

»Meine liebe George, ich muß Ihnen etwas Schlimmes, etwas Lächerliches sagen. Sie werden sich vor Lachen ausschütten und mich für einen Phrasendrescher halten. Sie werden mich vor die Tür setzen und glauben, daß ich lüge. *Ich bin in Sie verliebt!* Ich bin es seit dem ersten Tag, an dem ich bei Ihnen war. Ich suchte Heilung von dieser Liebe, indem ich mir einbildete, Sie seien nichts als ein Freund. Vieles in Ihrem Charakter ließ mich auf Genesung hoffen. Ich habe versucht, mich davon zu überzeugen, so gut ich nur konnte – vergebens! Wenn Sie mir sagen wollen, daß Sie an meinen Worten zweifeln, dann antworten Sie mir lieber gar nicht!«

George antwortete ihm wirklich nicht. Mussets erster Brief hatte sie verletzt, daher wagte sie nicht, dem zweiten zu glauben. Aber sie lauschte auf Schritte im Treppenhaus, wartete auf ein Klopfen an der Tür und ärgerte sich über sich selbst.

Nach drei langen Tagen, während derer sie unzählige Briefe an ihn begonnen und wieder zerrissen hatte, erschien Musset. Er sah blaß und leidend aus.

»Haben Sie keine Antwort für mich?« fragte er.

Sie bat ihn, Platz zu nehmen. Dann reichte sie ihm die geöffnete Tabakdose. »Bitte! Ich erlaube Ihnen, meinen Tabak zu rauchen.«

»Ist das alles?«

»Darum haben Sie mich doch gebeten!«

Musset stand auf. »Es tut mir leid, daß ich gekommen bin.«

»Gehen Sie nicht!« befahl sie.

Er setzte sich wieder.

»Ich wollte Ihnen antworten... ich hatte wirklich die Absicht... aber ich kam beim besten Willen nicht dazu. Ich hatte viel zu tun und war zu sehr in meine Arbeit vertieft«, dozierte sie.

»Dann warte ich, bis Sie eines Tages nicht so viel zu tun haben. Vielleicht geben Sie mir schriftlich Bescheid.« Er war wieder aufgestanden.

»Da Sie nun schon mal hier sind, können wir uns ebensogut jetzt unterhalten.«

Musset nahm wieder Platz und begann seine Pfeife mit ihrem Tabak zu stopfen.

»Ich habe ernstlich über Ihre Briefe nachgedacht. Ich glaube Ihnen sogar... ich glaube, daß Sie es ehrlich meinen mit dem, was Sie schrieben...«

Musset lächelte nachsichtig. »Wovon reden Sie eigentlich? Ich kann Ihnen nicht ganz folgen.«

George hatte den Faden verloren. »Ich... ich behaupte nicht, daß Sie Phrasen dreschen...«, brachte sie schließlich heraus.

»Danke für das Zugeständnis!«

»Darauf kommt es jetzt nicht an. Etwas anderes ist viel wichtiger!« George machte ein sehr ernstes Gesicht. »Ich bin älter als Sie. Viel älter!«

»Das ist mir bekannt!«

»Meine Gefühle für Sie...« Sie hielt verwirrt ein.

Musset hatte die Ohren gespitzt. »So reden Sie doch weiter! Was ist mit Ihren Gefühlen?«

»Sie sind mütterlich. Ich liebe Sie wie eine Mutter.«

»Das langt!« Musset sprang auf. »Ich kann vieles! Wenn es sein muß, kann ich mit einer schlampigen, stockbesoffenen Frau ins Bett gehen. Aber niemals...« Und er wiederholte es doppelt so laut: »*Niemals* mit meiner Mutter!«

George lachte, bis ihr die Tränen kamen. Dann warf sie sich vorbehaltlos in Mussets Arme.

7

Wenige Tage später schrieb George Sand an Sainte-Beuve, von dem sie voraussetzte, daß er großen Anteil an ihrem Gefühlsleben nahm:

»Mein Freund, ich habe mich verliebt, und zwar sehr ernsthaft, in Alfred de Musset. Es ist keine Laune mehr, sondern eine wirkliche Zuneigung. Es wäre ungehörig, wenn ich dieser Liebe eine Dauer voraussagte wie die, derer Sie fähig sind! Es ist eine ›Junge-Männer-Liebe‹, eine Art Freundschaft unter Kameraden. Ich hatte keine Ahnung, daß es ein solches Gefühl gibt, hatte auch nie erwartet es anzutreffen, besonders nicht in diesem Fall.

Ich habe ihn abgewiesen, mich ihm verweigert... aber schließlich habe ich mich ihm hingegeben, mehr aus Freundschaft als aus Liebe, und eine Liebe, die ich nicht kannte, offenbarte sich mir. Ganz ohne die Leiden, die ich glaubte, immer erdulden zu müssen.

Ich bin glücklich! Danken Sie Gott für mich!«

Sainte-Beuve verstand, was George mit ihren Leiden meinte. Es waren die alten Wahnvorstellungen, selbst Lélia zu sein, die sie endlich überwunden hatte.

Das hatte sie wirklich. Sie liebte Alfred ganz ohne Komplikationen und Schwierigkeiten, fühlte sich verjüngt, lachte und sang. Musset entdeckte eine neue George, die nicht philosophierte und nicht wie eine Besessene am Schreibtisch saß. Es war ein Wunder, das die Liebe vollbracht hatte.

Das Wunder war ansteckend. Alfred vergaß seine verletzenden Anspielungen, sein Witz verlor an Schärfe. Er nahm seinen Zeichenblock und seine Stifte und zog bei ihr ein, sehr zum Erstaunen seines Bruders.

Er zeichnete George in allen Lebenslagen: auf ihrem Balkon, im Jardin de Luxembourg, wo sie, Maurice an der einen und Solange an der anderen Hand, friedlich spazierenging. Begeistert von den japanischen Holzschnitten, die in Paris die Runde machten, zeichnete er sie als Geisha, das Gesicht halb hinter einem kleinen Fächer verborgen.

Zuhause in der Badewanne sitzend, schrieb er ihr sehnsuchtsvolle Liebesgedichte, und als Beobachter in Georges Wohnung setzte er das häusliche Leben in heitere Verse: George, Blumen gießend, die Zigarette zwischen den Lippen, hört geduldig Buloz' Lobpreisungen zu, der im Schneidersitz auf dem Fußboden thront, während Solange hinter Georges Rücken deren kostbare Manuskripte bekritzelt. Selbst Planche wurde in seinen Versen verewigt, wie er, noch stark mitgenommen vom Rausch des Vorabends, in einer Ecke hockt und sich gründlich die Ohren säubert.

Die alte Clique aus La Châtres betrachtete Musset als den Retter, der die von ihnen allen Geliebte aus schwarzen Gedanken und gefährlicher Schwermut befreit hatte.

Paul dagegen sah die Veränderung, die er an seinem Bruder wahrnahm, mit Beunruhigung. Alfred schien sich von ihm zu entfernen, schien in Kreise abzuwandern, die sich seiner genauen Kenntnis entzogen. Und das schätzte er ganz und gar nicht. Alfred bemerkte seine Verstimmung und bat George, ihn einzuladen.

Die Baronin Dudevant begrüßte ihren Gast mit vollendeter Höflichkeit und den perfekten Manieren, über die sie verfügen konnte, wenn sie wollte.

Trotzdem war der ebenfalls sehr wohlerzogene Paul

nicht ganz imstande, den Schock völlig zu unterdrücken, den er beim Anblick von George empfand. Sie trug ein wallendes besticktes Gewand, das auf fatale Weise einem Negligé glich. Der erste Abend bei der seltsamen Baronin blieb sein letzter.

An einem schönen Sommermorgen erschien ein Bote des Verlegers und überbrachte George die ersten Exemplare von »Lélia«. Es war eine zweibändige, elegant gebundene Ausgabe.

George saß still und andächtig davor. Dieses Buch war entscheidend für ihre Zukunft. Das hatte sie von Anfang an gefühlt. »Indiana« und »Valentine« sowie ihre Beiträge zur »Revue des deux Mondes« waren nichts als Fingerübungen für »Lélia« gewesen.

Sie war ganz sicher, daß ebenso Sainte-Beuve wie auch Planche ihr eine sehr gute Kritik schreiben würden. Was die anderen Kritiker betraf... da konnte sie nur auf das Beste hoffen. Hätte sie irgendeinen vielversprechenden Hexenzauber gekannt, sie hätte ihn sofort über den Stapel der Bücher, die sich vor ihr häuften, gesprochen. Aber so legte sie nur segnend ihre Hände darauf, schloß die Augen, wünschte sich Erfolg und gedachte der Leiden, die sie um »Lélia« ausgestanden hatte. Dann wanderten ihre Gedanken zu Alfred, der sie von diesen Qualen erlöst hatte und war sehr, sehr glücklich.

Sie griff nach dem obersten Exemplar. In den ersten Band schrieb sie:

»Meinem Herrn Spitzbuben Alfred,
George«

Und in den zweiten:

»Monsieur le Vicomte Alfred de Musset
respektvollst gewidmet von seiner
ergebenen Dienerin
George Sand.«

Am liebsten wäre sie zu ihm gelaufen und hätte ihm selber die Bücher gebracht. Aber sie hatte seine Wohnung noch nie betreten und erkannte wohl auch seit dem Besuch des Bruders Paul, daß ihre himmelhoch jauchzende, zu Tode betrübte wankelmütige Seele zu der – Fremden gegenüber sicherlich sehr reservierten – Familie de Musset schlecht paßte.

Sie schickte nach dem Hausmeister, drückte ihm ein gutes Trinkgeld in die Hand und bat ihn, die beiden Bände schnellstens in die Rue de Grenelle zu bringen.

»Lélia« wurde, genau wie George es gehofft hatte, gleich nach dem Erscheinen zur Sensation.

Planche schrieb eine Besprechung, die von lobenden Superlativen nur so strotzte. Sainte-Beuve, der noch gezögert hatte, aber von George zu einer schnellen Kritik gedrängt wurde, war maßvoller, nicht ganz ohne Vorbehalte, aber überaus anerkennend.

Die Euphorie, in der George nach den guten Rezensionen schwebte, platzte wie ein Luftballon, als sie im »L'Europe Littéraire« vom 22. August 1833 einen bösen Verriß las. Er stammte aus der Feder des Chefredakteurs des Blattes, eines Herrn Capo de Feuillide, der zum engeren Kreis um Charles X. gehört hatte, bis der König während der Revolution von 1830 Frankreich fluchtartig verlassen mußte. De Feuillide war also den »Ultraroyalisten«, der extrem konservativen Rechten, zuzurechnen.

»Die Prostitution der Seele und des Körpers, das ist ›Lélia‹«, schrieb er. »Die Lippen des Kritikers müssen wie die des Propheten mit glühenden Kohlen gereinigt werden, damit ihm kein Wort entschlüpft, das gemein und schamlos durch die Berührung mit gemeinen und schamlosen Gedanken geworden ist.« Weiter hieß es: »An dem Tag, an dem Sie das Buch ›Lélia‹ öffnen, schließen Sie sich in Ihr Zimmer ein! Wenn Sie eine Tochter haben, eine zarte

Blume, die beim Hauch des Lasters verblühen würde, eine Tochter, deren Seele jungfräulich und rein bleiben soll, schicken Sie sie mit ihren Spielkameradinnen ins Freie!«

Dann folgte der Teil, der als persönlicher Affront gegen die Autorin gelten mußte, denn de Feuillide kannte George Sand. Er war ihr bei einem Empfang vorgestellt worden.

»Bisher hatte man behauptet, der Name George Sand diene als Pseudonym für eine Frau. Das kann man jetzt nicht mehr glauben. ›Lélia‹ ist nicht und kann nicht das Werk einer Frau sein! Nur ein Mann konnte ein solches Buch veröffentlichen und, um die Kritik weniger rüde zu stimmen, das Gerücht verbreiten, George Sand sei das Pseudonym einer Frau. Seit dem Erscheinen von ›Lélia‹ ist es, der Ehre der Frauen wegen, nicht mehr gestattet, auf diese Täuschung reinzufallen.«

Nach der Lektüre von Capo de Feuillides Elaborat schwankte George zwischen Tränen und deftigen Beschimpfungen.

Musset nahm die Sache auf die leichte Schulter. Er verfaßte ein Spottgedicht auf den Kritiker, das er mit großem Erfolg im engeren Kreis vorlas und über das schließlich sogar George lachen mußte.

Ganz anders war die Reaktion bei Gustave Planche. Planche schwang sich zum ritterlichen Beschützer der Frau auf, deren Ehre von Capo de Feuillide beschmutzt worden war. Er schickte ihm seine Sekundanten und forderte ihn zu einem Duell.

In Wahrheit aber hoffte Planche, daß man aus seiner Forderung noch andere Schlüsse ziehen werde. Nämlich, daß Musset sich feige um ein Duell gedrückt hatte, und daß ihm, Planche, der die Initiative ergriff, ältere Rechte bei der Autorin zustanden. Rechte, die nur aus einer intimen Beziehung herrühren konnten.

Das Duell fand statt. Weder dem Herausforderer noch dem Geforderten wurde ein Haar gekrümmt.

George und vor allem Musset verstanden genau, was Planches wirkliche Absicht gewesen war und zeigten sich nicht gewillt, ihm das durchgehen zu lassen. Musset wollte Planche jetzt zum Duell fordern, aber George ließ das nicht zu. Sie bestand darauf, selbst zu ihm zu gehen und ihn zur Rechenschaft zu ziehen. Und zwar allein, ohne Musset.

Als der kühne Herausforderer noch ganz im Glanze seiner Rolle als Verteidiger der Ehre von George Sand in seine Wohnung zurückkehrte, fand er das Objekt seiner Heldentat dort vor.

George verhielt sich wie eine Diplomatin. Sie dankte Planche dafür, daß er versucht hatte, sie zu rächen, machte ihm aber dann klar, daß sie unter den gegebenen Umständen von nun an Fremde sein müßten, da er übersehen habe, welches Licht seine Aktion auf Alfred de Musset warf.

Planche fiel aus allen Wolken. »Warum hat Musset diesen Schmierfink nicht selbst gefordert?! Das hätte er doch tun müssen! Darauf habe ich gewartet. Aber da er sich nicht rührte, mußte ich handeln«, klagte Planche.

»Nein, das mußten Sie nicht, lieber Freund. Ein Duell macht nichts ungeschehen, und es ändert auch nichts. Es hat keinerlei moralischen Wert, denn Waffen gehorchen nicht dem Recht, sondern der Kraft, oder, wenn Sie so wollen, dem besseren Schützen.«

»Ich bin untröstlich, George, liebe George«, jammerte Planche. »Nach all dem, was uns verbindet, können Sie mich doch nicht plötzlich wegen dieser Bagatelle aus Ihrem Leben verbannen!«

George ahnte, daß ein allzu grausamer Bruch unliebsame Folgen für sie haben könnte. »Im Grunde unserer

Herzen, lieber Gustave, werden wir immer Freunde bleiben, auch wenn wir uns jetzt nicht mehr sehen dürfen«, sprach die Diplomatin. »Die Zeit heilt vieles... sie ändert auch vieles. Hoffen wir auf die Zukunft?« Sie reichte ihm die Hand.

»Ich danke Ihnen«, schluchzte Planche und bedeckte ihre Hand mit feuchten Küssen.

Zufrieden stieg George die Treppen hinunter. Es war ihr gelungen, einen nützlichen Freund nicht für immer zu verlieren.

Die Schilderung, die sie Musset von ihrer Unterredung mit Planche gab, entsprach nicht ganz den Tatsachen; aber schließlich kam es darauf an, daß Planche fern blieb, und das hatte sie erreicht.

Musset war bereit und willens gewesen, sich mit Planche zu duellieren. Sich mit Capo de Feuillide zu schlagen, wäre ihm nie in den Sinn gekommen. Aber genau das hatten viele von ihm erwartet und hielten ihn nun für feige, berichtete ihm sein Freund Tattet, der Duelle für einen Anachronismus hielt und sich köstlich über Planche amüsiert hatte, der wie ein Narr in die Bresche gesprungen war.

Jetzt aber war Musset nicht mehr zu Scherzen bereit. Das Gerücht hatte ihn empfindlich getroffen.

Er schrieb an Buloz, den er quasi zu seinem Sprachrohr machte, daß es seine feste Absicht gewesen sei, Capo de Feuillide zu fordern, daß ihm aber zu seinem Ärger Planche zuvorgekommen wäre.

»Wenn Sie mir einen Gefallen tun wollen, erklären Sie jedem, der an meiner Entschlossenheit zweifelt, daß ich es als eine schwere Beleidigung ansehe, ebenso für Madame Sand wie für mich, und daß ich solche Zweifel nicht dulden werde, ganz gleich, wer sie äußert.«

Jetzt war es an Buloz, über den verspäteten Heldenmut seines hochgeschätzten Hausdichters zu lächeln.

»Lélia« verkaufte sich ausgezeichnet. George fand, daß es jetzt an der Zeit sei, die Italienreise nachzuholen, von der sie so oft geträumt hatte. Statt des kleinen Jules, der damals zu diesen Träumen gehört hatte, würde sie jetzt mit Musset reisen. Der Gedanke beflügelte sie.

Zu ihrer Enttäuschung war Alfred von diesem Plan keineswegs begeistert. »Ich bin ein Stadtmensch«, gestand er. »Ich lebe nirgends so gern wie in diesem langweiligen Paris, das ich abgrundtief liebe.«

George versicherte ihm, daß sie Paris genauso sehr liebe wie er, sich aber von Reisen große Anregungen verspreche.

»Es hat gar keinen Sinn, daß ich nach Italien fahre«, erklärte Alfred, »ich habe es ausführlich besungen. Sicherlich würde ich nur feststellen müssen, daß ich unendliche Fehler gemacht habe!«

»Das hast du bestimmt nicht! Davor brauchst du keine Angst zu haben«, versicherte ihm George.

»Ich muß dir etwas gestehen. Als ich die italienischen Verse schrieb, plante ich ein Gedicht über einen Reiter, der durch die Straßen von Venedig galoppiert.«

»Du lügst!« beschuldigte George ihn lachend. »Das ist bestimmt nicht wahr!«

»Ich schwöre es dir! Tattet mußte mich belehren, daß es in Venedig keine Pferde, keine Wagen und keine Straßen gibt«, log er weiter.

»Dann brauchst du eben keinen Tattet mehr! Du wirst alles selber wissen, selber sehen. Und das werden wir gemeinsam tun. Es wird wunderschön sein!«

Musset verspürte tatsächlich keine Lust zum Reisen. Er war mit seinem Leben ganz zufrieden. Er hatte eine schöne Geliebte, ein doppeltes Zuhause – eines bei George am Quai Malaquais und eines bei der Familie in der Rue de Grenelle. Hin und wieder, wenn die Inspiration kam, schrieb er ein Gedicht, das Buloz immer bereit war zu veröffentlichen. Was wollte er mehr? Reisen waren strapaziös, vermutete er. Reisen in der Phantasie, im Lehnstuhl, waren problemlos. Das wußte er. Er wußte aber auch, wie schwer es war, George von einem einmal gefaßten Plan abzubringen. Das hatte er inzwischen gelernt.

»Wie wäre es mit einer Probereise?« fragte er plötzlich. »Mit einer kleinen Probereise?«

»Wie klein?«

»Ganz klein. Eine Woche. Keinen Tag länger.«

»Wohin?«

»Nach Fontainebleau. In den Wald von Franchard.«

Zu seiner Verwunderung war George sofort einverstanden.

Alfred und George verlebten die Tage im Wald von Franchard wie im Traum.

Sie hatten in einem abgelegenen Forsthaus Unterkunft gefunden, schliefen eng umschlungen bei weit offenem Fenster, atmeten die würzige Waldluft, hörten das Gezwitscher der Vögel, zählten die Rufe des Kuckucks oder erwachten vom Knacken der Zweige, wenn ein Reh nachts durch das Unterholz brach, um auf dem Rasen vor dem Haus zu äsen.

Beide wußten nicht, merkten nicht, wie verwandelt sie waren. Der Stadtmensch, der Alfred eben noch behauptet hatte zu sein, war von ihm abgefallen. Die Schönheit des Waldes nahm ihn gefangen. Er war nicht mehr der Dandy, nicht der Roué, der er so gern sein wollte. Er war ein junger Mann von zweiundzwanzig Jahren, ein Jüngling, der seine erste große Liebe erfuhr.

Und seine Geliebte, die eben noch eine Odaliske gewesen war, eine ehrgeizige, verwundbare, erfahrene Frau, hatte sich in einen Knaben verwandelt. Sie trug Hosen und Kittel wie ein Bauernjunge, die schwarzen Locken hielt sie unter der Mütze versteckt. Hand in Hand marschierte sie mit ihm durch den Wald und lag neben ihm im Gras, wenn sie ruhten. Zum ersten Mal sprachen sie richtig miteinander.

George erzählte so viel von Nohant, daß Alfred es zu kennen glaubte: Von den kleinen weidenbewachsenen Schlupfwinkeln am Ufer der Indre, wo sie schwimmen gelernt hatte, von der Bauernhochzeit im Dorf, wo sie mittanzen durfte, und von der Klosterschule der Englischen Augustinerinnen in Paris, in die die Großmutter sie geschickt hatte. Sie erzählte von der schönsten aller Nonnen, der Mutter Alicia, die George so verehrte, daß sie die Nonne bat, sie doch zu adoptieren, und nächtelang weinte, als ihre Bitte abgeschlagen wurde.

Alfred hörte ihr begierig zu. Endlich wußte er, daß er diese Frau liebte, diesen Bauernburschen, in den sie sich verwandelt hatte. Es war keine leichtsinnige Verliebtheit, keine Begierde, es war Liebe.

Auch Alfred erzählte von seiner Jugend. Er war ein schwieriges Kind gewesen. Wenn er sich ungerecht behandelt fühlte, nahm er furchtbare Rache. Einmal zerschlug er den Spiegel im Salon, zerschnitt die seidenen Vorhänge und tropfte heißen roten Siegellack auf eine große Landkarte von Europa. Alles an einem einzigen Tag.

»Hat man dir wenigstens eine ordentliche Tracht Prügel verabreicht?« fragte George.

»Nein. Als meine Wut verraucht war, war ich so verzweifelt über meine Missetaten, so entsetzlich zerknirscht, daß Mama nicht zuließ, daß der Vater mich bestrafte. Sie verzieh mir fast immer. Und wenn sie doch einmal böse wurde, bat Paul für mich um Gnade.« Er lachte leise. »Dafür habe ich ihn fast umgebracht.«

»Wie das?«

»Als ich vierzehn war, durfte ich zum ersten Mal mit auf

die Jagd. Man hängte mir ein altes Gewehr über die Schulter. Ich war sehr, sehr stolz. Paul ging ein paar Schritte vor mir. Plötzlich löste sich ein Schuß aus meinem Gewehr. Die Schrotladung bohrte sich in die Erde direkt hinter Pauls Füßen. Ich wurde ohnmächtig vor Schreck. Man trug mich ins Haus. Ich hatte hohes Fieber und mußte sechs Tage im Bett bleiben. Die ganze Sommerfrische war verdorben.«

»Du liebst deine Mutter sehr?«

»Ich bete sie an.«

»Und deinen Bruder?«

»Paul ist mein bester Freund. Ohne die beiden ... ohne Paul und die Mutter wäre ich nicht mehr am Leben, glaube ich.«

George beugte sich über Alfred und strich ihm zärtlich die Haare aus der Stirn. »Weißt du, was ich als erstes in deinem Gesicht sah und liebte?«

»Was war das?«

»Daß du keine Wimpern hast. Daß deine Augen schutzlos in die Welt blicken. Ich fühlte mich sofort als deine Beschützerin!«

Die Woche im Wald von Franchard ging zu Ende.

Die letzte Nacht, eine Vollmondnacht, wollten sie im Freien schlafen. Irgendwo im Wald auf weichem Moos. Das waren sie der schwärmerischen Verbundenheit mit der Natur, der Romantik, schuldig, der George huldigte und die Alfred immer noch anzog. Obwohl er ihr offiziell abgeschworen hatte.

Das Laub der Bäume erwies sich als undurchdringlich. In der Finsternis konnten sie kaum ihren Weg finden.

Kurz entschlossen kletterten sie durch eine wilde Schlucht zu einer kahlen Anhöhe hinauf, die im kalten Mondlicht lag. Das silberglänzende Laub unter ihnen, von einer leichten Brise bewegt, glich jetzt einem See.

Außer Atem von dem steilen Anstieg, setzte sich George in den Schatten eines Felsens. Alfred warf sich erschöpft neben sie auf die Erde. Beide ruhten ein paar Minuten schweigend. Dann hob Alfred den Kopf, sah sich um und setzte sich mit einem Ruck auf.

»Wir sind hier auf einem Friedhof«, verkündete er erschrocken. »Siehst du die Grabsteine dort?« Er deutete auf einige Felsplatten, die in seltsam regelmäßigen Abständen über die flache Anhöhe verstreut lagen.

»Wenn das Grabsteine sind, muß Herakles der Totengräber gewesen sein«, entgegnete sie belustigt.

»Ich sage dir, es sind Grabsteine!« beharrte er.

»Und die Trauergemeinde, die zweifellos aus geübten Bergsteigern bestand, ist mit dem Sarg auf dem Rücken hier heraufgeklettert«, scherzte sie weiter.

Alfred gab es auf, sie zu überzeugen. Er legte den Kopf in ihren Schoß. »Ich kann Friedhöfe nicht leiden«, murmelte er.

»Warum nicht?«

»Kein Grund. Ich kann sie eben nicht leiden!«

»Hast du Angst?«

»Wovor sollte ich Angst haben?!«

»Vor Gespenstern, Räubern, wilden Tieren?«

Er schüttelte den Kopf.

»Vielleicht vor dir selbst?« bohrte sie weiter.

Alfred setzte sich wieder auf. »Ja, vielleicht vor mir selbst. Oder vielleicht vor einem Kindertraum, den ich nicht vergessen kann. Ich träumte, ich sei auf einem großen Friedhof... genau wie hier... ich ging von Grabstein zu Grabstein und las die Inschriften. Plötzlich stand ich vor einem Stein, in den nur ein einziger Name eingemeißelt war: Alfred. Kein Nachname, keine Daten, nur Alfred. Ich blickte auf und sah einen alten Mann auf mich zukommen. Er trug eine Kutte wie ein Mönch und hatte die Kapuze tief über das Gesicht gezogen. Als er vor mir stand, streifte er sie zurück. Der alte Mann war ich. Er hatte mein Gesicht. Unverkennbar! Aber es war voller Falten und Furchen, und meine Wangen waren eingefallen. Ich schrie laut vor Entsetzen! So laut, daß Odile angelaufen kam und mich aufweckte.«

»Wer ist Odile?«

»Mein Kindermädchen. Sie schlief in der Kammer neben meinem Zimmer. Ich schluchzte erbärmlich. Der Traum war zu furchtbar gewesen. Odile tröstete mich, aber ich konnte einfach nicht aufhören zu weinen. Da kroch sie zu mir ins Bett und nahm mich in ihre Arme.«

George, die Alfred voller Anteilnahme zugehört hatte, mußte lachen. »War sie hübsch?« fragte sie.

»Sehr hübsch.«

»Jung?«

»Ja. Aber auch ich war jung. Sehr jung! Ich war noch im Stadium des Entdeckers. Nicht des Verführers!«

»Und was hast du entdeckt?«

»Zwei weiche kleine Hügel... und, daß Odile zu meiner großen Verwunderung etwas fehlte, was ich hatte.« George kicherte.

»Am Morgen machte meine Mutter auch eine Entdeckung«, fuhr Alfred fort. »Sie fand Odile in meinem Bett. Das arme Mädchen mußte das Haus auf der Stelle verlassen. Ich fand das sehr ungerecht.«

»Das war es auch!« bestätigte George. »Odile hat meine volle Sympathie!« Wie auch jetzt, wußte George oft nicht genau, ob Alfreds Geschichten der Wahrheit entsprachen oder ob er sie um der Pointe willen erfand.

Alfred las ihr den Zweifel vom Gesicht ab. »Du glaubst mir nicht?« Er klang beleidigt.

»Doch, doch! Ich glaube dir jedes Wort!« versicherte sie schnell.

»Gut! Dann will ich dir noch etwas Wahres erzählen: Das Bett ist eine seit Jahrhunderten bewährte, erstklassige Erfindung und einer Nacht auf einem kalten Felsen definitiv vorzuziehen!«

George stimmte ihm widerspruchslos zu.

Sie purzelten mehr, als daß sie die Schlucht hinuntergingen, so sehr zog es sie zu dem Bett im stillen Forsthaus, von dem sie in wenigen Stunden Abschied nehmen mußten.

Die Erinnerung an die Tage im Wald von Franchard verblaßte rasch im Trubel, in den George und Alfred in Paris wieder eintauchten. Buloz verlangte von George schnellstens ihren Beitrag für die »Revue des deux Mondes«. Von Alfreds Gedicht, das für dieselbe Ausgabe vorgesehen war, existierte noch keine Zeile.

Alfred nahm Buloz' Mahnung auf die leichte Schulter. George dagegen, immer bemüht, ihre Termine einzuhalten, machte sich schuldbewußt an die Arbeit, so daß ihre Finger schnell wieder wie in Tinte gebadet aussahen, was sie stets von neuem kränkte.

Alfred hatte gehofft, daß sie von ihrer Italienreise abgekommen sei, aber das war sie keineswegs. Immer wieder fing sie davon an und schmiedete Pläne, in die sie Alfred ganz selbstverständlich einbezog.

Während ihrer überlangen Abwesenheit von Nohant korrespondierten Casimir und sie stets miteinander. Die Themen ihrer Briefe waren praktischer Natur und beschäftigten sich vornehmlich mit den Kindern. Beide waren um höfliche Umgangsformen bemüht.

Jetzt schrieb George ihrem Ehemann:

»Mein Freund, ich werde Dich bald wiedersehen. Ich beabsichtige, den Winter in Italien zu verbringen, um den Rheumatismus auszuheilen, der mich dieses Jahr ganz besonders schlimm plagt. Ich zögere, Solange auf eine so weite Reise mitzunehmen und werde sie daher in Nohant deponieren, wo sie besser aufgehoben ist als irgendwo sonst in der Welt. Im Frühjahr hole ich sie wieder ab. Dann sollten wir sie in ein Pensionat stecken, das wir gemeinsam aussuchen wollen.

Man ist im Kollegium sehr zufrieden mit Maurice. Ich werde Émile Regnault bitten, während meiner Abwesenheit hin und wieder mit ihm auszugehen, es sei denn, Du hältst ihn für die falsche Person und empfiehlst jemand anderen. Regnault ist stets gefällig, freundlich, ruhig und heiter. Er liebt Kinder und hat keine der üblen Gewohnheiten junger Männer, die ein schlechtes Beispiel für Maurice sein könnten.

Sag mir, ob Dir dieses Arrangement recht ist, aber antworte mir umgehend, da ich ohne Dein Einverständnis nichts unternehmen möchte.

Adieu, mein Freund. Ich umarme Dich, das Dickerchen Solange umarmt Dich ebenfalls. Aurora.«

Nachdem George mit Solange nach Nohant abgereist war, wurde Alfred klar, daß die Italienreise unabwendbar zu sein drohte. Der Gedanke erfüllte ihn mit Mißbehagen. Er verabscheute Strapazen und liebte Bequemlichkeit. All das sollte er nun für ein ungewisses Abenteuer aufgeben. George war eine furchtlose Amazone. Sie würde sein Zögern als Mangel an Zuneigung auslegen. Dabei liebte und bewunderte er sie und beneidete sie auch ein wenig um ihre Kraft und Entschlossenheit. Die Angst, ihr weh zu tun, lähmte ihn.

Da Alfred in letzter Zeit die Nächte meist bei George verbracht hatte, war Paul davon abgekommen, dem Bruder durch die brennende Petroleumlampe am Fuß der Treppe ein Zeichen zu geben, daß er ihn erwarte.

Aber als Alfred am späten Abend des Tages, an dem er George und Solange in die Postkutsche gesetzt hatte, in die heimatliche Wohnung zurückkehrte, stand die Lampe wieder am alten Platz. Er stürmte die Treppe hinauf und fand Paul, wie gewohnt, im Bett sitzend, ein Buch auf den Knien.

»Ich komme mir vor wie Leander, dem Hero den Weg leuchtet«, sagte Alfred, etwas außer Atem.

»Du bist nicht Leander, und ich bin ganz bestimmt nicht Hero!« korrigierte ihn Paul.

Alfred mußte lachen und spürte gleichzeitig Rührung aufsteigen, so froh war er, den Bruder zu sehen. »Der Vergleich hinkt. Ich weiß es«, bestätigte er. »Aber die Lampe hat lange nicht mehr gebrannt ...«

»Sparsamkeit! Petroleum ist teuer«, behauptete Paul.

»Warum dann heute abend?«

»Weil ich dich erwartet habe. Ich weiß, daß die Baronin Dudevant abgereist ist.«

»Wie kannst du das wissen? Bist du ein Hellseher?«

»Keineswegs. Die Baronin kleidet sich manchmal etwas... originell. Daher hat Pierre sie auf dem Posthof erkannt und mir Bericht erstattet.«

Alfred fühlte sich ertappt. »Ist Pierre nun eigentlich unser Diener oder dein Spion?«

»Beides. Setz dich endlich.«

Alfred ließ sich in den Sessel fallen, der am Fußende des Betts stand, streckte die Beine weit aus und fühlte sich zuhause.

»Wann beabsichtigt die Baronin mit dir nach Italien aufzubrechen?« fragte Paul und vernichtete damit Alfreds Wohlbehagen. In der Hoffnung auf ein Wunder, das die Reise verhindern würde, hatte er sie bisher vor der Familie verheimlicht. »Gleich wirst du mich fragen, ob ich ein Gedankenleser bin. Erinnerst du dich an Raoul im Büro der ›Revue‹?« Alfred nickte. »Die Baronin hat mit Buloz über einen größeren Vorschuß verhandelt und eure Reise als Grund dafür angegeben. Raoul mußte Buloz die finanziellen Unterlagen bringen. Daher wußte er Bescheid. Also wann soll es losgehen? Sowie Madame zurück aus Nohant ist?«

Alfred stieß einen Seufzer der Erleichterung aus, daß ihm durch den indiskreten Raoul das Geständnis seiner Reise erspart blieb, und schilderte dem Bruder sein Dilemma. Loyal betonte er, wie sehr er an George hing und wie tief es ihn schmerzen würde, sie zu verletzen, aber er gab offen zu, daß ganz Italien ihm gleichgültig war und es ihm völlig genüge, darüber nachzulesen, ohne es sehen zu müssen.

Paul war bemüht, sich nicht anmerken zu lassen, wie sehr ihn die neu erwachte Vertraulichkeit befriedigte und beglückte. »Verstehe ich dich richtig, daß du in Wahrheit nur nach einem stichhaltigen Grund suchst, um an dieser Expedition nicht teilnehmen zu brauchen?«

Alfred gestand, daß dies so ungefähr seinen Gedankengängen entspräche.

»Ich glaube, dir einen Weg vorschlagen zu können, wie du in Paris bleiben kannst, ohne die Gefühle von Madame Sand zu verletzen.« Alfred sah den Bruder erwartungsvoll an. »Sage Mama die Wahrheit! Und vor allem sage ihr, in wessen Begleitung du zu reisen beabsichtigst.«

Am Tag darauf war die Familie nach dem Diner im Salon versammelt. Der Diener reichte den Mokka. Als die winzigen Tassen geleert waren, brachte Alfred sein Anliegen vor.

Er wolle eine Studienreise unternehmen, und zwar nach Italien. Nach Florenz, um genau zu sein. Florenz sei wichtig für ihn, da er ein Lesedrama zu schreiben gedenke, das »Lorenzaccio« heißen solle, wie man Lorenzino von Medici seinerzeit nannte.

Die Mutter sah Alfred erschrocken an. Dann gab sie ahnungslos das erwartete Stichwort. »Nein, Alfred, ich bin gegen diese Reise. Du weißt, wie anfällig du bist. Italien ist ein gefährliches Land. Es gibt dort viele entsetzliche Krankheiten. Man liest doch dauernd darüber! Dich allein in einem solchen Land zu wissen... das ist mir ganz unerträglich«, klagte sie.

»Ich beabsichtige nicht allein zu reisen, Mama.«

»Sondern?«

»Madame Sand wird mich begleiten.«

»Madame Sand...«, wiederholte sie gedehnt. »Und das soll mich beruhigen? Nein, Alfred, dieser Name ist nicht angetan, meine Ängste zu zerstreuen. Ganz im Gegenteil. Ich kenne Madame Sand nicht persönlich und habe auch nicht die Absicht, sie kennenzulernen. Aber ich kann mir nicht vorstellen, daß sie die passende Begleitung für dich ist!«

»Ich bitte Sie, Mama, ich bin doch kein Kind mehr«, versuchte Alfed schwach einzuwenden.

»Wenn du diese Reise antrittst, dann tust du das gegen meinen Willen, ohne meine Erlaubnis und ohne meinen Segen«, verkündigte sie streng und brach in Tränen aus.

Während Madame de Musset schluchzend das Gesicht in den Händen barg, nickte Paul dem Bruder ermutigend zu.

»Weinen Sie nicht, Mama«, bat Alfred. »Bitte, weinen Sie nicht. Das kann ich nicht ertragen. Ich beuge mich Ihrem Willen! Ich werde hierbleiben!« Und etwas theatralisch fügte er hinzu: »Wenn jemand weinen muß, dann sollen nicht Sie es sein, Mama!« Er ergriff die Hand der Mutter und küßte sie zärtlich.

Als George unternehmungslustig und vergnügt nach Paris zurückkehrte, gestand Alfred ihr sofort, daß seine Mutter zu seiner großen Enttäuschung so unglücklich über die geplante Reise gewesen wäre, daß er ihr versprochen habe, zuhause zu bleiben.

George hörte ihm ruhig, fast reaktionslos zu, so daß Alfred immer weiter ausholen mußte.

»Der Tod meines Vaters hat sie entsetzlich mitgenommen. Es war ein Schock, von dem sie sich noch immer nicht ganz erholt hat«, erklärte er.

George sagte noch immer nichts.

»In ihrem jetzigen Gesundheitszustand«, fuhr er, nun etwas nervös, fort, »wäre es unverantwortlich, gegen ihr striktes Verbot zu handeln.«

George nickte.

»Es tut mir furchtbar leid, George«, fügte Alfred hinzu.

»Mir auch, Alfred«, sagte sie und sah keineswegs niedergeschlagen aus, was Alfred ebenso wunderte wie enttäuschte.

An einem der nächsten Abende – Alfred und Paul absolvierten einen Pflichtbesuch bei Verwandten – bestieg George einen Mietwagen und ließ sich in die Rue de Grenelle fahren. Dort angekommen, befahl sie dem Kutscher zu warten und läutete an der Haustür.

Als die Concierge aufschloß, drückte sie ihr ein Trinkgeld in die Hand und bat sie, Madame de Musset einen Brief zu überbringen. Sie würde im Wagen auf Antwort warten.

Madame de Musset öffnete zögernd das Kuvert. Was sie las, Georges Bitte mit ihr sprechen zu dürfen, versetzte sie in starke Unruhe.

»Sagen Sie Madame, daß ich sofort runterkomme... oder nein! Bitten Sie sie herauf! Hören Sie? Sagen Sie Madame, daß ich sie erwarte... oder sollte ich doch lieber heruntergehen?... Nein! Lieber hier oben!« In ihrer Verwirrung sprach sie ihre Überlegungen laut aus. »Beeilen Sie sich! Ich möchte nicht, daß Madame warten muß!«

Sowie die Concierge verschwunden war, heftete Madame de Musset die Augen auf ihre Tochter, die neugierig dem etwas fahrigen Benehmen der Mutter zugesehen hatte. »Herminie, sei so freundlich und laß mich allein mit...«, sie zögerte kurz, »...mit der Dame, die gleich hier sein wird.«

»Wer ist es denn?« fragte das junge Mädchen.

»Das erzähle ich dir nachher. Geh jetzt! Ich rufe dich, sowie ich wieder allein bin.«

Als Herminie, etwas unwillig, gegangen war, trat Madame de Musset vor den Spiegel, strich ordnend über das gar nicht unordentliche, sorgfältig frisierte Haar und wandte sich erst um, als der Diener die Tür öffnete und George Sand eintreten ließ.

George hatte sich in die Baronin Dudevant verwandelt, in eine makellos gekleidete Dame mit ebenso makellosen Manieren. Sie dankte Alfreds Mutter für die Güte, sie empfangen zu haben und wurde von ihr ebenso höflich aufgefordert, Platz zu nehmen.

Dann sah George Madame de Musset lange und wortlos an, so daß Madame schließlich fragte, was die Baronin zu ihr geführt hätte.

»Ich wollte das Bild von Alfreds Mutter ganz in mich aufnehmen«, erklärte George, als erwache sie aus einem Traum. »Alfred hat immer mit so viel Liebe und Verehrung von Ihnen gesprochen. Das kann ich nachfühlen, jetzt, wo ich Sie gesehen habe.«

Madame de Musset hatte ihre Beherrschung wiedergefunden. »Ich nehme an, daß Sie mich überreden möchten, Alfred mit Ihnen nach Italien reisen zu lassen?«

»Oh, nein! Ich will Sie nicht überreden. Gewiß nicht!« wehrte George ab. »Ich respektiere Ihre Entscheidung, genau wie Alfred sie respektiert. Ich möchte nur, daß Sie wissen, wie ich zu Alfred stehe.« Madame de Musset blickte George neugierig an. »Ich bin älter als er. Aber das wissen Sie natürlich.« Madame nickte. »Ich habe zwei

Kinder, die ich zärtlich liebe und um die ich immer besorgt bin. Seit einigen Monaten habe ich ein drittes Kind, Alfred! Um ihn bin ich genauso besorgt wie über meinen Sohn und meine kleine Tochter, denn ich liebe ihn – und das müssen Sie mir glauben – wie eine Mutter. Wenn ich vorgeschlagen habe, nach Italien zu reisen, so war das mehr seinetwegen als aus irgendeinem anderen Grund.«

Madame de Musset fragte, ob George damit das florentinische Drama meine, das Alfred zu schreiben gedenke.

»Ja. Auch das. Aber das ist nicht die Hauptsache. Mir schien es wichtig, daß Alfred für längere Zeit Paris den Rücken kehrt. Den Versuchungen von Paris!« fügte sie bedeutsam hinzu.

Madame de Musset sah George betroffen an. »Sie sprechen Befürchtungen aus, die ich seit langem hege«, sagte sie aufrichtig. »Wahrscheinlich haben wir Alfred sehr verwöhnt... sein Bruder Paul und ich. Mit schwächlichen Kindern ist man oft zu nachsichtig. Alfred ist nicht robust, müssen Sie wissen.«

»Ich weiß es. Manchmal wirkt er auf mich... wie soll ich es ausdrücken... schutzlos.«

»Genauso geht es mir«, entgegnete Madame de Musset und sah George voller Bewunderung an. »Ich muß Ihnen die Wahrheit sagen. Das bin ich Ihnen schuldig. Wie jede ängstliche Mutter es sein würde, war auch ich dagegen, daß Alfred nach Italien fährt. Als ich aber erfuhr, daß er mit Ihnen reisen wollte, habe ich es ihm regelrecht verboten. Ich bitte Sie, mir das zu verzeihen. Ich kannte Sie nur vom Hörensagen. Jetzt aber weiß ich, daß Alfred dankbar sein muß, wenn er mit Ihnen reisen darf. In mancher Hinsicht ist er noch ein verzogenes Kind. Leider. Vielleicht können Sie ihm helfen, ein Mann zu werden.«

George begrüßte Alfred und Paul mit strahlender Siegermiene, als sie in Begleitung von zwei ihrer alten Getreuen auf dem Hof der Pariser Posthalterei erschien. Die Musset-Brüder erwarteten sie schon an der Kutsche, die bald in Richtung Süden abfahren sollte.

Die dezente Baronin Dudevant gehörte der Vergangenheit an. George war unsagbar auffallend gekleidet: Perlgraue Pantalons, passendes Jackett, knallrotes Plastron und eine lustige quastenverzierte Kappe.

Paul war bei Georges Anblick merklich zusammengezuckt, daher fühlte sich auch Alfred peinlich berührt. Aber das war nicht alles, was ihn wurmte. Ihr heimlicher Besuch bei seiner Mutter bewies, daß sie sein so vielversprechendes Manöver, das ihm erlauben sollte, in Paris zu bleiben, von Anfang an durchschaut hatte. Im Grunde war ihr Einbruch in seine Familiensphäre eine Revanche für seinen eigenen Trick, und als solche gerechtfertigt. Das hatte er erkannt, aber das ungute Gefühl wollte nicht weichen. Schuld daran war wohl, daß seine von ihm aufrichtig geliebte und verehrte Mutter voll auf die Komödie hereingefallen war, die George ihr vorgespielt hatte, und nun in allerhöchsten Tönen von ihr sprach.

Statt herzlich mit George zu lachen, als sie ihm die Begegnung schilderte, hatte Alfred nur ein höfliches Lächeln zustande gebracht.

8

Die Reise bis Lyon war ermüdend, die Landschaft nicht sonderlich interessant. Den Passagieren der Eilpost war es nur während des Pferdewechsels erlaubt, sich die Füße zu vertreten oder eine Kleinigkeit zu essen. Die knappen vierhundertsechzig Kilometer auf oft schlechten Straßen hatten George und Alfred so durchgeschüttelt, daß sie beschlossen, zwei Nächte in Lyon zu bleiben.

Die Nächte und auch den Tag verbrachten sie fast ausschließlich im Bett. Sie liebten sich, schliefen, aßen, tranken und waren bemüht, die kleinen Verstimmungen zu verscheuchen, die sich in Paris aufgestaut hatten.

Am Morgen des dritten Tages fuhren sie wohlgemut zum Pier, wo der Dampfer lag, der sie auf der Rhône bis Avignon bringen sollte. Es war ein modernes Schiff, ein Raddampfer, der das flußaufwärts übliche Treideln überflüssig machte, sehr zum Verdruß der Pferdehalter, die das lukrative Gewerbe noch vor kurzem betrieben hatten.

Die meisten Passagiere waren schon an Bord, als Alfred und George über den Landesteg schritten.

Mit einem Freudenschrei stürzte Alfred auf einen der Reisenden zu, einen älteren Herrn, der George vage bekannt vorkam. Die beiden umarmten und küßten sich wie lang verlorene und nun wiedergefundene Freunde.

Der Mann war groß und etwas massiv gebaut. Die Konturen seines feingeschnittenen Gesichts wirkten verwaschen, fast schwammig. Er trug eine Pelzmütze, obwohl es ein milder, sonniger Dezembertag war.

Als Alfred sich nach George umwandte und der Herr die Mütze zog, um sie zu begrüßen, fiel ihr ein, wer er war. Stendhal! Der große Mentor und Freund von Prosper Mérimée. Die tiefe Verärgerung, die sie nach der Affaire mit Mérimée verspürt hatte, kam wieder hoch. Bestimmt war Stendhal von seinem Freund Mérimée ausführlich und mit allen Details über ihre Blamage unterrichtet worden. George entschloß sich, Stendhal unsympathisch zu finden, obwohl sie seinen Roman »Rot und Schwarz« mit großer Anteilnahme gelesen hatte.

Henri Beyle – Stendhal war sein Pseudonym als Romancier – war amtierender französischer Konsul im Kirchenstaat. Er hätte eigentlich in Rom residieren müssen, haßte diese Stadt aber so heftig, daß er sich im nahen Civitavecchia niedergelassen hatte. Wenn ihm die konfusen italienischen Verhältnisse zu unerträglich wurden, was ziemlich oft der Fall war, floh er nach Paris. Jetzt befand er sich gerade auf der Rückreise nach so einer Flucht.

Alfred erwähnte harmlos, daß George Sand und er auf dem Weg nach Italien seien. Diese Bemerkung löste eine haßerfüllte Tirade bei Stendhal aus. Alle Italiener ohne Ausnahme seien eingefleischte Lügner, hinterhältig, unzuverlässig und schmutzig, behauptete er, die Hotels starrten vor Wanzen, die Bedienung bestünde durchweg aus Dieben, das Klima sei tödlich und Fieber unvermeidbar.

George fürchtete, Stendhals Äußerungen könnten Wasser auf Alfreds Mühle sein. Deshalb erging sie sich in schwärmerischen Beschreibungen von dem Land, wo die Zitronen blühen. Sie hatten nur einen Schönheitsfehler: George war noch nie in Italien gewesen.

Das wiederum brachte Stendhal zu sarkastischen Bemerkungen über die kindische Italienschwärmerei von Ignoranten, die nicht wüßten, wovon sie redeten.

George war außerstande zu erkennen, ob Stendhal

seine Worte als witzige Übertreibung oder als Beleidigung meinte. Alfred dagegen bewunderte seinen Freund uneingeschränkt und lachte herzlich über seine Sottisen.

Das Boot dampfte jetzt geräuschvoll flußabwärts. Um Stendhal zu entfliehen, gab George vor zu frieren und verschwand in den Aufenthaltsräumen unter Deck, wohin Alfred ihr bald folgte.

Während der letzten Wochen hatte es in der Schweiz stark geregnet. Der Wasserstand der Rhône war gestiegen. Da es schon dunkelte, als der Raddampfer das Städtchen Pont-Saint-Esprit erreichte, beschloß der Kapitän anzulegen und die Weiterfahrt erst am Morgen bei Tageslicht zu wagen. Die Brücke Saint-Esprit, fast einen Kilometer lang, war ein ehrwürdiger Steinbau aus dem 13. Jahrhundert, an dessen soliden Pfeilern schon manches Schiff bei Hochwasser Schaden genommen hatte.

Die meisten Passagiere blieben über Nacht an Bord. Andere, unter ihnen George, Alfred und Stendhal zogen es vor, mit dem primitiven Gasthof vorliebzunehmen, der der einzige des Städtchens war.

Von den Einheimischen etwas mißtrauisch beäugt, nahmen George und Alfred in der Gaststube Platz. George hoffte, daß Stendhal schon zu Bett gegangen sei, aber da kam er auch schon die Treppe herunter, riesige Pelzstiefel an den Füßen, eine Weinflasche in der Hand und nicht mehr sicher auf den Beinen.

Das ausgezeichnete Essen dämpfte seine Aggressivität, so daß eine wirkliche Unterhaltung zustande kam, die sich natürlich um Bücher drehte.

»Kennst du eigentlich Stendhals ›Über die Liebe‹?« fragte Alfred George.

»Nein, leider nicht«, gestand sie.

»Da haben Sie nicht viel versäumt«, behauptete Stendhal. »Ich habe das Buch vor über zehn Jahren geschrieben, und bis heute sind nicht mehr als fünfundvierzig Exemplare verkauft worden. Sie sprechen mit einem Autor, Madame, der sich rühmen darf, unumstrittener Sieger im Wettlauf um die niedrigsten Verkaufszahlen zu sein!«

Die Bitterkeit, mit der er das sagte, stimmte George versöhnlicher. »›Über die Liebe‹...«, wiederholte sie. »Was haben Sie denn über die Liebe gesagt?«

»Nichts, was Sie nicht längst wissen, Madame. Nämlich, daß es sie in Wahrheit gar nicht gibt!«

»Wie das?«

»Liebe ist lediglich ein salonfähiges Wort für eine keineswegs salonfähige Betätigung. Das ist alles!«

Alfred lachte. »Ich danke dir, daß du dich so vornehm in Madame Sands Gegenwart ausgedrückt hast!«

»Sie brauchen auf mich keine Rücksicht zu nehmen«, protestierte George.

»Die Liebe... wenn wir sie weiter so dezent nennen wollen... ist ein krankhafter Zustand, der die Urteilsfähigkeit des Betroffenen einschläfert«, belehrte Stendhal seine Zuhörer weiter. »Das Liebesobjekt erscheint ihm in einer Verklärung, die meilenweit von der Wirklichkeit entfernt ist. Einer Wirklichkeit, die er erst nach der Genesung erkennen kann. Es handelt sich also um einen pathologischen Vorgang, meine Dame... so pathologisch wie mein Durst auf diesen Wein, der das weitaus beste an dem verkommenen Rattenloch hier ist...«

Er griff nach der Flasche, erhob sich und ging mit schwankenden Schritten zur Treppe hinauf.

Am nächsten Tag saß Stendhal schweigsam und grollend an Deck und schenkte der ihm allzu bekannten Landschaft, die George und Alfred entzückte, keinen einzigen Blick.

In Avignon trennten sie sich.

Stendhal nahm den Landweg nach Civitavecchia, der langsamer war als der Seeweg, sein Eintreffen am verhaßten Ort seiner konsularischen Tätigkeit also noch etwas hinauszögerte.

George und Alfred nahmen die Eilpost nach Marseille, wo sie sich schnellstens nach Genua einschifften.

Das Wetter schlug um. Sowie sie den schützenden Hafen verlassen hatten, begann das Segelschiff unangenehm zu schlingern. Alfred machte große Anstrengungen, die Bewegungen des Bootes männlich zu ertragen, aber es half nichts. Er fühlte sich miserabel.

George fand ihn stöhnend ausgestreckt in der Koje. Sie betrachtete ihn mit sachlichem Interesse. Seekrankheit war ihr nur vom Hörensagen bekannt. »Beschreibe mir bitte genau, wie dir zumute ist!« verlangte sie.

»Schlecht«, klagte er. »Elend. Ganz abscheulich!«

»Das verstehe ich nicht!« wunderte sich George. »Mußt du dich übergeben?«

»Wenn du unbedingt darauf bestehst...«

»Nein, nein!« wehrte sie ab. »Wo fühlst du es? Im Magen? Im Kopf? Wo?«

»Überall«, flüsterte er. »Was sollen die vielen Fragen?«

»Vielleicht muß ich einmal in einem Roman jemanden schildern, der seekrank ist. Da wüßte ich eben gern Bescheid!«

Alfred schloß die Augen und sah leidend aus. George kauerte sich auf einen der Koffer und steckte sich eine Zigarette an. Alfred wurde um eine Schattierung blasser und stöhnte laut. George beugte sich über ihn.

»Wenn du mich nicht augenblicklich in Ruhe läßt, kotze ich dir was vor«, brachte er mühevoll heraus und griff nach dem Gefäß, das für diesen Zweck bereitstand.

»Nein, nein, danke! Ich gehe schon!« rief sie und verließ eilig die Kabine.

An dem Tag, als das Schiff unter kompliziertem Manövrieren in den Hafen von Genua einlief, erschien Alfred, noch immer blaß, wieder an Deck. Die Stadt, die sich stufenweise bis zu den Bergen, die sie fast einschlossen, hinaufgearbeitet hatte, versprach festen Boden. Er atmete auf.

Das Hotel, in dem sie unterkamen, mochte einmal bessere Tage gesehen haben. Aber die waren lange vorbei. Der Gepäckträger hatte es ihnen mit glühenden Lobpreisungen empfohlen. George verdächtigte ihn, vom Besitzer bestochen worden zu sein. Stendhals Warnungen waren unvergessen.

Sie stieß die Läden auf, die das Zimmer in sanftes Dämmerlicht gehüllt hatten und sah, so nah, daß sie glaubte, sie mit der Hand berühren zu können, eine rundliche Genueserin, die aus dem Fenster des gegenüberliegenden Hauses lehnte und sie ungeniert musterte.

Schnell schloß George die Läden wieder.

Alfred warf sich erschöpft auf das Bett. George begann zögernd Kleinigkeiten auszupacken. Beide schwiegen. Sie verstanden nicht mehr, warum sie hierhergekommen waren. Ausgerechnet nach Genua! Sie wußten nicht, was sie hier sollten! Natürlich mußten sie die Sehenswürdigkeiten der Stadt besichtigen. Den Palazzo Doria mit dem Neptunbrunnen im Garten … den Palazzo Durazzo mit den Gemälden von Veronese, Rubens, Giorgione und wie sie auch hießen … George hatte über alles gründlich nachgelesen. Aber das hatte noch Zeit. Viel Zeit! Was sollten sie jetzt tun! Sofort! … in diesem dunklen Zimmer mit dem Fenster, das direkt auf die dicke neugierige Frau blickte, die sicher nur darauf lauerte, daß George wieder die Läden öffnete! Wieviel Uhr war es überhaupt? Sie hatten vergessen, die Schläge der Kirchturmuhr zu zählen. Mit wem könnten sie sich verabreden? Sie kannten niemanden in Genua. Sie waren ganz aufeinander angewiesen. Selbst Stendhal wäre jetzt eine Bereicherung gewesen.

George beendete die lähmenden Gedankengänge mit der Feststellung, daß sie hungrig sei.

»Ich auch!« rief Alfred und sprang, wie erlöst, auf. »Ich habe ja tagelang nichts gegessen.«

Sie fanden eine kleine Trattoria, die vertrauenerweckend aussah, bestellten Spaghetti und tranken Wein. Nach Tisch wanderten sie zurück zum Hotel durch die engsten Gassen, die sie je gesehen hatten. Alfred behauptete, er müsse die Wände der Häuser mit ausgestreckten Armen abstützen, damit sie ihn nicht erdrückten.

Nach einer Siesta – sie waren jetzt sehr italienisch, sie hielten Siesta, keinen Mittagsschlaf – machten sie sich wieder auf den Weg und entdeckten, daß Genua nicht nur aus engen Gassen bestand, sondern auch breite Straßen besaß, die es durchaus mit denen in Paris aufnehmen konnten. Prächtige Paläste zeugten von der Zeit, als die Genuesische Flotte noch das Mittelmeer beherrscht hatte. Aber die war längst vorbei. Das sah man den Palästen an. Sie wirkten baufällig und eingestaubt.

Das Schaufenster einer Pasticceria, einer Konditorei, brachte sie in Versuchung. Sie verzehrten köstliche Süßigkeiten und tranken einen Fingerhut des stärksten Kaffees, den sie je gekostet hatten.

Dann kehrten sie wieder ins Hotel zurück, streckten sich auf dem Bett aus und waren fast mit Genua versöhnt.

Am Abend schlenderten sie zum Hafen hinunter und versuchten, das Restaurant zu finden, in dem es, nach Aussage ihres Hoteliers, die besten Fischgerichte von ganz Italien gab. Die Straßen waren spärlich beleuchtet. Aus überfüllten Kneipen drang Lärm. Irgendwo antwortete eine Frau mit durchdringendem Kreischen auf ein männliches

Gebrüll. Aus einem offenen Fenster quietschte eine Geige jämmerlich.

George ging stumm neben Alfred her. Sie schwankte zwischen brennender Neugier und aufkeimender Angst. Die Angst gewann die Oberhand. Jeden Augenblick konnten sie hier rücklings erschlagen, beraubt und in das Wasser geworfen werden, das träge gegen die Mole klatschte. Irgendwo würden dann zwei unbekannte Leichen angeschwemmt werden, und das wäre wohl das Ende der Reise.

Sie blickte Alfred an. Der ging wie ein Schlafwandler neben ihr her und schien die abenteuerliche Umgebung überhaupt nicht zu bemerken. Vielleicht besuchte er solche Kaschemmen in Paris, streifte durch Stadtteile, die sie noch nie betreten hatte, überlegte George und war auf die ihr unbekannten Seiten Alfreds eifersüchtig. »Wir werden das Restaurant niemals finden«, sagte sie plötzlich und blieb stehen. »Mir ist kalt.«

Sie kehrten um und betraten die erste Osteria, die ihnen akzeptabel erschien.

Sie aßen eine Zuppa di Pesce, ähnlich der Bouillabaisse, die ein renommiertes Pariser Fischrestaurant servierte. Das Gericht war scharf gewürzt. Sie wurden durstig und tranken viel Wein. Zum Abschied lud sie der Wirt zu einem Digestivo, einem verdauungsfördernden Likör, ein, den er wärmstens empfahl und dem George erleichtert zusprach, während Alfred ihn verweigerte.

In der Nacht wurde George übel. Die Zuppa di Pesce war ihr nicht bekommen.

»Du machst es umgekehrt wie ich. Ich kotze auf See, du an Land«, versuchte Alfred sie zu trösten, aber ihr war nicht nach Scherzen zumute.

Am Morgen fühlte sie sich noch immer nicht wohl und beschloß, im Bett zu bleiben.

Alfred wanderte allein durch die Stadt, langweilte sich, flanierte in den Gärten des Palazzo Doria, sah den hübschen Mädchen nach und schrieb pflichtschuldigst an die Familie.

Wann immer er zwischendurch zu George ins Hotel zurückkehrte, fand er sie im Bett, ein Tablett mit ihren Schreibutensilien auf den Knien, in die Arbeit an »Jacques« vertieft, ihrem neuen Roman, für den Buloz ihr einen Vorschuß gegeben hatte, mit dem sie ihre Reise finanzierte. Auch Musset war es gelungen, Buloz einen größeren Vorschuß auf versprochene Arbeiten abzuringen, aber er sah keine Veranlassung, sich damit unnötig zu beeilen.

Georges Magenverstimmung war überwunden, dafür wirkte jetzt der Digestivo unerwartet kräftig.

Sie bat Alfred, sich ein eigenes Zimmer zu nehmen. Als er heldenhaft darauf bestehen wollte, bei ihr zu bleiben, versicherte sie ihm, sie sei gewohnt, nachts zu arbeiten, und das Licht würde ihn beim Schlafen stören. Außerdem hemme seine Gegenwart den Fluß ihrer Gedanken.

Scheinbar gekränkt, in Wahrheit aber erleichtert, gehorchte er.

Alfred brachte nie viel Geduld im Umgang mit Kranken auf, erwartete aber, als das verwöhnte Kind, das er noch immer war, daß sich alles um ihn drehte, wenn ihm einmal etwas fehlte. Im Grunde nahm er es George übel, daß sie krank war. Sie hatte die Starke zu sein, keine Schwächen zu zeigen, nicht die Weiterreise zu behindern. Denn für alles, was die Italienreise betraf, trug George, seiner Ansicht nach, die volle Verantwortung.

Wäre es nicht das einzig Kluge, überlegte er, die Zelte sofort abzubrechen und nach Paris zurückzukehren?

Dort gab es hervorragende Ärzte, man hatte seine Freunde, sein eigenes Bett und seine lieben Gewohnheiten.

Obwohl er George gut genug kannte, um vorauszusehen, daß sein Vorschlag keine Gnade vor ihren Augen finden würde, brachte er ihn doch zur Sprache.

Sie lehnte strikt ab.

Er fragte, wie lange sie denn noch in Genua bleiben müßten.

»Bis es mir so gut geht, daß wir die Weiterreise riskieren können«, verkündete sie in salomonischem Tonfall.

»Und wenn es soweit ist, wohin fahren wir dann?«

»Du fragst wie ein dummes Kind!« sagte sie ärgerlich. »Nach Florenz natürlich! Und zwar deinetwegen! Oder hast du das florentinische Projekt schon vergessen?«

Er wollte ihr versichern, daß er Florenz nicht zu sehen brauchte, um über Florenz zu schreiben, schwieg aber.

»In Florenz werden wir dann gemeinsam entscheiden, wie es weitergeht«, schloß sie und griff wieder nach dem Tablett mit ihrem Schreibzeug.

Er verließ das Zimmer.

Alfred sann einige Tage darüber nach, ob er auch versuchen sollte zu arbeiten. George erwartete es, vermutete er, und suchte ihn durch übertriebenen Fleiß dazu zu drängen. Sie schrieb mit der gleichen Regelmäßigkeit, mit der ein Bäckermeister Brötchen bäckt, fand er. So wie der Bäkkermeister Hefe, Mehl und Wasser brauchte, brauchte sie Federn, Tinte und Papier. Wenn sie das hatte, erfüllte sie ihr tägliches Pensum, das nie unter zwanzig Seiten lag, ohne zu pausieren.

Aber er, Alfred, fabrizierte keine Romane, er komponierte Sonette, Verse, Balladen! Er war ein Poet! Ein Poet ist kein Bäcker! Er braucht Inspiration! Die aber läßt sich nicht erzwingen. Was, um alles in der Welt, sollte ihn hier inspirieren? Die Stadt, die ihn langweilte? Oder seine Geliebte, die von einem alle romantischen Gefühle im Keim erstickenden Leiden befallen war?

Wie leicht war es ihm doch in Paris gelungen, immer wieder den Rausch zu erleben, aus dem er Inspiration schöpfen konnte. Der Wein und die Frauen waren sein Rezept gewesen. Es schien ihm banal, ja, fast albern, hier in Genua das duplizieren zu wollen, was ihm in Paris einfach zuflog. Trotzdem wollte er es auf einen Versuch ankommen lassen.

Der Wein bot keinerlei Probleme. Er fand ihn in einer der Hafenkneipen, die ihm jetzt gar nicht so abstoßend vorkamen wie am ersten Abend.

Der Raum war verräuchert, die Holzdecke so niedrig, daß er, der Langaufgeschossene, den Kopf einziehen mußte, um unter den Querbalken hindurch die stille Ecke zu erreichen, die er gleich erspäht hatte.

Sowie der Wirt seine Bestellung, einen Liter vom besten Wein des Hauses, servierte, zog Alfred Pfeife und Tabak aus der Tasche, stopfte die Pfeife mit genießerischer Genauigkeit, setzte sie in Brand und lehnte sich, nachdem auch der erste Schluck Wein befriedigend ausgefallen war, entspannt zurück.

Er begann sich umzusehen.

Hinter dem Schanktisch lagen die Fässer zu einer Pyramide aufgestapelt. Der Wirt geizte nicht beim Einschenken. Er füllte die Krüge so freigebig, daß sie oft überliefen. Alfred wurde sich des intensiven Weingeruchs bewußt, der den Raum durchdrang und sogar die Oberhand über das würzige Tabaksaroma seiner Pfeife gewann.

Unweit der Theke saßen vier Männer um einen Tisch beim Kartenspiel. Er hielt sie für Hafenarbeiter. Sie spielten mit verbohrter Konzentration. Hin und wieder riefen sie sich etwas zu, was Alfred nicht verstehen konnte. Ein

Ring von Kiebitzern stand um sie herum und unterstützte die Spieler mit kritischem oder auch anerkennendem Gemurmel.

Alfreds beobachtender Blick wanderte weiter bis zu der Ecke, die der seinen gegenüberlag. Dort entdeckte er die einzigen weiblichen Gäste, zwei junge Frauen, über deren Beruf er keinen Augenblick im Zweifel war. Auf dem Tisch vor ihnen stand nichts. Den Wein mußten wohl die Freier spendieren. Aber noch war keiner in Sicht. Sie rauchten Zigaretten und schwatzten angeregt miteinander. Eine von ihnen schien sehr jung zu sein, er schätzte sie auf sechzehn Jahre. Sie hatte ein hübsches, freches Gesicht, gesunde rote Wangen und blitzend weiße Zähne. Beide trugen tief ausgeschnittene Blusen, die den Ansatz ihrer Brüste freigaben. Die Haare waren hoch aufgetürmt, wie es die Mode jetzt verlangte. Bündel von Korkenzieherlocken an den Schläfen rahmten das Gesicht.

Alfred überlegte, ob die beiden Geschwister sein könnten, die gemeinsam ihrem nächtlichen Gewerbe nachgingen, oder womöglich Mutter und Tochter, entschied sich dann aber, sie für Freundinnen zu halten. Die Hände, die die qualmenden Zigaretten hielten, waren derb und ungepflegt. Das empfand er als störend in dem sonst recht vorteilhaften Bild, das zumindest die Jüngere bot.

Die Junge hielt plötzlich in ihrem intensiven Geplapper ein, ihr Blick war auf Alfred gefallen. Sie versetzte ihrer Freundin einen Stoß und deutete auf ihn. Beide musterten ihn nun ungeniert und schienen befriedigt von dem, was sie sahen. Ihre Gesichtszüge verzogen sich zu einem breiten Lächeln, dann deutete die Jüngere mit pantomimischen Gesten an, daß sie gern etwas trinken würden.

Schon stand der Wirt bei Alfred und fragte, ob er den Damen etwas servieren dürfe.

Alfred nickte.

Sowie die Freundinnen ihren Wein hatten, tranken sie

Alfred zu. Auch er erhob sein Glas. Die Junge lud ihn, wieder pantomimisch, ein, sich doch zu ihnen zu setzen. Vermutlich hatte sie im Umgang mit Ausländern, die des Italienischen nicht mächtig waren, ihre stumme Methode der Verständigung erfunden.

Alfred schüttelte den Kopf.

Sie signalisierte, daß sie sich auch zu ihm setzen könnten.

Wieder schüttelte Alfred den Kopf.

Die Damen befürchteten jetzt, der Herr könne es beim spendierten Wein belassen. Die Jüngere wurde nun sehr deutlich. Mit unmißverständlichen Gesten teilte sie mit, daß jede von ihnen oder auch beide ihm gern gefällig sein würden. Sie setzte sich kerzengerade auf und präsentierte stolz ihre beachtlichen Brüste.

Alfred gab sich zurückhaltend, spürte aber, daß ihn das verdorbene junge Geschöpf nicht gleichgültig ließ.

Die Junge erriet instinktiv, daß ihre Chancen stiegen. Sie lachte Alfred herausfordernd an, zeigte ihre weißen Zähne und vollführte mit ihrer Zunge leicht obszöne Kunststücke.

Alfred zögerte. Dann stand er auf und ging, ohne den Mädchen noch einen Blick zuzuwerfen, zur Theke, zahlte die Zeche und verließ die Taverne.

Draußen blieb er stehen. Er verstand sich selbst nicht mehr. Hatte George ihn so verändert, daß er vor dieser kleinen Vergnügung, die sich ihm angeboten hatte, weglief?

Im Wald von Franchard hatte er noch fest an die große Liebe geglaubt, die er für George empfand. Heute war er sich ihrer nicht mehr ganz sicher. Oder schien es ihm verächtlich, sich mit diesem Mädchen zu amüsieren, während George krank im Hotel lag? Aber sie war gar nicht mehr so krank. Morgens hatte sie davon gesprochen, daß es Zeit sei, nach Florenz aufzubrechen. Sie fühle sich besser. Also warum diese Rücksichtnahme?

Das schlaue kleine Luder da drin in der Kneipe wußte doch genau, daß er angebissen hatte. Warum war sie ihm nicht gefolgt, fragte er sich und konnte seine Erregung nicht unterdrücken. Er wartete noch ein paar Minuten, dann ging er schnell ins Hotel zurück.

George arbeitete nicht. Sie saß im Bett, die Arme um die angezogenen Knie geschlungen.

Er beugte sich zu ihr herunter, um sie zu küssen. Sie wandte den Kopf beiseite. »Was ist mit dir?« wollte er wissen.

»Nichts. Überhaupt nichts.«

Er begann sich zu entkleiden.

»Bitte nicht!« sagte sie entschlossen. »Ich möchte nicht mit dir schlafen.«

»Warum nicht?«

»Ganz einfach, ich möchte nicht!«

»Kein Grund?«

»Vielleicht...«, sie zögerte, »vielleicht bin ich noch krank.«

»Heute morgen warst du gesund, hast du mir gesagt.«

»Das war heute morgen.«

Alfred wurde ausfallend, so enttäuscht war er. »Eine verdammt praktische Krankheit hast du! Reisen kannst du! Aber du bist zu krank, um mit mir zu schlafen! Und ich? Was soll ich machen?«

»Das ist mir gleich.«

»Dann ist ja alles in Ordnung!« Er griff nach seinem Jakkett. »Dann suche ich mir jetzt eine hübsche kleine Hure und laß mir von ihr den Schwanz lecken! Das ist dir doch recht?!«

»Mach, daß du rauskommst, du Schwein!« schrie George.

Aber Alfred hatte schon das Zimmer verlassen.

Als er erwartungsvoll die Kneipe betrat, waren die Mädchen verschwunden.

Die Damen seien schon gegangen, erklärte der Wirt.

»Allein?«

Der Wirt verneinte.

George konnte nicht einschlafen. Nicht, weil Alfred angedroht hatte, in sein altes Leben zurückzufallen. Das war es nicht, was sie quälte. Sie war ungeduldig mit ihm geworden. Seine Faulheit ärgerte sie. Aber ihr eigener Fleiß ärgerte sie genauso. Warum war sie mit diesem Fluch behaftet, der sie zwang, sich acht Stunden tags oder nachts mit Tinte, Federn und Papier zu beschäftigen? Warum mußte sie immer diese tintenbekleckten Finger schrubben, während Alfreds weiße Hände unbefleckt blieben?! Warum mußte sie sich Sorgen machen, ob sie mit dem Geld auskommen würden, mußte rechnen und vorausdenken, während er unbekümmert dahinlebte wie die Vögel auf dem Felde, die nicht säten und nicht ernteten, die der liebe Gott aber trotzdem ernährte. Sie hatte das bestimmte Gefühl, daß sie dem Herrgott dabei behilflich werden mußte, denn Alfred war in Geldsachen ein Kind. Ein verzogenes Kind, mit einem sehr erwachsenen Hunger nach erotischen Begegnungen, aber immerhin ein Kind.

Sie hörte seine Tür, als er zurückkam. Er hatte also nur gedroht, nicht gehandelt. Dieser Gedanke ließ ihre aufgestaute Bitterkeit schmelzen.

Am nächsten Morgen brachte sie ihm das Frühstück selbst ans Bett und weckte ihn mit einem Kuß.

Zwei Tage später reisten sie nach Florenz.

In Georges Pariser Wohnung hatten Alfred und sie einmal gemeinsam in einer Truhe gekramt, in der George Zettel aufbewahrte, auf denen in Stichworten Themen und Ideen vermerkt waren, die sie für brauchbar hielt.

Dabei hatte Alfred aus dem Wust von Papieren einen Bogen herausgefischt und vorgelesen: »Drei Paar Hosen... drei Hemden... drei Halsbinden... drei Paar Strümpfe!« Dann fragte er: »Sollte das eine Tragödie werden oder ein Lustspiel?«

George meinte lachend, daß eine Wäschereiliste versehentlich in die Truhe geraten sein mußte.

»Möglich«, gab Alfred zu. »Aber was bedeutet die Zahl drei, wenn es nicht um schmutzige Wäsche, sondern um Jules Sandeau geht? Gleich nach den drei Paar Strümpfen steht ›Jules! Jules! Jules!‹ Dreimal Jules!«

»Dreimal Jules bedeutet Ungeduld! Vorwurf! Tadel!« erklärte George seufzend. »Jetzt erinnere ich mich genau an den Zettel. Dreh ihn um!«

Alfred gehorchte und las vor: »Benedetto Varchi, 1503 bis 1561, Florentinische Chronik.«

George besann sich, daß sie und Jules damals eine interessante Episode aus Benedetto Varchis sechzehnbändigem Werk abgeschrieben hatten, die sie dramatisieren wollten. Daraus wurde aber nichts, weil Jules und sie sich trennten. »Vielleicht kannst du etwas damit anfangen. Irgenwo habe ich noch die paar Seiten. Ich suche sie dir heraus!«

So war Alfred auf den Einfall gekommen, die Geschichte von Lorenzino von Medici, genannt Lorenzaccio, seiner Mutter als Grund für die Italienreise anzugeben.

Da er jetzt tatsächlich in Florenz war, holte er die Seiten aus dem Koffer und las sie zum erstenmal aufmerksam durch.

Lorenzaccio, die zentrale Figur der historischen Episode, die sich 1527 abgespielt hatte, war der Vetter des Alessandro de Medici, Herzog von Florenz. Er unterstützte Alessandros Ausschweifungen, deckte seine Verbrechen, diente ihm als Kuppler und Zubringer. Das alles nur, um Florenz von Alessandros Tyrannei zu befreien.

Als Alessandro ihm schließlich blind vertraute, ermordete er ihn.

Diese ebenso zwiespältige wie zwielichtige Figur – zwischen moralischer Verworfenheit und Tyrannenmord aus moralischer Überzeugung – regte Alfreds Phantasie an.

Das bedeutete keineswegs, daß er sich sofort an die Arbeit machte. Das hätte er für überstürzt gehalten. Aber er wanderte auf Lorenzaccios Spuren durch Florenz und suchte für seinen Helden den Hintergrund, der ihm glaubhaft schien.

Einmal stand Alfred in Bewunderung versunken vor einer Statue des Brutus von Michelangelo.

»Wissen Sie, wer das ist?« fragte ihn ein alter Museumswärter, der ihn beobachtet hatte.

»Brutus!« entgegnete Alfred.

»Aber Sie wissen nicht, wer dieser Brutus war?!«

»Der Mörder Caesars bekanntlich«, murmelte Alfred etwas hochmütig, um den Mann loszuwerden.

»Falsch!« triumphierte der Wächter. »Das ist Lorenzino von Medici, der seinen Vetter Alessandro umgebracht hat! Deshalb nannte man ihn Brutus!«

Unvermutet war Alfred wieder seinem Lorenzaccio begegnet. »Und die Medicis haben ihm ein Denkmal gesetzt?« fragte er ungläubig.

Der Mann lachte. »Das wohl kaum. Ein wohlhabender florentinischer Bürger hat die Statue bei Michelangelo bestellt als Ehrenmal für den Tyrannenmörder. Offiziell heißt sie Brutus, aber jedes Kind weiß, daß es Lorenzaccio ist.«

Alfred sah forschend in das über dreihundert Jahre alte Gesicht des verworfenen Tyrannenmörders. Nichts von dem, was er über ihn wußte, spiegelte sich in den marmornen Zügen.

George und Alfred waren in einer Pension am Ufer des Arno untergekommen. Sie gehörte einer Engländerin, die mit ihrem lungenkranken Mann nach Florenz gezogen war, um dem englischen Nebel zu entgehen. Jetzt klagte sie, daß der toskanische Nebel auch nicht besser sei. Im schmalen Gesicht ihres Mannes glänzten die Augen fiebrig. Er ging leicht vornübergebeugt, war von dezenter Höflichkeit, aber seine Versuche, den quälenden Husten zu unterdrücken, machten ihn nur noch auffälliger. Alfred unterhielt sich gern mit ihm und hörte geduldig zu, wenn er versicherte, bald völlig gesundet in das neblige London zurückkehren zu können. George dagegen zog es vor, ihn zu meiden.

Immer wieder hatte Alfred sie gebeten, ihn auf seinen Streifzügen durch die Stadt zu begleiten, aber sie weigerte sich. Sie habe die Krankheit noch nicht ganz überwunden, behauptete sie, und müsse sich noch schonen.

»Du bist die Langeweile in Person!« warf Alfred ihr verärgert vor.

George zuckte die Achseln und schwieg.

Wenn Alfred nachts an ihr Bett trat, schützte sie meist Arbeit vor oder auch Ermüdung. In anderen Nächten aber gab sie sich ihm bereitwillig hin. Und es waren diese Nächte, die sie quälten und erschreckten. Die Schwierigkeiten, unter denen sie früher gelitten hatte und die sie durch Alfred überwunden glaubte, waren zurückgekehrt. Es war nicht nur der alte Fluch, keine Befriedigung finden zu können, den sie als »Lélia« in ihrem Roman allzu publik gemacht hatte. Es war mehr. Sie war plötzlich Alfreds leidenschaftlicher, phantasievoller Art zu lieben müde. Sie fühlte sich wie versteinert, blieb reaktionslos und wollte im Grunde nur in Ruhe gelassen werden. Sie konnte sich diese plötzliche Übersättigung weder erklären noch sie überwinden.

Es war nicht das erste Mal, daß ihr das passierte. Jules Sandeau war immer lieb und rücksichtsvoll gewesen. Trotzdem schien es ihr eines Tages unerträglich, von ihm geliebt zu werden. Auch den Erzeuger ihrer Tochter Solange hatte sie Hals über Kopf im Stich gelassen.

Sandeau war damals ein unbekannter junger Autor gewesen, Solanges Vater ein namenloser Gelehrter. Auf beide glaubte sie, keine Rücksicht nehmen zu müssen. Aber Alfred war Alfred de Musset, ein junges Genie, berühmt, bewundert, geschmäht, von Sainte-Beuve in den Himmel gehoben, von Moralisten verachtet. Ihn durfte sie nicht einfach wegschicken, nachdem sie alles getan hatte, um mit ihm nach Italien reisen zu können.

Sie hoffte verzweifelt, daß er nicht merken würde, wie empfindungslos sie seinen Liebeskünsten gegenüberstand, wie mühsam sie Erregung vortäuschte, Erfüllung heuchelte. Sie kam sich niedrig und verworfen vor, fand aber keinen Ausweg aus ihrem Dilemma.

Am sichersten fühlte sie sich, wenn sie mit Alfred sachlich über sachliche Dinge sprechen konnte. Aber Alfred war kein großer Freund von solchen Gesprächen. Plötzlich glaubte sie zu entdecken, daß Alfred überhaupt nicht ihr Freund war, es nicht einmal sein wollte. Seine Freunde waren Männer! Menschen wie Tattet, Stendhal, Saufgenossen, Mitwisser und Mitmacher bei Bettgeschichten. Sie alle konnten seine Freunde sein und konnten ihn zum Freund haben. Aber ihr, George, wollte er kein Freund sein, sondern Geliebter. Partner nächtlicher, aufregender Spiele, die das Tageslicht nicht brauchten, es nicht einmal vertrugen.

Es gab keinen Ausweg für sie, kein Weglaufen. Sie mußte diese Italienreise durchstehen. In Paris hätte Abwechslung Erneuerung gebracht. Aber die lockere Bindung des gemeinsamen Reisens schmiedete sie fester aneinander, als selbst ein Ehevertrag es gekonnt hätte.

An einem sonnigen, freundlichen Nachmittag, als Alfred zufrieden von einer Exkursion zur Kirche San Miniato del Monte zurückgekehrt war und von den Medaillons des Luca della Robbia schwärmte, brachte sie das Gespräch auf die Weiterreise. Wohin sollte sie führen?

George müsse das nächste Ziel vorschlagen, entschied Alfred. Ihm sei alles recht.

»Nein«, wehrte George ab. »Ich bin eine langweilige Person, wie du richtig festgestellt hast. Ob ich nun hier oder dort arbeite, ist ziemlich gleichgültig.«

Alfred ließ einen Versuchsballon fliegen. »Könnte es sein«, fragte er, »daß du am allerbesten und liebsten in Paris arbeiten würdest? Da hättest du deinen Schreibtisch, an den du gewohnt bist, deine Bücher, die du brauchst... Wollen wir umkehren?«

Einen Augenblick lang war George in Versuchung, ihm begeistert zuzustimmen. Aber dann gewann die Angst vor genau diesem Paris die Oberhand. Eine so schnelle Rückkehr würde Anlaß zu böswilligen Vermutungen und schlimmem Klatsch geben. »Nein!« rief sie entschieden. »Es wäre ein großer Fehler, jetzt aufzugeben. Wir haben noch so viel zu sehen! Mach bitte einen Vorschlag, Alfred!«

Der Versuchsballon war geplatzt. Nach kurzem Überlegen sagte er: »Ich denke, wir sollten als erstes nach Rom gehen.« Sein Grund dafür lag auf der Hand. In Rom, oder bei Rom, war Stendhal. Er würde Freunde haben, man hätte Abwechslung, wäre nicht aufeinander angewiesen.

Aber George hatte ihre Abneigung gegen Stendhal nicht überwunden. Aus demselben Grund, warum er für Rom war, war sie dagegen. Sie schlug Venedig vor. Natürlich wollte auch sie Rom besuchen, versicherte sie, aber erst Venedig. Über Venedig nach Rom!

Als Alfred noch mit seiner Zustimmung zögerte, erinnerte sie ihn an Lord Byron. In Venedig war die Erinnerung an Byron noch ganz lebendig. Er hatte ja fast bis zu seinem Tod, vor knappen zehn Jahren, in Venedig gelebt! In Rom dagegen sei Byron nie gewesen, behauptete sie, ohne zu wissen, ob das zutraf.

Ihre Rechnung ging auf, Alfred war bereit, nach Venedig zu reisen.

9

Sie hatten Mestre noch bei Tageslicht erreichen wollen. Aber eines der Pferde war auf der vereisten Straße ausgerutscht und gestürzt. Der Postillon brauchte eine volle Stunde, bis er das verschreckte Tier wieder auf den Beinen hatte.

Als sie schließlich auf der Mole in Mestre standen, von der die Schiffe nach Venedig abgingen, war es dunkel. Die regulären Fähren liefen um diese Zeit nicht mehr aus.

Luigi, ein geschäftstüchtiger Bootsmann, sprach die Ratlosen an. Er sei bereit, sie und ihr Gepäck nach Venedig zu transportieren.

Vor Kälte zitternd kauerten George und Alfred eng nebeneinander auf der mittleren Bank des Boots. Luigi saß am Steuer, seine zwei Gehilfen ruderten kraftvoll, so daß die Lichter von Mestre bald verschwanden.

Die Reise ging in unerkennbares Dunkel. Nach einer knappen Stunde, die den beiden Passagieren wie eine Ewigkeit vorkam, erkannten sie, daß ihr Boot sich einem spärlich beleuchteten Stadtviertel näherte.

Leichter, eiskalter Nieselregen schlug ihnen ins Gesicht. Sie schlossen die Augen. Als sie sie wieder öffneten, glaubten sie sich auf einem breiten Fluß zu befinden. Ununterbrochene Häuserreihen säumten beide Ufer.

»Canale della Giudecca!« rief Luigi. Alfred und George wiederholten etwas kindisch »Canale della Giudecca«, obwohl ihnen diese Worte über ihren Wohlklang hinaus noch nichts bedeuteten.

Luigi steuerte das Boot jetzt näher an die linke Seite des vermeintlichen Stroms, bis die im Regen glänzende Kuppel einer Basilika sich gegen den dunklen Himmel abhob. »Santa Maria della Salute«, trompetete er. Es klang wie Musik.

Plötzlich tauchte der Markusplatz vor ihnen auf. Es erschien George und Alfred wie ein Wunder, daß dieser ihnen von unzähligen Abbildungen bekannte Platz tatsächlich existierte und seinen Konterfeis haargenau glich.

Nachdem sie den Dogenpalast passiert hatten, zogen die Männer die Ruder ein und ließen sich so nah an den Landesteg treiben, daß einer von ihnen, die Leine in der Hand, auf den Steg springen, das Boot heranziehen und festmachen konnte.

Mit großer Geste deutete Luigi auf einen venezianischen Renaissancepalast direkt vor ihnen und rief, nein, sang: »Il Albergo Danieli!«

Während die Ruderer George und Alfred beim Aussteigen halfen, war Luigi in den Palast gelaufen und kam sogleich mit zwei Hausdienern zurück, die sich des Gepäcks bemächtigten und es in das Hotel trugen.

Tatenlos vor Müdigkeit, aber auch unfähig, sich der Verzauberung zu erwehren, die diese Stadt auf sie ausübte, ließen George und Alfred es geschehen, daß ihnen jede Wahl, jede Entscheidung aus der Hand genommen wurde. Sie akzeptierten alles, was geschah, als müsse es so sein und kamen erst wieder zu sich, als sie auf den Balkon ihres Zimmers traten und das Boot, das sie nach Venedig gebracht hatte, abstoßen und in den leichten Nebel eintauchen sahen.

Zitternd vor Kälte gingen sie ins Zimmer zurück.

Ein Diener kniete vor dem Kamin und bearbeitete die noch schwache Flamme mit dem Blasebalg.

George schloß schnell die Balkontür und trat dicht an das Feuer, während Alfred sich in ihrer neuen Behausung umsah.

Der hohe Raum mit dem Kamin und dem Blick auf die Lagune war ein regelrechter Saal. Im hinteren Teil standen, weit voneinander getrennt, zwei Himmelbetten, ringsum mit dichten Gardinen versehen, so daß sie einem Katafalk glichen.

Der große Raum war durch einen kostbaren Vorhang mehr symbolisch als praktisch in einen Wohn- und einen Schlafraum unterteilt, denn die beiden Seiten des Vorhangs waren nicht breit genug, um ganz zu schließen.

Nach kurzem, unüberhörbarem Anklopfen trat ein elegant gekleideter Herr ein, gefolgt von einem Kellner, der schwungvoll ein Tablett mit zwei Gläsern und einer Karaffe Wein trug.

Der Herr stellte sich als Besitzer des Hotels vor, das er nach seinem Namen Danieli getauft hatte. Er wünschte den französischen Gästen einen angenehmen Aufenthalt und bat sie, als Willkommensgruß den köstlichen Wein aus Zypern zu probieren, der der beste sei, den Venedig zu bieten habe.

Sowie er und der Kellner verschwunden waren, goß Alfred den Wein ein und reichte George ein Glas.

Noch bevor sie trinken konnte, nieste sie dreimal.

Am nächsten Morgen war sie erkältet und beschloß im Hotel zu bleiben.

Alfred machte sich allein auf den Weg, so wie er es in Genua und in Florenz getan hatte. In dem Labyrinth der Gassen, Brücken und Kanäle verlor er bald jede Orientierung. Er mußte mindestens ... er wußte nicht wie oft ... im Kreis gelaufen sein, denn immer wieder fand er sich vor dem beeindruckenden Bronzestandbild des Condottiere Colleoni, eines Mannes hoch zu Roß, mit Helm, Rüstung und Sporen, der ihn bei jedem neuen unfreiwilligen Wiedersehen noch furchterregender anzusehen schien als zuvor. Um seinem Blick zu entgehen, entschied er sich, eine Gondel zu nehmen.

An der Brücke gleich um die Ecke entdeckte er eine dieser Melancholie erzeugenden schwarzen Barken, die wie eine flache Mondsichel über das dunkle Wasser gleiten und es nur leicht mit ihrer Mitte berühren.

Alfred war noch in die Betrachtung der Struktur dieses Nachens vertieft, als der Gondoliere angelaufen kam und ihn mit imposantem Wortschwall aufforderte einzusteigen, was er erleichtert tat.

Er lehnte sich entspannt in die Kissen zurück und ließ den Gondoliere weiter schwatzen, ohne ihm viel zuzuhören. Der stand hinter ihm auf dem Heck und steuerte das Boot geschickt mit seinem einzigen Ruder.

Plötzlich glaubte Alfred, die Worte »Lord Byron« vernommen zu haben. Er setzte sich kerzengerade auf, wandte sich dem Mann zu und fragte, ob er eben etwas über Lord Byron gesagt habe.

Der Gondoliere bejahte und wies auf einen der Paläste am Ufer des Canale Grande. Das sei der Palazzo Mocenigo, dort habe der englische Lord gewohnt. Stolz berichtete er, daß er ihn gut gekannt habe. Er sei sein persönlicher Gondoliere gewesen.

Alfred erinnerte sich an Stendhals Warnungen und konnte nicht ausschließen, daß der Mann ihm ein Lügenmärchen auftischte. Aber er wollte ihm so gern glauben, daß er sich einfach dazu zwang. Er beabsichtige, ihn für die Dauer seines Aufenthalts in Venedig als seinen ausschließlichen Gondoliere anzustellen, erklärte er dem Mann. Sie wurden schnell handelseinig, wobei Alfred ein schlechtes Gewissen hatte, da seine Versuche, das verlangte Gehalt herunterzuhandeln an der Redekunst des Mannes total gescheitert waren.

Schließlich fragte Alfred noch seinen Gondoliere – denn jetzt war er ja seiner, so wie er einst Byrons gewesen war – nach dem Namen.

Die Antwort lautete: »Dante.«

Alfred konnte das Lachen nicht unterdrücken.

Er lachte noch immer, als er George berichtete, daß Dante persönlich sie von jetzt an durch Venedig führen würde.

George war nicht amüsiert. »Mir scheint, du bist von finanziellem Größenwahn befallen«, sagte sie ärgerlich. »Einen eigenen Gondoliere? Sind die anderen nicht gut genug für dich?«

Alfred versuchte so zu tun, als ob er ihre Verstimmung nicht bemerkte. »Du weißt ja nicht, wer Dante ist! Er ist…«

»Ich habe schon mal von Dante gehört«, fiel sie ihm mit schneidender Ironie ins Wort.

»Von unserem Dante hast du noch nie gehört! Stell dir vor, er war der persönliche Gondoliere von Byron!«

George blickte ihn mit gerunzelter Stirn an. »Das fandest du natürlich unwiderstehlich?«

»Ja! Genau so war es!« Ihm war die gute Laune vergangen.

»Vergiß nicht, daß du kein englischer Lord bist, keine reiche Familie hast und mit dem mageren Vorschuß von Buloz auskommen mußt!«

»Sollte ich das jemals vergessen, wirst du mich bestimmt daran erinnern.« Er klang kühl, fast bösartig.

»Außerdem hat dir dieser Dante bestimmt einen Bären aufgebunden. Ich wette, daß er Byron nie im Leben gesehen hat!« fügte sie hinzu.

»George, es ist mir ganz gleich, ob er wirklich Byrons Gondoliere war oder nicht! Jedenfalls ist er jetzt meiner! Genügt dir das?« Ohne ihre Reaktion abzuwarten, verließ er sie.

Als er Alfred aus dem Hotel kommen sah, sprang Dante auf, half ihm in die Gondel und fragte, wohin die Reise gehen sollte.

»Kennst du eine Kneipe, wo es Wein aus Zypern gibt? Aber es muß der beste sein!« Alfred fühlte sich so sehr als Herr seines Dieners, daß er ihn duzte, was Dante als Vertrauensbeweis ansah.

»Ja, Monsieur!« Er hatte sofort erkannt, daß er es mit einem Franzosen zu tun hatte und zeigte, wie weltmännisch er sich auszudrücken wußte. »Ich kenne eine Taverne... nicht sehr groß... nicht viele Leute... aber der Wein, der ist vom allerbesten! Verlassen Sie sich auf mich!«

Alfred befahl, dorthin gebracht zu werden. Unterwegs fiel ihm ein, daß diese Taverne wahrscheinlich Dantes Vater, seinem Onkel oder sonst einem Verwandten gehörte.

Diese Vermutung sah Alfred bestätigt, als die Begrüßung des Padrone – besonders die für Dante! – sehr herzlich ausfiel. Aber gegen das Lokal war nichts einzuwenden und gegen den Wein auch nichts.

Während er den ersten Krug leerte, beschimpfte er George in Gedanken. Er ärgerte sich besonders darüber, daß sie Dante sofort verdächtigte, ihn belogen zu haben, genau wie er selbst es getan hatte. Er beschloß, ihm auf den Zahn zu fühlen und lud ihn ein, mit ihm zu trinken.

»Erzähl mir von Byron«, befahl er. »Wie sah er aus?«

»Schön!« schwärmte der Gondoliere. »Ein schöner Mann! Ein Kopf wie die Helden auf den Denkmälern. Nur der Fuß! Ein Teufelsfuß bei einem so schönen Mann! Jammerschade. Aber den Frauen hat das nichts ausgemacht. Die haben ihn trotzdem geliebt!«

Von dem Klumpfuß weiß er, überlegte Alfred. Aber das weiß wahrscheinlich jeder Venezianer, denn der Lord war bestimmt kein unauffälliger Mann.

»Und schwimmen konnte er... schwimmen... wie ein

Aal!« schwärmte Dante weiter. »Weil er doch nicht gut laufen konnte, mußte er eben reiten oder schwimmen. Einmal, da hat er Besuch gehabt von zwei Engländern. Er hatte oft Besuch von Ausländern. Da sind sie alle erst auf dem Lido wie die Verrückten geritten... denn am Lido hielt er seine Pferde... dann haben die drei ein Wettschwimmen veranstaltet. Von drüben, vom Lido, sind sie geschwommen bis in den Canale Grande hinein! Dort haben die anderen beiden schlapp gemacht. Halbtot mußte man sie aus dem Wasser ziehen. Aber der Lord, der ist weitergeschwommen bis zum Rialto! Da hat er schon ganz schön gepustet. Und ich? Ich war immer neben ihm mit der Gondel. Ganz Venedig war auf den Beinen und hat applaudiert, als ich ihm aus dem Wasser half!«

Wenn du nicht nur einer der applaudierenden Zuschauer damals warst, Dante! dachte Alfred voller Mißtrauen. Ganz Venedig wußte natürlich, daß Byron den Hellespont durchschwommen hatte und versprach sich ein aufregendes Spektakel von der englischen Schwimmkonkurrenz.

Bei dem dritten Krug Zypernwein kehrten Alfreds Gedanken zu George zurück und verbissen sich in Überlegungen darüber, was sie so verändert haben mochte. Die George, die sich wie eine Gouvernante aufführte, hatte nichts mit der aufregenden Frau gemeinsam, in die er verliebt gewesen war. Er dachte schon in der Vergangenheit von seiner Liebe. Wo konnte er die Gründe für diese Wandlung suchen, wo sie finden? Bei ihr oder bei sich? Er war sich keiner Schuld bewußt. Dabei rechnete er sich zu den Menschen, die gegebenenfalls bereit waren, Schuld auf sich zu nehmen. Das glaubte er wenigstens. Sicherlich hatte er sich in ihr getäuscht. Sie war eine besessene Arbeiterin, schrieb unermüdlich tags und nachts lange romantische oder auch tiefgründig philosophische

Romane, aber deswegen war sie noch lange keine berauschende Liebhaberin.

Er erinnerte sich an das berüchtigte Debakel mit Prosper Mérimée, daß ihm der leidtragende Mérimée mit allen Details geschildert hatte. Dann fiel ihm ein, daß sich sogar Balzac einmal abfällig über sie geäußert hatte. Mit Gönnermiene hatte er einem großen Kreis von Eingeweihten erzählt, daß George ganz passabel im Bett sei, allerdings nur auf die simpelste Hausfrauenart. Sein Wissen mußte er wohl von Jules Sandeau bezogen haben, den er, nachdem George ihn vor die Tür gesetzt hatte, bei sich aufnahm. Mit diesem in aller Augen vernichtenden Urteil wollte er vermutlich Sandeau rächen.

Derweil saß George im Hotel, dachte nicht an Alfred, schrieb nicht an ihrem neuen Roman, sondern verfaßte lange Briefe an alle, denen sie während der Reise bisher nur kurze Berichte gesandt hatte. Unter ihnen war auch einer an Madame de Musset, der sie pflichtschuldigst schrieb, daß es Alfred gutginge und sie sich keinerlei Sorgen um ihren Sohn zu machen brauche.

Sie hatte einen Hausdiener zur Post geschickt, da sie annahm, daß dort viele postlagernde Briefe auf sie warteten. Zu ihrer Enttäuschung brachte er ihr einen einzigen Brief, und der kam von ihrem Ehemann, dem Baron Casimir Dudevant, was ihre Enttäuschung noch verstärkte.

Der Brief hatte ungelesen neben ihr gelegen, bis die andere Korrespondenz erledigt war. Jetzt griff sie nach ihm, öffnete ihn zögernd und las:

»Meine liebe Freundin, ich habe Dein Schreiben aus Florenz erhalten, in dem Du mir mitteilst, daß Du nach Venedig weiterreisen wirst. Mit Erleichterung glaube ich zu wissen, daß sich Deine Gesundheit bessern wird in einem Land wie Italien, wo immer die Sonne scheint und so das leidige Rheuma heilt...«

Mit einem Seufzer blickte George aus dem Fenster auf die dichten grauen Wolken. Von der italienischen Sonne hatte sie noch nicht viel gesehen.

»Zu meinem Leidwesen«, schrieb Casimir weiter, »erkenne ich, daß Deine Phantasie nicht in dem Maße angeregt wurde, wie Du es erhofft und erwartet hattest, als Du die Reise antratst. Du blickst mit dem kalten, unbeteiligten Auge einer Philosophin auf die Denkmäler, Bauten und die Landschaft, die so viele Herzen höher schlagen ließen und Dichtern so viele feurige Seiten diktiert haben. Du bist durch eine Gegend gereist, die die Heldentaten Deines Vaters und der Großen Armee Napoléons gesehen hat. Erinnere dich an die Briefe, die er deiner Großmutter schrieb! Zweifellos bist Du an einigen Schlachtfeldern vorbeigekommen, wo er oft dem Tod ins Auge blicken mußte, den er dann schließlich in La Châtres fand. Da hast Du ein ganzes Kapitel voller Emotionen, die Dich nicht kühl lassen dürften...«

George legte den Brief beiseite, ohne die üblichen guten Wünsche und die Berichte über das Wohlergehen der Kinder gelesen zu haben. Sie mußte die Zähne zusammenbeißen, so empört war sie über Casimirs patriotische Phrasendrescherei. Sie empfand wieder ganz stark die Unmöglichkeit, mit diesem Mann zusammenzuleben und das brennende Gefühl des Unrechts, daß er in Nohant sitzen konnte und sie zur Fremden im eigenen Haus machen durfte.

Nein, sie war nicht an den Schlachtfeldern vorbeigekommen, von denen Casimir schwärmte, aber das war nicht wichtig.

Sie schrieb:

»In der Tat bin ich an mehr als einem Schlachtfeld vorbeigekommen. Ich habe Vicenza, Bassano, Feltre gesehen, alles Namen von Siegen, die bei uns in Frankreich so geläufig sind wie Familiennamen. Die Häuser von Bassano sind noch immer durchsiebt von unserem Gewehrfeuer und unseren Kanonenkugeln.

Das mag uns ruhmreich erscheinen, ist aber sehr traurig für diese armen Länder, die wunderschön waren, bevor wir sie verwüsteten. Dort gibt es viele Familien, die sich nie von den Verlusten erholen werden, die wir ihnen zugefügt haben. Der Krieg ist eine schöne Sache, wenn man danach heil nach Hause zurückkehrt. Unglücklicherweise kehrt man aber nicht immer zurück...«

Nur mit Mühe konnte sie sich zu den von Casimir erwarteten Grüßen und guten Wünschen zwingen, mit denen sie ihren Brief beendete.

Dann saß sie ganz still an ihrem Schreibtisch und ermaß das große Glück, das ihre mühsam erkämpfte Selbständigkeit ihr geschenkt hatte und bedauerte ihre harten Worte für Alfred.

Als er recht spät und leicht angetrunken im Hotel erschien, bat sie ihn, morgen mit ihm und Dante mitfahren zu dürfen.

Es war ein grauer Tag.

Dante ruderte Madame und Monsieur den Canale Grande entlang. Nach dem Rialto bog er in einen der kleinen Kanäle ab. In dem Gewirr der vielen kompliziert verästelten Gewässer verloren George und Alfred rasch die Orientierung und waren sehr erstaunt, als Dante plötzlich unweit ihres Hotels die Lagune erreichte, von wo er sie dann hinüber zum Lido brachte.

Dort stiegen sie aus und wanderten zum Meer hinüber. Kleine gekräuselte Wellen schlugen gegen den schier endlosen, menschenleeren Sandstrand. Möwen zirkelten kreischend um die schweigsamen Spaziergänger.

Auf dem Rückweg zur Gondel kamen sie an einem Friedhof vorbei. Er sah verlassen und ungepflegt aus. Sie betraten ihn und waren erstaunt, auf allen Grabsteinen hebräische Inschriften zu finden.

»Wo mögen sie gelebt haben, die Juden, die in dieser Einöde begraben liegen? So weit entfernt von jeder menschlichen Behausung«, fragte George.

»In Venedig! Wo sonst?!« entgegnete Alfred. »In Venedig kann man zwar sterben, aber nicht begraben werden. Für Tote ist kein Platz.«

»Auch nicht für tote Christen?«

»Die kommen nach San Michele, hat mir Dante erklärt. Das ist die Toteninsel.«

»Und die Juden? Dürfen die nicht nach San Michele?«

»Wohl kaum.«

George ließ sich auf einer der Grabplatten nieder. »Ich finde das traurig.«

»Warum?« fragte Alfred.

»Ich weiß es selbst nicht. Venedig macht mich traurig, das Wetter macht mich traurig...« Sie seufzte. »Es ist schwer, sich dieser Melancholie zu erwehren.«

»Es gibt ein gutes Mittel gegen Melancholie. Den Wein aus Zypern!«

George schüttelte den Kopf. »Der ist nichts für mich. Dir mag er helfen.«

Wieder in der Gondel, ruderte Dante sie an den Landesteg der kleinen Insel San Lazzaro, die unweit des Lidos liegt.

»Da wohnen die Armenier«, erklärte er. »Die armenischen Mönche! Sie durften hier ihr Kloster bauen, weil früher auf San Lazzaro die Leprakranken lebten. Die Aussätzigen! Niemand sonst wollte die Insel haben.« Dante wartete auf eine Reaktion seiner Passagiere, aber beide schwiegen etwas bedrückt. »Ich habe Lord Byron seinerzeit täglich hierher gerudert«, drängte er weiter. »Möchten Sie aussteigen?«

Alfred überlegte einen Augenblick, dann sagte er:

»Nein, danke. Ich glaube nicht, daß es Madame interessieren würde.«

»Wieso nicht?« George klang vorwurfsvoll. »Ich würde sehr gern das Kloster sehen.«

Dante half ihnen aus der Gondel, verschwand schnell im Kloster und kam ebenso schnell mit einem jungen Mönch zurück, der ihnen lächelnd entgegenkam. Sein langes schwarzes Haar verband sich übergangslos mit dem horizontal gestutzten schwarzen Bart. In dem blassen Gesicht leuchteten blaue Augen.

»Dante sagte mir, daß Sie Franzosen sind! Fremde sind uns immer willkommen, aber Franzosen ganz besonders!« sagte der junge Mönch sehr herzlich.

Eine plötzlich belebte George fragte liebenswürdig: »Wir sind über diese Auszeichnung sehr erfreut, aber womit haben wir sie verdient?«

»Das werden Sie gleich sehen! Erst muß ich Sie bitten, mir zu folgen!«

Sie gingen einen langen Korridor entlang, überquerten den Kreuzgang und betraten die Bibliothek des Klosters. Der Mönch blieb stehen und deutete auf ein Plakat an der Wand.

»NAPOLEON«, hieß es in Riesenlettern, »Kaiser der Franzosen, König von Italien. Schutzherr des Rheinbundes und der Schweizerischen Eidgenossenschaft erläßt das folgende Dekret.« Es folgte eine Erklärung, daß das armenische Kloster in seiner jetzigen Form unversehrt zu erhalten sei und eine Veränderung nur mit kaiserlicher Erlaubnis stattfinden dürfe. Diktiert war das Dekret in »... Unserem kaiserlichen Palast von St. Cloud, am 17. August 1810...« und unterzeichnet: »NAPOLEON«.

1810 – da kam ich zur Welt, überlegte Alfred. Als er abdanken mußte, war ich vier – und elf war ich, als er auf Sankt Helena starb. In was für eine wilde Zeit bin ich hineingeboren worden.

Der Mönch erklärte seinen Besuchern, daß Napoleons Revolutionsarmee die erste und einzige feindliche Macht war, die jemals Venedig besetzt und betreten hätte. Der Kaiser bereitete der venezianischen Adelsherrschaft ein Ende und säkularisierte die Klöster. Nur das armenische Kloster wurde von dieser Maßnahme ausgenommen, da Napoleon erkannte, daß es eine Stätte der Erforschung des tragischen Schicksals des armenischen Volkes sei. »Dafür sind wir ihm ... und somit auch Ihnen als Franzosen ... noch immer dankbar«, fügte der Mönch würdevoll hinzu.

Alfred wollte gerade bemerken, daß die Restauration sehr schnell Adel und Klerus wieder eingesetzt hätte, als der Prior eintrat, um seine französischen Gäste zu begrüßen. Er war blauäugig, wie der junge Mönch, aber sein schwarzes Haar war von weißen Strähnen durchzogen. Alfred erwog, ob vielleicht alle Armenier blauäugig seien, verwarf diese Idee aber als unwahrscheinlich.

Der Prior bestand darauf, Madame und Monsieur das ganze Kloster zu zeigen und führte sie schließlich in einen kleinen, mit Bücherregalen bis an die Decke angefüllten Raum.

»Hier hat Lord Byron gearbeitet, als er in Venedig weilte«, erklärte er. »Er ist ein englischer Dichter. Ich weiß nicht, ob Sie von ihm gehört haben.«

»Ja, das haben wir«, entgegnete George lächelnd. »Woran hat er denn hier gearbeitet?«

»Er hat die armenische Sprache gelernt und die armenische Schrift. Bedenken Sie, daß unser Alphabet achtunddreißig Buchstaben hat!«

»Und warum wollte er das alles lernen?«

»Er sagte, es sei geistiges Training. Sport für das Gehirn. Eine sehr britische Art der Betrachtungsweise, scheint mir.«

Während Dante sie zurück in die Stadt ruderte, kreisten Georges Gedanken ebenso wie Alfreds um Byron, dessen vergangene Gegenwart sich ihnen in dem Raum mit den vielen Büchern sehr stark aufgedrängt hatte.

George sann über seinen Wunsch nach, Armenisch zu lernen. Der Prior hatte ganz recht. Vermutlich handelte es sich um eine typisch englische Betrachtungsweise, also um einen Spleen. Sie konnte sich keine praktische Anwendung für diese Sprache vorstellen, da es, soviel sie wußte, nicht einmal eine armenische Dichtung gab, die es lohnen würde, sie in der Originalsprache zu lesen.

Alfreds Gedanken dagegen beschäftigten sich mit der Tragik, der Einsamkeit, die er hinter allem Witz, aller Ironie in Byrons Werken entdecken zu können glaubte, und wanderten dann zu dem Anlaß, aus dem er London verlassen hatte, verlassen mußte, der ihn ins Exil getrieben hatte.

»Ich erinnere mich, daß du mir erzählt hast, du hättest einen Halbbruder. Stimmt das?« fragte er unvermittelt.

George sah ihn erstaunt an. »Ja! Hippolyte! Warum?«

»Könntest du dir vorstellen, daß du mit ihm ins Bett gehst, mit ihm schläfst, ihn liebst? Daß darin ein ganz besonderer Reiz liegt?«

»Nein, das kann ich ganz und gar nicht«, wehrte sich George. »Mit Hippolyte? Niemals! Für mich ist er ein echter, wirklicher Bruder. Wir haben als Kinder zusammen gespielt!«

Alfred dachte nach. Dann sagte er: »Das ändert natürlich alles. Das verstehe ich. Byron und Augusta haben sich erst richtig kennengelernt, als sie schon fast erwachsen waren.«

»Du weißt ja, daß ich deine Bewunderung für Byron nicht teile. Ich meine, für Byron als Mensch. Er war ein Schwätzer! Ein Angeber! Er hätte England nie verlassen müssen, wenn er den Mund gehalten hätte. Aber nein! Er mußte sich seiner Liebschaft mit Augusta auch noch rühmen. Das war doch Eitelkeit! Nichts als Eitelkeit!«

Georges Antwort befremdete Alfred. »Worauf war er eitel, deiner Meinung nach?«

»Auf den Skandal! Auf den Inzest!«

»Das ist ja auch etwas Skandalöses...«, sagte Alfred nachdenklich. »Etwas Ungeheuerliches, Verbotenes, Rauschhaftes, Leidenschaftliches...«

George sah ihn kühl an. »Da du keine Halbschwester hast, kannst du es ihm leider nicht gleichtun. Pech!«

Diese Bemerkung verletzte Alfred tief. George stand nicht zu ihm, empfand er, sondern beobachtete ihn von einer hohen, neutralen Warte. Ohne Teilnahme! Höhnisch, überlegen... mit angepaßter, unverdienter Überlegenheit.

Beide schwiegen, bis Dante ihnen am Hotel aus der Gondel half.

George wußte, daß sie Alfred mit ihren Worten weh getan hatte. Bis zu einem gewissen Grad war das sogar ihre Absicht gewesen. Sie hatte sich oft darüber geärgert, daß Alfred dem englischen Dichter so kritiklos gegenüberstand, ihn sogar um sein ausschweifendes Leben beneidete. Sie hielt es für möglich, daß sie diesmal etwas zu weit gegangen war, denn sie kannte Alfreds Empfindlichkeit. Ein versöhnliches Gespräch würde diese Verstimmung schon aus der Welt schaffen. Aber Alfred war Minuten nach ihrer Rückkehr ins Hotel wortlos verschwunden und nicht wiedergekehrt.

George holte ihr Schreibzeug hervor und machte sich an die Arbeit. Trotz allen Fleißes nahm »Jacques« nur sehr langsam Form an. Sie verschwendete fast mehr Zeit darauf, Buloz brieflich zu erklären, warum sie »Jacques« noch immer nicht beendet hätte, als auf tatsächliche Arbeit an ihrem Roman.

Lange nach Mitternacht begann sie, sich um Alfred Gedanken zu machen. Wenn ihm etwas zugestoßen sein sollte, wie könnte sie das vor seiner Mutter verantworten?! Sie merkte, daß es nicht Alfred war, sondern seine Mutter, die im Mittelpunkt ihrer Überlegungen stand.

Der Tag begann zu grauen, als Alfred plötzlich in der Tür stand. Er schwankte leicht und versuchte ebenso krampfhaft wie erfolglos zu verbergen, daß er betrunken war.

»George...«, sagte er und klammerte sich an den Türpfosten. »George... ich habe dir eine traurige Mitteilung zu machen. Es ist soweit.«

»Was ist soweit? Wovon redest du? Ich verstehe kein Wort!«

»Du hast mir einmal geschworen, wenn ich dich nicht mehr liebe... nimmst du Gift... oder gehst ins Wasser«, stammelte er. »Bitte sehr! Ich halte dich nicht zurück! Nichts und niemand hält dich zurück! Es ist soweit! Ich liebe dich nicht mehr! Das ist die Wahrheit!«

George war wie vor den Kopf gestoßen. *Sie* hatte sich um ihn gesorgt. Wenigstens glaubte sie das jetzt. Sie hatte ihm versöhnlich die Hand reichen wollen... und da kommt er und sagt, er liebe sie nicht mehr?! Er ist betrunken, wollte sie sich trösten. Aber Betrunkene und Kinder sagen bekanntlich die Wahrheit. Liebte er sie also tatsächlich nicht mehr? Sehr kühl und beherrscht erklärte sie: »Du hast ganz recht. Wir lieben uns nicht mehr. Wahrscheinlich haben wir uns nie geliebt.«

Alfred murmelte: »Verzeih mir, George... verzeih mir. Aber das ist die Wahrheit...« Mit diesen Worten trennte er sich von dem Türpfosten, wankte zu seinem Bett und warf sich voll angezogen darauf. Dann schloß er die Vorhänge und wurde für George unsichtbar.

George war außerstande über Alfreds kindisches Benehmen auch nur zu lächeln. Jetzt war es an ihr, sich verletzt zu fühlen. Vielleicht haben wir beide uns eben gegenseitig zum ersten Mal die Wahrheit gesagt, schoß es ihr plötzlich durch den Kopf, aber das revidierte sie sofort. Vielleicht liebte sie ihn wirklich nicht mehr. Darüber hatte sie ja schon früher nachgedacht und war zu diesem Resultat gekommen. Das mochte stimmen. Aber die Vorstellung, daß Alfred aufhören könnte, sie zu lieben, war ihr ganz und gar unerträglich.

Sie glaubte zu wissen, was ihn zu dieser Behauptung getrieben hatte. Er kam geradewegs aus einem Bordell oder aus irgendeiner Kneipe, wo man leichte Mädchen finden kann. Natürlich war Dante, dieser Gondoliere mit dem angemaßten Namen, sein Zubringer. Jedenfalls hatte er sich betrunken und sich dann mit irgendeiner Hure in irgendeinem Bett gewälzt ... oder auf der Erde ... oder auf dem Tisch ... oder auch in Dantes Gondel. Das hatte ihm gefallen, ihn in diese Rauschvorstellungen versetzt, nach denen er immer jagte, und nun bildete er sich ein, sie – seine George – nicht mehr zu lieben.

In Wahrheit hatte Alfred nichts Derartiges getan. Er war George entflohen, hatte sich in der Stadt herumgetrieben, getrunken, hatte dann in einer Loge des Teatro La Fenice mehr geschlafen als der Oper zugehört, war dann noch in der Kneipe von Dantes vermutlichem Onkel gewesen, hatte wieder getrunken, hatte kein leichtes Mädchen auch nur angesehen, sondern nur darüber gegrübelt, wie verletzend George gewesen war und wie unmöglich es sei, jemanden zu lieben, der ihm das angetan hatte. Er beschloß, komme, was wolle, ihr zu sagen, wie ihm ums Herz war, und das hatte er dann auch getan.

Zufrieden fiel er bald in tiefen Schlaf.

Seit dieser Nacht beobachteten George und Alfred sich gegenseitig mit Mißtrauen.

Alfred mied Georges Bett und suchte aus ihrem Verhalten zu erraten, wie sie sein nächtliches Geständnis aufgenommen hatte.

George war erleichtert über seine Abstinenz, die allerdings nur ihr Bett betraf, nicht aber seinen Konsum von Zyperwein, nach dem er eine wahre Sucht entwickelte.

Beide waren höflich aber kühl im Umgang miteinander. Das gelang Alfred besser als George. Das Unausgesprochene zwischen ihnen irritierte sie und ließ sie nicht schlafen. Manchmal glaubte sie, ihr Kopf würde platzen, so sehr schmerzte er sie.

Die Symptome waren nicht neu. Sie hatte früher schon oft unter starken Kopfschmerzen gelitten, und ein Aderlaß hatte ihr stets geholfen.

Sie bat Alfred, sich bei dem Hotelbesitzer, bei Signor Danieli, nach einem guten Arzt zu erkundigen, der mit dieser Prozedur bekannt sei.

»Selbstverständlich, Monsieur«, sagte Danieli, »ich bedauere unendlich, daß Madame sich nicht wohl fühlt. Glücklicherweise ist Venedig für seine guten Ärzte berühmt. Ich schicke sofort nach Professor Santini!«

Eine Stunde später erschien der Professor.

Er war ein alter Herr mit schütterem Haar und einer Brille auf der Nasenspitze. Ein etwa zehnjähiger, aufgeweckter Knabe trug den Koffer mit seinen Instrumenten.

George erklärte ihre Beschwerden und bat den Professor, sie zur Ader zu lassen.

Mit geröteten Greisenaugen sah er sie mißbilligend an. »Ich persönlich ziehe in solchen Fällen Senfwickel vor«, erklärte er. »Senfwickel um die Waden. Oder auch heiße Fußbäder. Also die unblutige Methode.«

George erklärte ungeduldig, daß es sich nicht um ihn handele, sondern um sie. Und ihr helfe nur ein Aderlaß.

Seufzend gab der Professor dem Knaben ein Zeichen.

Der öffnete den Instrumentenkoffer, entnahm ihm eine Binde, schlang sie geschickt um Georges Arm oberhalb des Ellenbogens und schnürte sie fest.

Die Tatsache, daß das Kind diese Vorbereitungen ausführte und nicht der Arzt, befremdete George. Als der Junge jetzt dem Professor den Aderlaß-Schnepper reichte und der danach griff, verstand sie den Grund dafür. Seine Hände zitterten derart, daß er den Schnepper kaum halten konnte. Sie warf Alfred einen vielsagenden Blick zu.

Da setzte der Professor den Schnepper an, stach zu, produzierte aber nur wenige Tropfen Blut. Kopfschüttelnd murmelte er: »Die Venen scheinen bei Ihnen anders gelagert zu sein als bei anderen Menschen, Madame.«

Bevor er einen zweiten Versuch machen konnte, schritt Alfred ein. »Sie hatten ganz recht mit dem heißen Fußbad«, behauptete er. »Madame wäre gut beraten, es erst einmal damit zu versuchen.«

Erleichtert ließ der Professor von George ab. Sein jugendlicher Assistent packte die Instrumente wieder ein, und beide verließen den Raum.

Alfred konnte sich vor Lachen kaum halten, aber George fand den Auftritt des alten Herrn gar nicht komisch. »Geh bitte zu Danieli und frage ihn, ob er verrückt geworden ist, mir diesen Tattergreis zu schicken! Fast hätte er mich umgebracht!«

Der Hotelbesitzer konnte überhaupt nicht verstehen, daß Madame mit dem Professor nicht zufrieden gewesen war. Er sei allerortens hoch angesehen! Aber auf Alfreds Bitte versprach er, sofort nach einem anderen, einem jüngeren Arzt zu schicken.

Der junge Arzt kam, stellte sich als Doktor Pietro Pagello vor und vollführte den Aderlaß ohne die geringsten Schwierigkeiten.

George war so erleichtert, daß sie ihn bat, ihr seine Adresse zu hinterlassen.

In den nächsten Wochen lebten sich George und Alfred immer weiter auseinander.

George fiel die undankbare Rolle der fleißigen, vorausplanenden, realistischen Rechnerin zu. Sie beklagte sich bei Alfred, daß er leichtsinnig mit dem Geld umginge, es geradezu zum Fenster hinauswerfe, ohne etwas dafür zu leisten, wogegen sie mit dem Fleiß einer Ameise Tag und Nacht an der Arbeit sitze.

Dafür nannte Alfred sie eine pedantische Schulmeisterin oder auch phantasielose Gouvernante. Er lebte sich mehr und mehr in die Rolle eines launenhaften Kindes ein, das Narrenfreiheit genießt. Wohl aus unbewußter Angst vor dem Älterwerden, oder weil er mit seinen knapp dreiundzwanzig Jahren tatsächlich oft mehr einem Knaben glich als einem Mann, betrachtete er sich immer noch als einen solchen und benahm sich oft dementsprechend. Je jünger er sich fühlte, desto älter und trockener erschien ihm George. Da sie unüberhörbar erklärt hatte, daß sie ihn nicht mehr liebe, betrachtete er sich als frei und ungebunden und schenkte ihren Versuchen, ihn zu reglementieren keine Beachtung.

Genau wie George es vermutet hatte, erwies sich Dante als erfahrener Kuppler. Von Anfang an hatte er erkannt, daß das Zauberwort, das Alfreds Wünsche und Begierden auslöste, Lord Byron hieß. Davon machte er ausgiebig Gebrauch.

Er begann damit, Alfred den gängigen venezianischen Ehrenkodex zu erklären. Der besagte, daß eine tugendhafte Ehefrau nur einen einzigen Amoroso, also nur einen Liebhaber haben dürfe, wogegen ein zweiter zur gleichen Zeit als unmoralisch anzusehen sei.

Er erzählte ihm mit vielen aufreizenden Details von der Frau des Tuchhändlers in der Calle Frezzeria, die ein Jahr lang direkt unter den Augen ihres Ehemannes Byrons Geliebte gewesen war. Dann sprach er von der Forneria, der Bäckersfrau, die ihn heiß geliebt und mit ihm gelebt hatte, als er schon den Palazzo Mocenigo bewohnte, alles Geschichten, die im leidenschaftlich dem Klatsch ergebenen Venedig Gemeinplätze waren.

Alfred hörte ihm atemlos zu, obwohl derselbe Klatsch schon vor Jahren in Paris die Runde gemacht hatte. Aber hier, mit Dante als leibhaftigem Zeugen vor sich, wurde alles lebendige Wirklichkeit.

Als Dante ihn für reif erachtete, begann er, Alfred von einer blutjungen Frau zu erzählen, die, mit einem sehr viel älteren Ehemann gestraft, auf der Suche nach einem Amoroso sei. Er quälte Alfred regelrecht mit detaillierten Schilderungen der Schönheit und des Temperaments dieser aufregenden jungen Frau, die obendrein noch Margherita hieße, wie die berühmte Forneria. Die Gunst dieser Margherita müßte allerdings mit kleinen Geschenken erkauft werden.

Von Dantes Worten und dem Wein beflügelt, war Alfred zu allem bereit.

In der kommenden Nacht ruderte Dante ihn durch viele der verzwickten kleinen Kanäle, bis er schließlich vor einem alten, etwas baufälligen Haus anlegte. Am Fenster des ersten Stocks erschien die Silhouette einer Frau.

Dante winkte der Silhouette zu, half Alfred beim Aussteigen und prägte ihm ein, daß er ihn in einer Stunde an derselben Stelle abholen würde. Alfred müsse pünktlich sein, da der Ehemann sonst Verdacht schöpfen könnte.

Mit klopfendem Herzen ging Alfred die wenigen Schritte auf die Haustür zu, die sich vor ihm öffnete. Er trat ein und fühlte sich von warmen weichen Frauenarmen umschlungen. Dann ergriff die nur in Umrissen erkennbare Frau seine Hand und führte ihn die Treppe hinauf in ihr Schlafzimmer.

Diese Margherita, wenn sie wirklich Margherita hieß, entsprach nicht ganz Alfreds Erwartungen und sie entsprach auch nicht Dantes glühenden Beschreibungen. Aber sie war jung, hatte eine frische weiße Haut, einen wohlgeformten Körper und war bereit, Alfreds Wünsche zu erraten, zu erfüllen und oft zu übertreffen.

Ein Krug mit Wein stand auf dem Nachttisch. Der Wein war schwer und Alfred trank ihn schnell, um den Traum, den Traum vom ersehnten Rausch lebendig zu erhalten und den modrigen Dunst des Hauses und den Geruch, der vom Wasser durch das offene Fenster aufstieg, nicht in sein Bewußtsein eindringen zu lassen.

Pünktlich eine Stunde später stand Dantes Gondel wieder vor dem Haus. Margherita begleitete Alfred die enge Stiege hinunter und verabschiedete ihn mit einem aufreizenden Kuß.

Während Dante den schweigsamen Alfred zum Hotel ruderte, berichtete er, daß Margheritas Ehemann Fischer sei und nachts mit den anderen Fischern aufs Meer hinausfahre. Alfreds vernebeltes Gehirn identifizierte jetzt den modrigen Dunst des Hauses als Fisch. Es hatte nach Fisch gerochen.

Mit schlechtem Gewissen und dem stets wachen, aber im Zaum gehaltenen Verdacht, daß er das Opfer eines Betrugs sei, besuchte Alfred die Fischersfrau wieder und wieder.

Eines Nachts, Margherita führte Alfred gerade die dunkle Treppe hinunter, während Dante schon vor dem Haus wartete, wurde eine Tür im Vorraum aufgerissen, die Alfred noch nie wahrgenommen hatte, und zwei kräftige Kerle stürzten sich auf ihn.

Margherita schrie gellend um Hilfe. Dante hörte sie, sprang aus der Gondel und lief ins Haus.

Alfred lag blutend auf der Erde, die Männer schlugen noch immer auf ihn ein.

Bei Dantes Anblick verschwanden sie. Aber Dante hatte sie erkannt. Der eine war der Fischer, Margheritas Ehemann, der andere hieß Tonio und war Kellner in der Kneipe von Dantes Onkel.

Mit vereinten Kräften schleppten Margherita und Dante den ohnmächtigen Alfred aus dem Haus und über die glitschigen Stufen in die Gondel. Bevor er ablegte, warf Dante eine Decke über ihn.

Dann ruderte er sehr langsam, sehr sacht zurück zum Danieli. Er sann darüber nach, wie das Malheur passieren konnte.

Der Fischer war eifersüchtig. Das hatte er gewußt. Da aber Margherita trotzdem einen Amoroso suchte, besorgte er ihr wechselnde Liebhaber, die ihre Einsamkeit milderten und ihren Hunger nach Liebe stillten. Die Geschenke der Herren wurden gerecht zwischen Dante und ihr geteilt. Der Kellner Tonio hatte das einträgliche Geschäft beobachtet und als Mitwisser einen Anteil verlangt, war aber an Dantes energischem Widerspruch gescheitert. Daraufhin hatte er dem Fischer die Wahrheit gesteckt und gemeinsam mit ihm Alfred aufgelauert. Dante fand, es wäre logischer gewesen, ihn niederzuschlagen als den Franzosen, aber der sture Fischer hatte wohl darauf bestanden, den Liebhaber seiner Frau persönlich zu verprügeln.

Dante verstand die Zusammenhänge und war betrübt. Er hatte den Franzosen lieb gewonnen. Wem würde er jetzt seine persönlichen Erlebnisse mit dem englischen Lord erzählen können? Wer würde sie ihm glauben?! Das war nun alles vorbei.

Den armen Franzosen hatte es hart getroffen. Aber er, Dante, war noch einmal davongekommen. Und Margherita, die in Wahrheit Francesca hieß, würde auch weiter Besucher empfangen. Sein Onkel würde Tonio rausschmeißen – und damit war für Dante die Affaire ausgestanden.

Das Danieli war dunkel, der Nebeneingang vom Rio del Vino geschlossen. Dante hämmerte gegen die Tür, bis ein verschlafener Hausdiener öffnete.

Gemeinsam hoben sie Alfred aus der Gondel und trugen ihn ins Hotel.

10

George erwachte. Irgendein ungewohntes Geräusch hatte ihren Schlaf gestört. Sie hielt den Atem an und hörte ganz deutlich jemand flüstern. Sollte Alfred die Frechheit besessen haben, eine Frau mitzubringen, überlegte sie und schob die Bettvorhänge beiseite.

Sie sah zwei Hausdiener, die im Begriff waren, einen scheinbar leblosen Alfred auf sein Bett zu legen.

George stieß einen durchdringenden Schrei aus.

Die beiden Diener starrten sie erschrocken an.

»Ist er tot?« fragte sie zitternd.

Die Männer zuckten die Achseln. Bevor er verschwunden war, hatte Dante ihnen eingeschärft, keine Fragen zu beantworten und einfach zu schweigen.

»Hat Dante ihn hergebracht? Wo ist er? Wo ist Dante?!«

Wieder zuckten die Männer die Achseln und verließen auf Zehenspitzen wortlos den Raum.

George sprang auf und lief zu Alfred. Sein Gesicht war blutverschmiert, die Kleidung zerrissen und verschmutzt. Sie kniete sich neben sein Bett und fühlte ihm den Puls. Er war schwach, aber Alfred war nicht tot. Flehentlich bat sie ihn um ein Lebenszeichen. Er reagierte nicht.

Sie beschloß, ihn zu entkleiden. Das war keine leichte Aufgabe. Zuerst zog sie ihm die Schuhe von den Füßen. Nach einem vergeblichen Versuch, ihm das Jackett auszuziehen, holte sie eine Schere aus ihrem Nähkasten und zerschnitt, von einer wahren Zerstörungswut besessen, rabiat seine Kleidung.

Schließlich lag er nackt auf den letzten Fetzen, die sie nicht unter ihm wegziehen konnte.

Sie lief zum Waschtisch, füllte eine Schüssel mit Wasser und trug sie zu seinem Bett. Vorsichtig wusch sie ihm mit einem Schwamm das Blut von Gesicht und Händen. Er mußte starkes Nasenbluten gehabt haben, aber sonst konnte sie keine ernsten Verletzungen entdecken. Nur Schrammen und blaue Flecken.

Sie brachte die Schüssel zurück zum Waschtisch, setzte sich neben sein Bett und betrachtete Alfred aufmerksam. Er sah blaß aus. Totenblaß. Sie erschrak und verbot sich dieses Wort. Dunkle Schatten lagen unter seinen geschlossenen Augen. Er war irgend etwas Bösem, irgendeiner Gewalttat ausgeliefert gewesen, das Kind. Das arme Kind, das verdorbene, verwöhnte, verzogene Kind. Eine Welle der Zärtlichkeit rührte ihr kühl gewordenes Herz. Nicht seit Maurice als Vierjähriger die Masern gehabt hatte, war sie so mütterlich um irgendeinen Menschen besorgt gewesen.

Sie zog ihr Nachtgewand aus, schmiegte sich nackt ganz eng an ihn, um ihn mit ihrem Körper zu wärmen und breitete eine Decke über ihn und sich.

Gegen Morgen wurde Alfred unruhig. Er murmelte etwas Unverständliches. Als sie sich über ihn beugen wollte, schlug er um sich. Sie fühlte seinen Puls. Gestern war er schwach gewesen, jetzt raste er.

Als sie sich ankleidete, hörte sie ihn plötzlich schluchzen. Schnell lief sie zu ihm. Er wand sich in einem Weinkrampf, der nicht nachlassen wollte. Wenn sie versuchte, ihm nah zu kommen, schrie er, als fürchte er, sie könnte ihn schlagen.

Während des ganzen Tages blieb sein Zustand unverändert. George war ratlos. Dann erinnerte sie sich an den jungen Arzt, der sie zur Ader gelassen hatte.

»Lieber Herr Doktor Pagello«, schrieb sie ihm. »Bitte kommen Sie so schnell wie möglich zu uns ins Hotel Danieli. Es handelt sich um den französischen Herrn, den Sie bei mir kennengelernt haben. Er ist sehr krank. Ich muß Ihnen offen sagen, daß ich um seinen Verstand mehr besorgt bin als um sein Leben. Er spricht wirr und benimmt sich kindisch. Dabei ist er ein Mann von energischem Charakter, besitzt aber eine gefährliche Phantasie. Er ist ein in Frankreich hochgeschätzter und vielbewunderter Poet.«

Dann erging sie sich in Andeutungen, daß ein Leben voller Ausschweifungen an seinem Zustand schuld sein könnte und berichtete, daß er sich vor etwa drei Monaten eine ganze Nacht lang wie ein Wahnsinniger aufgeführt habe, Gespenster und Grabsteine gesehen hätte, wo keine waren. Jetzt sei er in einem ähnlichen Zustand der Überreiztheit, die vom Fieber herrühren mochte oder auch ihren Ursprung im nahenden Irrsinn haben könnte.

Und da George für alle Beschwerden an die Heilkraft des Aderlasses glaubte, fügte sie hinzu: »Ich denke, ein Aderlaß würde ihm Erleichterung verschaffen.«

Dann wanderten ihre Gedanken zurück zu dem armen Kind, um das sie sich nachts so gesorgt hatte und noch weiter würde sorgen müssen. »Er ist der Mensch, den ich auf der ganzen Welt am meisten liebe«, schrieb sie, »und es bereitet mir Todesängste, ihn in diesem Zustand zu sehen.«

George irrte, wenn sie glaubte, zwischen Alfreds jetzigem Zustand und der harmlosen Geschichte von den Gespenstern und Grabsteinen im Wald von Franchard einen Zusammenhang herstellen zu können.

Sie hätte sich an Alfreds Erzählung erinnern sollen, als er zum ersten Mal auf die Jagd mitgenommen wurde und aus Versehen fast auf seinen Bruder Paul geschossen hätte. Damals war er vor Schreck ohnmächtig geworden, man trug ihn ins Haus, wo er mit hohem Fieber das Bett hüten mußte.

Hier in Venedig war ihm Schlimmeres widerfahren, Unbekannte hatten sich auf ihn gestürzt und ihn, den Wehrlosen, verprügelt. Sein Gondoliere und diese Frau hatten ihn durch den Dreck geschleift, in die Gondel geworfen und ihm eine Decke übergestülpt, weil sie ihn für tot hielten. Die Decke stank nach Fisch. Fast wäre er erstickt.

Er war gedemütigt und erniedrigt worden. Sein Stolz war tief verletzt.

Vor dieser qualvollen Erinnerung konnte ihn nur das Vergessen retten, das Aus-der-Erinnerung-Löschen, das Verschweigen. Nie würde er einem lebenden Menschen erzählen, was erst sehr viel später fetzenweise in sein Gedächtnis zurückkehrte und durchaus reale Züge des Grauens trug.

Doktor Pagello war hocherfreut, als ihn der Brief aus dem Hotel Danieli erreichte. Der Name George Sand bedeutete ihm zwar nichts, er hatte keines ihrer Bücher gelesen und ahnte nicht einmal, daß sie Schriftstellerin war. Er erinnerte sich nur an eine interessant aussehende, schwarzgelockte und schwarzäugige Dame, die ein etwas fremdartig anmutendes Gewand trug.

Vor allem aber erinnerte er sich daran, daß er über seinen älteren Kollegen Professor Santini, den angesehensten Arzt von Venedig, einen Triumph davongetragen hatte. Er, Pietro Pagello, hatte die französische Dame erfolgreich zur Ader gelassen, ein medizinischer Eingriff, an dessen heilende Kraft der alte Professor nicht glaubte und den er entsprechend ungern durchführte.

Doktor Pagello stand am Anfang seiner Karriere. Er hatte am Städtischen Krankenhaus von Belluno seine Sporen verdient und sich nun mit finanzieller Unterstützung seines Vaters in Venedig niedergelassen. Daß er von ausländischen Gästen ins beste Hotel von Venedig, ins Danieli gerufen wurde, schien ihm ein vielversprechendes Omen.

Er packte das Köfferchen mit seinen Instrumenten und machte sich auf den Weg.

Madame Sand stand auf dem Balkon ihres Zimmers und hielt nach ihm Ausschau.

So muß Julia ausgesehen haben, als sie auf Romeo wartete, dachte Pagello bei ihrem Anblick. Nur die Tatsache, daß Julia eine Zigarre rauchte, paßte nicht ganz zu diesem Bild.

Schnell lief er die Treppe hinauf.

George stand in der Tür und streckte ihm die Hand entgegen. »Ich danke Ihnen, daß Sie so schnell gekommen sind!«

»Wie geht es Monsieur...«, Pagello stockte und sagte dann zögernd! »...Monsieur Sand?«

»Es gibt keinen Monsieur Sand«, korrigierte sie ihn. »Der Name des Patienten ist de Musset. Alfred de Musset. Und es geht ihm unverändert schlecht!«

Sie führte ihn an Alfreds Bett.

Alfred lag reglos mit geschlossenen Augen da. Pagello konstatierte betroffen die Veränderung, die mit ihm vorgegangen war, seit dieser elegante, höfliche junge Mann ihn nach dem Aderlaß die Treppe hinunter begleitet hatte. Er griff nach Alfreds Hand und fühlte den Puls. »Er hat hohes Fieber«, sagte er leise zu George.

Sie nickte.

Während Pagello den Kranken untersuchte, wanderte George ruhelos auf und ab, trat auf den Balkon hinaus und kam wieder zurück ins Zimmer. Wie soll es weitergehen, fragte sie sich. Ein gesunder Alfred war für sie schon ein Problem, ein kranker war eine schier unerträgliche

Last. Aber wieder überfiel sie eine Welle zärtlichen Mitgefühls. Sie seufzte unter der Bürde der Verantwortung, die sie seiner Mutter gegenüber auf sich geladen hatte.

Pagello beendete seine Untersuchung.

»Was fehlt ihm?« fragte George aufgeregt. »Ist es gefährlich?«

»Ich möchte noch keine endgültige Diagnose stellen«, sagte er bedächtig. »Erlauben Sie mir erst ein paar Fragen. Seit wann ist er in diesem Zustand... und können Sie mir irgendwelche Anhaltspunkte geben, was ihn ausgelöst hat?«

»Nein!« sagte George hart. »Keine Anhaltspunkte. Nichts. Irgendwann in der vergangenen Nacht haben zwei Diener ihn hier heraufgetragen. Meine Fragen haben sie nicht beantwortet. Und sein Gondoliere, er heißt Dante, ist seitdem verschwunden.«

»Wenn schon keine Anhaltspunkte, dann vielleicht Vermutungen?« drang Pagello in sie.

»Nein!« behauptete sie, obwohl ihre Phantasie ihr die abenteuerlichsten Versionen von dem vorgespiegelt hatte, was Alfred passiert sein könnte. »Sie wissen also nicht, was ihm fehlt?«

Pagello faßte ihre Frage als eine Herausforderung auf, der er begegnen mußte. »Ich habe einen ganz bestimmten Verdacht«, erklärte er etwas zu schnell.

»Einen Verdacht worauf?«

»Auf ein Nervenfieber...«, er zögerte, »...das wiederum auf eine Entzündung zurückgeht«, fügte er hinzu.

»Eine Entzündung?« George klang verständnislos, und Pagello merkte es.

»Im Gehirn!«, sagte er sehr bestimmt. »Daher die Phantasien, daher das zusammenhanglose Gerede.«

»Ja, das verstehe ich. Das leuchtet mir ein!« Sie blickte Pagello dankbar an.

»Ich möchte ihm Chinin geben, um das Fieber zu senken. Wenn das Fieber sinkt, wird auch die Entzündung zurückgehen. Aber ich kann nicht voraussagen, wie er auf das Chinin reagiert. Es ist kein ungefährliches Medikament. Wir müßten mit einer Verabreichung von mindestens zehn Tagen rechnen.«

»Und wenn er nicht darauf reagiert?«

Pagello suchte nach einer vorsichtigen Formulierung. »Dann wird eine Genesung um vieles langsamer und schwieriger sein«, erklärte er zögernd.

»Fangen Sie bitte noch heute mit der Behandlung an«, entschied sie.

Jetzt war es an Pagello, George dankbar anzusehen. Sie hatte ihm eben die Chance gegeben, sich beruflich durchzusetzen, vielleicht bald einer der gesuchtesten Ärzte Venedigs zu sein. »Ich besorge sofort die nötigen Medikamente«, sagte er und versuchte, nicht zu zeigen, wie befriedigt er war. »Spätestens in einer halben Stunde bin ich wieder bei Ihnen!«

Als sich die Tür hinter dem Arzt geschlossen hatte, kehrte George zu Alfreds Bett zurück. Sie entdeckte hektische rote Flecken auf seinen Wangen. Dicke Schweißperlen rannen von seiner Stirn auf das schon feuchte Kissen.

Sie tat nichts, um ihm Erleichterung zu verschaffen. Das Mitleid, das sie jetzt empfand, galt ihr selbst. Was würde aus ihr, wenn Alfred sterben sollte?! Nie könnte sie nach Paris zurückkehren! Heimatlos müßte sie durch die Welt ziehen...

Die Kirchturmuhren von Venedig schlugen Mitternacht.

George saß vor dem Kaminfeuer, das dem Erlöschen nahe war.

Der Doktor hatte Alfred die erste Dosis der bitteren Pillen verabreicht. Er hatte sie widerspruchslos geschluckt und war dann erneut in völlige Apathie versunken. Pagello hatte versprochen, morgens nach ihm zu sehen.

George legte das Buch, das sie in der Hand hielt, ungelesen beiseite. Sie stand auf, öffnete die Balkontüren und blickte auf die Lagune hinunter.

Bis zum Markusplatz lagen die Gondeln in dichten Reihen nebeneinander. Eine von ihnen hatte Alfred ins Hotel gebracht. Einer der Gondolieri da unten hieß Dante und wußte das, was sie nicht erraten konnte.

Sie schloß die Balkontür wieder und wandte sich um.

Alfred stand mitten im Zimmer. Er war splitternackt und sah erschreckend mager aus. Das Haar klebte ihm in fiebernassen Strähnen am Kopf. Obwohl er sie anstarrte, schien er George nicht zu erkennen.

Sie mußte sich zusammennehmen, um bei seinem Anblick nicht laut zu schreien. Langsam und vorsichtig ging sie auf ihn zu.

Als sie die Hand hob, um ihn zu berühren, warf er sich auf sie und begann sie zu würgen.

George rief laut um Hilfe und versuchte mit aller Kraft, sich zu wehren.

Ein Diener stürzte ins Zimmer und befreite sie aus Alfreds Würgegriff.

Widerstandslos ließ sich Alfred von ihm zu Bett bringen.

George trug dem Diener auf, sofort zu Doktor Pagello zu laufen und ihn zu bitten, auf der Stelle zu kommen.

»Ich mache mir die allergrößten Vorwürfe, daß ich Sie mit ihm allein gelassen habe«, sagte Pagello noch ganz atemlos.

»Er wollte mich umbringen! Ich bin ganz sicher, daß er mich umbringen wollte. Erwürgen! Sehen Sie selbst!« George zeigte ihm die roten Male an ihrem Hals.

»Bitte, denken Sie das nicht«, suchte Pagello sie zu beruhigen. »Er leidet an Wahnvorstellungen! Sie haben mir ja geschrieben, daß er manchmal nicht ganz bei sich ist.

Und das Chinin kann diese Vorstellungen noch verstärken!« Er öffnete sein Köfferchen und entnahm ihm eine Anzahl kleiner Flaschen, aus denen er eine Mixtur zusammenbraute.

Bevor er Alfred den Becher bringen konnte, fragte George: »Was ist das? Was geben Sie ihm da?«

Pagello erklärte, daß es ein süßer Sirup sei, dem er ein paar Tropfen Opium beigemengt habe.

George folgte ihm, als er an Alfreds Bett trat, seinen Kopf anhob und ihm geschickt die Flüssigkeit einflößte.

»Jetzt wird er Sie bestimmt nicht mehr belästigen«, versprach der Arzt.

George sah ihn nachdenklich an. »Ich bin wirklich kein Feigling«, sagte sie langsam, »aber ich muß gestehen, daß ich mich fürchte. Alfred hat in seiner Jugend hin und wieder Opium genommen. Wenn er daran gewöhnt ist, hat es womöglich keine Wirkung mehr!«

Pagello konnte das nicht ganz ausschließen.

Wie um Georges Befürchtungen zu bestätigen, begann Alfred sich unruhig hin und her zu werfen und unverständliche Worte zu murmeln.

Pagello setzte sich zu ihm auf die Bettkante und legte ihm die Hand auf die heiße Stirn. Sofort wurde der Kranke ruhiger.

»Sie haben einen wunderbaren Einfluß auf ihn«, sagte George beeindruckt.

Pagello fühlte sich geschmeichelt. »Wenn Sie gestatten, Madame, möchte ich noch hierbleiben und Sie nicht mit ihm allein lassen, bevor wir ganz sicher sind, daß das Opium wirkt.«

»Würden Sie das für ihn tun?«

»Erlauben Sie mir, Madame, es für *Sie* zu tun!«

»Ich danke Ihnen!«

Pagello wachte diese und die kommenden Nächte gemeinsam mit George am Bett des Kranken. Wenn Alfred ruhig war, sprachen sie leise miteinander.

Der Arzt erfuhr nun, wer George Sand war. Er bat, eines ihrer Bücher lesen zu dürfen. Sie behauptete, keines mit auf die Reise genommen zu haben. Das war eine Lüge, denn sie hatte mehrere Exemplare von »Lélia« im Koffer. Aber sie fürchtete, daß gerade dieses Buch den naiven, treuherzigen Doktor schockieren könnte.

Immer wieder drängte er Madame sich auszuruhen, während er bei dem Kranken blieb, dessen Temperatur großen Schwankungen unterlag und der immer wieder nach den süßen Sirupmixturen verlangte, die der Doktor für ihn anfertigte.

Dann saß George auf einem bequemen Sessel am Kamin, die Füße auf einem Hocker, gab vor zu schlummern, behielt aber den jungen Arzt im Auge. Pagello sah so romantisch aus, wie ein Italiener auszusehen hatte. Dunkle, samtene Augen, leicht gebräunte Haut, ein gepflegtes Bärtchen auf der Oberlippe, schwarz gelocktes Haar. Ein schöner Mann, konstatierte sie.

Wenn der Morgen graute und Alfred fest schlief, ließ Pagello George allein, kam aber im Lauf des Tages zwischen seinen anderen Visiten immer wieder vorbei, um nach dem Kranken zu sehen.

George verbrachte einen großen Teil ihrer Zeit weiter damit, Buloz schriftlich zu erklären, warum sie ihren neuen Roman »Jacques« nicht pünktlich liefern konnte. Sie hielt dies in der Tat für ein ebenso ernstes Vergehen wie Buloz.

In herzerweichenden Tönen und unter dem Siegel der Verschwiegenheit berichtete sie von Alfreds schwerer Erkrankung. Sie beschwor Buloz niemandem, absolut niemandem!, davon zu erzählen, da sonst Alfreds Mutter unweigerlich davon erfahren müsse und vermutlich aus Sorge um ihren Sohn verrückt werden würde.

»... Wenn mein Unglück so abgrundtief sein sollte, daß Alfred stirbt, dann ist es mir – das schwöre ich Ihnen! – völlig gleichgültig, was aus mir wird. Wenn Gott ihm aber zu leben erlaubt, dann weiß ich nicht, wovon wir die Kosten seiner Krankheit bezahlen sollen und wovon die Rückreise... Unser ganzes Vermögen besteht aus sechzig Francs. Davon sollen wir die teuren Medikamente bezahlen, die Krankenpfleger und die Ärzte! Obendrein wohnen wir in einem sündhaft teuren Hotel, das wir längst verlassen wollten, um in eine kleine Pension überzusiedeln, aber Alfred ist nicht transportfähig...«

Ihre finanzielle Lage war tatsächlich nicht sehr gut, aber keineswegs so verzweifelt, wie sie es Buloz schilderte. Sie wußte, daß sie bei ihm dick auftragen, stark übertreiben und vor allem ihre Klagen dauernd wiederholen mußte, um nach dem Prinzip des steten Tropfens auch nur die magersten Resultate zu erzielen.

»Lassen Sie mich nicht ohne Geld«, flehte sie in einem anderen Brief. »Jeden Tag müssen wir in der Apotheke zwanzig Francs hinlegen für die verschiedensten Medikamente. Ich muß zwei Ärzte bezahlen, die beide Alfred täglich dreimal besuchen und von denen der eine oder der andere auch die Nacht bei ihm verbringen muß. Obendrein sind wir auch noch an diese Herberge geschmiedet, die uns total ruiniert. Sowie Alfred gesund ist, will er Venedig verlassen. Ihm graut vor dieser Stadt. Er hat Angst, hier zu sterben...«

Trotz der Sorgen um Alfred und um das liebe Geld war George keineswegs unglücklich. Sie genoß die nächtlichen Gespräche mit Pagello. Die Intimität, der durch Alfreds Gegenwart Grenzen gesetzt waren, erregte sie.

Dem Patienten ging es besser, die Therapie hatte angeschlagen. George sah voraus, daß Pagello bald nicht mehr nachts zu kommen brauchte.

An dem Abend, an dem sie das schon fast mit Sicherheit befürchten mußte, saß sie am Schreibtisch, als er kam. Nach einer kurzen Begrüßung und nachdem er Alfred seinen Schlaftrunk verabreicht hatte, begann sie plötzlich zu schreiben.

Pagello war konsterniert. Noch nie hatte George in seiner Gegenwart geschrieben. Er sah ihr zu und bewunderte die Geschwindigkeit, mit der ihre Feder über das Papier flog. Hin und wieder blickte sie zu ihm auf, als schöpfe sie aus seinem Anblick Inspiration. Als sie noch immer nicht einhielt, griff er nach einem Buch und versuchte zu lesen. Schließlich fragte er: »Störe ich Sie? Wäre es Ihnen lieber, ich gehe?«

Sie sah ihn kurz an und sagte: »Bleiben Sie!« Es klang wie ein Befehl.

Endlich hörte sie auf zu schreiben, faltete die Bogen, schob sie in ein Kuvert und reichte es Pagello. »Hier! Nehmen Sie!«

Ratlos fragte der Arzt: »Wem soll ich den Brief übergeben? An wen ist er?«

Sie nahm das Kuvert aus der Hand und schrieb mit großen Buchstaben darauf FÜR DEN DUMMEN PAGELLO! Dann gab sie es ihm wieder zurück und erklärte, daß er ruhig nach Hause gehen könne, Alfred scheine fest zu schlafen, und es bestünde kein Grund zur Beunruhigung.

Völlig verwirrt verließ Pagello das Hotel.

Das Kuvert vorsichtig mit Daumen und Zeigefinger tragend, als enthielte es glühende Kohlen, eilte der Doktor durch die dunklen Gassen zu seiner Wohnung. Er stellte sich so ungeschickt und geräuschvoll bei dem Versuch an, die Haustür aufzuschließen, daß seine alte Haushälterin von dem Lärm aufwachte und angelaufen kam.

Er hat zuviel getrunken, dachte sie verwundert. Das war noch nie vorgekommen!

»Schlaf weiter!« rief er ihr zu und entzündete die Petroleumlampe auf seinem Schreibtisch. Das dicke Kuvert mit der Aufschrift FÜR DEN DUMMEN PAGELLO lag nun vor ihm auf dem Pult.

Er riß es auf und entfaltete die Bogen. Er fand keine Anrede, keinen Anfang. Vielleicht war das Ganze ein Irrtum und doch nicht für ihn bestimmt.

Er las: »Die freigebige Sonne, die deine Stirn gebräunt hat, welche Leidenschaften hat sie dir verliehen? Die Glut Deiner Blicke, die Unverschämtheit Deines Begehrens führen mich in Versuchung und machen mir Angst ... Neben Dir bin ich wie eine bleiche Statue. Ich sehe Dich mit Verwunderung an, mit Verlangen, beunruhigt ...«

Was soll das bedeuten, fragte er sich. Die Glut seiner Blicke? Er war sich dieser Glut nicht bewußt gewesen. Und die Unverschämtheit seines Begehrens? Es stimmte schon, daß er Madame Sand verführerisch fand und er sie sich schon mal im Bett vorgestellt hatte. Aber woher konnte sie das ahnen?! Frauen sind gefährlich, erkannte er. Sie erraten oft Gedanken, die besser geheim geblieben wären. Er las weiter.

»Lassen Dich die Freuden der Liebe keuchend oder gefühllos zurück? Oder versetzen sie Dich in göttliche Ekstase?«

Diese Fragen bestürzten ihn. Er hatte noch nie über derartige Dinge nachgedacht, glaubte auch kaum jemals eine göttliche Ekstase empfunden zu haben. Vergnügen? Ja! Auch Wollust, wenn er es denn schon definieren mußte. Aber beides hatte wenig mit göttlicher Ekstase zu tun! Außerdem hielt er es für besser, Gott bei solchen Überlegungen aus dem Spiel zu lassen.

»Wirst Du mir eine Stütze sein oder ein Gebieter? Begehrst Du oder liebst Du mich? Wenn Deine Leidenschaft befriedigt ist, wirst Du mir zu danken wissen? Wenn ich Dich glücklich gemacht habe, wirst Du es mir sagen können? Werde ich Dein Kamerad sein oder Deine Sklavin?«

Pagello war wie vor den Kopf gestoßen. Sie liebt mich! Darüber kann gar kein Zweifel bestehen! Das Wort von der Sklavin regte ihn besonders auf. George Sand, die berühmte französische Schriftstellerin, seine Sklavin? Das war Irrsinn! Reiner Irrsinn!

»Wirst Du mir über das Schlimme hinweghelfen, daß ich erlitten habe, bevor ich Dir begegnete? Wirst Du begreifen, warum ich traurig bin? Kannst Du Erbarmen, Geduld, Freundschaft empfinden? Was ich vergeblich in anderen gesucht habe, werde ich es bei Dir finden? Fast könnte ich es glauben...«

Sie ist unglücklich, dachte Pagello und empfand brennendes Mitleid. Sicher quält dieser kranke Poet sie entsetzlich. Er hatte ja selbst erlebt, wie schwierig und launisch er sein konnte. Aber Madame Sand hatte geschrieben, er sei der Mensch, den sie auf der ganzen Welt am meisten liebe! Also konnte sie den Poeten nicht meinen, sondern jemand anderen. Wen? Er wußte es nicht. Er wußte nur, daß er ihr kein Gebieter sein wollte, sondern eine Stütze, ein Helfer, ein Beschützer. Am liebsten wäre er jetzt gleich zurück ins Hotel Danieli gelaufen, um ihr das zu sagen. Er las weiter.

»...Ich weiß nichts von Deinem früheren Leben, nichts von Deinem Charakter... ich will Deinen Namen nicht wissen! Verbirg mir Deine Seele, damit ich glauben kann, sie sei schön. Ich liebe Dich ohne zu wissen, ob ich Dich achten kann. Ich liebe Dich, weil Du mir gefällst! Vielleicht werde ich Dich bald hassen müssen...«

Pagello war entflammt! Sie liebt mich, sie liebt mich, dachte er immer wieder. Das, was sie sonst noch geschrieben hatte, ob sie ihn achten könnte oder daß sie ihn hassen müßte, das waren Redensarten. Das zählte nicht. Nur ihre Liebe zählte.

Der junge Doktor verbrachte eine schlaflose, aufregende Nacht in Gedanken mit George.

Am Morgen, noch bevor er die erste Visite machen konnte, las er die Seiten noch einmal durch. Die Tränen kamen ihm, so glücklich war er.

Erst als er zur gewohnten Zeit, um zehn Uhr, das Danieli betrat und die Treppe zum ersten Stock hinaufeilte, wurde ihm bewußt, welche Komödie er dem Kranken vorspielen mußte. Er konnte nur hoffen, seiner Rolle gerecht zu werden.

»Wir erwarten Sie schon sehr sehnsüchtig, Herr Doktor«, begrüßte ihn George heiter.

Pagello stockte bei ihrem Anblick. Heute trug sie keines ihrer negligéartigen Gewänder, an deren Anblick er sich gewöhnt hatte. Sie war sorgfältig zum Ausgehen gekleidet, einen kostbaren Kaschmirschal um die Schultern, einen modischen Hut auf dem Kopf. Julia, die auf ihrem Balkon Romeo erwartete, hatte sich in eine elegante Pariserin verwandelt.

»Unserem Patienten geht es heute besser«, verkündete sie. »Er hat mich beurlaubt, um ein paar Besorgungen zu machen.«

Sie bemerkte Pagellos Verwirrung und hätte am liebsten laut gelacht. Sie trat an das Krankenbett und strich Alfred über das Haar. »Darf der Herr Doktor mich begleiten?« fragte sie und klang etwas kokett. »Ich bin noch gar nicht aus dem Hotel gekommen und weiß nicht in der Stadt Bescheid.«

Alfred nickte.

Pagello überwand seine Nervosität und bestand darauf, erst die tägliche Untersuchung vorzunehmen.

Dann verließen beide das Hotel.

Sowie sie außer Sichtweite vom Danieli waren, blieben sie stehen und blickten einander lange und prüfend an.

»Haben meine Zeilen Sie erschreckt?«, fragte George schließlich.

Ein »Ja« war alles, was er vorbringen konnte.

»Das tut mir leid«, mokierte sie sich.

Pagello fand die Sprache wieder. »Du hast mich zum glücklichsten Menschen der Erde gemacht. Ich habe dich geliebt und bewundert seit dem Augenblick, an dem ich dich zum ersten Mal sah. Ich muß mit dir allein sein. Wie können wir das arrangieren?«

»Nicht so stürmisch, Doktor«, warnte George.

Etwas ernüchtert fragte Pagello, schnell wieder ins »Sie« zurückwechselnd: »Es war Ihnen doch ernst mit dem, was Sie mir geschrieben haben?«

»Es war mir ernst«, sagte sie aufrichtig. »Verzeih, wenn ich leichtfertig klang.«

Sie gingen nebeneinander her, sprachen, schwiegen und genossen ihr erstes Alleinsein inmitten der vielen Menschen, die sie nichts angingen.

In George festigte sich der bisher nur spielerisch gedachte Wunsch nach Abwechslung und Befreiung von den Zwängen, die Alfred ihr auferlegte, zu der Gewißheit, daß dieser schöne Italiener ihre Rettung sei, eine Rettung, die sie allzu gern bereit war, mit Liebe zu bezahlen.

Für Pagello gab es keinerlei Bindungen oder Verpflichtungen, die es ihm schwer machen könnten, George zu lieben. Er unterhielt zwar eine Liaison mit einer verheirateten Frau, deren Amoroso er war nach guter venezianischer Tradition. Aber diese Beziehung war in keiner Hinsicht durch Emotionen belastet wie die, die Georges Brief in ihm geweckt hatten.

George versicherte ihm, daß sie nichts mehr mit Alfred verbinde, als die Sorge um seine Gesundheit. Immer wieder betonte sie, welche Opfer und Leiden Alfred ihr damit aufbürde. Sowie er gesund sei, würde er nach Paris zurückkehren. Sie selbst aber sei entschlossen, dann bei Pagello in Venedig zu bleiben.

Das könne noch sehr lange dauern, klagte Pagello, länger als er imstande sei, auf George zu warten.

»Das Warten fällt mir genauso schwer wie dir«, flüsterte sie.

Sie waren wieder vor dem Danieli angelangt. George bat Pagello, mit ihr hinaufzukommen.

»Nein. Ich kann es nicht. Ich könnte ihm jetzt nicht in die Augen sehen.«

Alfred war wach, als George an sein Bett trat.

»Was hast du eingekauft?«, fragte er.

Jetzt erst fiel George ein, daß sie nichts in den Händen hatte. »Ich habe eine wundervolle chinesische Seide gefunden. Aus der wird mir eine Schneiderin ein Kleid machen«, phantasierte sie.

»Zeig mir die Seide!«

»Die ist bei der Schneiderin. Das habe ich dir doch eben erklärt!«

»Ach, ja.«

»Du wirst langsam vergeßlich! Du mußt aufpassen«, sagte sie mit mildem Spott.

Alfred schloß schweigend die Augen.

Pietro Pagello erhielt am selben Nachmittag Besuch von seinem Freund Luigi Rebizzo. Beide stammten aus Belluno, gemeinsam hatten sie die Universität von Padua besucht, und Pietro zuliebe war Luigi im Begriff, sich in Venedig eine Stelle als Referendar zu suchen. Da seine Familie ihn mit einem reichlich bemessenen monatlichen Scheck unterstützte, legte er dabei keine besondere Eile an den Tag. Er genoß es, durch Venedig zu flanieren, in den Cafés herumzusitzen und die Abende im Teatro la Fenice zu verbringen. Er war ein Bewunderer der Oper und ein Liebhaber des Balletts.

»Was ist mit dir los?!«, wollte Rebizzo wissen. »Bist du plötzlich erblindet?« Pagello sah ihn verblüfft an. »Du bist heute an mir vorbeigelaufen, als ob ich Luft wäre!«

»Oh, vergib mir! Ich habe dich nicht gesehen. Wirklich nicht!«

»Keine Ausreden! Ich will wissen, wer die elegante Dame an deiner Seite war! Oder ist das ein Geheimnis?«

»In gewisser Hinsicht ist es tatsächlich ein Geheimnis. Aber natürlich nicht vor dir!« Pietro war erleichtert, dem Freund sein Herz ausschütten zu können. »Diese Frau ist die große Liebe meines Lebens«, versicherte er Rebizzo mit glänzenden Augen. *Sie* sei es gewesen, die ihm Avancen gemacht hätte. Er hätte nie gewagt, ihr seine Liebe zu gestehen, da ihr Freund sein Patient sei. Pagello hatte völlig vergessen, daß er vorgestern noch nichts davon gewußt hatte, daß er verliebt war.

Rebizzo erkundigte sich neugierig, worin denn die Avancen bestanden hätten.

Als enthülle er eine Reliquie, holte Pagello aus einer Schublade ein sorgfältig gefaltetes seidenes Tuch, entnahm ihm Georges Brief und reichte ihn Luigi.

Der las langsam und gründlich. Dann verkündete er: »Ein äußerst merkwürdiger Brief. Offen gesagt, ich verstehe nur die Hälfte. Aber ich bin ziemlich sicher, daß die Dame das alles aus einem Roman abgeschrieben hat.«

»Abgeschrieben?« Pietro brach in Lachen aus. »Sie selbst schreibt die Romane! Sie ist eine in Frankreich und auf der ganzen zivilisierten Welt – außer in Italien! – sehr bekannte Schriftstellerin.«

»Und wie heißt sie?«

»George Sand.«

»George ist doch ein Männername.«

»Sie heißt trotzdem so!«

Luigi Rebizzo verstummte. Er wußte, wie sinnlos es war, mit Verliebten zu diskutieren.

Pagello erschien abends zur gewohnten Zeit im Danieli. Außerstande, seine Gemütserregung zu verbergen, und daher doppelt bemüht, unbefangen zu erscheinen, wirkte er unnatürlich.

George hatte keine derartigen Probleme. Wie eine erfahrene Schauspielerin konnte sie nach Wunsch Gefühle, die sie nicht empfand, glaubhaft heucheln, oder Emotionen, die sie wirklich verspürte, abgrundtief unterdrükken. Sie begriff sofort, mit welchen Schwierigkeiten Pagello kämpfte. Unter normalen Umständen hätte sie das amüsiert. Aber jetzt fragte sie sich, ob Alfred nicht Pagellos Zustand genauso leicht erkennen würde wie sie. Alfred war äußerst sensibel und entwickelte, wenn er wollte, eine feinnervige Empfänglichkeit für die Gedanken des anderen. Oft genug hatte er ihre geheimsten Überlegungen erraten und sie damit in Verlegenheit gebracht. Die sichtbare Aufmerksamkeit, mit der er heute Pagello und auch sie schweigend beobachtete, beunruhigte sie.

Nachdem Pagello Alfred seinen Schlaftrunk gegeben hatte, pflegte er noch eine Zeitlang zu warten und dann die Temperatur zu messen.

Das Fieber, das er schon besiegt wähnte, war wieder da.

George glaubte, den Grund dafür zu kennen. Sie suchte Pagello schnellstens fortzuschicken, aber er weigerte sich zu gehen. Die Rückkehr des Fiebers beunruhigte ihn, und er bestand darauf, etwas Zeit verstreichen zu lassen und Alfreds Temperatur dann erneut zu messen. Unter Umständen würde er ihm wieder Chinin geben müssen.

Eine Stunde später war die Temperatur wieder normal.

Ein ernsthafter Rückfall brauchte nicht befürchtet zu werden. Der Schlaftrunk wirkte, Alfred hatte Mühe, die Augen offen zu halten.

Laut und deutlich, damit Alfred es auch bestimmt hörte, sagte George: »Vielen Dank, Herr Doktor, daß Sie noch so lange gewartet haben. Ich begleite Sie hinaus.«

Draußen auf dem Korridor flüsterte sie: »Alfred ist mißtrauisch geworden. Wir müssen vorsichtig sein!«

»Ich bin ungeschickt. Ich weiß es«, klagte Pagello. »Verzeih mir, aber das Warten fällt mir so schwer. Sag mir wenigstens, daß du mich liebst.«

»Ich bete dich an! Aber wir müssen auf Alfred Rücksicht nehmen.« Als sie sah, wie traurig Pagello war, versprach sie, ihm so oft wie nur möglich kleine Briefe zu schreiben und sie unauffällig in sein Köfferchen zu stecken, während er mit Alfred beschäftigt war.

Pagello fand bald den ersten Zettel. Er lautete:

»Hilf mir geduldig zu sein und verbirg Deine Enttäuschung. Du bist entmutigt und ich verstehe Dich. Mein Freund, mein Freund, laß mich nicht sehen, daß Du leidest. Ich brauche viel Langmut, um nicht meinem eigenen Ärger nachzugeben und mir die Freiheit zu nehmen, die mir gehört.«

Und am Tag drauf:

»Wir sehen uns morgen abend. Wir werden zusammen ins Theater gehen, ganz gleich, ob Alfred böse ist oder nicht. Ich habe ihm genügend Opfer gebracht, so daß ich das Recht auf einen Tag Freiheit habe. Sei mutig! Liebe mich! Denk daran, daß ich Dich liebe! Glaube mir, daß nur der Tod mich hindern könnte, bald ganz zu Dir zu kommen... Adieu, meine Seele, adieu, mein Glück! Ich liebe Dich!«

11

George und Pagello gingen tatsächlich ins Theater, aber nicht allein, sondern als Gäste von Alfreds Freund Tattret, der sich in Begleitung einer Pariser Schauspielerin auf einer Lustreise durch Italien befand. In Florenz hatte ihn ein Brief aus Paris erwartet, von Buloz, der von Alfreds Erkrankung berichtete und ihn bat, wenn irgend möglich, einen Abstecher nach Venedig zu machen, um zu sehen, wie die Dinge wirklich standen, da er den Informationen, die ihn von dort erreichten, nicht ganz traue.

Tattets Besuch kam völlig überraschend, und George war froh, daß Alfred frisch rasiert und gebettet war, als er im Danieli erschien.

Bei seinem Anblick begann Alfred hemmungslos zu schluchzen. Auch Tattet kamen die Tränen, so blaß und elend fand er den jungen Freund. Er umarmte den Kranken und saß dann, ihm die Hand haltend, an seinem Bett, bis er merkte, daß Alfred noch zu schwach war, um viel zu reden oder auch nur zuzuhören.

George zeigte sich sehr bemüht um den Kranken und schilderte dramatisch die qualvollen Nächte, die sie gemeinsam mit dem behandelnden Arzt, den sie in den höchsten Tönen lobte, am Krankenbett verbracht hätte.

Da Tattet seine Pariser Schauspielerin in Florenz allein zurückgelassen hatte, war nur ein ganz kurzer Besuch in Venedig eingeplant. Um George und dem geplagten Doktor etwas Abwechslung zu bieten, lud er beide zu einem Theaterbesuch mit anschließendem luxuriösen Souper ein.

George wußte, daß Tattet ihr nicht gewogen war. Sie wußte auch, daß er Alfred vor ihr gewarnt hatte. In ihrem Bemühen, ihn umzustimmen, war sie von bestrickender Liebenswürdigkeit während des Soupers, hörte ihm artig zu und war fast immer seiner Meinung. Die Opfer und Mühen, die sie Alfreds wegen ertragen mußte, betonte sie allerdings etwas zu stark, obwohl Tattet ihr schon gebührend Bewunderung und Dank gezollt hatte.

Der hellhörige Tattet entnahm ihren Klagen, daß die Beziehung der beiden ihrem Ende entgegenging. Das weckte in ihm neue Hoffnung für Alfreds Zukunft.

Dann fiel sein Blick auf Pagello, der schweigend zuhörte und hin und wieder George verehrungsvoll ansah. Tattets Instinkt sagte ihm, daß dieser schöne Italiener alle Voraussetzungen besaß, Alfreds Nachfolger bei George zu werden und so den von Tattet ersehnten Bruch zu beschleunigen. Diese Aussicht beflügelte ihn. Er bemühte sich, Pagello in die Unterhaltung mit einzubeziehen. Der Eindruck, den der junge Arzt auf ihn machte, war vielversprechend.

Bevor Tattet am nächsten Morgen nach Florenz aufbrach, suchte er Alfred und George noch einmal auf. Alfred war um vieles frischer als am Vortag. Wenn er weiter so gute Fortschritte mache, meinte Tattet, könnten George und Alfred ihm und seiner Begleiterin nach Rom folgen, das die nächste Station ihrer Rundreise sei.

Alfred hörte diesem Plan begierig zu und sah endlich etwas weniger unglücklich, fast könnte man sagen, ein wenig glücklich aus.

Wenige Tage nach seiner Abreise schrieb George an Tattet, daß Alfred und sie zu ihrem großen Bedauern leider nicht nach Rom kommen würden, da sie hoffte, Alfred in wenigen Wochen nach Paris bringen zu können.

Weiter schrieb sie:

»Wenn jemand Sie fragen sollte, was Sie von der blutdürstigen Lélia halten, antworten Sie nur, daß sie nicht von Meerwasser und Menschenfleisch lebt, sondern von gekochtem Huhn, daß sie morgens Pantoffeln trägt und Zigaretten raucht. Denken Sie daran, daß Sie gesehen haben, wie sie leidet – und gehört haben, wie sie klagt. Genau wie ein ganz normaler Mensch.

Zwischen Ihnen und mir gibt es eine Gemeinsamkeit. Die Liebe und Opferbereitschaft, die wir für denselben Menschen empfinden. Sie können bestimmt zu seinem Glück beitragen. Daß ich das kann, bezweifle ich. Darin unterscheiden wir uns. Er wird in sich selbst mehr finden, als er an mir verliert. Er wird Reichtum und Ruhm finden... ich werde Gott suchen und die Einsamkeit...«

Am Abend nach Tattets Abreise war George nicht einsam. Sie erfüllte die heißen Wünsche Pagellos und damit auch die geheimen Wünsche Tattets.

Pagello und sie ließen sich in einer Gondel nach Murano rudern, wo sie zu speisen gedachten.

Es regnete. Der Schlechtwetteraufbau der Gondel mit seinen schwarzen Vorhängen schützte die Passagiere vor dem Regen und auch vor den Blicken des Gondolieri.

Es war ein romantischer, wenn auch etwas unbequemer, Ort für ihr erstes Zusammensein.

George machte Pagello sehr, sehr glücklich, obwohl es fraglich blieb, ob er die göttliche Ekstase empfand, die sie von ihm erwartete.

Pagello kam weiterhin jeden Abend ins Danieli, gab Alfred seinen Schlaftrunk, kontrollierte seine Temperatur und verließ ihn, wenn er am Einschlafen war.

Bis dahin saßen George und er vor dem Kaminfeuer und unterhielten sich leise. So leise, daß der Kranke sie nicht verstehen konnte, selbst wenn er noch wach war. Beider Gedanken und Gespräche kreisten fast immer um Alfred.

»Er läßt mich einfach nicht los«, klagte George. »Er klammert sich förmlich an mich, obwohl er weiß, daß ich ihn nicht liebe.«

Pagello, dem es nicht leichtfiel, Georges Gedankengängen zu folgen, war überzeugt, daß Alfred George noch immer liebte.

»Nein!«, verwahrte sich George entschieden. »Sein Stolz ist verletzt. Das ist alles. Er ist egoistisch und gefühllos. Er weiß nicht, was Liebe ist! Er weiß nicht einmal, was er mir antut!«

Etwas unwillig sagte Pagello: »Dann sag es ihm doch einfach ins Gesicht!«

»Es wäre sinnlos. Er würde mich nicht verstehen.« Sie seufzte. »Du weißt nicht, wie unsäglich ich mich danach sehne, frei zu sein!«

»Das liegt in deiner Hand!«, argumentierte Pagello. »Du brauchst es nur richtig zu wollen.«

George schüttelte den Kopf. »So einfach ist es nicht. Er ist krank und schwach...«

»Er war krank«, verbesserte Pagello sie und betonte das »war«. »Jetzt ist er über den Berg... oder fast über den Berg«, schränkte er ein. »Bald kann er selbst Entscheidungen treffen.«

Vielleicht hatte Pagello recht. Aber George war innerlich noch nicht bereit, das arme Kind, wie sie Alfred in Gedanken oft nannte, aus ihrer Fürsorge zu entlassen, die sie stets als ein Opfer empfand. Obwohl sie sich dauernd beschwerte und klagte, wie sie es auch schon Tattet gegenüber getan hatte, war sie in ihr eigenes Leiden verliebt.

Pagello konnte das beim besten Willen nicht verstehen.

Manchmal saßen er und George auch schweigend nebeneinander, starrten ins Feuer und dachten beide an dasselbe. Nicht nur für ihn, auch für George war es schwer, ihre Gefühle zurückzuschrauben auf die Zeit vor der Nacht in der Gondel. George hatte damals geglaubt, Pagello einen Gefallen tun zu müssen, da er sie so gedrängt hatte. Aber dabei war ihre eigene Begierde erwacht.

Wenn sie Pagello draußen auf dem Korridor verabschiedete, umarmte und küßte sie ihn manchmal so leidenschaftlich, daß er sich kaum losreißen konnte.

George, die immer zur Vorsicht gemahnt hatte, wurde selbst unvorsichtig.

Als sie eines Morgens die Bettvorhänge zurückzog, um aufzustehen, erblickte sie Alfred und hielt wie versteinert ein.

Er saß auf der Kante seines Bettes und starrte sie mit weit aufgerissenen Augen an.

»Was hast du?«, fragte sie beunruhigt. »Was ist mit dir los?«

»Als ich dich zum ersten Mal gevögelt habe«, sagte er langsam und giftig, »hätte ich dir zwanzig Francs auf den Nachttisch legen und auf Nimmerwiedersehen verschwinden sollen.«

»Was redest du für einen Unsinn, Alfred!«

»Mannstoll bist du! Eine mannstolle Schlampe!«

»Halt den Mund!«, schrie George. »Ich verbiete dir, so zu reden!«

Unbeirrt fuhr er fort. »Ich habe Augen im Kopf. Ich sehe alles, was hier passiert. Ich rieche es. Auch wenn ihr glaubt, ich schlafe.«

»Ihr? Wer ist ›Ihr‹? Von wem redest du?« fragte sie und suchte zu verbergen, wie erschrocken sie war.

»Von dir und deinem Liebhaber!«

»Ich habe keinen Liebhaber! Das hast du geträumt!«

Alfred ließ sie nicht aus den Augen. »Ich höre euch flüstern. Abend für Abend. Ich spüre eure Küsse. Ich brauche sie nicht zu sehen. Das ganze Zimmer stinkt nach eurer Geilheit. Mir wird übel, wenn ich daran denke.«

Er weiß alles, erkannte George und wußte nicht, wie sie sich verhalten sollte. Leugnen, entschied sie. Er kann nichts beweisen. Also leugnen bis zum letzten Atemzug.

»Du hattest Fieberphantasien... schlimme, verrückte Fieberphantasien. Im Fieber träumt man die seltsamsten Dinge. Man sieht Gespenster... Grabsteine... das heißt, man sieht sie nicht! Man träumt, daß man sie sieht! Verstehst du?« Sie sagte einfach alles, was ihr in den Sinn kam. Ohne lange nachzudenken. »Ich weiß nicht, von wem du sprichst. Wen du für meinen Liebhaber hältst. Aber wenn du den Doktor Pagello meinen solltest... dann kann ich nur lachen. Pagello und ich... das ist eine ganz dumme Idee von dir. Er ist ein braver, freundlicher Mann. Aber verlieben könnte ich mich nicht in ihn. Das wäre unmöglich. Ich glaube, er hat noch nie im Leben ein Buch gelesen. Bestimmt nicht! Aber er ist ein guter Arzt. Darauf kommt es mir an. Nur darauf! Denn du bist noch nicht ganz gesund, Alfred! Solange du noch diese seltsamen Wahnvorstellungen hast, bist du noch immer nicht gesund!«, wiederholte sie. Dann flehte sie ihn an: »Leg dich wieder hin, Alfred! Bitte! Gleich kommt Antonio, um dich zu rasieren. Bitte, leg dich hin!«

Zu ihrer Erleichterung gehorchte Alfred ohne ein Wort des Widerspruchs.

George verschwieg Pagello den Auftritt, den sie mit Alfred gehabt hatte. Sie befürchtete, er würde Alfred nie wieder unbefangen entgegentreten können, wenn er Bescheid wüßte.

Alfred lag jetzt oft stundenlang mit offenen Augen im Bett, sprach kein Wort, starrte auf die Decke und überließ sich einer Depression, die seine Genesung gefährdete.

Immer wieder fragte er sich, warum ihm der Gedanke, daß George sich diesem italienischen Schönling hingab – schon hingegeben hatte oder es bei der ersten Gelegenheit tun würde –, solche Qualen bereitete. War denn seine alte Liebe zu George nicht tot, wie er ihr versichert hatte? Oder sollte die Eifersucht sie womöglich wieder zum Leben erweckt haben?

Obwohl George weiter hartnäckig leugnete, daß zwischen Pagello und ihr auch nur das geringste Einverständnis bestünde, wußte Alfred es besser. Sein Instinkt war unfehlbar. Er hörte nicht auf, George mit Vorwürfen, Verdächtigungen und Unterstellungen zu foltern.

Als er sie eines Tages aufs äußerste gereizt hatte, schrie sie: »Du bist wahnsinnig! Du bist von Sinnen! Wenn du dich nicht zusammennimmst, endest du in einer Anstalt! Das schwöre ich dir!«

Dieser Satz traf Alfred wie ein Blitz. Er glaubte jetzt, das Spiel zu durchschauen, das George und ihr Liebhaber mit ihm trieben. Sie warteten nur darauf, daß er ihnen einen Vorwand lieferte, ihn in ein Irrenhaus einzuweisen. Dort würde er elendiglich verrecken, bevor irgend jemand auch nur ahnte, wo er zu finden sei. Diese Vorstellung verfolgte ihn fast bis zum echten Wahnsinn. Absurderweise aber half sie seiner Genesung. Alfred nahm sich zusammen. Er schrie nicht, weinte nicht, beobachtete George nur unablässig.

Plötzlich weigerte sich Alfred, den abendlichen Schlaftrunk zu trinken. Er brauche ihn nicht mehr, behauptete er. In Wahrheit aber hatte er Angst, vergiftet zu werden.

Pagello hielt diese unerwartete Abstinenz für ein Zeichen der Genesung. George vermutete andere Gründe.

Wenn Alfred vom Schlaftrunk betäubt im Bett lag, hatte sie sich einigermaßen sicher vor ihm gefühlt. Aber jetzt würde er sie Tag und Nacht mit klarem Kopf beobachten, sie überwachen und zu seiner Gefangenen degradieren. Der Gedanke erschreckte sie und raubte ihr den Schlaf. Immer wieder glaubte sie nachts verstohlene Schritte zu hören, mit denen Alfred ihr Bett umschlich. Faßte sie Mut und hielt Ausschau durch den Schlitz im Bettvorhang, war er verschwunden. Stand sie auf und schlich ihrerseits zu Alfreds Bett hinüber, lag er da und schlief.

Schlief er wirklich? Wie kann man wissen, ob ein Mensch wirklich schläft? Nichts ist so leicht vorzutäuschen wie Schlaf, überlegte sie und begann sich selbst dem Wahnsinn nahe zu fühlen. Todesgedanken verfolgten sie.

Seit Alfred den Schlaftrunk verweigerte, gab es für Pagello keinen stichhaltigen Grund mehr, seine abendlichen Besuche fortzusetzen. Diese stillen Stunden mit ihm waren Georges einziger Halt gewesen. Sie hätte es nicht für möglich gehalten, daß sie ihr so fehlen würden.

Als Pagello nach vielen schlaftrunklosen Tagen zu seiner regelmäßigen Morgenvisite kam, empfing Alfred ihn auf einem Stuhl sitzend, während Antonio ihn barbierte.

»Lieber Doktor, wie Sie sehen, geht es mir bedeutend besser«, begrüßte er ihn. »Ich glaube, es ist Zeit, die Behandlung zu beenden. George und ich sind finanziell etwas knapp, und die Kosten, die durch meine Krankheit entstanden sind, bedrücken mich sehr!«

Bevor Pagello ihm versichern konnte, daß es mit seinem Honorar nicht eilte, reichte Alfred ihm schon die Hand. »Ich danke Ihnen von ganzem Herzen. George und ich werden Sie nie vergessen!«

Ohne daß George auch nur mit einem einzigen Wort widersprechen konnte, hatte Alfred seinen Arzt einfach entlassen und Pagello wie auch sie vollkommen überrumpelt. Heimtückisch hatte er zwischen ihr und sich eine Einheit hergestellt, die in Wahrheit nicht mehr bestand. Sie war empört über diese Unverschämtheit und noch empörter darüber, daß sie ihr wehrlos ausgeliefert gewesen war.

Pagello blieb nichts anderes übrig, als sich zu verabschieden. George begleitete ihn hinaus.

Kaum hatten die beiden das Zimmer verlassen, war Alfred einer Ohnmacht nahe. Antonio hatte seine liebe Not, ihn ins Bett zu bringen.

Ausgerechnet Buloz, der Herausgeber der »Revue des deux Mondes« im fernen Paris, kam George in ihrem Dilemma zu Hilfe. Vermutlich ihrer ewigen Bitten um Geld müde, hatte er sich von einer größeren Summe getrennt.

Das Geld wurde dringend benötigt, um die Rechnungen im Hotel zu bezahlen, so daß sie ungehindert ausziehen konnten.

George mietete in einer kleinen Pension zwei Zimmer, die durch eine Tür miteinander verbunden waren.

Der Umzug wurde mit Antonios Hilfe bewältigt. Auf George und Antonio gestützt, ging Alfred von der Albergo Danieli die ganze Länge des Markusplatzes entlang, vorbei an der Kirche des heiligen Moses in die Calle del Traghetto und stieg dort die Treppe hinauf bis in sein Zimmer.

Nach den langen Wochen, die er im Bett verbracht hatte, war das eine wirkliche Leistung. Von der ungewohnten Anstrengung röteten sich seine blassen Wangen.

George beobachtete es und verspürte trotz allen aufgestauten Ärgers eine leichte Rührung.

Der lange Fußmarsch hatte Alfred erschöpft. In den nächsten Tagen schlief er fest und traumlos, so daß George es schließlich wagte, sich aus dem Haus zu schleichen.

Pagello erwartete sie unweit der Calle del Traghetto. Hand in Hand gingen sie schweigend durch die dunkle Stadt zu dem Haus, in dem er wohnte.

Er hatte die Haushälterin fortgeschickt. Die Wohnung war warm, die Petroleumlampen brannten, Wein und Süßigkeiten standen bereit, die Vasen waren mit Blumen gefüllt.

Andächtig nahm George die liebevolle Fürsorge wahr, die so stark im Gegensatz zu dem Leben stand, daß sie führte, seit sie sich mit Alfred auf Reisen begeben hatte.

Zufrieden und entspannt lag sie in seinem weichem, bequemen Bett, den Kopf auf Pagellos Schulter.

»Hier werde ich sehr, sehr glücklich sein«, sagte sie zärtlich. »Wenn du morgens weggehst, mußt du mich einschließen und den Schlüssel mitnehmen, damit ich niemanden sehe, niemanden höre als dich allein! Und wenn du abends nach Hause kommst, schließ bitte gleich die Tür von innen ab. Wir lassen keinen Menschen herein, weil wir ja im Bett liegen und uns lieben.« Sie seufzte erleichtert. »Ein Jahr glücklich sein und dann sterben! Das wünsche ich mir von Gott... und von dir!«

Pagello schüttelte entschieden den Kopf. »Sprich nicht vom Sterben! Wir wollen leben! Ich wünsche mir von Gott ein langes, glückliches Leben!«

Vor der Tür der Pension nahmen sie Abschied.

George stieg leise die Treppe hinauf in ihr Zimmer, zog sich aus und kroch schnell ins Bett. Das Zimmer war eiskalt, das Bettzeug klamm. Sie fröstelte. Sie war sehr müde gewesen, aber jetzt war sie wach. Viel zu wach, um zu schlafen.

Sie stand noch einmal auf und holte das Schreibzeug. Tintenfaß und Sandstreuer stellte sie auf den Nachttisch. Das Tablett mit dem Papier verankerte sie auf den angezogenen Beinen. Sie mußte an Pagello schreiben, ihm noch einmal sagen, wie sehr sie ihn liebte. Sie tauchte die Feder ins Tintenfaß und begann.

»Geliebter, mein Herz zerbricht seine Ketten, um sich neue, stärkere zu suchen. Das ist verrückt. Ich weiß es. Ich kann nicht anders, ich muß Dir blind vertrauen. Mein ganzes Glück liegt in Deiner Liebe.

Du willst nicht vom Sterben reden. Seit acht Monaten lebe ich mit dem Gedanken an den Tod. Seit dem Tag, an dem ich Alfred liebte, habe ich jeden Tag mit dem Selbstmord gespielt. Ich habe immer gesagt: noch einen Monat, noch eine Woche und dann die Kugel in den Kopf oder eine Dosis Gift in den Magen.

Seit ich Dich kenne, habe ich keine Angst mehr. Führe mich, wohin Du willst. Ich vertraue mich Deiner Tugend an. Warum nur mußte ich Dich so spät treffen, mein Pietro... mein Pierre! Mein edles Herz. Ich liebe Dich so sehr...«

Das Kratzen des Federkiels auf dem Papier klang in der nächtlichen Stille wie die kreischende Säge eines Tischlers.

Alfred wachte davon auf. Es dauerte eine Weile, bis er erkannte, was er hörte. Dann erhob er sich und öffnete vorsichtig die Tür zu Georges Zimmer.

Als er den Schreck sah, den sein Erscheinen ihr verursachte, wußte er, daß, was immer sie schrieb, mit ihm und Pagello zu tun haben mußte.

»Du arbeitest noch?«, fragte er scheinbar harmlos.

»Ja. Irgendwann muß ich diesen Roman ja beendet haben. Jetzt, wo Buloz Geld geschickt hat, will ich mich wirklich beeilen.«

»Gut. Sehr gut.« Er klang friedfertig. »Laß mich lesen!« Er streckte die Hand nach dem Bogen aus.

»Nein!« wehrte sie ab.

»Was ist los? Warum nicht?«

»Aus keinem besonderen Grund.«

»Vielleicht gibt es doch einen besonderen Grund«, entgegnete er mit zunehmender Schärfe. »Vielleicht teilst du deinem Liebhaber mit, daß es an der Zeit ist, mich in ein Irrenhaus zu sperren!«

»Fang nicht wieder mit dem Unsinn an!«

»Wenn du nicht an ihn schreibst, warum soll ich es dann nicht lesen?!«

Den Briefbogen in der Hand sprang George aus dem Bett. Wie einen Fächer wedelte sie das Papier vor seinem Gesicht hin und her und schrie: »So lies doch! Lies doch!«

Als er nach dem Bogen greifen wollte, brachte sie ihn aus seiner Reichweite und zerriß ihn in viele kleine Stücke. Dann öffnete sie das Fenster und warf sie hinaus. »Wenn du gar so neugierig bist, lauf runter, hol dir die Stücke und setze sie zusammen!«

»Es ist nicht wichtig. Damit hat es bis morgen Zeit«, sagte Alfred ruhig. »Aber ich bin ganz sicher, daß du sie vor mir geholt haben wirst.«

Er verschwand in seinem Zimmer und schloß die Tür.

Einige Minuten darauf sah er aus dem Fenster und erblickte ein Schauspiel, das sich ihm fest einprägte.

George lief im Nachtgewand, nur einen Schal um die Schultern, von Papierfetzen zu Papierfetzen und sammelte sie alle auf.

George hatte sich über Alfred derart geärgert, daß sie ihre Empörung loswerden mußte. Nach einer schlaflosen Nacht lief sie zu Pagello und schilderte ihm aufgebracht, daß Alfred sie verdächtigt habe, ihn mit Pagellos Hilfe in ein Irrenhaus sperren zu wollen. Alfreds frühere Verdächtigungen dieser Art hatte sie wohlweislich für sich behalten, um Pagello nicht zu belasten.

Pietro hatte ihr kopfschüttelnd zugehört. »Das kann er doch nicht wirklich geglaubt haben«, sagte er friedfertig und reizte damit George zum Widerspruch.

»Da irrst du dich! Es war ihm ernst! Sehr ernst! Ich schwöre es dir!«, versicherte sie.

»Dann laß mich mit ihm sprechen«, sagte Pagello, jetzt leicht irritiert.

»Du?« Das paßte George gar nicht. »Was willst du ihm sagen?«

»Ich will versuchen, ihn zu beruhigen«, sagte Pagello nachdenklich. Und bevor George Einwände machen konnte, fuhr er fort: »Wenn er das wirklich glaubt, dann ist es unsere Schuld. Wir hätten ihm längst die Wahrheit sagen und ihn um Verzeihung bitten sollen.«

»Wenn du ›wir‹ sagst, meinst du mich!«, entgegnete George verärgert. »Warum um alles in der Welt sollte ich Alfred um Verzeihung bitten! Ich habe noch nie im Leben irgend jemand um Verzeihung gebeten, und ich habe auch noch nie etwas getan, was ich bereuen müßte. Ich weiß überhaupt nicht, was das ist: Reue.«

»Sei bitte nicht so hart, Liebste«, bat Pagello besorgt.

»Ist er nicht hart zu mir gewesen? Hat er mich nicht gequält, beschimpft und beleidigt?«

»Ja, ja... das stimmt schon«, gab er versöhnlich zu und hoffte damit ihre Erregung zu dämpfen. »Wäre es nicht vielleicht gerade deshalb das beste, ihm die Wahrheit über uns zu gestehen?«

George hatte oft mit dem Gedanken gespielt, Alfred alles zu sagen. Aber den Augenblick, bis zu dem das möglich gewesen wäre, hatte sie durch Ausflüchte und Lügen verpaßt.

»Dafür ist es zu spät«, sagte sie entschieden. »Er würde uns nie vergeben, daß wir ihn betrogen haben!«

»Gibt es nicht in einer Ecke deines Herzens noch einen Rest Liebe für Alfred?«, fragte Pagello zögernd. »Ist das nicht vielleicht der Grund, daß du ihn mit der Wahrheit verschonen willst?«

»Du irrst dich!«, wehrte George heftig ab. »Wenn ich einmal sage, ich liebe dich nicht mehr, dann ist das endgültig! Dann nehme ich es nie wieder zurück.«

Nach einem bedrückten Schweigen sagte Pagello: »Manchmal finde ich es schwer, dich zu verstehen. Manchmal... fürchte ich mich regelrecht vor dir.«

George sah ihn betroffen an. Sie war zu weit gegangen. Sie hatte sich zu sehr gehen lassen und Pagello wirklich erschreckt. Sie schlang die Arme um seinen Hals... »Du brauchst dich nicht vor mir zu fürchten, mein Liebling! Du nicht! Du bist mein Geliebter! Du bist alles, was ich mir wünsche! Glaub mir, Pietro, es ist das erste Mal in meinem Leben, daß ich rückhaltlos lieben kann, ohne leiden zu müssen...«

Pagello war erleichtert. Was er aber nicht verstehen konnte – so wenig wie den Todeswunsch, den sie immer wieder ins Spiel brachte – war, daß sie Lieben und Leiden fast gleichsetzte. Ganz so, als ob Leiden eine Vorbedingung der Liebe wäre. Für sein heiteres italienisches Gemüt war das schwer faßbar, aber er ließ die Dinge auf sich beruhen.

Als George am nächsten Morgen die Verbindungstür zu Alfreds Zimmer öffnete, fand sie es leer.

Wo war Alfred? Wo sollte sie nach ihm suchen, wo ihn finden? Wie rücksichtslos von ihm, keine Nachricht zu hinterlassen. Sie bemühte sich, nicht um ihn besorgt zu sein. Aber immer wieder grübelte sie darüber nach, was sie tun müßte, wenn er einfach nicht wieder auftauchte.

Nach Stunden, während derer sie zu nervös war, um zu arbeiten, kam Alfred, nach Atem ringend, die enge Stiege hinauf und erschien in der Tür.

»Wo warst du?«, fragte sie und klang wie eine strenge,

besorgte Mutter. »Warum bist du weggelaufen, ohne ein Wort zu sagen?!«

»Ich wollte dich nicht wecken«, erklärte er, noch immer etwas atemlos. »Ich hatte keine Ahnung, daß du meinetwegen besorgt sein könntest. Verzeih, bitte. Verzeih mir!« Er sprach mit einer Heiterkeit, die George unnatürlich vorkam. Seine Augen glänzten. Sie vermutete, daß er wieder Fieber hatte. »Ich war mit meiner Abreise beschäftigt.«

George blickte ihn verblüfft an. »Mit deiner Abreise?!«

»Ja. Was ist daran so erstaunlich?«

»Wenn ich mich richtig erinnere, so sind wir bisher gemeinsam gereist!«

»Ja. Das stimmt. Solltest du auch gemeinsam mit mir jetzt abreisen wollen, brauchst du es nur zu sagen. Es wäre...«, er wollte sagen »wunderschön«, sagte aber stattdessen: »...es wäre sehr leicht zu arrangieren.«

»Nein, das will ich nicht. Du kannst mich doch nicht einfach überfallen und sagen: Jetzt reisen wir ab! Bisher war ich deine Krankenschwester. Weiter nichts. Ich habe noch keine Gelegenheit gehabt, mich in Venedig umzusehen.«

Alfred blickte sie prüfend an. »Ich verstehe«, sagte er langsam. »Ich verstehe dich vollkommen. Du hast recht.«

George fühlte sich übergangen. Alfred brauchte sie plötzlich nicht mehr. Sie gehörte zu den Menschen, die glauben, die Welt geht unter, wenn sie sie nicht festhalten. »Ich bin froh, daß es dir so viel besser geht... wirklich froh«, brachte sie heraus, »aber allein reisen... das scheint mir doch sehr riskant.«

»Ich reise nicht allein!« Alfred lächelte, als er Georges Gesicht sah. »Nicht was du denkst! Ich habe Antonio als Diener und Begleiter engagiert. Eben komme ich von seinen Eltern. Sie sind einverstanden.«

Wieder verspürte George Bitterkeit. Alfred, der eben noch von ihr abhängig gewesen war, hatte ganz ohne ihre

Hilfe genau das Richtige getan. »Das war eine gute Idee mit Antonio!«, gab sie zu. »Er ist nett und zuverlässig.«

Alfred stand an dem Fenster, aus dem George die Papierschnitzel geworfen hatte. Er sah hinaus. Dann wandte er sich wieder ihr zu. »Du bleibst also in Venedig«, konstatierte er. »Liebst du ihn sehr, deinen Doktor Pagello?« Er fragte es frei von Eifersucht und frei von Mißtrauen.

Ihr Widerstand gegen Alfred schmolz. »Er liebt mich«, sagte sie, »und ich kann mir vorstellen, daß auch ich ihn eines Tages lieben werde.«

»Bist du dir deiner Liebe noch nicht sicher?«

Sie schüttelte den Kopf. »Nein. Das bin ich nicht. Ich werde sehen, wie alles weitergeht.« Nachdem sie die überraschende Kehrtwendung in Alfreds Verhalten akzeptiert hatte, wurde sie praktisch. »Entschuldige, daß ich darüber spreche... aber wie willst du die Reise finanzieren?«

Sie hatten den wunden Punkt in seinen Plänen getroffen.

»Ich schreibe heute noch an Paul und bitte ihn, mir das Geld zu leihen«, erklärte Alfred. »Wenn er es nicht kann, soll er versuchen, es von Buloz zu bekommen, und wenn er bei ihm auf Granit stoßen sollte... ja, dann muß er es eben bei der Mama borgen. Da ich weiß, wie leicht sie beunruhigt ist, wollte ich gleich mit Gewißheit sagen können, daß Antonio mich begleitet.«

»Das wirst du nicht tun!« sagte George sehr entschieden. »Ich will nicht, daß du deinem Bruder schreibst!«

»Wieso nicht? Er hat mir schon oft ausgeholfen, wenn Not am Mann war, und er hat immer jeden Centime zurückbekommen. Wozu hat man schließlich Familie!«

George suchte zu ergründen, was Alfreds unerwartete Abreise für sie bedeutete. Zunächst Erleichterung. Er würde sie nicht mehr bespitzeln, sie würde frei sein, keine Heimlichkeiten mehr, keine Notlügen. Obendrein war sie eine drückende Verantwortung los. Ihr war es zu verdanken, daß er die Krankheit überwunden hatte und nach Paris zurückkehren konnte. Sie hatte sich also nichts vorzuwerfen.

Aber Alfred fuhr nach Paris! Bei dieser Vorstellung konnte sie keine Erleichterung verspüren, sondern nur tiefes Mißbehagen. Alfred würde allein, das heißt ohne sie dort eintreffen. Was würden alle diejenigen dazu sagen, die ebenso gute Feinde sein konnten, wie sie Freunde zu sein vorgaben. Welch neue Welle der Verleumdungen würde sich über sie ergießen, der sie wehrlos ausgeliefert war hier in Venedig.

Nur ein einziger Mensch konnte sie glaubhaft verteidigen. Das war Alfred. Sie sah ihn forschend an. Er war noch immer blaß, die wimperlosen Augen blickten noch immer schutzlos in die Welt. Rührung überkam sie, und mit ihr die Gewißheit, daß Alfred sie trotz allem verteidigen und böse Verdächtigungen von ihr abwenden würde.

»Du sagst, wozu hat man Familie! Du brauchst sie nicht. Es ist wichtiger, Freunde zu haben! Eine Freundin... deine Freundin... mich! Schreibe nicht an Paul! Ich werde das Geld für deine Reise zusammenbekommen. Ganz bestimmt!«

»Nein!«, wehrte Alfred heftig ab. »Das darfst du nicht tun! Du hast es selbst schwer genug!«

Es folgte ein langer und erregter Disput zwischen George, die darauf bestand, ihm das Geld für die Reise zu geben und Alfred, der darauf bestand, es nicht anzunehmen. George ging als Siegerin aus dem Wortwechsel hervor. Aber sie stellte eine Bedingung: Alfred durfte frühestens nach drei Jahren mit der Rückzahlung des Geldes beginnen.

Alfred schossen die Tränen in die Augen, so gerührt war er über Georges Großzügigkeit, und George entschloß sich, den Ärger über Alfred, der ihr in den letzten

Wochen und Monaten das Leben vergällt hatte, zu begraben.

Mit einem langen Kuß verabschiedete Alfred sie als seine Geliebte und hieß sie als Kamerad und Freund willkommen.

Obwohl Alfred George versichert hatte, daß gute Kameraden ohne weiteres in zwei Zimmern mit Verbindungstür wohnen könnten, zog sie noch am selben Nachmittag bei Pagello ein.

Auf Alfreds Frage, wohin sie denn ginge, gab sie vor, sich in einem kleinen Gasthof eingemietet zu haben, dessen Adresse sie ihm im eigenen und auch in Alfreds Interesse nicht nennen würde.

Allein gelassen, fiel alle Festigkeit von Alfred ab, aller Mut und alle Entschlossenheit. Eine wichtige Episode seines Lebens ging zu Ende, und er empfand Scham und Trauer.

Er schrieb an George:

»Adieu, mein Kind... wie groß auch Dein Haß und Deine Gleichgültigkeit für mich sein mögen, und auch wenn der Abschiedskuß, den ich Dir heute gab, der letzte meines Lebens sein sollte, mußt Du wissen, daß ich den ersten Schritt nach draußen mit dem Gedanken tue, daß ich es verdient habe, Dich zu verlieren und daß nichts hart genug für mich ist.

Wenn es Dir auch wenig bedeutet, ob in mir die Erinnerung an Dich lebendig ist oder nicht, so ist es doch für mich sehr wichtig, Dir jetzt, wo Dein Bild schon verblaßt und sich von mir entfernt, zu sagen, daß nichts Unlauteres in dem Abschnitt meines Lebens zurückbleibt, durch den Du geschritten bist.

Der, der nicht verstanden hat, Dich zu ehren, als er Dich besaß, kann es trotz seiner Tränen noch klar erkennen und Dich in seinem Herzen ehren, wo Dein Bild nie sterben wird.

Adieu, mein Kind.«

Der Träger, der Georges Koffer abholte, überbrachte ihr den Brief.

Sie war mitten in einer Unterhaltung mit Pagello und seinem Freund Rebizzo. Daher las sie ihn nur flüchtig und schluckte die Rührung schnell herunter, die sie zu überfallen drohte.

Als sie darauf bestand, Alfred das Reisegeld zu geben, hatte sie ihre Mittel überschätzt. Sie reichten nicht. Auch Pagello konnte nicht aushelfen, wollte es vielleicht auch nicht. Zum Glück machte sich der wohlhabende Rebizzo ein Vergnügen daraus, der Geliebten seines Freundes die fehlende Summe vorzustrecken.

In wenigen Tagen waren alle Vorbereitungen für Alfreds Abreise getroffen. George wollte in Venedig von ihm Abschied nehmen, am Pier, wo die Fähre nach Mestre lag. Obwohl sie ihn nicht darum gebeten hatte, war Pagello mit ihr gekommen. Seine guten Wünsche für Alfred klangen recht trocken. Das mißfiel George so sehr, daß sie sich überraschend entschloß, Alfred bis nach Mestre zu begleiten.

Auf der Überfahrt war Alfred sehr still und Antonio sehr aufgeregt. Es war seine erste große Reise. George überschüttete ihn mit Anweisungen, wie er für Alfred sorgen sollte. Vor allem aber müsse er ihr jeden Abend ein paar Zeilen schreiben und berichten, wie es Alfred ging. Antonio versprach alles und verschwieg nur, daß er weder lesen noch schreiben konnte.

Die letzte Umarmung, bevor Alfred die Postkutsche nach Padua bestieg, verlief unter Antonios neugierigen Blicken ohne die Abschiedstränen, die beide bereit gewesen waren zu verschütten.

12

Obwohl Alfred seine Abreise selbständig und aus eigener Initiative betrieben hatte, kam er sich regelrecht ausgestoßen vor. George fehlte ihm unsagbar, die George, die sie in den ersten Zeiten ihrer Liebe gewesen war. Er bezwang seine Eifersucht und bemühte sich ehrlich, ihre Schilderung einer langsam wachsenden, aber noch nicht konsumierten Liebe für Pietro Pagello zu akzeptieren.

Aus Padua, der ersten Station seiner Reise, schrieb er ihr diese armselig traurigen kurzen Zeilen:

»Du hast mir gesagt, ich soll abreisen – und ich bin abgereist. Du hast mir gesagt, ich soll leben – und ich lebe. Um acht Uhr abends sind wir in Padua angekommen, und ich war müde. Schreib mir ein paar Zeilen nach Mailand, geliebter Bruder, vielgeliebte George.«

Kaum war George von Mestre nach Venedig zurückgekehrt, schrieb sie ihrerseits an Alfred. Ihr lag viel daran, die neue kameradschaftliche, ja, brüderliche Freundschaft zu zementieren. Das war wichtig, damit er in Paris alle neugierigen Fragen über den offenbaren Bruch in diesem Sinne beantworten konnte.

Sie berichtete ihm, sie sei erschöpft und in tiefer Trauer nach Venedig zurückgekehrt und habe sich so elend gefühlt, daß sie bei der Familie Rebizzo Trost suchen mußte. Die Rebizzos hätten sie überredet, bei ihnen zu übernachten. Sie wollten nicht, daß sie die erste

Nacht nach Alfreds Abreise allein in ihrem jämmerlichen Gasthofzimmer bleiben sollte.

Alfred konnte nicht wissen, daß Rebizzo Junggeselle war und George niemals bei ihm übernachtet hatte. Pagello und sie verbrachten diese Nacht in intimster Zweisamkeit.

»Adieu, mein Engel«, schrieb George weiter, »wer wird für Dich sorgen... und für wen werde ich sorgen?! Wie werde ich das Gute und das Böse überleben, das Du mir angetan hast? Kannst Du die Leiden vergessen, die ich Dir verursacht habe, ohne Dich an unsere guten Tage zu erinnern? Sie sind wahrer Balsam für mein Herz und lindern die schmerzende Wunde. Adieu, mein kleiner Vogel!

Liebe immer Deine arme alte George.«

Ihre Worte klangen herzlich und besorgt. Man könnte sie für eine Liebeserklärung halten, hätte sie nicht wieder die ihr von Alfred abgeforderten Leiden betont.

Wie Alfred gebeten hatte, schickte sie diesen Brief nach Mailand und reiste dann sofort mit Pagello nach Vicenza, wo der Doktor einen Patienten besuchen mußte.

Alfred fand keinen Brief von George vor, als er in Mailand eintraf. Seine Enttäuschung war so groß, daß er am liebsten geweint hätte.

Der gutmütige Postmeister vertröstete ihn auf morgen. Zwei Stunden vor der Abfahrt der »Diligence« nach Genf, auf der Alfred und Antonio Plätze belegt hatten, käme noch ein Kurier aus Venedig. Der würde sicherlich den Brief bringen, auf den der junge Herr so dringend wartete.

Alfred dankte ihm und ließ sich geduldig von Antonio in die Herberge führen, die für die Reisenden vorgesehen war.

Er aß ein paar Löffel Suppe und trank eine große Menge Wein, bis er die Bettschwere spürte, die Schlaf versprach.

Er schlief auch tatsächlich ein, wachte aber nach wenigen Stunden wieder auf. Sein Rausch war ausgeschlafen. Auf mehr Nachtruhe konnte er nicht hoffen. Er lauschte den Geräuschen im Haus, dem Knarren der Holzstufen, wenn Reisende die Stiege hinauf oder hinunter stapften, dem Schlagen der Türen und schließlich dem Krähen der Hähne von Hof zu Hof. Er wunderte sich, daß es so nah von der großen Stadt Mailand noch Hühner gab.

Als es endlich hell wurde, stand er mit bleiernen Füßen auf und suchte Ordnung in seine wirren Gedanken zu bringen. Er trank eine Tasse starken, heißen Kaffee und machte sich auf den Weg zum Postmeister.

Der empfing ihn mit schlechten Nachrichten. Der Kurier aus Venedig hatte Verspätung, und es war äußerst unwahrscheinlich, daß er noch rechtzeitig vor Alfreds Abreise nach Genf eintreffen würde.

Alfred nickte ergeben, ganz so, als ob er diesen Schlag vorausgesehen hätte.

Als die Diligence nach Genf den Dunst der Po-Ebene hinter sich ließ und Alfred die erste frische Bergluft atmete, fühlte er sich besser. Fast war er erleichtert, daß er keinen Brief von George bekommen hatte. Es war ein Schritt auf die Freiheit zu, auf die Befreiung von dem peinigendem Zwang, der seine Gedanken stets um George kreisen ließ und sich nicht von ihr lösen wollten.

Nach dem ersten Tag in Genf schrieb er ihr:

»Heute morgen wanderte ich durch die Straßen von Genf und sah mir die Schaufenster an. Eine neue Weste, die schöne Ausgabe eines englischen Buches, das waren die Dinge, die meine Aufmerksamkeit erregten. Ich betrachtete mich in einem Spiegel und erkannte das Kind von früher wieder... Das war der Mann, den Du lieben wolltest? Du hattest zehn Jahre Leiden im Herzen, zehn Jahre lang hattest du einen unlöschbaren Durst nach Glück... und *ich* war das schwankende Rohr, auf das Du

Dich stützen wolltest? *Du* mich lieben, meine arme George? Der Gedanke ließ mich schaudern.

Ich habe Dich sehr unglücklich gemacht. Ich werde das blasse, übernächtigte Gesicht, daß sich achtzehn Nächte lang über mein Bett beugte, noch lange vor mir sehen. Arme George! Armes, liebes Kind! Du hast dich geirrt! Du glaubtest, meine Geliebte zu sein – Du warst nichts als meine Mutter. Wir haben Inzest begangen!

Meine einzige Freundin, ich war ein Peiniger für Dich! Zumindest in der letzten Zeit... Aber, mein Kind, Du lebst, Du bist jung, Du promenierst unter dem schönsten aller Himmel, auf den Mann gestützt, der Deiner würdig ist. Braver junger Mann! Sag ihm, wie sehr ich ihn liebe, und daß ich die Tränen nicht zurückhalten kann, wenn ich an ihn denke...

Meine Freundschaft soll Dir nie ungelegen kommen. Respektiere sie! Diese Freundschaft – so viel heißer als die Liebe – ist das einzig Gute in mir. Sie ist das Werk Gottes, und Du bist der Faden, der mich mit ihm verbindet. Denke daran, was für ein Leben mir bevorsteht...«

Alfreds Brief enthielt Andeutungen, die George nicht erfreuen konnten. Aber vorerst hatte sie keine Gelegenheit, sie zu entdecken, denn von Vicenza aus machten Pagello und sie einen langen Ausflug in das südliche Tirol, das beide sehr entzückte.

Pagello war ein wunderbarer Begleiter und Führer. Große Strecken legten sie zu Fuß zurück oder baten auch mal einen Bauern, sie auf seinem Wagen mitzunehmen. Sie übernachteten in kleinen, primitiven Gasthäusern, einmal schliefen sie sogar auf einem Heuboden. Sie lachten viel, liebten sich oft und behaupteten, sie seien auf Hochzeitsreise.

Als sie nach Venedig zurückkamen, wurde beiden die Laune gründlich verdorben.

Pagello fand einen Brief von seinem Vater vor. Der Klatsch von Venedig war bis zu ihm nach Castel-Franco gedrungen, wo er lebte. Der alte Herr warnte den Sohn vor den Konsequenzen, die seine Liebschaft mit dieser Französin für seine noch junge Karriere als Arzt haben werde.

George las indessen aus Alfreds Genfer Brief heraus, wie weit er sich innerlich von ihr entfernt hatte. Das mißfiel ihr sehr.

Sie verschwieg ihrem Pietro die Verstimmung, die Alfred ihr bereitet hatte, und Pietro verschwieg George die schweren Bedenken seines Vaters.

Während ihrer Wanderung war George die Idee zu einer Reihe von Artikeln gekommen, die für die »Revue des deux Mondes« geeignet waren. »Briefe eines Reisenden« wollte sie sie nennen. Der erste dieser Briefe sollte sich mit Alfred befassen und auf verklausulierte Weise ihre Trennung erklären.

Vorher allerdings mußte Alfred ihn gutheißen. Wenn er das tat, wenn er sich also zu ihr bekannte, brauchte sie sich keine Sorgen mehr zu machen.

Es bedurfte eines langen Anlaufs, bevor sie in ihrem nächsten Brief an ihn zur Sache kam. Erst schilderte sie die enorme Erleichterung, die sie darüber empfunden hatte, daß er wohlbehalten in Genf angekommen war. Dann erklärte sie, daß sie nicht hoffen könne, jemals glücklich zu sein bei dem Gedanken, Alfreds Herz verloren zu haben. »... Ob ich Deine Geliebte war oder Deine Mutter, das ist nicht wichtig. Ob ich Dir Liebe oder Freundschaft eingeflößt habe, ob ich glücklich oder unglücklich mit Dir war, all das ändert nichts an meinem augenblicklichen Seelenzustand. Ich weiß, daß ich Dich liebe, und das ist alles!... Oh, wie sehr brauche ich doch Deine Zärtlichkeit und Deine Verzeihung!... Du hast ganz recht, unsere Umarmungen waren Inzest...«

Das Wort »Inzest« brachte ihr das ärgerliche Gespräch in Erinnerung, das Alfred und sie nach der Besichtigung des armenischen Klosters geführt hatten. Alfred hatte mit schwärmerischem Neid von dem Inzest gesprochen, den Lord Byron mit seiner Halbschwester begangen haben sollte. Womöglich empfand Alfred eine Art von Befriedigung dabei, denselben Begriff auf seine und Georges Umarmungen anwenden zu können. Und nun hatte sie ihm auch noch zugestimmt, ihn bei seinen ihr verhaßten Gedankenspielen bestätigt! Da stand es nun, das Wort, und sie konnte und wollte es nicht zurücknehmen. Aber es ärgerte sie.

Ohne ihre Verstimmung ganz verbergen zu können, schrieb sie weiter. »An einem Tag, als Du im Fieber lagst, warfst Du mir im Delirium vor, Dir nie die Freuden der Liebe gegeben zu haben...« Mit dieser Bemerkung hatte Alfred sie damals an ihrer verletzlichsten Stelle getroffen. Sie wollte so gern eine Virtuosin der Liebe sein, aber immer wieder wurde sie von Selbstzweifeln abgelenkt und gestört.

»Damals habe ich geweint«, fuhr sie fort, »aber jetzt glaube ich zu wissen, daß etwas Wahres an diesem Vorwurf ist. Ich bin froh darüber, daß diese Freuden nüchterner waren, verschleierter als die, die Du anderweitig finden kannst. Zumindest wirst Du Dich nicht in den Armen anderer Frauen an mich erinnern. Aber wenn Du allein bist, wenn Du beten oder weinen mußt, dann wirst Du an Deinen George denken, an Deinen Kameraden, Deine Krankenschwester, Deinen Freund, an etwas, das so viel wertvoller ist als alles andere...«

Das schien ihr ein guter Übergang zu ihrem Anliegen.

»A propos, ich habe vor, Dir einen langen Brief über meine Reise in den Alpen zu schreiben, den ich in der ›Revue‹ veröffentlichen möchte, wenn Du damit einverstanden bist. Ich schicke ihn Dir, sowie er fertig ist. Wenn Du nichts daran auszusetzen hast, gib ihn Buloz. Solltest du Korrekturen oder Striche machen wollen, brauche ich Dir nicht erst zu sagen, daß Du über Leben und Tod aller meiner Manuskripte entscheiden kannst, in der Vergangenheit, der Gegenwart und der Zukunft. Wenn Du meinen ›Brief eines Reisenden‹ unbrauchbar findest, wirf ihn einfach ins Feuer!«

Nachdem sie alles gesagt hatte, was es über ihren noch nicht einmal begonnenen Artikel zu sagen gab, suchte sie Alfred mit einer frei erfundenen Schilderung ihres Privatlebens zu amüsieren.

»Ich lebe vollkommen allein«, schrieb sie. »Rebizzo besucht mich morgens auf eine halbe Stunde. Pagello kommt abends zum Essen und geht wieder um acht Uhr. Er ist sehr mit seinen Patienten beschäftigt. Seine frühere Maitresse ist aufs neue von einer wilden Leidenschaft für ihn entbrannt, da sie glaubt, er sei ihr untreu. Er ist so gütig und sanft, daß er nicht den Mut aufbringt, ihr zu sagen, daß er sie nicht mehr liebt... Diese Frau kommt oft zu mir und fleht mich an, ihr zu einer Versöhnung mit ihm zu verhelfen. Damit würde ich aber beiden einen schlechten Dienst erweisen, denn Pagello ist ein Engel an Geduld, und sie ist eine Furie...«

Pietro lese ihr jeden Wunsch von den Augen ab, schwärmte sie weiter. Er sei der beste Freund und eine Seele von Mensch. Dann klagte sie, sie könne sich der Neugierigen nicht erwehren, die versuchten, in ihre einsame Zelle einzudringen. Irgendwelche hochnäsigen Frauenzimmer hätten ihre Romane gelesen und herausgefunden, daß sie in Venedig lebe. Dauernd erhielte sie Einladungen, die sie aber nicht annehme, da sie die Einsamkeit vorzöge. Wie eine Göttin in einer Wolke verschwinde, hülle sie sich in den Rauch ihrer Pfeife und verriegele die Tür ihrer Zelle.

Nach einer liebevollen Verabschiedung fügte sie noch

eine Nachschrift hinzu: »Bitte schicke mir zwölf Paar Glacéhandschuhe, sechs crêmefarbene und sechs bunte!«

Die Disziplin, die Alfred sich nach seiner Abreise aus Venedig auferlegt hatte, brach in Genf zusammen. Er fühlte sich so schwach, daß er für die Weiterreise nach Paris acht volle Tage brauchte.

Immer wieder fragte er Antonio, ob er denn, wie er es versprochen hatte, auch täglich Berichte an Madame Sand geschickt habe. Antonio bejahte das stets, da er nie zugegeben hätte, daß er nicht schreiben konnte. Der Arme bereute tief, seine venezianische Heimat verlassen zu haben. Das Reisen machte ihm wenig Freude.

Alfreds dumpfe Erschöpfung verwandelte sich in eine Nervosität, die zunahm, je näher sie Paris kamen.

Als schließlich der Mietwagen, der sie zu später Stunde von der Pariser Posthalterei in die Rue de Grenelle brachte, vor dem Haus Nummer 55 hielt, konnte Alfred nur noch mit Antonios Hilfe aussteigen.

Mühsam schleppte er sich die Treppe hinauf. Aber da hatte Paul ihn schon entdeckt und lief ihm entgegen. Seine Begrüßung war so herzlich, daß Alfred Mut schöpfte.

In der offenen Wohnungstür standen die Mama und Herminie.

Alfred fühlte sich wie ein Ertrinkender, der im letzten Augenblick das rettende Ufer erreicht.

In seinem blitzblanken Zimmer standen mit Blumen gefüllte Vasen und das Bett, mit seiner strahlend weißen Wäsche sah unsagbar einladend aus nach den armseligen Übernachtungsmöglichkeiten in den Herbergen unterwegs.

Schnell wurde ein Imbiß für ihn angerichtet.

Alfred aß und trank fast wortlos. Die Mama und die beiden Geschwister saßen ihm gegenüber und betrachteten ihn genau. Die Mama fand, er habe etwas abgenommen, sehe vielleicht auch um eine Schattierung blasser aus als früher, aber das würde sich alles schnell ändern, nun, da er wieder zuhause sei.

Während Antonio ihm beim Entkleiden half, schlief Alfred fast schon ein und wachte erst auf, als die Sonne hoch am Himmel stand.

Seinen Kaffee und sein Croissant nahm er im Bett sitzend zu sich und schlief schon wieder, als Antonio erschien, um ihn zu rasieren.

Alfred blieb eine Woche lang im Bett und ließ sich verwöhnen.

Paul saß oft auf dem kleinen Fauteuil neben dem Fußende, stellte keine Fragen, hörte aber begierig zu, wenn Alfred von sich aus recht zusammenhanglose Berichte über sein Leben in Venedig gab. Pauls Zurückkhaltung tat Alfred wohl. Er begann ruhiger zu werden.

Einmal kam ihn die Mama besuchen. Sie war die einzige, die Georges Namen erwähnte.

»Die Baronin Dudevant war so liebenswürdig, mir recht oft zu schreiben. Dabei machte sie deutlich, mit welcher Aufopferung sie dich gepflegt hat«, sagte sie und lächelte dabei so verschmitzt, daß Alfred endlich wieder einmal lachen konnte.

»Ja«, stimmte er ihr zu. »Sie wird uns ihre Aufopferung nicht so bald vergessen lassen!«

»Ich bin ihr trotzdem sehr dankbar und nehme an, das bist du auch.« Damit erhob sie sich, küßte Alfred auf die Stirn und ließ ihn wieder allein.

George hatte Alfred in Venedig die erste Hälfte ihres neuen Romans »Jacques« in die Hand gedrückt und ihn beauftragt, Buloz das halbe Werk zu überbringen. Dabei sollte er versuchen, einen Vorschuß für sie herauszuschlagen.

Sowie Alfred sich stark genug fühlte, machte er sich auf den Weg.

Buloz war ein kluger Verleger und ein gerissener Geschäftsmann. Die Wahl der Autoren, deren Arbeiten er in der »Revue des deux Mondes« veröffentlichte, bewies sein finanzielles Gespür und seinen künstlerischen Instinkt. Geschickt mischte er das, was er reine Kunst nannte, nämlich Poesie, mit publikumswirksamen Romanen, die er vorwiegend für Gegenwartsliteratur ohne Ewigkeitswert hielt. Es waren aber die Romane, die seine Zeitschrift zu einem guten Geschäft machten.

Buloz empfing Alfred so freudig, als sei er ein heimgekehrter Sohn. Er umarmte ihn und zerrte ihn dann förmlich ans Fenster, um ihn besser ansehen zu können. Schließlich erklärte er ihn für so gut wie neu und verschwieg, daß Alfred elend aussah und über seine jungen Jahre hinaus erwachsen geworden war.

»So! Mit Ihnen bin ich zufrieden«, versicherte er seinem Gast, als beide Platz nahmen. »Und wie geht es Madame Sand?«

»Sie hat meinetwegen sehr viel durchmachen müssen...«, begann Alfred und wurde sofort von Buloz unterbrochen.

»Darüber hat sie niemanden im Zweifel gelassen«, erklärte er. »Sie unterhält, wie Sie ja wissen, eine umfangreiche Korrespondenz. Alle Empfänger ihrer Briefe wurden über die Opfer, die sie Ihnen bringen mußte, ausführlichst unterrichtet. Was ich wissen will ist, mit wem lebt sie in Venedig? Wer ist Ihr Nachfolger, Musset?«

Auf eine so direkte Frage war Alfred nicht vorbereitet. »Das weiß ich wirklich nicht genau...«, stammelte er.

»Aber ungenau werden Sie's doch wissen?« beharrte Buloz.

Alfred mußte lachen. »Nein. Nicht einmal ungenau.«

»Heißt das, Sie haben sie einfach im Stich gelassen und sind abgereist? Das sieht Ihnen gar nicht ähnlich.«

Musset fand es zusehends schwerer, den Fragen des gewitzten Verlegers auszuweichen. »Jedenfalls ist sie in Venedig nicht ohne Freunde«, gab er vorsichtig zu. Und als Buloz gnadenlos darauf drängte, dann wenigstens Näheres über diese Freunde zu hören, fiel schließlich der Name Pagello.

Buloz' Augen leuchteten auf. Für ihn bestand kein Zweifel mehr darüber, daß er auf der richtigen Fährte war. Ein Mann namens Pagello war Georges neuer Liebhaber. Jetzt war er bereit, über Geschäfte zu reden. Er nahm den halben »Jacques« entgegen, erklärte aber entschieden, daß Madame keinen einzigen Franc erwarten könne, bevor er nicht das ganze Manuskript in Händen hielte.

Nachdem Alfred die Redaktion verlassen hatte, schlenderte er planlos durch die Straßen, erreichte das Ufer der Seine und stand schließlich vor dem Haus Quai Malaquais Nummer 19. Er hatte den Besuch von Georges Wohnung hinausschieben wollen, aber nun war er hier gelandet am allerersten Tag, an dem er sich gut genug fühlte, um auszugehen. Er redete sich ein, zufällig hierher gekommen zu sein und wußte doch, daß es kein Zufall war, sondern eher ein Zwang. Vielleicht auch nur eine liebe Gewohnheit.

Er erwog umzukehren, aber schon händigte ihm die Concierge wie eh und je den Schlüssel zu Georges Wohnung aus und erkundigte sich nach Madames Befinden.

Langsam und etwas atemlos erstieg er die Treppe, schloß auf und betrat die Wohnung.

Der Anblick, der sich ihm bot, traf ihn unvorbereitet. Die Möbel waren mit weißen Leintüchern bedeckt, die Fenster vorhanglos. Er wanderte weiter ins Schlafzimmer. Auf dem Bett lag die nackte Matratze. Das war die Wohnung einer Verstorbenen. Nichts Lebendiges erinnerte an ihre Bewohnerin.

Melancholisch streckte er sich auf der Matratze aus und versuchte, sich die Nächte ins Gedächtnis zurückzurufen, die er hier verbracht hatte. Es gelang ihm nicht. Er kramte in seinem Kopf nach Erinnerungen an diese tote Wohnung.

Ja! George und er hatten vor dem Feuer gesessen, sich abwechselnd Goethes »Wahlverwandtschaften« vorgelesen und lange darüber diskutiert. Weiter? Ihm fiel Solange ein, die verspielt und von den Erwachsenen kaum beachtet ihr eigenes Kinderleben geführt hatte. Ja, was noch? Einmal hatte Alfred auf Georges Drängen, sich als Dienstmädchen verkleidet, als sie Gäste erwartete, die ihn nicht kannten. George hatte sich köstlich amüsiert, aber die Gäste nicht. Sie waren schockiert, so daß George schnellstens sein Inkognito lüften mußte.

Waren das Erinnerungen an eine Liebe? Nein, bestimmt nicht. Eher an eine Ehe. Diese Vorstellung ließ Alfred laut lachen, so absurd schien es ihm, sich selbst als Ehemann und George als seine Frau vorzustellen.

Warum trauerte er eigentlich dieser toten Liebe nach? War es, weil sie länger gedauert hatte als irgendeine seiner früheren, immer kurzlebigen Beziehungen? Er versuchte, sich an diese meist käuflichen Mädchen oder lüsternen Gattinen zu erinnern. Sein Gedächtnis hatte nur das Maß an Vergnügen oder Enttäuschung registriert, das sie ihm bereitet hatten. Kaum ein Gesicht. Vielleicht noch die Inspiration zu ein paar Verszeilen. Er kam sich unmenschlich vor.

George war die einzige Frau in seinem Leben, bei der die Erotik keine allzu große Rolle gespielt hatte, und die doch wichtiger war als alle anderen ... oder es noch immer ist?

Sollte er schon so alt sein, daß ihm Freundschaft – die

von George immer als Liebesersatz beschworene Kameradschaft – mehr bedeutete als das andere? Als das, was sie weder geben noch empfinden konnte? Ersehnte er, der sich immer noch als Kind fühlen wollte, einen Gedankenaustausch? Geschwisterliche Diskussionen?

Bei diesem Gedanken schüttelte er sich vor Entsetzen und konnte ihn doch schwer verdrängen. Alfred stand auf, ging noch einmal abschiednehmend durch die Wohnung und verließ sie.

Wenige Tage später berichtete er George vom Scheitern seiner Mission bei Buloz. Weiterhin erzählte er, daß ihre Wohnung in Leintüchern verhüllt auf sie warte und daß er einer Einladung des Grafen d'Athon-Shée gefolgt sei. Der Graf hätte ihm ein albernes junges Ding von der Oper als Tischnachbarin zugeteilt, aber er sei nicht imstande gewesen, sich mit ihr zu unterhalten, habe sich bald verabschiedet und sei gegangen. Trotz dieses Debakels sei er entschlossen, sein altes Bummelleben wieder aufzunehmen.

Er konnte es sich nicht verkneifen, George nach ihrem Liebesleben zu fragen. »Sag mir, mein Kind, ob Du Dich schon diesem Mann hingegeben hast, den Du liebst. Erzähl mir von deinen Freuden... nein! Erzähl mir nichts! Sag mir nur, ob Du liebst und geliebt wirst. Ich... ich fühle mich einsam, aber die Kraft kommt wieder, denn ich bin jung und werde nicht sterben, solange noch Saft und Frische in mir ist.«

Dann fügte Alfred seinem Brief noch ein Resumé seiner Überlegungen hinzu. »Nicht meine Geliebte fehlt mir, sondern mein Kamerad George. Ich brauche keine Frau, ich brauche Deinen Blick, der mir antwortet. Du hast keine unerwünschte Liebe mehr von mir zu befürchten, keine Eifersucht, nur eine tiefe Traurigkeit.«

»Du bist ein Bösewicht, mein kleiner Engel!« antwortete George, und beklagte sich bitterlich, daß er so lange nicht geschrieben hatte. Sie habe in tödlicher Angst um ihn gelebt. »Es tut mir weh, daß Du mit Deiner armen Gesundheit so leichtsinnig umgehst! Auf Knien flehe ich Dich an, noch keinen Wein! Noch keine Frauen! Es ist zu früh! Denke an Deinen Körper, der nicht so kräftig ist wie Dein Geist, und den ich in meinen Armen gehalten habe, als er dem Sterben nahe war. Gib Dich derartigen Vergnügungen erst hin, wenn die Natur es gebieterisch von Dir verlangt und suche sie nicht als Heilmittel gegen den Kummer und die Langeweile. Geh sparsam mit dem Leben um, daß ich Dir vielleicht durch meine Nachtwachen und meine Pflege erhalten habe. Gehört mir deshalb nicht auch ein Teil davon? Erlaube mir, das zu glauben und ein wenig eitel darauf zu sein, einige Mühen meiner nutzlosen und törichten Existenz geopfert zu haben, um das Leben eines Mannes wie Dich zu retten.«

Endlich kam sie auf ihr wirkliches Anliegen, für das sie Alfred mit ihren schmeichelhaften Behauptungen nun ausreichend vorbereitet zu haben hoffte. »Einliegend findest Du diesen ›Brief eines Reisenden‹, von dem ich Dir erzählte. Ich habe ihn einfach so hingeschrieben, ohne an diejenigen zu denken, die ihn lesen werden. Ich suchte lediglich einen Vorwand, um in den höchsten Tönen von meiner Zärtlichkeit für Dich zu sprechen und so all denen das Maul zu stopfen, die behaupten werden, Du hättest mich ruiniert und verlassen.«

Sie wiederholte, daß er damit machen könne, was er für richtig halte, denn er sei ja in die Welt zurückgekehrt, die einmal auch die ihre war, die ihr aber jetzt, in ihrer Abgeschiedenheit, fremd geworden sein könnte.

»Ich befinde mich in einem seltsamen Gemütszustand«, fuhr sie fort, »zwischen einer Existenz, die noch nicht ganz beendet ist und einer anderen, die noch nicht begonnen hat. Ich warte, ich lasse mich treiben, ich arbeite, beschäftige das Gehirn und erlaube meinem Herzen sich auszuruhen.«

Dann ließ sie eine durch und durch unglaubwürdige Schilderung ihres Lebens in Venedig folgen, das ihr täglich neue Verwirrungen, Verknüpfungen, Tragödien und Komödien beschere, da Pagello sich als ein Don Juan entpuppt habe, um den sich vier Frauen gleichzeitig bemühten. Eine dieser Frauen habe ihm in einem Anfall von rasender Eifersucht ein ganzes Büschel Haare ausgerissen und seine schöne Weste zerfetzt, die George ihm bestickt hatte und die er deshalb besonders liebte.

Alfred ging nie auf diese phantasievollen Geschichten ein, die hin und wieder in ihren Briefen auftauchten. Das erwartete sie auch nicht von ihm. So war er auch keineswegs erstaunt, als er die von ihre beschriebene Szene später in »Jacques« wiederfand, dem Roman, der ihr so große Schwierigkeiten bereitet hatte.

Jetzt war er nur begierig, Georges Artikel zu lesen.

Die Überschrift lautete »Für einen Poeten!«. Damit war unmißverständlich er selbst gemeint.

In langen, romantisch ausgeschmückten Sätzen beschrieb George die Gedankengänge des Reisenden, der ebenso unmißverständlich sie selbst war, obwohl sie ihre Ich-Rolle hinter einer maskulinen Tarnung versteckte.

Der Reisende befand sich in strömendem Regen auf einer Fußwanderung durch das Tal der Brenta. Seine Gedanken galten dem Poeten, der schwere Qualen durchlitt. »Hattest du eine große Sünde zu sühnen, um auf dem Altar des Schmerzes als Opfer zu dienen?« fragte er. »Weiß man in deinem Alter schon, was gut und böse ist? Du fühltest dich jung und glaubtest, das Leben und das Vergnügen seien ein und dasselbe.« Der Reisende erinnerte sich, wie der junge Poet der Sinnenlust verfällt, »bald zynisch ist und wild wie eine Ode des Altertums, bald keusch und sanft wie das Gebet eines Kindes«. Der Reisende beschreibt, wie seine besorgten Gebete an die Vorsehung erhört werden, was zur Folge hat, daß er dem Poeten wieder ein Freund sein kann. Schließlich trennt sich der Reisende von dem Poeten, der »in jugendlicher Kraft zu Liebe und Ruhm dem Leben wiedergegeben wurde«, und kehrt einsam nach Venedig zurück. »Ein Mann erwartet mich auf den Stufen der Piazzetta. ›Mut!‹ sagt er zu mir. ›Ja‹, antwortete ich ihm. ›Dasselbe Wort rieft Ihr mir zu in jener Nacht, als er sterbend in unseren Armen lag, als wir glaubten, er hätte nur noch eine Stunde zu leben. Jetzt ist er gerettet, er reist, er findet sein Vaterland wieder, seine Mutter, seine Freunde, seine Vergnügungen. Das ist gut. Aber ich, ich sehne mich nach jener furchtbaren Nacht, wo sein bleiches Haupt an Eurer Schulter und seine kalte Hand in der meinen lag. Er ist fort. Wir haben es so gewollt. Er ist nicht mehr bei uns und wir... wir sind der Verzweiflung preisgegeben...‹«

Obwohl Alfred genau erkannte, was George mit ihrem Artikel bezwecken wollte, konnte er die Rührung nicht unterdrücken. Beim Lesen hatte er unwillkürlich Georges Stimme gehört, hatte ihre Art zu akzentuieren, ihre Art kleine Pausen zu machen, nachvollzogen. Er verspürte Sehnsucht nach vergangenen Zeiten.

Er überwand sich, packte die Bogen zusammen und machte sich auf den Weg in die Redaktion der »Revue«.

Buloz saß hinter seinem Schreibtisch und nahm die Bogen entgegen. Als erstes zählte er sie, wobei er immer wieder den Finger mit der Zunge anfeuchtete. Dann begann er laut vorzulesen. Seine völlig unbeteiligte Stimme vertrieb Alfreds Rührung gründlich.

»George läßt an Deutlichkeit nichts zu wünschen übrig«, erklärte er, indem er die letzte Seite hinlegte, und klang amüsiert. »Sie weiß, was gut für sie ist, und sie hat recht damit! Sie stopft gewissen Leuten ein für allemal das Maul!« Jetzt blickte er Alfred aufmerksam an. »Das war doch wohl ihre Absicht?«

»Ich weiß es nicht genau«, sagte Alfred etwas vage.

»Aber Sie haben nichts dagegen, daß der ›Brief‹ in der ›Revue‹ erscheint?«

Alfred zuckte die Achseln. »Nein... wohl nicht...«, und dann fragte er fast verwundert: »Sollte ich etwas dagegen haben?«

»Nein! Ganz und gar nicht! Das sollten Sie nicht!« donnerte Buloz. »Der ›Brief‹ wird Aufsehen erregen! Und das ist immer gut.«

Alfred erwähnte, daß George ihn gebeten hatte, kleine Schönheitsreparaturen an dem Artikel durchzuführen. »Mit Eigenschaftswörtern ist sie wieder so freigebig umgegangen wie eh und je!«

Buloz erhob sich lachend von seinem Stuhl. »Dagegen gibt es ein Mittel! Setzen Sie sich an meinen Schreibtisch und streichen Sie jedes Adjektiv, das Sie stört. Verbessern Sie gleich auch die Orthographie! Die ist nicht Georges Stärke! Und wenn Sie fertig sind, geben Sie die Seiten gleich runter in die Setzerei!«

»Was kann ich Dir sagen, meine Vielgeliebte?« schrieb Alfred an George, als er erschöpft zuhause angelangt war. »Dein ›Brief‹ wird am Fünfzehnten in der ›Revue‹ erscheinen. Also in sechs Tagen.

Oh, beste, geliebteste aller Frauen, ich bin verloren! Ich versuche ruhig zu sein, wenn ich Dir schreibe. Ich rede mir gut zu. Ich zwinge mich.

Du sagst, Du seist in einem seltsamen Gemütszustand, zwischen einem Leben, das nicht zu Ende ist und einem anderen, das noch nicht begonnen hat. Und ich? Wo, glaubst Du, bin ich? Man sagt, Zeit heilt alles. Aber als ich in Paris ankam, war ich hundertmal stärker als heute. Alles um mich herum stürzt zusammen. Wenn ich morgens in Tränen ausbreche, wenn ich Dein Bild mit Küssen bedecke, Deinem Phantom Narrheiten zuflüstere, die mich erzittern lassen, sage ich mir, daß ich auf irgendeine Weise damit Schluß machen muß. Dann versuche ich mich zu zerstreuen.

Besuche ich einen Freund, rät er mir, ein Bordell zu frequentieren. Gehe ich in Gesellschaft, stellt man mir eine Madame soundso vor, die Lust hat, ihre kleine Kollektion zu vervollständigen... Gott weiß, womit! Sollten meine Sinne mich zu einer Hure treiben... ich weiß nicht, was dann passieren würde. Ich glaube, daß ich sie, wenn die Krise kommt, brüllend erdrosseln würde. Ich traue mich also nicht einmal zu einer Hure. Ich habe Angst vor mir selbst. Und wo findet man ein junges Mädchen, das unverdorben ist, nicht kindisch, nicht prüde, nicht zudringlich und deren einziges Ziel nicht die Heirat ist? Für immer und ewig? Und untrennbar?!

Du richtest Deinen ›Brief eines Reisenden‹ an einen Mann, der von morgens bis abends solche Überlegungen anstellt, solche Träume träumt. An mich! An mich! Diesen großartigen Brief, meine George! Nie zuvor hast Du etwas so Schönes geschrieben, so Göttliches! Und diese Frau habe ich in meinem Armen gehalten, sie ist meine Schwester, meine Freundin. Sie hat es mir gesagt. Und doch gibt es zwischen uns einen ewigen Abgrund...

Sage Pagello, daß ich ihm schreiben wollte, es aber nicht konnte. Ich liebe ihn aufrichtig und aus vollem Herzen. Aber ich kann ihm nicht schreiben. Und zum augenblicklichen Zeitpunkt wird er wohl auch wissen, warum.«

Mehr noch als Alfreds Brief erfreuten George ein paar Zeilen von Buloz. Der Verleger schrieb:

»Alfred hat mir Ihren ersten Artikel aus der geplanten

Reihe gebracht. Wir haben gemeinsam einige, wenige Worte gestrichen, und das Ganze erscheint in der heutigen Nummer. Ehrlich, meine liebe George, Sie haben Fortschritte gemacht. Ihr ›Brief‹ ist poetisch und kraftvoll.«

Buloz geizte mit solchen Komplimenten. Daher waren sie doppelt wertvoll. George fühlte sich ermutigt und beschwingt.

Sie beschloß, zur Feier des Tages für Pagello ein gutes Mahl zu kochen und sogar den oft zitierten Rebizzo einzuladen.

Georges Zusammenleben mit Pagello hatte verheiratete Züge angenommen, mit allen Merkmalen einer harmonischen Ehe. Ohne daß Pagello sich jemals darüber beklagte, fand George ausreichend Zeit zu arbeiten und zwar tags, während er seine Patienten besuchte. Ihre alte Gewohnheit, nachts zu arbeiten, die ihr früher unverzichtbar erschienen war, hatte sie ohne Schwierigkeiten abgelegt. Wenn er nach Hause kam, putzte er mit bimssteinhaltiger Seife die Tintenflecke von ihren Händen und küßte die sauberen Finger. Das war das Signal zum Feierabend.

Georges Korrespondenz mit den alten Freunden war wieder in vollem Schwung. Sie schilderte ihnen ihr klösterliches Dasein, das sie als das Leben eines philosophierenden Eremiten beschrieb, und behauptete, sie wohne in einer Mönchszelle. Als Grund für ihr Verbleiben in Venedig gab sie an, daß sie dort viel billiger leben könne als im teuren Paris. Pagellos Existenz wurde in all ihren Berichten – außer in denen an Alfred natürlich – einfach totgeschwiegen.

Pagello liebte seine George ohne Einschränkung von ganzem Herzen und fühlte sich ebenso geliebt. Es gab nur zwei Themen, die gelegentlich zu kleinen Differenzen führten.

Er bat George immer wieder, ihre Bücher lesen zu dürfen. Er bot sogar an, sie selbst ins Italienische zu übersetzen und einen Verleger dafür zu finden, aber George weigerte sich hartnäckig.

»Was steht in deinen Romanen, das ich nicht wissen sollte?« fragte er enttäuscht.

»Nichts!« behauptete sie. »Keine Geheimnisse.«

»Warum darf ich sie dann nicht lesen?«

»Du sollst mich so sehen, wie ich in Wahrheit bin. Ich habe Angst, du könntest glauben, ich sei irgendeine der Figuren aus meinen Büchern. Das bin ich nicht! Ich bin deine George, das ist alles. Genügt dir das nicht?«

Es mußte ihm genügen. Aber eine gewisse Neugier nach der George, die er nicht kennenlernen durfte, konnte er nicht unterdrücken.

Das zweite Mißverständnis war ernster.

In den Zeiten im Danieli und noch danach hatte George ihm zu verstehen gegeben, daß sie das Opfer von Alfred de Musset sei, daß sie unendliche Leiden unter diesem dem Wahnsinn nahen, egoistischen Sadisten zu erdulden hätte. Pagello fühlte sich als ihr Retter.

Aber jetzt korrespondierte George auf das liebevollste mit eben dem Mann, vor dem Pagello glaubte, sie errettet zu haben. Obendrein forderte George ihn immer auf, ihre Briefe an Alfred und Alfreds Briefe an sie zu lesen.

Pagello las, verstand das Geschriebene nur halb, erkannte aber, daß zwischen den beiden Briefschreibern eine Bindung bestand, die die Trennung überdauert hatte. Das enttäuschte ihn.

George verlangte sogar von ihm, daß auch er an Alfred schreiben solle, aber Pagello weigerte sich, genau wie Alfred es getan hatte.

Unabhängig voneinander waren beide Männer der Meinung, daß es nicht gut sei, einen verabschiedeten Geliebten und dessen Nachfolger in ein romantisches Freundschaftsverhältnis drängen zu wollen, wie George es gern gehabt hätte, aber nicht erreichen konnte.

Dies war das Leben, das George als eine Zwischenzeit empfand, zwischen dem Vergangenen – mit Alfred –, das noch nicht beendet war, und dem neuen Leben, das noch nicht begonnen hatte und das noch keinen Namen trug.

In der Harmonie ihres venezianischen Daseins fehlte ihr die Disharmonie, die Reibung, die aus ihrem unruhigen Herzen Funken schlagen konnte. Pagello war kein Ziel, er war ein Übergang. Wohin er führen würde, das wußte sie noch nicht.

13

Es gab ein Datum, das dem friedlichen Leben ein zumindest vorläufiges Ende bereiten mußte. Das war der 18. August.

An diesem Tag wurden die Schüler des Kollegiums Henri IV mit einer großen Feier in die Sommerferien entlassen. Die Eltern der Schüler wurden eingeladen, und es war unausweichbar, daß auch George am Arm ihres Gatten zugegen sein mußte. Das erwartete die Schule von ihr, das erwartete Casimir, und vor allem erwartete es Maurice, der gerade in Abwesenheit seiner Mutter elf Jahre alt geworden war.

George liebte ihren Sohn abgöttisch. Davon war sie überzeugt. Aber ohne große Skrupel zu empfinden, hatte sie ihn sieben Monate lang nicht gesehen.

Der 18. August rückte bedenklich schnell näher.

George hatte Alfred geschrieben, daß sie an diesem Datum in Paris sein müsse, dann die Ferien in Nohant verbringen wolle, um danach schnellstens nach Venedig zurückzukehren. Das gleiche schrieb sie allen Freunden in Paris. Auch Pagello wußte Bescheid.

Wann immer sie die bevorstehende Reise zur Sprache brachte, bewölkte sich sein Gesicht, und er wurde schweigsam.

»Warum kommst du nicht mit?« fragte sie ihn eines Tages.

Pagello wehrte ab. Der unbekannte Ehemann flößte

ihm weitaus mehr Respekt ein als Alfred, den er gut zu kennen glaubte.

George lachte. »Ich werde Casimir bitten, dich nach Nohant einzuladen. Ich möchte, daß du meine Kinder kennenlernst, daß du siehst, wo ich geboren wurde, wo ich aufgewachsen bin ...«

Pagello schüttelte immer wieder traurig den Kopf.

George schlang die Arme um seinen Hals und küßte die sorgenvolle Stirn. »Du mußt mit mir kommen, damit ich dich nicht vergesse! Damit wir beide gemeinsam hierher zurückkehren können. Bitte, Pietro, laß mich nicht allein reisen!«

Ihre Worte weckten in ihm die Hoffnung, daß sie es mit der Rückkehr nach Venedig ernst meinte. Plötzlich erschien ihm das Undenkbare denkbar. Er, Pietro Pagello, würde mit seiner Geliebten nach Paris reisen, der Stadt, in der sie bekannt und berühmt war. Er würde an ihrer Seite stehen, alle würden ihn sehen. Das waren Wunschvorstellungen, an deren Verwirklichung er nie geglaubt hatte, die aber nun plötzlich in den Bereich des Möglichen rückten.

George merkte, daß er noch schwankte. Sie glaubte, der Gedanke, Alfred wiedersehen zu müssen, hielte Pietro davon ab, mit ihr zu kommen. Um ihm dieses Wiedersehen erträglicher zu machen, zwang sie ihn regelrecht, nun endlich an Alfred zu schreiben.

Mit dem Traum von Paris im Kopf setzte er sich schließlich an den Schreibtisch.

»Lieber Alfred«, schrieb er. »Bisher haben wir nie miteinander korrespondiert. Vielleicht weil keiner der erste sein wollte. Dies ist aber kein Hindernis für die stumme Korrespondenz der Sympathie, die uns miteinander verbindet. Für uns ist sie etwas Erhabenes, anderen ist sie unverständlich. Ich bin glücklich, Sie bei guter Gesundheit und stark im Geist zu wissen.«

Er las durch, was er mühsam zu Papier gebracht hatte, und fand es recht kühl. Daher beendete er seinen Brief mit sehr italienischer Übertreibung: »Adieu, mein guter Alfred, lieben Sie mich so, wie ich Sie liebe! Ihr aufrichtiger Freund Pietro Pagello.«

George fügte Pagellos Brief noch ein paar Zeilen hinzu, erklärte, daß Pietro noch zögere, sie nach Paris zu begleiten und bat Alfred, ihm gut zuzureden.

Alfred war nicht erfreut über die Aussicht auf ein Wiedersehen mit seinem Rivalen, aber unter den Umständen blieb ihm keine Wahl.

»Mein Lieber«, schrieb er, »es war sehr nett von Ihnen, mir ein wenig zu schreiben. Ich sage ›ein wenig‹, denn das ist immerhin etwas mehr als gar nicht. Wie klein auch das Stückchen Papier sein mag, auf dem Sie mich Ihrer Freundschaft versichern, so ist es doch hochwillkommen. George schreibt, daß Sie sich nicht entschließen können, sie nach Paris zu begleiten. Mein Freund, Sie müssen sie begleiten oder sie nicht abfahren lassen! Eine Frau sollte nicht dreihundert Meilen allein reisen. Ich weiß genau, sie wird behaupten, sie sei so stark wie ein Türke! Aber ich sage Ihnen ganz leise ins Ohr, daß der kleinste Türke viel stärker ist als die stärkste Frau Europas! Glauben Sie mir, der ich kein Türke bin, und kommen Sie mit! Wenn Sie neugierig sein sollten ihn zu sehen, verspreche ich Ihnen einen Ihrer besten Freunde zu zeigen, nämlich Alfred de Musset.«

Alfred glaubte nicht, daß sein Brief Pagello erfreuen könnte, hoffte aber, daß er George amüsieren würde.

Obwohl er George immer wieder versichert hatte, daß er dem Wiedersehen mit glühender Sehnsucht entgegenfiebere, erwog er jetzt, wo es in unmittelbarer Nähe bevorstand, zu fliehen, denn er zweifelte keinen Augenblick daran, daß es George gelingen würde, Pagello zum Mitkommen zu überreden. Er dachte an Aix-les-Bains, an Baden-Baden, sogar an das Land, wo die starken Türken wohnten, an Konstantinopel.

Aber er konnte nur denken, nicht reisen. Wie sollte er eine Reise finanzieren, da er noch immer nicht imstande war zu arbeiten. Woher kam diese Unfähigkeit, die ihn auf der Stelle treten ließ, wo er doch so gern vorwärts gestürmt wäre.

Seine Gedanken kreisten immer mehr um George. George war sein aufrichtiger Kamerad, der es ehrlich mit ihm meinte, der ihn noch nie belogen hatte! Die »langweilige Gouvernante« war vergessen und hatte einem verklärten Bild voller Güte, Fürsorge und edler Freundschaft Platz gemacht. Er schrieb ihr, daß er seine alten Kumpanen meide und das lockere Leben von früher aufgegeben habe. »Sei stolz, meine tapfere George, Du hast aus einem Kind einen Mann gemacht! Sei glücklich, sei gesegnet und verzeih mir! Was wäre ich ohne Dich... ohne Deine Liebe...«

Alfred mochte recht mit der Feststellung gehabt haben, daß er nun kein Kind mehr sei. Das hätte er schon längst nicht mehr sein sollen. Aber von einem entschlossenen Mann war er noch meilenweit entfernt. Das war ein Ziel, das er bis zu seinem Tod niemals erreichte.

Er konnte nicht schlafen, sich nicht konzentrieren, der Kopf schmerzte, und nach qualvollen Stunden vor einem leeren Bogen Papier fieberte er. Er versuchte seinen Zustand vor dem Bruder zu verbergen, aber das gelang ihm nicht.

Eines Tages erschien Paul in Begleitung von Doktor Brasseur, dem alten Hausarzt der Familie. Er hatte ihm von Alfreds Temperaturen erzählt, und Brasseur hielt es für möglich, daß Alfred an dem berüchtigten Sumpffieber litt, das die Italiener Mal Aria nannten, und das in und um Venedig zahllose Opfer forderte.

Aber der Verlauf des Fiebers, wie Alfred es schilderte, und die Tatsache, daß kein Schüttelfrost auftrat, ließen ihn diese Möglichkeit wieder verwerfen.

Da eine genaue Untersuchung keine organischen Leiden ergab, bat Doktor Brasseur Alfred, ihm den Verlauf seiner Erkrankung in Venedig genau zu schildern.

Alfreds Erklärungen klangen so verwirrt und unpräzise, daß der erfahrene Arzt merkte, daß er an Dinge rührte, über die Alfred nicht bereit war zu sprechen.

Vielleicht könne er ihm wenigstens schildern, worin die Behandlung des italienischen Kollegen bestanden hatte, meinte der Doktor.

»Ich weiß es nicht mehr genau, aber ich glaube, daß er mir Chinin gegeben hat. Jedenfalls irgend etwas, das abscheulich bitter schmeckte«, erinnerte sich Alfred. »Und dann hat Pagello mir immer einen Schlaftrunk gemischt.«

Paul horchte auf. Den Namen Pagello hatte Alfred bisher noch nie erwähnt. Die Geläufigkeit, mit der er ihn aussprach, gab dem Bruder zu denken. »Pagello? Ist das der Name deines Arztes?« erkundigte er sich.

Alfred nickte.

»Und wie schmeckte dieser Schlaftrunk?« fragte Brasseur.

»Gut! Süß und seimig. Ich war regelrecht süchtig danach.«

»Haben Sie ihn oft bekommen?«

»Oh, ja. Jeden Abend. Und oft genug mehr als einmal. Wenn ich wüßte, was drin war, würde ich Sie bitten, ihn mir zu verschreiben.«

Der Arzt sah Alfred prüfend an. Dann sagte er: »Das würde ich bestimmt nicht tun, denn ich vermute, der größte Teil Ihrer Schwierigkeiten besteht darin, daß man

Ihnen über längere Zeit sehr schwere Schlafmittel gegeben hat.«

Alfred erinnerte sich plötzlich, daß er in Venedig einmal gefürchtet hatte, Pagello wolle ihn vergiften.

»Wenn meine Diagnose richtig ist«, fuhr Brasseur fort, »werden die Beschwerden bald von allein aufhören.«

Doktor Brasseur hatte recht. Alfreds Zustand besserte sich zusehends.

Eines Morgens, nachdem er ihn rasiert hatte, blieb Antonio wie angewurzelt vor Alfred stehen und sah ihn mit großen Augen an.

»Was ist los?« fragte Alfred.

Antonio schluckte einmal und verkündete dann: »Monsieur, das Heimweh bringt mich um. Ich wollte die Welt kennenlernen. Jetzt kenne ich sie. Verzeihen Sie, Monsieur, aber Paris kann sich nicht mit Venedig messen. Die Leute hier sind ernst und kalt. Sie lachen nicht, und sie singen nicht. Ich habe Madame versprochen, bei Ihnen zu bleiben, solange Sie krank sind. Nun sind Sie gesund, und ich will nach Hause!« Offenbar hatte Antonio diese Rede seit langem geplant und geübt. Jetzt strahlte er über das ganze Gesicht. Es war ihm gelungen, sie ohne Stocken vorzutragen.

Alfred war betroffen. Er hatte sich über Antonios Wohlbefinden keinerlei Gedanken gemacht, es für selbstverständlich gehalten, daß er zufrieden sei und weiter bei ihm bleiben wolle. »Es tut mir leid, Antonio, wirklich leid, daß du dich hier nicht wohl fühlst.«

»Doch, doch, Monsieur, das schon, Monsieur. Aber das Heimweh bringt mich um! Ich weiß es! Wenn ich jetzt nicht abreise, werde ich Venedig nie wiedersehen! Ich weiß es, Monsieur!« beharrte Antonio, noch immer strahlend.

»Wenn du wirklich nach Hause willst, kann ich dich nicht halten.«

»Danke, Monsieur.«

Die Trennung fiel Alfred schwerer als Antonio. Der junge Barbier war für ihn ein Band gewesen, das ihn noch an die ferne George fesselte.

14

Tattet kehrte von seiner Italienreise, die ihn bis nach Neapel geführt hatte, nach Paris zurück.

Wenige Tage später lud er Alfred ein, mit ihm bei Lointier zu speisen.

Die Wahl des Restaurants gab Alfred zu denken, denn bei Lointier war er George zum ersten Mal begegnet. Aber es stellte sich heraus, daß Tattet keine anderen Hintergedanken gehabt hatte als die exquisite Küche dieses Lokals.

Tattet umarmte den Freund herzlich und attestierte ihm, daß er endlich wieder der alte wäre, wogegen er selbst, zwar gebräunt von der Sonne Süditaliens, noch ziemlich mitgenommen von den Strapazen der langen Reise sei.

»Ich kann dir gar nicht sagen, wie sehr du mir gefehlt hast«, bekannte Alfred mit einem Anflug von Rührung. »Ich war zutiefst verzweifelt, daß wir euch nicht nach Rom folgen konnten. Nie in meinem ganzen Leben bin ich mir so einsam und verlassen vorgekommen wie damals in Venedig.«

»Du hast doch in Madame Sand und Doktor Pagello zwei dir ergebene Pfleger gehabt«, erinnerte sich Tattet. »Davon konnte ich mich selbst überzeugen.«

»Pagello...«, wiederholte Alfred überrascht. »Ich wußte gar nicht, daß du ihn kennst!«

Tattet erklärte, daß er doch das Vergnügen gehabt habe, Madame Sand und den Doktor ins Teatro La Fenice und nach der Oper zu einem kleinen Souper zu führen.

»Komisch. Daran kann ich mich überhaupt nicht erinnern.« Alfred klang konsterniert.

»So war es aber, mein Lieber. Madame Sand hatte mich ausdrücklich gebeten, auch Pagello einzuladen, da er genauso angestrengt sei wie sie selbst.«

Alfred schüttelte den Kopf. »Bist du sicher, daß ich davon wußte?«

»Ganz sicher! Madame Sand betonte, wie froh du darüber seist, daß ich ihr und dem Doktor etwas Abwechslung verschaffen konnte. Im gleichen Atemzug sagte sie, Pagello würde schon dafür sorgen, daß du eingeschlafen bist, bevor sie das Hotel verlassen müßten.« Während er das erzählte, fiel Tattet ein, daß es durchaus möglich war, daß George dem Kranken nichts davon gesagt hatte, daß auch Pagello mit ins Theater kam. Er blickte Alfred forschend an und versuchte zu ergründen, ob auch er das erkannt hätte.

Aber Alfred sagte nur: »Wenn sie das gesagt hat, muß es wohl so gewesen sein. Die ganze Zeit in Venedig war ein Alptraum für mich, den ich so schnell wie möglich vergessen möchte.«

Während sie die Austern schlürften und den kühlen Chablis tranken, unterhielt Tattet den etwas unaufmerksamen Freund mit der Schilderung eines neapolitanischen Abenteuers.

Seine Reisebegleiterin, die Pariser Schauspielerin, erging sich allein im Park der Villa Floridiana, als eine alte Zigeunerin sie ansprach und mit einem ungeheuren Redeschwall darauf bestand, ihr die Zukunft aus der Hand zu lesen. Indessen suchte ihr Komplize hinter dem Rükken der Schauspielerin mit einer Schere die Seidenschnüre zu durchschneiden, an denen ihr Pompadour baumelte, in dem sie ihren gesamten Schmuck trug, da sie dem Hotelpersonal nicht traute. Im letzten Moment erkannte sie, was gespielt wurde und schrie so gellend, daß das diebische Paar die Flucht ergriff. »Es war ein Segen, daß sie eine so durchdringende Stimme besitzt. Wäre der Diebstahl geglückt, hätte ich ihr wohl oder übel den Schmuck ersetzen müssen«, schloß Tattet seinen Bericht.

Alfred hatte ihm kaum zugehört. Er rätselte noch daran herum, warum er sich so gar nicht erinnern konnte, daß Pagello damals George begleitet hatte.

»Madame Sand schrieb mir übrigens einen ganz reizenden Brief, um zu erklären, daß ihr beide uns nicht folgen konntet«, bemerkte Tattet. Jetzt war Alfred wieder bei der Sache. »Wenn mein Gedächtnis mich nicht trügt«, fuhr Tattet fort, »versicherte sie mir, daß sie keine männerverschlingende ›Lélia‹, sondern eine ganz gewöhnliche Sterbliche sei. Ich war sehr amüsiert, weil sie damit so nebenbei etwas Reklame für ihren Skandalroman machte.«

Die Austernschalen wurden abserviert und eine Consommé gereicht.

»Hatte sie recht damit?« wollte Tattet wissen.

»Womit?«

»Daß sie kein männerverschlingender Vampir ist, sondern eine gewöhnliche Sterbliche.«

Alfred dachte nach. »Sie hat mich nicht verschlungen«, sagte er dann mit einem Anflug von Humor. »Jedenfalls nicht ganz.« Dann wurde er ernst. »Aber eine gewöhnliche Sterbliche ist sie ganz bestimmt nicht!«

Tattet sah ihn verblüfft an.

»Sie ist ein vollkommen unbestechlicher Mensch. Ein Mensch, dem die Wahrheit alles bedeutet und der die Lüge zutiefst haßt. Wir sind kein Liebespaar mehr... sie und ich. Wir sind etwas Wertvolleres: echte, wahrhaftige Freunde. Fürs Leben, möchte ich sagen. Ja, Freunde fürs Leben!«

»Du hast dich sehr verändert«, stellte Tattet fest. »Du bist erwachsener geworden... seriöser...«

»Ja, das stimmt«, gab Alfred zu.

Während das Hauptgericht serviert und ein schwerer Burgunder eingeschenkt wurde, blieb Tattet in Gedanken versunken.

»Woran denkst du?« fragte Alfred schließlich.

»An diesen Pagello. Ein gutaussehender junger Mann. Ich habe ihn mir an dem Abend in Venedig genau angesehen. Ich hatte das Gefühl, daß Madame ihn zu deinem Nachfolger erkoren hatte.«

Alfred blickte den Freund erschrocken an.

»Aber das war nur ein Gefühl«, versuchte Tattet den Eindruck seiner Worte abzuschwächen. »Ich kann mich auch geirrt haben.«

Alfred sah sich zu einer Offenheit gezwungen, die er bisher erfolgreich vermieden hatte. »Nein, du hast dich nicht geirrt. Aber du hast dich als Prophet betätigt. Denn damals gab es noch nichts zwischen ihnen.«

»Bist du ganz sicher?«

»Ja! Ganz sicher! Erst nach meiner Abreise sind sich Pagello und sie allmählich nähergekommen. Und auch dann war George noch lange unentschieden.«

»Woher weißt du das?«

»Sie hat es mir selbst geschrieben.«

Alfred kam dem Freund wie ein Märchenerzähler vor, der seine eigenen Märchen glaubt. Was war nur aus ihm geworden! Mit dem Spürsinn eines Zynikers hatte Alfred früher sich anbahnende erotische Beziehungen unter Bekannten stets korrekt erkannt und vorausgesagt, bevor noch irgend jemand sie vermutet hätte. Und jetzt erklärte er das Unwahrscheinliche zur Wahrheit mit der kindlichen Zuversicht eines Gläubigen. Tattet war bekümmert.

Er ließ das Thema Venedig fallen und berichtete ausführlich über sein Zusammentreffen mit Stendhal, den er in Civitavecchia, der kleinen Hafenstadt bei Rom, besucht hatte, wo er wie ein verbitterter Eremit sehr primitiv hauste. Trotz seiner geheuchelten Gleichgültigkeit für alles, was Paris betraf, hatte er doch Fragen über Fragen gestellt und von Tattet Berichte über Dinge verlangt, die ihn angeblich überhaupt nicht interessierten.

Mit gewohnter Tüchtigkeit bereitete George die Reise nach Paris vor.

Pagello hatte sich noch immer nicht entschlossen mitzukommen. Der Grund für sein Zögern war nicht, oder nicht mehr, das Zusammentreffen mit Alfred, sondern ihm fehlte einfach das Geld für ein solches Unternehmen. Seit George bei ihm eingezogen war, hatte seine Praxis, die sich vornehmlich aus frommen Bürgern des Mittelstands zusammensetzte, spürbar abgenommen.

Großzügig fand George eine Lösung für dieses Problem, die Pietro akzeptieren konnte, ohne das Gesicht zu verlieren.

In seiner Wohnung hingen vier kleine unbedeutende Gemälde eines anonymen Malers. George versicherte Pietro, diese Bilder würden sich in Paris zu einem guten Preis verkaufen und genug Geld für seine Hin- und Rückreise bringen. Vorerst würde sie ihm die nötige Summe vorstrecken.

Pagello war einverstanden.

George verblüffte ihn, als sie zur Abreise denselben auffälligen Anzug trug, mit dem sie schon in Paris Alfreds Bruder Paul erschreckt hatte. Es war das erste Mal, daß Pietro sie in Männerkleidung sah. In Venedig hatte sie sie bisher nie getragen, wofür er ihr nach nachträglich dankbar war.

Die erste Ruhepause legten sie in Mailand ein.

Von dort schrieb Pagello an seinen Vater:

»Geliebter Papa, ich habe Deine Briefe nie beantwortet, in denen Du mir vorwarfst, daß ich mit einer Ausländerin lebe und prophezeitest, ich würde meine Karriere ruinieren, weil ich die Gebote der christlichen Moral nicht beachtete. Der Grund für mein Schweigen war, daß ich nicht wußte, wie ich mich rechtfertigen sollte, da ich Dich nicht mit falschen Versprechen belügen mochte. Ich reise nach Paris. Dort werden Madame Sand und ich uns trennen. Wenn ich zurück bin, werde ich wieder Deiner würdig sein. Höre nicht auf, mich zu lieben und schreibe mir nach Paris.«

Pagello war sich der Trennung von George keineswegs so sicher, wie er es seinem Vater einreden wollte. Abergläubisch schilderte er das, was er am meisten fürchtete, als Gewißheit und hoffte inständig, daß es nicht geschehen möge.

Nachdem sie Mailand hinter sich gelassen hatten, begannen George und Pietro die Reise zu genießen. Ihr Weg führte sie am Westufer des Lago Maggiore entlang und weiter nach Domodossola, von dort über den Simplon und durch das Rhônetal nach Martigny.

In Martigny erklärte George plötzlich, sie müßten unbedingt einen Abstecher nach Chamonix machen, um den höchsten Berg Europas, den Mont Blanc, aus der Nähe zu sehen.

Sie verließen die Diligence, deponierten ihr Gepäck bei der Postmeisterei und schlossen sich einer Maultierkarawane an, die sie auf dem Rücken ihrer störrischen Reittiere bergauf, bergab, über kurvenreiche Saumpfade nach Chamonix brachte.

Sie übernachteten in einer einfachen Herberge und stiegen am nächsten Morgen mit einer von einheimischen Bergführern geleiteten Gruppe von Engländern, Amerikanern und Deutschen zum Mer de Glace auf.

George war unermüdlich. Wenn Pietro schon der großen Höhe wegen nach Luft rang, kam sie nicht einmal außer Atem. Sie marschierte und kletterte ihm mit strahlendem Gesicht voran und bestaunte begeistert die Schönheiten des Eismeeres.

Nach einem kräftigen Abendessen schliefen sie eng aneinandergeschmiegt in dem schmalen Bett ihrer Herberge.

Alles war so harmonisch gewesen, daß Pietro Hoffnung schöpfte.

In Genf legten sie ein paar Ruhetage ein, um den Mont Blanc in seiner ganzen Größe aus der Ferne zu betrachten.

George erklärte, sie sei zu der Überzeugung gekommen, daß es manchmal besser sei, Dinge aus der Entfernung zu bewundern als aus der Nähe. Die Nähe mache leicht blind.

Dann ging es in drei Etappen weiter nach Paris. Alfred hatte für dieselbe Strecke acht Tage gebraucht.

Émile Regnault, der schöne Émile, erwartete sie mit einem Mietwagen vor der Pariser Postmeisterei. Das Zimmer für Doktor Pagello sei reserviert, berichtete er.

Da George viele Monate lang bei ihm in Venedig gewohnt hatte, war Pietro der Meinung gewesen, er würde in Paris bei George wohnen.

Als sie sein erstauntes Gesicht sah, legte sie ihm beruhigend die Hand auf die Schulter und sagte: »Glaub mir, es ist besser so. Schon wegen Casimir.«

Das mußte er zugeben.

George und Émile setzten Pagello vor seinem Hotel ab, einem schmalen alten Gebäude in der Rue-des-Petits-Augustins.

Das Zimmer liege im obersten Stock und koste einen Franc fünfzig pro Tag, erklärte der Portier und reichte ihm den Schlüssel.

Sein Gepäck in der Hand, erstieg Pietro gehorsam

Stockwerk nach Stockwerk und war immer noch nicht oben. In ganz Venedig gab es kein so hohes Haus.

Endlich hatte er die höchste Etage erklommen, fand die richtige Tür und schloß auf. Er sah kein Zimmer, sondern eine Kammer. Bestenfalls eine Kammer. Ein schmales Bett unter die schräge Wand geklemmt, ein wackliger kleiner Waschtisch, Nägel in der Wand für die Kleider, ein Stuhl. Das also war Paris, und dafür sollte er einen Franc fünfzig bezahlen! Was für ein Wahnsinn war es doch gewesen, hierher zu kommen!

Pagello kam sich vor wie jemand, den man hilflos in der Wüste ausgesetzt hatte.

George erreichte den Quai Malaquais und war unendlich glücklich, wieder in der eigenen Wohnung zu sein. Jeannine hatte alles für den Empfang hergerichtet. Die Leintüchter über den Möbeln, die Alfred so erschreckt hatten, waren verschwunden, und die Gardinen, die ihm gefehlt hatten, waren wieder da. Auf der Kommode lag ein Stoß Briefe.

Schnell fand George den, auf den sie wartete, einen Brief von Alfred. Er schrieb, daß er sie so bald wie möglich sehen müsse und beschwor sie, dafür zu sorgen, daß sie sich ohne Zeugen, ohne »ihn« treffen könnten.

Émile wollte wissen, ob er noch gebraucht würde oder nur im Weg sei.

»Verlaß mich nicht, Émile«, bat George. »Du wirst dringend gebraucht, selbst wenn du im Weg sein solltest, was du nie bist. Wir müssen Pietro abholen!«

»Pietro...«, wiederholte Émile gedehnt. »War er Mussets Arzt?«

»Ja. Auch das. Er ist der beste und gutmütigste Mensch der Welt, und wenn wir nicht bald bei ihm auftauchen, springt er womöglich aus dem Fenster!«

»Warum hast du nie ein Wort über ihn geschrieben?«

George zuckte die Achseln.

»Du mußt doch einen Grund dafür gehabt haben«, drängte Émile.

»Ja, sicher hatte ich das.«

»Und der wäre?«

»Man muß Pagello sehen, um ihn lieb zu haben. Über ihn schreiben genügt nicht.«

Émile fand diese Erklärung unbefriedigend. Etwas sarkastisch fragte er: »Hat Musset ihn auch lieb?«

»Wenn er dazu imstande gewesen wäre, hätte er ihn umgebracht, so lieb hat er ihn. Alfred ist eifersüchtiger als Othello!«

Émile hätte George gern gefragt, ob sie denn so unschuldig sei wie Desdemona, aber er unterließ es.

George, die in Chamonix nie außer Atem gewesen war, war es jetzt, nachdem sie mit Émile die steilen Treppen des Hotels bis zu Pagellos Zimmer bestiegen hatte.

Pietro saß auf dem einzigen Stuhl, als sei er irgendwo auf Besuch. Er hatte nichts ausgepackt, nichts angerührt.

»Da bin ich!« rief George, als sie die Tür öffnete. Sie umarmte und küßte ihn herzlich, ohne auf Émile Rücksicht zu nehmen. »Komm, mein Pietro. Jetzt gehen wir essen, und dann zeige ich dir, wo ich wohne!«

Émile hatte sich verabschiedet. Pagello war endlich mit George allein.

Mit der gleichen Offenheit, mit der sie ihm in Venedig stets Alfreds Briefe gezeigt hatte, berichtete sie jetzt, daß Alfred gebeten habe, sie wiederzusehen – und zwar allein. Aber diesen Gefallen würde sie ihm nicht tun. »Ich werde ihm schreiben, ich sei bereit ihn zu sehen, aber nur in deiner Gegenwart!«

George erwartete fest, daß Pagello widersprechen,

daß er darauf bestehen würde, sie müsse Alfred allein sehen! So hätte er in Venedig reagiert.

Aber er schwieg. Paris hatte ihn verstört. Jetzt mußte er wissen, daß George zu ihm stand, daß er ihrer sicher sein konnte. Denn daß Alfred eine Gefahr für ihn war, ahnte er.

Vor dem Haus, in dem die Geliebte wohnte, blieb Alfred stehen.

Er war von einer Unruhe erfüllt, die ihn zittern ließ. George hatte in ihrer Einladung nicht erwähnt, ob sie ihn allein erwarte oder ab »er« anwesend sein würde. »Seine« Gegenwart – selbst in Gedanken vermied er den Namen Pagello – könnte er jetzt nicht ertragen. Sie würde Erinnerungen an die Qualen der Eifersucht wachrufen, die er durchlitten hatte und die noch immer schmerzten. Es war seine Rettung gewesen, daß George ihm die unverbrüchliche Wahrheit gesagt hatte und er ihr glauben konnte.

Gleich würde er seinen Kameraden George wiedersehen, seinen Freund fürs Leben, wie er sie Tattet beschrieben hatte, und die doch in Wahrheit die Heißgeliebte war, die er vor langer, langer Zeit zum letzten Mal umarmt hatte.

Er biß die Zähne zusammen und ging auf das Haus zu.

Als Alfred eintrat, sprang George auf, lief ihm entgegen und umarmte ihn. Dann ergriff sie seinen Arm und führte ihn zu Pagello, der am Fenster stand und das Wiedersehen beobachtete.

Die Männer schüttelten sich die Hände, wechselten ein paar Floskeln über das gegenseitige Aussehen und über Alfreds offenbar zufriedenstellende Gesundheit. Damit waren ihre gemeinsamen Themen erschöpft.

Während George etwas hektisch von dem Ausflug zum Mont Blanc schwärmte, suchte Alfred krampfhaft seiner

Enttäuschung Herr zu werden. Er hatte George ausdrücklich darum gebeten, sie allein sehen zu können! Und da präsentierte sie ihm diesen italienischen Schönling, ohne ihn mit einem Wort auf das Zusammentreffen vorzubereiten. Das bewies klar, daß alle ihre liebevollen Briefe verlogen waren und er ihr nichts mehr bedeutete. Er wollte sie nicht wiedersehen. Nie mehr.

»Ich verreise in den allernächsten Tagen. Morgen schon oder spätestens übermorgen«, log er und behauptete, er würde in die Pyrenäen fahren, nach Lavaur, wo sein Onkel lebte, der Unterpräfekt des Départments wäre. Eigentlich sei er nur gekommen, um sich zu verabschieden.

Als die Unterhaltung wieder ins Stocken geriet, erwähnte Alfred beiläufig – nur um überhaupt etwas zu sagen –, daß er sich inzwischen mit Franz Liszt angefreundet habe, einem jungen Ungarn, der ein ebenso begabter Komponist wie Pianist sei. Liszt habe Alfred gebeten, ihn bei George einzuführen, aber das würde nun wohl wegen seiner Pyrenäenreise noch etwas warten müssen.

George meinte, sie habe jetzt keine Zeit, diesen Liszt kennenzulernen, da Casimir bald in Paris eintreffen werde wegen der Feier im Kollegium Henri IV und sie anschließend mit ihm und den Kindern nach Nohant reisen würde.

Alfred wandte sich an Pagello. »Und Sie? Was wird dann aus Ihnen?« fragte er, fast aggressiv.

George antwortete für ihn. »Ich werde Casimir bitten, Pietro nach Nohant einzuladen.«

Dann gab es so gut wie nichts mehr zu sagen. Alfred verabschiedete sich.

Es war für alle Beteiligten ein enttäuschendes Wiedersehen gewesen.

Alfred war ärgerlich und verletzt.

George ärgerte sich über ihre übertriebene Fairneß zu

Pagello, die ihr das ersehnte Wiedersehen mit Alfred verdorben hatte.

Und Pagello war der Meinung, George hätte sich weigern müssen, Alfred überhaupt zu sehen, ganz gleich ob in seiner Gegenwart oder ohne ihn.

George fürchtete, daß Casimir die Absicht haben könnte, bei ihr zu übernachten. Aber Hippolyte bewahrte sie davor, indem er ihm seine Wohnung anbot, wo Baron Dudevant dann auch zwei Tage vor der Feier eintraf.

Schon am nächsten Morgen stattete George ihm einen Besuch ab. Die Ehegatten umarmten und küßten sich pflichtschuldigst, erkundigten sich nach dem jeweiligen Ergehen und befanden sich bald in Diskussionen über praktische Fragen. Ebenso Casimir wie George, die für den Familiengebrauch jetzt wieder zu Aurora geworden war, bemühten sich um einen freundschaftlichen Ton.

Solange sei bereits in Nohant, berichtete Casimir. Hippolyte habe sie aus dem Pensionat abgeholt und mitgebracht, als er vor ein paar Wochen kurz in Paris gewesen war. Es wurde vereinbart, daß Aurora, Casimir und Maurice zwei Tage nach der Feier gemeinsam nach Nohant aufbrechen würden.

Dies wäre der Augenblick gewesen, Casimir zu bitten, Pagello, den Arzt, der George in Venedig behandelt hatte und der sich zufällig in Paris aufhielt, für ein paar Tage nach Nohant einzuladen.

Aber sie nutzte diesen Augenblick nicht. Pagello konnte in Paris bleiben, solange er wollte, das war ihr recht, ihre Kinder jedoch würde er nicht kennenlernen, nicht die Landschaft sehen, in der sie aufgewachsen war. Pagello war mit einem Makel behaftet, den sie vorher nicht bemerken konnte, er hatte vor ihren Freunden nicht bestanden.

Die Freunde, das waren natürlich in erster Linie die Kumpane aus La Châtres, aber das war auch Buloz, der bei Pagellos Anblick verblüfft die Stirn gerunzelt hatte. Das war auch Marie Dorval, die ihn einfach übersah. Seinerzeit hatte Marie offen zugegeben, daß sie Alfred de Musset im Fall der Fälle nie wiederstehen könnte. Aber Pagello entlockte ihr keine solchen Elogen.

Pietro war für George der Inbegriff des schönen Italieners gewesen. Jetzt erkannte sie, daß ein Italiener in Paris nicht unbedingt den gleichen Eindruck machte wie in Venedig. Sie glaubte auf den Gesichtern der Freunde Enttäuschung und Unverständnis zu lesen. Pagello entsprach nicht dem, was man von einem Mann erwartete, den sie, George Sand, liebte. Sie begann, ihn durch die Augen der Freunde zu sehen. Er war ein Provinzler. Er war ungeschickt im Umgang. Seine Konversation war beschränkt. In Venedig hatte sie das nicht weiter gestört, aber in Paris konnte er einfach nicht mitreden, nicht mithalten. Sollte die Nähe sie blind gemacht haben, überlegte sie und dachte an den Mont Blanc.

Am Tag vor der Feier gelang es George, ihren Sohn zu besuchen. Normalerweise gab es dafür keine Erlaubnis, wenn sie nicht vorher eingereicht und bewilligt worden war.

Etwas linkisch und keineswegs erfreut darüber, daß er durch die Hartnäckigkeit der Mutter zu einem Ausnahmefall geworden war, stand er vor ihr.

»Ich bin so glücklich, daß ich dich heute schon sehen durfte... womöglich hätte ich dich morgen gar nicht wiedererkannt... so groß bist du geworden...«, flüsterte sie zwischen zärtlichen Umarmungen und Küssen.

Der Elfjährige genierte sich schrecklich vor den anderen Schülern, die immer wieder an der offenstehenden Tür des Besuchszimmers vorbeispazierten und neugierig hineinschielten.

Er war erleichtert, als die Mutter sich bald wieder verabschiedete.

Jetzt saß George neben Casimir im großen Saal des Kollegiums auf der Zuschauertribüne, die stufenförmig angelegt war, so daß die versammelten Eltern und Verwandten ihre Sprößlinge genau sehen konnten.

Auf der Stirnseite des bühnenähnlichen Podiums davor standen die Schüler nach Klassen und Größen geordnet. In ihren schmucken Uniformen sahen sie aus wie riesige Bleisoldaten.

Die Stühle seitlich von ihnen waren für ehemalige Schüler und deren Angehörige bestimmt.

Der Direktor des Kollegiums hielt, auf sein Stehpult gestützt, eine überaus gelehrte, oft weit ins Detail ausschweifende Ansprache.

George bemühte sich redlich, seinen Worten zu folgen. Aber immer wieder verlor sie den Faden. Sie konnte ihm nicht wirklich zuhören, konnte sich nicht konzentrieren. Irgend etwas, sie wußte nicht, was es war, störte sie, ließ sie nicht zur Ruhe kommen. Schließlich ignorierte sie den würdigen Herrn und ließ ihre Augen über die seitlichen Stuhlreihen auf der Bühne schweifen. Zu ihrer Überraschung entdeckte sie dort Alfred. Er starrte sie so unverwandt an, als wollte er sie hypnotisieren. Tatsächlich hatte er genau das versucht. Er wollte sie zwingen, ihn wahrzunehmen.

Jetzt, da sie seinen Wunsch erfüllt hatte, löste sich der eigenartige Zwang, unter dem George gewesen war. Ruhig begegnete sie seinem Blick und empfand eine ungeheure Freude und Erleichterung. Alfred war hier! Hier in Paris und nicht in den Pyrenäen!

Jetzt erkannte sie sogar neben ihm seinen Schulfreund Paul Foucher, den Schwager von Victor Hugo.

Sie war in Gedanken so stark mit Alfred beschäftigt, daß

Casimir sie anstoßen mußte, als die Bleisoldaten sich bewegten und ihre Zeugnisse entgegennahmen.

Die Reihe war an Maurice!

George brannte darauf, Alfred zu sehen. Ohne Zeugen, wie er gebeten hatte. Ohne »ihn«.

Aber vorerst mußte sie mit Casimir und Maurice in einem Restaurant ein großes Festtagsmenü über sich ergehen lassen. Das verlangte die Familientradition.

Maurices Zeugnis wurde sorgfältig studiert. In Latein war er schwach gewesen, sonst aber waren seine Noten durchaus zufriedenstellend, fanden die Eltern.

Der Junge blieb seiner Mutter gegenüber zurückhaltend. Es gelang George nicht, in so kurzer Zeit das alte freundschaftliche Verhältnis wiederherzustellen. Dafür war sie zu lange fort gewesen und hatte ihm zu selten geschrieben. In Nohant würde er bestimmt schnell wieder der alte werden, tröstete sie sich.

In Nohant? Es war doch ein Ding der Unmöglichkeit, jetzt nach Nohant zu fahren, ohne Alfred wiedergesehen zu haben!

Aber war es nicht auch ein Ding der Unmöglichkeit, Casimir und Maurice jetzt im Stich zu lassen? Was sollte sie tun?

Noch bevor das festliche Essen zu Ende war, klagte George über Migräne.

Am nächsten Tag besuchte Casimir die erkrankte Gattin am Quai Malaquais, wünschte gute Besserung und war nicht weiter über die Aussicht betrübt, ohne sie mit Maurice nach Nohant reisen zu müssen.

Sowie es ihr besser gehe, würde sie nachkommen, versicherte sie.

Dann beauftragte George den schönen Émile, der als Mediziner Freunde unter den Ärzten in den Krankenhäusern hatte, für Pagello ein Programm auszuarbeiten, das Besuche von Spitälern sowie berufliche Informationen durch Gespräche mit führenden Ärzten beinhalten sollte.

George hatte nämlich einen Brief von Alfred erhalten.

»Du und ich«, schrieb er, »wir müssen uns wiedersehen! Wir müssen uns treffen... irgendwo... bei mir... bei Dir... im Botanischen Garten... auf einem Friedhof? Ganz gleich, wo! Öffne Dein Herz ohne Hintergedanken und höre meinen Schwur, daß ich mit der Liebe zu Dir auf den Lippen sterben werde. Wovor hast Du Angst?«

George hatte keine Angst.

Sie schlich sich in Alfreds Wohnung, und sie liebten sich trotz Pauls Nähe.

Sie liebten sich in Georges Wohnung, obwohl Pagello jetzt einen Schlüssel besaß und jeden Augenblick erscheinen konnte.

Ein wahrer Rausch hatte sich ihrer bemächtigt. Ein Rausch, wie ihn Alfred sich immer erträumt hatte.

Paul stellte sich blind und taub. Pagello nicht.

Er, der Alfred in Venedig Qualen der Eifersucht bereitet hatte, wurde jetzt selbst eifersüchtig. Er war nicht ungern der Anlaß zur Eifersucht gewesen. Er hatte es fast als Schmeichelei empfunden. Aber das Opfer wollte er nicht sein. Er wurde mißtrauisch, spionierte George nach, las heimlich Alfreds Briefe, die sie ihm jetzt nicht mehr zeigte, und machte George Szenen.

Trotzdem tat Pagello ihr leid. Er war ihre Zuflucht gewesen, ihre Stütze, ihre Sicherheit. Seine Hilflosigkeit ihrer Welt gegenüber, die ihm so unendlich fremd und unverständlich blieb, rührte und ärgerte sie gleichzeitig.

Außerdem war es allerhöchste Zeit, Casimir und

Maurice nach Nohant zu folgen. Die Briefe, die sie von dort erreichten, sagten es ihr deutlich.

Zudem hatte ihre neuentbrannte Liebe zu Alfred schon fast den Höhepunkt überschritten. Sie verspürte manchmal ein leichtes Gefühl von Ungeduld ihm gegenüber.

Wirklich ungeduldig aber machte sie der Gedanke, daß Pietro völlig mittellos in Paris gestrandet sein würde, wenn es ihr nicht gelang, die vier dummen kleinen Ölgemälde zu verkaufen, die er auf ihre Anregung hin mitgebracht hatte. Sie sah sich die Bilder noch einmal an. Sie waren nett, etwas trivial im Sujet, etwas phantasielos und ungeschickt in der Ausführung, also nett. Und total unverkäuflich.

Sie entschloß sich, die Bilder nach Nohant mitzunehmen, wo sie auf dem Boden oder im Keller einen stillen Ruheplatz finden konnten.

Pietro redete sie ein, daß unweit von La Châtres ein bedeutender Kunstsammler lebe, der sicherlich sofort seine Bilder erwerben würde.

Alfred war von ihrem Entschluß abzureisen überrascht, aber nicht so betroffen, wie sie es erwartet hatte.

»Wir müssen uns trennen, Alfred!« bekräftigte sie ihre Worte. »Und diesmal wird es bestimmt für immer sein. Pietro ist sehr beunruhigt, und er hat allen Grund dazu.«

»Weil er beunruhigt ist, sollen wir uns für immer trennen? Hast du das eben gesagt? Habe ich dich richtig verstanden?« fragte Alfred spöttisch.

»Meinst du, es läßt mich kalt, wenn er unglücklich ist? Er war immer gut zu mir ...«, und einschränkend fügte sie hinzu: »... in Venedig.«

»Du bist bereit einen sehr hohen Preis für seine Zufriedenheit zu bezahlen. Aber das ist deine Sache. Wenn du das willst, bitte sehr!«

George wurde ärgerlich. »Ich habe versprochen, die Ferien mit meinen Kindern zu verbringen, und das werde ich auch tun!«

»Und ich werde zu meinem Onkel in die Pyrenäen fahren. Das war ja von Anfang an mein Plan gewesen.«

»Meinetwegen brauchst du nicht zu verreisen«, sagte George vorwurfsvoll. »Tu nur, was du willst. Mach dich ganz unabhängig von meinen Plänen!«

»Das werde ich tun. Bestimmt!«

Nach einer letzten, gemeinsam verbrachten Nacht, die, beschattet vom bevorstehenden Abschied, zu ungeahnten Gefühlshöhepunkten geführt hatte, verwirklichte George ihre Absicht nach Nohant zu fahren, und Alfred bewies seine Unabhängigkeit, indem er nicht zu seinem Onkel in die Pyrenäen, sondern nach Baden-Baden reiste, das ein berühmtes Spielkasino besaß und es landschaftlich sicher mit den Pyrenäen aufnehmen konnte.

Vorher mußte er sich allerdings um die Finanzierung kümmern.

Er stattete Buloz einen Besuch im Verlag ab und schilderte beredt, wieviel intensiver er im stillen Baden-Baden arbeiten könnte als in Paris, wo es allzu viele Ablenkungen gab.

Buloz blickte Alfred nachdenklich an und sagte dann: »Ich bin sehr froh, daß Sie verreisen, Musset! Wenn Sie nicht selber drauf gekommen wären, hätte ich es Ihnen vorgeschlagen!«

»Tatsächlich?« fragte Alfred erstaunt. »Ich fühle mich eigentlich recht gut... falls Sie annehmen, die Gesundheit sei der Grund für meine Reise...«

»Ganz und gar nicht!« fiel ihm Buloz streng ins Wort. »Madame Sand sollte auch verreisen!«

»Sie ist gestern nach Nohant abgefahren«, berichtete Alfred verblüfft.

»Und dieser italienische Strohkopf? Wie heißt er noch?«

»Meinen Sie Pagello?«

»Ja! Genau den!«

»Der ist hier. Ich habe keine Ahnung, wann er zurück nach Venedig will.«

»Heißt das, Madame Sand und Sie haben die Flucht vor ihm ergriffen? Das war klug! Bravo!« Buloz strahlte über das ganze Gesicht.

»Pagello hat keinerlei Einfluß auf meine Pläne«, erklärte Alfred, leicht irritiert. »Ich gestehe, daß ich nicht weiß, worauf Sie hinauswollen!«

Buloz schüttelte mißbilligend den Kopf. »Sie scheinen in letzter Zeit nicht viel unter Menschen gekommen zu sein. Sonst wüßten Sie, was geredet wird.«

»Ich habe tatsächlich nicht die geringste Ahnung und bitte höflichst um Aufklärung«, entgegnete Alfred, bemüht heiter zu klingen.

»Man spricht von einem seltsamen Trio... einem Dreieck sozusagen. Sie... George... und die italienische Null!«

Alfred erstarrte. »Man... wer ist ›man‹?« brachte er schließlich heraus.

»Das sollten Sie selbst wissen!«

Alfred dachte angestrengt nach. Dann fiel ihm sein alter Feind Planche ein. »Ich glaube, ich weiß es. Planche! Gustave, der Schreckliche! George hat ihm seinerzeit ordentlich die Meinung gesagt... nach diesem idotischen Duell mit Capo de Feuillide. Habe ich recht? War es Planche?«

Sehr zugeknöpft sagte Buloz: »Ich nenne niemals Namen.«

Alfred hatte die Antwort »dann hätten Sie den Mund halten sollen« auf der Zunge, schluckte sie aber tapfer herunter, denn Buloz zeigte sich von seiner großzügigsten Seite. Er finanzierte Alfreds Reise.

Alfred stürzte nach Hause und an seinen Schreibtisch.

»Mein Herr«, schrieb er an Planche. »Von verschiedenen Seiten berichtet man mir, daß Sie üble Nachrede von einer ganz bestimmten Art über mich in Umlauf setzen, die ich nicht zulassen kann. Bevor ich die notwendigen Schlußfolgerungen ziehe, möchte ich von Ihnen selbst hören, ob das zutrifft.

Der Ihre, Vicomte Alfred de Musset.«

Wie immer, wenn er besonders verärgert oder gereizt war, machte er von seinem Titel Gebrauch.

Planche antwortete umgehend, daß er weder gut noch schlecht, sondern überhaupt nicht über Alfred gesprochen habe.

Etwas enttäuscht, aber auch erleichtert entgegnete Alfred:

»Das Ziel meines Briefes war, eine befriedigende Klarstellung von Ihnen zu erhalten, oder Genugtuung! Da Sie mir ersteres geben, ist das zweite nicht mehr nötig...« Er schloß sein Schreiben ganz ohne Titel, mit einem friedfertigen »Alfred de Musset«.

Das alles ging dank der fixen Pariser Post innerhalb eines einzigen Tages vonstatten, so daß Alfred beruhigt Paris den Rücken zuwenden konnte.

Pagello, der Stein des Anstoßes, wohnte weiter in seiner Hotelkammer in der Rue-des-Petits-Augustins. George hatte Jeannine mit nach Nohant genommen, so war er auch in der Wohnung am Quai Malaquais, wo er viel Zeit verbrachte, völlig allein. Émile hatte für ihn zwar Verabredungen mit verschiedenen Ärzten getroffen, die auch stattfanden, aber wenig erbrachten.

Von Tag zu Tag wurde Pagello einsamer, melancholischer und ärgerlicher darüber, daß er sich von George hatte überreden lassen, nach Paris mitzukommen. Wenn er das Geld zur Heimreise gehabt hätte, wäre er längst aufgebrochen, aber so konnte er nur vorwurfsvolle, enttäuschte Briefe an George schreiben, nach dem Kunstsammler fragen, der seine Bilder kaufen sollte und darüber grübeln, was passieren würde, wenn seine Praxis in Venedig wirklich inzwischen zum Teufel sein sollte, wovon er ausgehen mußte, denn die ersten Anzeichen hatte er ja schon vor seiner Abreise gespürt.

Seinem Vater schrieb er:

»Ich komme mir vor wie ein fremder Vogel, den ein Sturmwind hierhergeweht hat. Wenn irgend jemand Grund hätte, sich in die Seine zu stürzen, dann bin ich es.«

Schließlich fiel ihm ein, daß es in Paris doch einen Menschen gab, den er kannte: Tattet! Alfreds Freund Tattet, dessen Gast er in Venedig gewesen war, hatte ihm damals beim Abschied gesagt, wenn er jemals nach Paris kommen sollte, würde er sich freuen, ihn wiederzusehen.

Pagello war entschlossen, ihn beim Wort zu nehmen.

15

Alfred wanderte durch Baden-Baden wie ein Schlafwandler. Die Erinnerung an die letzte Nacht mit George betäubte ihn, hinderte ihn daran, Dinge überhaupt richtig wahrzunehmen. George hatte gesagt, sie müßten sich für immer trennen, aber das galt nicht mehr. Das war vor dieser – alles andere auslöschenden Nacht – gewesen. Warum war er dann bloß hierher gekommen? Warum hatte er sich selbst ins Exil geschickt? Dann fiel ihm wieder ein, daß George ja gar nicht in Paris war. Sie war in Nohant. In Paris war nur ihr Geliebter, dieser elende Pagello.

Alfred hatte ein hübsches Zimmer in einem Gasthof gefunden, direkt am Marktplatz. Von seinem kleinen Balkon aus konnte er auf die bunten Sonnenschirme herunterblicken, die das Obst, die Blumen und das Gemüse vor den Strahlen der spätsommerlich heißen Sonne schützten. Wenn Markttag war, mied er die Gaststube. Dann ging es dort hoch und laut her.

Er hatte das Spielcasino entdeckt und verspürte einen Schimmer von Stolz darüber, daß er nicht hinein-, sondern vorbeigegangen war. Die beiden großen eleganten Hotels neben dem Casino ärgerten ihn, weil er sehr viel lieber dort gewohnt hätte als in seinem ländlichen Gasthof. Aber selbst diese Empfindungen machten ihn nicht wirklich wach. Papier, Tinte, Federn, alles stand bereit zur Arbeit. Er rührte sie nicht an.

Er wollte sich zwingen, nicht an George zu denken. Das bedeutete, er konnte gar nicht denken.

Schließlich gab er es auf und griff zur Feder.

»Vor acht Tagen bin ich hier angekommen, und ich habe Dir noch nicht geschrieben. Ich wartete auf einen Augenblick der Ruhe, aber den gibt es nicht mehr... Ich bin verloren, siehst Du, ich bin ertrunken, überflutet von Liebe. Ich weiß nicht, ob ich lebe, ob ich esse, ob ich gehe, atme oder spreche... ich weiß, daß ich liebe. Ich war von Deinen Küssen bedeckt, ich hatte Dich in meinen Armen gehalten, oh, mein angebeteter Leib... Ich bin abgereist, ohne zu wissen, was ich tat. Ich weiß nicht, ob meine Mutter traurig war. Ich glaube, sie war es nicht. Ich habe sie umarmt, ich bin abgereist. Ich habe nichts gesagt, denn der Hauch Deiner Lippen lag noch auf den meinen... Ich habe Dich eingeatmet.

Was soll ich hier? Hier oder woanders? Was bedeuten mir all diese Bäume, diese Berge, all diese Deutschen mit ihrer komischen Sprache, die an mir vorbeigehen, ohne mich zu verstehen. Was soll mir dieses Gasthofzimmer! Man sagt, Baden-Baden sei schön, die Aussicht entzükkend, die Spaziergänge angenehm. Die Frauen tanzen, die Männer rauchen, trinken, singen, und die Pferde galoppieren vorbei... All das ist nicht das Leben! Es sind nur die Geräusche des Lebens.

Oh, meine Braut, ich bitte Dich um etwas. Geh abends, wenn die Sonne untergeht, allein weit hinaus ins Land, setze Dich ins Gras unter einen grünen Weidenbaum, blicke nach Westen und denk an Dein Kind, das sterben wird. Versuche alles andere zu vergessen und schenke mir eine Träne. Dann geh langsam nach Hause, stecke die Lampe an und widme Deinem armen Freund eine Stunde. In Deinem Brief soll nichts anderes stehen als Deine Freundschaft für mich, Deine Liebe. George, erinnerst Du Dich noch an die Liebe?

Schreibe nach Baden-Baden (Großherzogtum) bei Straßburg, postlagernd.

Nichts anderes darf in Deinem Brief stehen als die Liebe. Sag, daß Du mir Deine Lippen gibst... Deine Zähne... Deine Haare... alles. Daß Du mich umarmst. Du mich! Oh, mein Gott, wenn ich daran denke, verschleiern sich meine Augen und meine Knie zittern. Es ist schrecklich, so zu sterben, und es ist schrecklich, so zu lieben. Welchen Durst, meine George, welchen Durst habe ich nach Dir! Vergiß nicht: Baden-Baden (Großherzogtum) bei Straßburg, postlagernd.

Oh, mein Leben, ich drücke Dich an mein Herz, meine George, meine schöne Maitresse, meine erste, meine letzte Liebe.«

George wünschte, nichts zu sehen, nichts zu hören, sich ihrer Kinder zu erfreuen und in dem Haus, in dem sie ihre Jugend verbracht hatte, Ruhe zu finden.

Das gelang ihr ganz und gar nicht. Casimir war verärgert, weil sie lange gebraucht hatte, ihm nach Nohant zu folgen und ließ sie es fühlen. Pagello bombardierte sie mit Klagen, Anschuldigungen und Beschwerden. Solange hatte sich zu einem äußerst vorlauten kleinen Mädchen entwickelt, und Maurice blieb weiter ablehnend und verschlossen.

Da sie von Alfred seit ihrer Abreise nichts gehört hatte, begann sie, sich auch noch um ihn zu sorgen, als sei er noch immer ihr Schutzbefohlener.

Endlich, endlich kam die sehnlichst erwartete Nachricht von ihm, aber sie machte ihr wenig Freude.

»Ich habe Deinen Brief aus Baden-Baden erhalten«, schrieb sie ihm. »Ach, ach, was soll das alles! Du liebst mich noch viel zu sehr! Deshalb dürfen wir uns nicht mehr sehen! Deine Sprache ist sehr leidenschaftlich, aber das ist nicht der heilige Enthusiasmus Deiner guten Augenblicke. Es ist nicht mehr die reine Freundschaft, von der ich hoffte, sie könnte nach und nach Deine viel zu heftigen

Gefühlsausbrüche verdrängen. Dabei beunruhigt mich Deine Ausdrucksweise nicht. Es ist die poetische Sprache eines Dichters. Und ich selbst? Dir gegenüber wiege ich meine Worte auch nicht ab. Es mag sein, daß sie anderen etwas anderes bedeuten. Für uns drei aber manifestieren sie eine geistige Liebe, die nichts mit den Sinnen zu tun hat.

Du bist vom rechten Weg abgewichen – und er auch. Wenn er italienisch spricht, benützt er Bilder und feierliche Schwüre, die wild übertrieben scheinen, wenn man sie wörtlich übersetzt. Weil es in Italien üblich ist, ist er imstande, seine Freunde auf den Mund zu küssen, ohne sich das geringste dabei zu denken. Der brave gute Kerl!

In Venedig hat er alles verstanden. Aber von dem Augenblick an, als er den Fuß auf französische Erde setzte, versteht er nichts mehr! Alles an mir verletzt und irritiert ihn. Und – muß ich es sagen? – er reist ab. Vielleicht ist er sogar schon fort, und ich werde ihn nicht zurückhalten, denn er hat mich zutiefst beleidigt mit dem, was er mir schreibt. Ich fühle deutlich, er traut mir nicht, folglich liebt er mich nicht mehr. Wenn er noch in Paris sein sollte, bin ich bereit, ihn zu sehen und ihn zu trösten. Aber mich rechtfertigen? Nein! Ihn zurückhalten? Nein!

Ist die höhere, die gläubige Liebe überhaupt möglich? Muß ich sterben, ohne ihr je begegnet zu sein? Immer nach einem Phantom greifen, einem Schatten nachjagen ... ich bin es müde. Und trotzdem habe ich ihn aufrichtig geliebt, diesen hochherzigen Mann. Ich habe ihn wie einen Vater geliebt, und du warst unser Kind. Unser beider Kind. Jetzt ist er zu einem schwachen, mißtrauischen, ungerechten, eifersüchtigen Menschen geworden.

Oh, wie unglücklich bin ich doch! Ich werde nicht geliebt, und ich liebe nicht. Ich bin gefühllos, ein unnützes, verfluchtes Geschöpf! Und Du? Du willst mir von den Verzückungen der Liebe sprechen? Von Begehren? Was habe ich Dir angetan, Du Gefühlloser, daß Du alles zerstörst! Mein Vertrauen zu Dir und zu mir selbst.

Als ich glaubte, Dich mit meiner Freundschaft retten zu können, habe ich in Wahrheit begonnen, Selbstmord zu verüben. Von Tag zu Tag werde ich kränker. Ich bin meines Lebens mehr und mehr überdrüssig.

Wir drei müssen uns trennen, ohne Haß und ohne Streit. Ich will Dich noch einmal wiedersehen und ihn auch. Ich habe es ihm und auch Dir versprochen. Aber liebe mich nicht mehr, hörst du? Ich tauge zu nichts, ich zweifle an allem.

Wenn Du willst, liebe die Frau, die ich in vergangenen Zeiten war, aber nicht die, die ich heute bin.

Mein Herz ist eiskalt, und alles, was ich Dir jetzt sage, die innere Zerrissenheit, die ich vor Dir enthülle, hat nur einen Zweck: Sollten wir uns in Paris wiedersehen, laß es Dir nicht einfallen, eine neuerliche Annäherung an mich zu versuchen!

Wir müssen uns trennen! Du redest Dir ein, du könntest von Deiner Liebe zu mir nie genesen. Und doch hast Du ihr feierlich abgeschworen in Venedig. Vor Deiner Krankheit und nachher!

Leb wohl dann, schöner Traum von unserer heiligen Freundschaft. Leb wohl, mein armes Kind.

Wenn meine Kinder nicht wären, ich würde mich mit Vergnügen in den Fluß stürzen...«

Nachdem sie den Brief an Alfred abgesandt hatte, schrieb sie ein paar Zeilen an Pagello und teilte ihm mit, daß der geheimnisvolle Kunstsammler von La Châtres Pietros Gemälde zum Preis von eintausendfünfhundert Francs gekauft hätte. Sie würde das Geld bald in Händen haben und ihm dann schicken.

Ähnlich großzügig hatte sie seinerzeit Jules Sandeau verabschiedet, als sie seiner müde war.

Georges Brief weckte Alfred aus dem Dämmerschlaf, in den er sich hatte gleiten lassen. Er war empört, ärgerlich und verletzt. Er schätzte es gar nicht, wenn George aus ihm und Pagello eine Art Einheit herzustellen suchte. Er verabscheute seinen Rivalen von ganzem Herzen.

»Noch nie habe ich so klar erkannt, wie wenig ich Dir bedeute«, schrieb er. »Dein Herz, meine arme Freundin, muß sehr krank sein, wenn Du nicht einmal eine Träne für mich übrig hast.

Aber ich bin da, meine Freundin, hier in Baden-Baden, zwei Schritte von Spielcasino entfernt. Ich brauche nur in die Schuhe zu schlüpfen, mein Jackett anzuziehen und schon kann ich so vielen kleinen Puppen so viele Liebeserklärungen machen, wie ich will. Man wird mich nicht allzu schlecht aufnehmen, denke ich. Aber noch sicherer ist es, daß diese hübschen Mädchen ihre Liebhaber bestimmt nicht verlassen würden, weil sie sich mißverstanden fühlten.

Was Du auch sagst oder tust, ob tot oder lebendig, mußt Du wissen, daß ich Dich liebe. Dich! Und keine andere. ›Liebe die Frau, die ich war‹, schreibst du, ›nicht die, die ich heute bin.‹ George, George, die Frau, die ich liebe, ist die aus Fontainebleau, aus dem Forst von Franchard. Aber ich liebe auch die aus Venedig.

Wahrscheinlich muß ich für kurze Zeit nach Paris. Wenn Du mir schreibst, schreibe bitte dorthin.

Warum eigentlich? Sag mir, was soll das alles?! Dein Brief war sehr grausam, George. Warum? Ach, was nützt es zu seufzen! Du sagst, Du schreibst mir, damit ich nicht glaube, es gäbe irgendeine Annäherung zwischen uns. Na, also! Schreiben wir uns nicht! Wenn unsere Freundschaft nichts mehr wert ist, wenn Du leidest, wenn Du allein bist, wozu ist sie dann gut?! Ich will Dich nicht mehr! Adieu! Schreibe mir nicht!

Ich lese diese Zeilen noch einmal durch und erkenne,

das ist das Ende. Das Adieu. Mein Gott, immer wieder ein Abschied. Was ist das für ein Leben. Unaufhörlich sterben? Oh, mein Herz, meine Geliebte, ich will das alles ja gar nicht ... aber warum hast Du mir diesen Brief geschrieben? Was, zum Teufel, habe ich Dir denn getan? Was hilft das alles. Es ist nichts mehr übrig, nicht wahr? Nichts mehr in Deinem Herzen. ›Ich werde nicht geliebt, und ich liebe nicht‹, sagst Du. Was für entsetzliche Worte! Möge ich sie nie auszusprechen brauchen.

Es wird Dich vielleicht schockieren, daß ich nach Paris zurückkehre. Und ihn auch. Ich gebe zu, daß ich nicht bereit bin, irgend jemanden zu schonen. Wenn er leidet – gut! Soll er leiden! Dieser Venezianer, der mich das Leiden gelehrt hat. Ich gebe ihm seine Lektion zurück. Und was Dich betrifft, sei gewarnt! Auch Dir gebe ich deine eigenen Worte zurück: ›Laß es Dir nicht einfallen, eine neuerliche Annäherung zu versuchen!‹ Ist das hart? Vielleicht. Weißt Du, es gibt eine Region in der Seele, wenn der Schmerz in die eindringt, verschwindet das Mitleid. Soll er leiden! Er besitzt dich! All Deine Freundschaft, all Deine Versprechen lösen sich in nichts auf, statt ein heiliger, süßer Trost zu sein. Ich verliere alles. Adieu. Adieu den Tränen, kein Adieu der Liebe! Ich werde Dich noch lieben, wenn ich sterbe. Adieu dem Leben, Adieu der Freundschaft, Adieu dem Mitleid.

Oh, ist es wirklich wahr? Wenn ich diesen Brief schließe, ist mir, als ob ich mein Herz verschließe. Ich spüre, wie es sich zusammenzieht, wie es versteinert.

Adieu.«

Alfred reiste nicht ab. Er wartete auf eine Antwort, die nicht kam.

Seine Reise nach Baden-Baden war sinnlos geworden. Hier konnte er nicht arbeiten, nicht seine Gedanken von George lösen. Längst bereute er jedes verletzende Wort, das er geschrieben hatte, aber das half ihm jetzt nichts mehr. Der Brief war abgeschickt und befand sich bestimmt schon in Georges Händen.

Sie schwieg. Das hieß, sie stimmte der Trennung zu. In Baden-Baden bleiben war eine Qual. Aber in Paris sein, ohne sie zu sehen, war die größere Qual. Also blieb er.

Pagello war wie von einem Alptraum erlöst, als er die fünfzehnhundert Francs in Händen hielt, die – wie George geschrieben hatte – seine Bilder gebracht hatten. So reich war er noch nie im Leben gewesen. Seine Heimkehr war gesichert. Er brauchte sich nicht einmal sehr zu beeilen.

Als erstes kaufte er sich mehrere gelehrte medizinische Fachbücher, die in Venedig Eindruck machen sollten. Dann erwarb er das modernste, schönste chirurgische Operationsbesteck, das er finden konnte. Allein der Anblick dieser Kostbarkeit würde seiner Praxis schnell wieder zum Aufschwung verhelfen.

Sein Ärger auf George, sogar seine Eifersucht auf Alfred waren wie weggeblasen. Im Gegensatz zu den beiden war es ihm gegeben, schnell vergessen zu können.

Als George endlich in Paris eintraf, um ihr Versprechen einzulösen, ihn zu trösten, fand sie einen glücklichen, zufriedenen Pietro vor, der darauf brannte abzureisen.

Nur einmal entschlüpften ihm ein paar bittere Worte. Er betonte, daß Tattet der einzige Mensch gewesen sei, der sich seiner angenommen hatte, als er, einsam und unglücklich, nicht wußte, wie er die Zeit in Paris totschlagen sollte.

Zu Georges Verwunderung, in die sich eine Spur Mißtrauen einschlich, berichtete er, Tattet habe ihn mehrmals zum Diner eingeladen und sie hätten sich ausgezeichnet verstanden.

George brachte Pietro schonend bei, daß sie jetzt Paris leider noch nicht verlassen könne, ihm aber ganz bestimmt allerspätestens in drei Monaten nach Venedig folgen würde.

Pagello nahm dies Versprechen gelassen hin. Als Italiener erkannte er, wann Schwüre rein rhetorisch waren und wann nicht. Er brauchte nicht zu befürchten, daß George ihm folgen würde.

Wenige Tage später erhielt Tattet ein Briefchen, das ihm ein Lächeln abnötigte.

»Mein guter Freund«, schrieb Pagello. »Vor meiner Abreise schicke ich Ihnen noch einen Kuß. Ich beschwöre Sie, sagen Sie niemals und niemandem ein Sterbenswörtchen über meine Liebschaft mit der Sand. Ich will keine Rache. Ich fahre nach Hause in der Gewißheit, wie ein ehrbarer Mann gehandelt zu haben. Das läßt mich meine Leiden und meine Armut vergessen.

Adieu, mein Engel, ich schreibe Ihnen aus Venedig.

Pietro Pagello.«

16

Alfred wurde für sein Ausharren in Baden-Baden mit einem zwar traurigen, aber liebevollen Brief von George belohnt. Er war nicht in Nohant aufgegeben, sondern vom Quai Malaquais. Hals über Kopf packte er seine Sachen und eilte nach Paris zurück.

Dort erwartete ihn Paul mit Neuigkeiten.

Tattet ließ Alfred ausrichten, er möge ihn so bald wie möglich besuchen. Die zweite Neuigkeit fand Alfred bedeutend interessanter. Durch sein zuverlässiges Netz von Informanten hatte Paul erfahren, daß der ihm nur namentlich bekannte Pagello morgen die Heimreise nach Venedig antreten würde. Madame Sand sei extra nach Paris gekommen, um ihn zu verabschieden.

Das bedeutete, Alfred konnte George nicht sehen, wollte es auch nicht, bevor Pietro fort war.

Das Warten fiel ihm schwer. Daher machte er sich auf den Weg zu seinem Freund.

Tattet sprang auf, als der Diener Alfred in das große, reich ausgestattete Bibliothekszimmer führte.

»Wie geht es dir?« fragte er und umarmte Alfred herzlich. »Du siehst gut aus. Wie war Baden-Baden? Erzähle!«

Alfred zuckte die Achseln. »Es gibt nicht viel zu erzählen. Ich bin ungern hingefahren und genauso ungern zurückgekommen.«

»Warum das?«

»Es liegt an mir. Nur an mir. Man sollte mich wegwerfen. Ich finde mich selbst ganz und gar unbrauchbar. Erzähl mir lieber von dir. Was gibt es Neues?«

»Während du fort warst, hat sich dein Nachfolger bei mir gemeldet«, sagte Tattet und beobachtete Alfred genau.

»Mein Nachfolger?« wiederholte Alfred etwas spitz. »Wen meinst du damit?«

»Den gelehrten Doktor Pagello.«

»Den bin ich los«, bemerkte Alfred zufrieden. »Morgen reist er ab nach Venedig. Auf Nimmerwiedersehen!«

»Ja, ich weiß«, entgegnete Tattet und ließ Alfred nicht aus den Augen. »Pagello hat sich brieflich von mir verabschiedet.«

»Er ist doch ein ziemlich geistloser Bursche. Findest du nicht? Ich verstehe nicht ganz, wieso du dich mit ihm abgegeben hast!«

»Offen gesagt, deinetwegen!«

Alfred blickte den Freund verblüfft an. »Meinetwegen? Warum meinetwegen?«

»Ich wollte ihn näher kennenlernen.«

Tattets Worte berührten Alfred peinlich. Sein Freund hatte sich nicht mit diesem Pagello abzugeben, fand er.

»Er ist ein lieber, braver, vertrauensseliger Mensch«, fuhr Tattet fort. »Und er war todunglücklich, allein hier in Paris. Er tat mir leid.«

»Ich wußte gar nicht, daß du ein solcher Menschenfreund bist«, spöttelte Alfred.

»Man ändert sich eben.«

Das war zuviel für Alfred. »Was ist los mit dir? Sollte ich dich schnellstens besuchen, damit du mir erzählen kannst, Pagello täte dir leid? Das war recht überflüssig.«

»Das war nicht der Grund.«

»Ich weiß. Du wolltest ihn näher kennenlernen, hast du gesagt. Ist dir das gelungen?« fragte Alfred erbost.

Tattet nickte. »Ja, es ist mir gelungen. Über alle Erwartungen gut ist es mir gelungen.«

Alfred sah den Freund mißtrauisch an. Er glaubte zu erraten, was kommen würde und wollte es weder hören noch wissen.

»Kannst du ein Geheimnis bewahren?« fragte Tattet.

»Was für ein Geheimnis?«

»Wenn ich dir gewisse Dinge berichte, über die ich schweigen sollte, wirst du dann schweigen können?«

»Das weiß ich nicht!« Alfred klang ärgerlich. »Wenn es sich um George handeln sollte, wäre es mir lieber, du schweigst. Es ist mir gleichgültig, was dieser Kerl gesagt hat.«

Ohne ein Wort ging Tattet auf einen der Bücherschränke zu, die die ganze Wand füllten, suchte in aller Ruhe nach einem Buch, fand es und kam zu Alfred zurück.

»Kennst du dieses Buch?« fragte er und hielt es Alfred hin.

Alfred verneinte, ohne es auch nur anzusehen.

»Du hast es mir geschenkt. Außerdem hast du mir eine Widmung hineingeschrieben, die wohl einmal der Wahlspruch deines Lebens war.« Er schlug das Buch auf und las vor: »Die Liebe ist das große Spiel / was schert mich die Maitresse / die Trunkenheit, die ist mein Ziel / die Flasche? Kein Interesse!« Er schloß das Buch wieder. »Erinnerst du dich?«

»Ja. Ziemlich dumm, dieser Vers.«

»Mag sein. Aber mir hat er gefallen. Er ist frech, unverschämt und gescheit. Das warst du alles, und so habe ich dich geliebt.«

Alfreds Ärger war verraucht, aber er blieb zurückhaltend. »Ich war sehr jung damals«, murmelte er.

»Nur zwei Jahre jünger als heute. Das ist nicht viel!«

»Es ist unendlich viel. Diese zwei Jahre, die waren viel

länger als vierundzwanzig Monate. Das da ...«, er deutete auf das Buch, »das bin ich nicht mehr.«

»Ja, das habe ich bemerkt. Als wir zusammen bei Lointier dinierten, da dachte ich, du seist nicht Alfred de Musset, sondern ein Charakter von Molière. Du warst der gehörnte Ehemann aus der Komödie, der die Untreue seiner Frau nicht wahrhaben will.«

»Ich kann mich nicht erinnern«, murmelte Alfred unwillig.

»Du wolltest mir einreden, daß zwischen George und Pagello nichts vorgefallen sei, solange du in Venedig warst. Willst du die Wahrheit wissen?« Bevor Alfred abwehren konnte, fuhr Tattet for: »Am Tag nach meiner Abreise ... ich besuchte dich damals am Krankenbett im Danieli ... da haben George und er es in einer Gondel getrieben. Weißt du, daß sie ihm schon vorher Liebesbriefe geschrieben hat? Kleine Zettel, die sie ihm in seine Arzttasche steckte? Und von dem Tag an, als ihr in die Pension übersiedeltet, ist sie jede Nacht zu ihm ins Bett gekrochen ...«

Alfred sah sehr blaß aus. »Bitte nicht ...«, bat er, aber Tattet war unerbittlich.

»Von George, der guten, hast du mir vorgeschwärmt, die nie eine Lüge aussprechen kann, die eine edle Freundin ist, ein echter Kamerad. Du verdammter Narr, du hast mir versichert, daß die zwei sich erst lange nach deiner Abreise nähergekommen sind. Daß George noch immer gezögert habe. Und als ich dich fragte: ›Woher weißt du das?‹, hast du geantwortet: ›Sie hat es mir selber erzählt!‹ Das werde ich nie vergessen! Du klangst wie ein molièrescher Hahnrei! Wie George Dandin! Der arme Narr!« Er sah, wie Alfreds Augen sich mit Tränen füllten. »Es tut mir leid, Alfred. Das war eine Roßkur. Ich weiß es ...«

Alfred wandte sich ab und ging zur Tür.

»Wo willst du hin? Du wirst doch jetzt nicht gehen?!«

»Was soll ich sagen?« fragte Alfred hilflos. »Mein bester Freund trifft sich mit meinem Rivalen und entlockt ihm seine Bettgeheimnisse. Das ist abscheulich. Wie konntest du das nur tun?!«

Ohne Tattet noch einmal anzusehen, verließ er den Raum.

Alfred schleppte sich nach Hause und warf sich auf sein Bett. Jetzt konnte er den Tränen freien Lauf lassen.

Als er sich beruhigt hatte, versuchte er zu ermessen, was geschehen war. Er hatte Tattet beschimpft, es erbärmlich gefunden, was er getan hatte. Es war auch erbärmlich! Aber... und das mußte er sich ins Hirn hämmern und durfte es nicht vergessen... es war ein echter Freundschaftsdienst von Tattet gewesen. Er meinte es gut mit ihm, und was er sagte, war sicher die reine Wahrheit, die er heimtückisch aus Pietro herausgepreßt hatte.

Stimmte es, daß er, Alfred, diese Wahrheit nicht kannte? Hatte er George in Venedig nicht schon immer verdächtigt? Das war ihm in der Rückerinnerung eher wie ein Teil seiner Krankheit vorgekommen. Ein Fiebertraum von Eifersucht, kein echter Verdacht. Liebte er George vielleicht so sehr, daß er ihr für ihre Lügen dankbar war? Daß er sie gedankenlos und bedenkenlos für bare Münze nahm... nehmen wollte?

Tattet erwartete zweifellos von ihm, daß er George nie wiedersehen würde. Konnte er das? Konnte er ermessen, was das bedeutete? Er begann sich das auszumalen. George war anders als alle anderen Frauen, die er je gehabt hatte. Ihre Zärtlichkeit war warm, mütterlich. Aber sie war noch mehr. Viel mehr. Als er sich gerade in Lobeshymnen ergehen wollte über die einzige Frau, die ihm in seinem kurzen Leben das Gefühl der wahren Liebe einflößen konnte, daß er so oft in seinen Versen besungen hatte, kam ihm ihr Betrug endlich ganz stark zu Bewußtsein. Sie hatte ihn betrogen und belogen! Sie hatte ihn zum Hahnrei gemacht, wie Tattet ihn genannt hatte.

Über diesen Ausdruck mußte er, zwar unter Tränen, jetzt doch lachen.

Ein zwanzigjähriger Hahnrei? Gab's denn das? Obwohl Alfred von sich selbst immer als zwanzigjährig sprach und sich auch so fühlte, war er in Wahrheit schon dreiundzwanzig, vergaß es aber bereitwilligst.

Ein Hahnrei hatte alt zu sein, dickbäuchig und kahlköpfig, wogegen seine Frau blutjung sein mußte, lebenslustig und lüstern auf Abenteuer. Diese Rolle sollte George zufallen, der – was ihr Alter betraf – stets ehrlichen Dreißigjährigen? Sie waren wirklich ein seltsames Paar, überlegte er und wäre fast heiter gewesen, wenn ihm der Gedanke an Pagello nicht doch wie ein Stachel im Fleisch gesessen hätte. Eifersucht empfand Alfred noch stärker, noch brennender als Liebe.

Er wollte sich an nichts mehr erinnern, über nichts nachgrübeln.

Er stand auf und begab sich in ein von Künstlern viel besuchtes Café, wo er ausgerechnet Mérimée traf, der betont liebenswürdig zu ihm war und mit keinem Wort die eigenen oder Alfreds Beziehungen zu derselben Dame erwähnte.

Alfred kam spät und nicht ganz nüchtern nach Hause.

Die Petroleumlampe auf dem Treppenabsatz brannte, als Signal, daß Paul noch wach war. Aber Alfred verspürte keine Lust, jetzt mit dem Bruder zu sprechen.

Er löschte die Lampe, ging zu Bett und schlief bald ein.

Am nächsten Morgen brachte ihm der Diener mit dem Kaffee einen Brief von George. Sie erwarte ihn abends, schrieb sie. Das weckte alles wieder auf, was er gestern mühsam mit Absinth betäubt hatte. Aber er war nicht gewillt, einen neuen Versuch zu unternehmen, den inneren Zwiespalt zu lösen.

Er verbrachte den Tag kraftlos, gedankenlos, unfähig zu entscheiden, wie es weitergehen sollte und stand abends wie betäubt vor dem Haus am Quai Malaquais.

Während er langsam die Treppen hinaufstieg, wurde er sich plötzlich darüber klar, was er erreichen wollte: George mußte ihm die Wahrheit sagen. Und die Wahrheit war, was Pagello Tattet erzählt hatte. Nur wenn sie das tat... wenn sie es freiwillig tat... konnte sein Glauben an sie, die Freundin, den Kameraden erhalten bleiben. Nur so wäre er fähig, die quälende Eifersucht zu besiegen, die sein Verhalten zu George vergiftete. Er brauchte die Wahrheit, um zu gesunden, um arbeiten und weiterleben zu können.

Als er sich zu dieser Erkenntnis durchgerungen hatte, fühlte er sich erleichtert. Er lief die Treppen schnell hinauf in Georges weit geöffnete Arme.

Was er als Rettung erhofft hatte, geriet zur Katastrophe. Es wurde eine entsetzliche Nacht, deren Schrecken nicht einmal durch eine Stunde der Liebe gemildert wurden.

George weigerte sich, das zuzugeben, was er hören wollte. Alfred wurde ausfallend. Noch nie zuvor hatten sie sich so tief zerstritten. George brauchte länger, um ihre Gedanken zu formulieren als er. Sie war Alfreds beißendem Sarkasmus hilflos ausgeliefert, was sie voller Ärger erkannte und ihren Willen bestärkte, sich von Alfred zu nichts drängen zu lassen, was sie am nächsten Tag bereuen würde. Wie immer in solchen Situationen brach sie in Tränen aus, was Alfred höhnisch als eine weibliche Art des Argumentierens bezeichnete, die Georges unwürdig sei.

Um fünf Uhr morgens verließ er den Quai Malaquais und wanderte durch die schlafende Stadt nach Hause.

Je weiter er sich von George entfernte, desto trauriger wurde er. Er hatte sich schlecht benommen, erkannte er plötzlich, war unfair zu ihr gewesen. Am liebsten wäre er umgekehrt, hätte sich ihr zu Füßen geworfen und sie um Verzeihung gebeten.

Wenn er das wirklich getan hätte, würde er sie am Schreibtisch angetroffen haben, wo sie mit fliegender Feder all das zu Papier brachte, was sie unter dem Trommelfeuer von Alfreds Angriffen nicht schnell genug hatte sagen können. Daß sie immer ungesagte Dinge brieflich nachholen mußte, war ein Fluch, der sie ihr Leben lang verfolgte.

Alfred machte nicht kehrt, sondern ging nach Hause, wo er sich im Zustand tiefster Zerknirschung seinerseits an den Schreibtisch setzte.

»Wie weh ich Dir heute nacht getan habe«, klagte er. »Ich weiß es! Oh, mein Leben, meine Vielgeliebte, ich bin unglücklich, ich bin verrückt, dumm, undankbar und brutal gewesen!« Er bat sie, ihn zu bestrafen, aber nicht zu verdammen. Und in diesem Ton ging es über viele Seiten weiter.

Die Boten, die die beiden Briefe schließlich ihren Adressaten zustellten, mußten sich irgendwo zwischen dem Quai Malaquais und der Rue de Grenelle gekreuzt haben.

Aber die Zeitspanne zwischen dem Schreiben und dem Lesen war zu lang gewesen. George hatte sich in ihren Ärger über Alfred so verstrickt, daß seine flehentlichen Zeilen kein Gehör mehr bei ihr fanden. Und ihr Brief voller Anschuldigungen ließ Alfred bereuen, daß er sie um Verzeihung gebeten hatte.

»Ich wußte, daß diese Vorwürfe kommen würden«, las er. »Wie kommst Du dazu, mich über Pietro zu befragen!

Ich hatte Dir verboten, von ihm zu sprechen. Mit welchem Recht befragst Du mich über Venedig?! Gehörte ich Dir in Venedig? Von dem Tag an, als ich erkrankte, warst Du übellaunig. Eine kranke Frau ist sehr langweilig und sehr trist, sagtest Du. Hat der Bruch zwischen uns nicht schon damals begonnen?

Ich, mein Kind, ich will Dir keine Gegenrechnung aufstellen, aber Du vergißt die Tatsachen viel zu leicht.

Ich habe mich niemals darüber beklagt, daß ich meinen Kindern entrissen wurde, mich von meinen Freunden, meiner Arbeit, meinen Pflichten trennen mußte, dreihundert Meilen weit weggeführt wurde, um dann von Dir mit beleidigenden, mein Herz zerreißenden Worten verlassen zu werden! Und aus welchem Grund? Nur weil ich Fieber hatte, niedergeschlagen und von tiefer Traurigkeit erfüllt war, in die mich Deine Gleichgültigkeit gestürzt hatte.

Nie habe ich geklagt! Stets habe ich meine Tränen verborgen, als Du die furchtbaren Worte aussprachst, die ich niemals vergessen werde: ›George, es war ein Irrtum! Entschuldige, aber ich liebe Dich nicht mehr!‹

Wäre ich nicht so krank gewesen, ich wäre auf der Stelle abgereist. Aber Du hattest kein Geld, und ich wußte nicht, ob Du welches von mir annehmen würdest. Ich konnte Dich nicht mittellos in einem fremden Land allein lassen.

Pietro kümmerte sich damals um mich, und Du dachtest nicht daran, eifersüchtig zu sein, ebensowenig wie ich daran dachte, ihn zu lieben. Aber selbst wenn ich ihn damals schon geliebt hätte und auch, wenn ich ihm damals schon angehört hätte, so steht es Dir nicht zu, Rechenschaft darüber zu verlangen.

Du, der Du mich die Langeweile in Person, eine Träumerin, eine Nonne und was weiß ich alles genannt hast, Du hattest mich verletzt und beleidigt. Auch ich sagte dir dann: ›Wir lieben uns nicht mehr, wir haben uns niemals geliebt!‹

Und jetzt, jetzt verlangst Du von mir, daß ich Dir Stunde für Stunde den Ablauf meiner Liaison mit Pietro schildern soll? Ich würde mich erniedrigen, wenn ich Geständnisse ablegen wollte wie eine Frau, die dich betrogen hat!

Ich habe Pietro nicht vom ersten Tag an geliebt. Und selbst nach Deiner Abreise sagte ich nur, daß ich ihn vielleicht einmal lieben könnte, daß dies aber mein Geheimnis sei. Da ich Dir nicht mehr angehörte, konnte ich ihm angehören, ohne Dir darüber Rechenschaft ablegen zu müssen. Ich verbot Dir, in eine Phase meines Lebens einzudringen, die ich mit dem Schleier der Schamhaftigkeit vor Dir zu verhüllen trachtete.

Die Zeit, in der Du und ich Bruder und Schwester waren, war so keusch wie eine echte Verbrüderung. Aber auch jetzt, wo ich wieder Deine Geliebte geworden bin, werde ich diesen Schleier nicht zerreißen.

Wenn Pietro mich nach unseren Bettgeheimnissen gefragt hätte, glaubst Du, ich hätte ihm geantwortet? Fändest Du es von meinem Bruder sehr geschmackvoll, wenn er mich über Dich befragte? Hast Du nicht meinen Widerwillen bemerkt, unsere verhängnisvolle Bindung neu aufleben zu lassen? Habe ich nicht vorausgesagt, was eingetreten ist? Ich habe gewußt, daß Du unter dieser vergangenen Beziehung zu Pietro leiden würdest. Solange ich mich Dir verweigerte, fandest Du sie erregend wie ein schönes Gedicht. Aber von dem Augenblick an, als Du Dich meiner wieder bemächtigt hattest wie einer Beute, wurde sie zu einem Alptraum.

Ich will nicht mehr lieben! Ich habe zu sehr gelitten. Alles was ich getan habe, um unsere Freundschaft wieder zu beleben, hat sich als Illusion erwiesen. Was bleibt dann von unserer Beziehung übrig, die uns einmal so schön vorkam? Weder Liebe noch Freundschaft, mein Gott ...«

Alfred legte den Brief beiseite. Es war alles umsonst gewesen. Nie würde George die Wahrheit zugeben.

Er stellte erstaunt fest, daß die Enttäuschung nicht wirklich schmerzte. Keine Tränen, kein Bedauern. Es war vorbei. Er liebte George nicht mehr. Sie war zu weit gegangen. So weit, daß er ihr nicht folgen konnte, es auch nicht wollte.

Aber er wagte nicht, diesem plötzlichen Umschwung seiner Gefühle ganz zu trauen. Wie würde er reagieren, wenn George plötzlich bereute und sich in seine Arme warf?

Er beschloß, für ein paar Tage aus Paris zu verschwinden. Eine familiäre Verpflichtung, ein Besuch bei Verwandten in Burgund. Der Onkel hatte Geburtstag. Welch angenehmer Reisegrund!

Bevor er Paris verließ, schrieb er ein paar Zeilen an Tattet. Das war er ihm schuldig!

»Alles ist vorbei«, begann er. »Wenn ›man‹ Dir zufällig Fragen stellen sollte, (wer könnte Dich bloß verdächtigen, mit mir gesprochen zu haben?!), wenn ›man‹ Dich womöglich sogar aufsucht, um zu fragen, ob wir uns gesehen haben, sage einfach, nein! Und sei versichert, daß unser gemeinsames Geheimnis gut bei mir aufgehoben ist.

Auf bald, und von ganzem Herzen.«

Am Morgen nach der entsetzlichen Nacht hatte George ihrem alten Freund Émile Régnault erklärt, daß sie sofort nach Nohant reisen müsse, um Alfred zu entfliehen. Da Alfred aber schwieg, verschob sie, zu Émiles Verwunderung, die Abreise von Tag zu Tag.

Mehr um ihre Ankündigung wahr zu machen als aus innerem Zwang, machte sie sich schließlich auf den Weg.

Sie beauftragte Émile, der sie zur Postmeisterei begleitete, umgehend festzustellen, ob Alfred in Paris sei oder ob er vielleicht nach Baden-Baden zurückgekehrt wäre, und ihr nach Nohant darüber zu berichten.

Casimir empfing die Gattin recht kühl. Unangemeldete Besuche schätzte er nicht. Was wollte Aurora hier? Maurice war wieder in der Schule, Solange im Pensionat. Selbst Hippolyte war nicht in Nohant, sondern in Paris, genau wie die Horde von Auroras alten Freunden aus La Châtres, die Casimir verabscheute. Parasiten waren sie samt und sonders, fand er. Warum also war Aurora gekommen?

Tatsächlich wußte George selbst nicht mehr, warum sie nach Nohant gekommen war. Sie sei auf der Flucht vor Alfred, hatte sie Émile erzählt. Nun schien es ihr, als ob sie vor jemandem geflüchtet wäre, der sie gar nicht verfolgte. Diese Vorstellung war so unerträglich, daß sie sie schnellstens verwarf.

Sie dachte lange darüber nach, wieso Alfred plötzlich wie vom Erdboden verschwunden war. Was konnte der Grund sein? Sollte ihr Brief der Anlaß sein, den sie noch ganz unter dem Eindruck der qualvollen nächtlichen Auseinandersetzung geschrieben hatte? Das Ärgerliche war, daß sie sich nicht mehr genau erinnern konnte, was sie geschrieben hatte. Sie mußte sich damals einfach Luft machen. Das war alles. Hatte sie gesagt, daß sie sich trennen müßten? Ja! Sicherlich! Aber das war nichts Neues. Das hatte sie ihm oft gesagt, schriftlich und auch mündlich. Und er hatte es nie ernst genommen. Das hatte sie auch nie von ihm erwartet.

Endlich kam Nachricht von Émile. Alfred wäre ein paar Tage verreist gewesen, Émile wisse nicht wohin, er sei aber jetzt wieder in Paris und zwar, laut Auskunft von Buloz, schon seit über acht Tagen.

George war schockiert. Es schien ihr undenkbar, daß Alfred sich aus eigener Kraft von ihr trennen könnte.

Dazu besaß das Kind nicht die nötige Energie. Dahinter mußte etwas anderes stecken. Wahrscheinlich kein Etwas, sondern ein Jemand.

Nach gründlichen Überlegungen konzentrierte sich ihr Verdacht auf Tattet. Sie wußte, daß er, trotz all seiner Artigkeiten, nicht zu ihren Bewunderern zählte, dafür aber Alfreds treuer Freund war.

Als Pagello vor seiner Abreise erwähnte, er sei öfter mit Tattet zusammen gewesen, während sie in Nohant und er allein in Paris war, hatte sie aufgehorcht. Es war ihr nicht recht gewesen, daß die beiden sich getroffen hatten. Sollte es Tattet gelungen sein, Einzelheiten über ihre Beziehung aus Pietro herauszupressen? Pietro war vertrauensselig. Außerdem war er wütend auf sie gewesen. Erst der angebliche Verkauf seiner Bilder hatte die Wogen zwischen ihnen geglättet.

Wenn Tattet die Wahrheit kannte, dann kannte Alfred sie auch. George glaubte jetzt zu wissen, was sich hinter seiner Raserei in der schlimmen Nacht verbarg. Sie konnte sogar seine Empörung darüber nachvollziehen, daß sie immer wieder von ihm verlangt hatte, ihr etwas zu glauben, von dem er durch Tattet wußte, daß es die Unwahrheit war.

George war sehr selten mit sich unzufrieden, hielt sich fast immer für schuldlos. Wenn irgendeine ihrer Handlungen oder Entschlüsse auf Kritik stieß, fand sie stets Erklärungen, Ausreden, notfalls auch kleine Lügen, um zu beweisen, daß sie im Recht war. Hier aber gab es keinen Ausweg. Hier war sie schuldig. Diese Schuld mußte aus der Welt geschafft werden! Ja, vielleicht stimmte es, vielleicht würden Alfred und sie sich einmal trennen. Aber nicht jetzt und nicht unter diesen Gegebenheiten. Das konnte sie nicht zulassen. Jetzt liebte sie Alfred und wünschte nichts dringlicher, als wiedergutmachen zu können, was sie angerichtet hatte.

Zu Casimirs Erleichterung erklärte sie ihm, daß sie unerwartet schnell nach Paris zurückkehren müsse.

George ließ sich von der Postmeisterei in einem Mietwagen nach dem Quai Malaquais bringen. Unterwegs dachte sie wieder und wieder denselben Gedanken: In der Wohnung erwartet mich ein liebevoller Brief von Alfred. Er kann nicht aufhören, mich zu lieben ... er kann es nicht ... es ist unmöglich. Er hat mir geschrieben ... liebevoll geschrieben ...

Alles, was auf sie wartete, war jedoch ein Stapel unbezahlter Rechnungen. Was sollte sie tun? Jeannine mit einem Brief zu ihm schicken? Nein, falsch. Sie mußte selbst gehen. Sofort. Obwohl es schon spät war.

George lief so schnell, daß sie atemlos vor dem Haus in der Rue de Grenelle ankam. Hinter den Vorhängen von Alfreds Fenstern sah sie Licht. Er war also zuhause. Jetzt brauchte sie ihn nur noch um Verzeihung zu bitten, und alles würde wieder gut sein.

Sie läutete an der Haustür. Als die Concierge nicht gleich kam, zog sie noch einmal anhaltend an dem Glokkenstrang.

Sie hörte Schritte, hörte den Schlüssel im Schloß, dann wurde die Tür einen Spalt breit geöffnet.

»Ich bin es, Madame«, rief sie der Hausmeisterin zu, die sie gut kannte.

Aber die Frau blieb im Türspalt stehen, den sie mit ihrer stämmigen Figur ganz ausfüllte. »Monsieur ist nicht zuhause«, sagte sie streng.

Sie lügt! Alfred ist oben. Ich habe das Licht in seinen Fenstern gesehen. Er läßt sich verleugnen. Ob ich sie einfach beiseite schiebe und zu ihm hinauflaufe? Sie wird hinter mir herlaufen und laut schreien, damit er es hört und erkennt, daß sie ihr Bestes getan hat, um mich zurückzuhalten. Es wird einen Eklat geben. Alfred haßt Eklats. Seiner Mutter wegen.

George gewann ihre Fassung zurück. »Richten Sie Monsieur aus, daß ich wieder in Paris bin und ihn gelegentlich erwarte.«

»Sehr wohl«, murmelte die Frau und ließ die Haustür vor Georges Nase ins Schloß fallen.

Nach einer schlaflosen Nacht war sie unfähig, irgend etwas anderes zu tun, als auf Alfred zu warten.

Am späten Nachmittag hatte sie noch immer nichts von ihm gehört.

Sie konnte es nicht länger in ihrer Wohnung ertragen. Sie mußte zu ihm, mußte ihn um Vergebung anflehen.

Als sie schon unten auf der Straße stand, wurde ihr klar, daß es ein großer Fehler war, noch einmal zu Alfred zu laufen.

Zurück in die Wohnung? Das konnte sie auch nicht. Also ging sie statt dessen in die Redaktion der »Revue des deux Mondes«.

Buloz war nicht allein.

Er stellte George seinen Besucher vor. Er heiße Franz Liszt und sei auf dem besten Wege, der berühmteste Konzertpianist der Welt zu werden.

Der junge Mann war aufgesprungen und blickte George bewundernd an. Er war schlank bis zur Magerkeit, schwarzäugig, schwarzhaarig. Mit den etwas theatralischen Allüren eines ungarischen Aristokraten, der er keineswegs war, beugte er sich über ihre Hand. »Ich bin tief geehrt, Madame. Ich hatte schon meinen Freund Alfred de Musset gebeten, mich Ihnen vorzustellen, aber leider mußte er damals verreisen. In die Pyrenäen, wenn ich mich richtig erinnere.«

Statt einer Antwort brach George in Tränen aus.

Liszt erschrak.

Buloz, an Georges Gefühlsausbrüche gewöhnt, erkundigte sich, ob er ihr irgendwie behilflich sein könne.

»Ich muß mich entschuldigen«, schluchzte sie und versuchte sich zu beherrschen.

»Habe ich etwas Falsches gesagt?« fragte Liszt besorgt.

George schüttelte den Kopf. »Nein. Ganz und gar nicht. Ich kann nur Alfreds Namen nicht hören, ohne an mein Unglück erinnert zu werden...«

Liszt sah Buloz fragend an. Der zuckte nur die Achseln.

»Er liebt mich nicht mehr... er will mich nicht sehen...«, brachte George schließlich hervor, »und es schmerzt mich maßlos, da ich schuld bin an seiner Eiseskälte...«

»Alfred kalt?« rief Liszt temperamentvoll. »Wenn Sie wüßten, wie er von Ihnen geschwärmt hat!«

»Meine liebe George...«, begann Buloz und unterbrach sich, um seinem Besucher diese Anrede zu erklären. »Madame identifiziert sich mit ihrem männlichen Pseudonym und wünscht entsprechend angeredet zu werden, obwohl sie heute eher der zarten Aurora gleicht, die sie einmal war.«

»Sie machen sich über mich lustig, Buloz«, klagte George. »Und Sie haben recht! Es gibt nichts Lächerlicheres als eine Frau, die von ihrem Geliebten verlassen wurde.«

Buloz empfand Georges rückhaltslose Offenheit, was ihre sehr privaten Angelegenheiten betraf, als recht peinlich, zumal sie Liszt eben erst kennengelernt hatte. Um dem Gespräch eine andere Wendung zu geben, erzählte er, daß er den Maler Delacroix beauftragt habe, die wichtigsten Mitarbeiter der »Revue« zu portraitieren. Und zu denen gehöre George Sand natürlich. Delacroix werde sich direkt mit ihr in Verbindung setzen, denn sie müsse das Opfer bringen, ihm Modell zu stehen. Es treffe sich aber gut, daß sein Atelier ganz in der Nähe sei, am Quai Voltaire.

Als George zu gehen wünschte und Buloz sie zur Tür brachte, bat sie ihn flehentlich, Alfred zu bewegen, sie aufzusuchen.

Buloz war skeptisch. »Glauben Sie wirklich, daß das richtig ist, George?«

»Richtig vielleicht nicht. Aber es ist das einzige, was mich am Leben halten könnte.«

Seufzend versprach er, sein Bestes zu tun.

Nachdem sich die Tür hinter George geschlossen hatte, fragte Liszt, ob Buloz es unpassend finden würde, wenn er Madame Sand eine Visite machte. Er wolle versuchen, sie aufzuheitern.

Buloz sah Liszt prüfend an und verkündete: »Ob es passend oder unpassend ist, hängt von Ihnen ab. Versuchen Sie es! Meinetwegen!«

George schleppte sich nach Hause. Sie erging sich in Selbstvorwürfen über die albernen Tränen, die sie bei Buloz vergossen hatte und wußte doch, daß sie nichts anderes denken, von nichts anderem reden konnte als von ihrer Trauer um Alfred und der eigenen Schuld an dem Unglück, das sie befallen hatte.

Am späten Nachmittag erschien Alfred.

Sie lief ihm nicht entgegen, sie warf sich nicht vor ihm auf die Erde und flehte nicht um Vergebung. Sie starrte ihn nur an. Sie war derartig eingesponnen gewesen in ihre Gedanken über ihn, daß der leibhaftige Alfred, der nun vor ihr stand, ihr fast fremd vorkam. Er war so kühl, korrekt und gefaßt, so gut gekleidet, gepflegt und frisiert.

»Buloz hat mir befohlen, dich zu besuchen«, sagte er, nachdem er die Luft über ihrer ausgestreckten Hand geküßt hatte.

»Und Buloz' Befehle werden befolgt?« fragte sie und versuchte ein Lächeln.

»Selbstverständlich! Immer!« Es sollte scherzhaft klingen, tat es aber nicht. »Der Kaiser rief und der arme Poet kam.«

Ihre Augen füllten sich mit Tränen.

Alfred tat, als ob er es nicht bemerkte. »Du warst in Nohant?« fragte er schnell.

»Ja. Und wo warst du?«

»In Montbard.«

»Montbard. Wo ist das?«

»In Burgund. Ein Onkel von mir hatte siebzigsten Geburtstag, und ich wurde im Namen der Familie hinbeordert, um ihm zu gratulieren.«

Er redet mit mir. Er darf nicht aufhören zu reden. Ich muß ihm immerzu Fragen stellen, sonst läßt er mich womöglich wieder allein. »Wie war es?« begann sie.

Alfred beantwortete höflich alle Fragen, berichtete von der Zahl der Gäste, dem festlichen Diner, dem Wein, von einem Ausritt in die herbstlichen Wälder, von einer Kusine, einer wahren Schönheit, die er das letzte Mal als Zehnjährige gesehen hatte. »So, jetzt weißt du alles, was es über meinen Besuch zu erzählen gibt«, schloß er und stand auf. »Du mußt mich entschuldigen, ich muß leider gehen . . .«

»Nein!« rief sie. »Noch nicht! Bitte, noch nicht!«

»Tut mir leid, George, ich muß wirklich weiter. Ich habe eine Verabredung.«

Sie verbot sich zu fragen »Mit wem?« und sagte statt dessen: »Wann sehen wir uns wieder?«

»Bald, hoffe ich. Vielleicht essen wir mal zusammen . . .«

»Bei Pinson?« Das war ihr kleines Stammlokal, wo sie oft gemeinsam gegessen hatten.

»Wenn du willst, bei Pinson! Jetzt muß ich mich aber beeilen.« Er reichte ihr die Hand.

Sie ergriff sie und hielt sie fest. »Bitte, bleib noch! Laß mich jetzt nicht allein. Ich fühle mich gar nicht wohl...«

»Tut mir leid, George.« Er küßte wieder die Luft über ihrer Hand und ging.

Beim Verlassen des Hauses stieß er einen Seufzer der Erleichterung aus. Er hatte die erste Probe bestanden. Er hatte George nicht in die Arme genommen, sie nicht geküßt und sich einigermaßen natürlich und distanziert verhalten.

George dagegen zerfloß in Tränen. Was für eine lächerliche Unterhaltung war das gewesen. Kein Wort hatte sie gesagt von dem, was auf ihr lastete, was sie loswerden mußte, wenn sie überleben wollte. Obendrein hatte sie noch einen schweren Fehler gemacht. In Italien hatte er sich immer wieder beklagt, daß kranke Frauen ihn langweilten. Und eben hatte sie versucht ihm einzureden, sie fühle sich nicht gut. Da mußte er ja fliehen!

Die Stille der Wohnung bedrückte sie derart, daß sie die Treppen hinunterlief und sich erst besser fühlte, als sie in der frischen Luft war.

Planlos irrte sie durch die dunklen Straßen des Quartier Latin. Wie gebannt blieb sie vor den Auslagen eines Trödelladens stehen, dessen Besitzer auf dem Aushängeschild behauptete, Antiquitätenhändler zu sein. Zwischen altem Kochgeschirr, rahmenlosen Gemälden, wackligen Öllampen und in schimmelndes Leder gebundenen Folianten lag ein menschlicher Schädel.

Der Anblick traf sie wie ein Schlag ins Gesicht. Der Schädel dort war ihr Freund, ihr Bruder. Er war das, was einmal auch von ihr übrigbleiben würde. Nicht einmal, korrigierte sie sich. Einmal klingt nach vager Zukunft. Nein, bald! Bald wird es soweit sein.

Sie erwarb den Schädel ohne zu feilschen. Als der Händler ihn ihr in die Hand drücken wollte, schrak sie zurück. Für ein Aufgeld erstand sie eine einfache kleine Kiste, in die er hineinpaßte.

In ihrem Schlafzimmer angelangt, nahm sie ihn heraus und baute ihm auf der Kiste, die sie mit einem seidenen Schal verhüllte, einen kleinen Altar.

Als Jeannine kam, um George beim Entkleiden zu helfen, stieß sie bei diesem Anblick einen durchdringenden Schrei aus.

Zum ersten Mal seit langem konnte George lachen.

»Madame, bitte nehmen Sie das Ding weg! Ich flehe Sie an! Das ist ja entsetzlich!«

»Nein, Jeannine, es bleibt da! Der ursprüngliche Besitzer, wer er auch gewesen sein mag, sah einmal genauso aus wie du und ich. Und unser Kopf wird einmal genauso aussehen wie dieser Schädel. Wir müssen uns an seinen Anblick gewöhnen.«

»Wenn Sie meinen, Madame«, murmelte Jeannine gehorsam. »Gut, dann sehe ich einfach nicht hin. Ich tue, als ob er nicht da wäre.«

So kann man Dinge auch aus der Welt schaffen, überlegte George und beneidete Jeannine.

Sie quälte sich durch die Nacht.

Als sie überhaupt nicht einschlafen konnte, nahm sie die halbabgebrannte Kerze von ihrem Nachttisch und stellte sie unter den Schädel. Jetzt erleuchteten die glühenden Augen das Zimmer.

Sie saß im Bett, umschlang mit den Armen die angezogenen Knie und blickte in die flackernden hohlen Augen. Die Tränen liefen ihr über die Wangen, so sehr sehnte sie sich nach Alfreds Liebe, und so leid tat sie sich.

Am nächsten Morgen kam ein Briefchen von Eugène Delacroix. Der Maler bat sie, nachmittags zu einer Sitzung in sein Atelier zu kommen. George trug dem Boten auf,

Monsieur Delacroix auszurichten, daß sie leider nicht kommen könnte, sie sei krank.

Sie traute sich nicht aus dem Haus.

Um sich abzulenken, versuchte sie ihre Korrespondenz zu erledigen. Sie schrieb an Sainte-Beuve. Von ihm konnte sie wenigstens voraussetzen, daß er an ihrem Schicksal teilnahm. Sie sprach von der Schuld, die sie auf sich geladen hatte, schilderte ihren Seelenzustand und ihre Angst, aus einer tiefen Depression nicht mehr herauszufinden.

Sie wurde unterbrochen, als Jeannine ihr einen Brief von Franz Liszt brachte. Liszt bat um Erlaubnis, sie besuchen zu dürfen.

George antwortete ihm nicht, selbst den Brief an Sainte-Beuve konnte sie nicht beenden.

Eine Zigarette im Mund, wanderte sie durch die Wohnung, horchte auf Schritte im Treppenhaus und auf die Glocke an der Wohnungstür.

Sie lehnte sich weit aus dem Fenster, blickte auf die Seine herunter und bedauerte, daß sie schwimmen konnte, ein Tod durch Ertrinken also für sie nicht in Frage kam. Sie werde wohl einfach an gebrochenem Herzen sterben müssen. Sie versuchte sich vorzustellen, wie sie als Leiche aussehen würde: ein Kranz von schwarzen Locken um das bleiche Gesicht, das auf dem weißen Seidenkissen der Bahre ruhte … Dann verbot sie sich diese Vorstellung als morbide, ließ sich von Jeannine einen Imbiß machen und schickte sie mit einem schnell hingeworfenen Schreiben in die Rue de Grenelle.

Spätnachts setzte sie sich an den Schreibtisch und holte ihr Tagebuch hervor, ein hübsches, in Seide gebundenes Büchlein, in das sie bisher nur kurze Eintragungen gemacht hatte, die eher finanzieller Natur waren. Auf diesen Seiten würde sie von nun an zu Papier bringen, wie ihr zumute war. Vielleicht konnte ihr das helfen.

»Du liebst mich nicht mehr... Du liebst mich nicht mehr«, schrieb sie. »Das ist leicht zu erraten. Als Du gestern abend fortgingst, war ich sehr krank. Du hast es genau gesehen. Aber Du bist trotzdem gegangen. Ach, Du hattest ganz recht. Und heute kein Wort! Du hast Dich mit keinem Wort erkundigt, wie es mir geht. Ich hoffte auf Dich... ich wartete auf Dich von Minute zu Minute, von elf Uhr morgens bis Mitternacht. Ach, wenn ich doch sterben könnte... Du begehrst mich noch immer. Ich weiß es! Mehr als jemals! Und ich? Ich habe Dich nie zuvor so heiß begehrt! Aber ich liebe Dich auch mit meiner Seele. Und Du? Du empfindest nicht einmal mehr Freundschaft für mich! Ich habe Dir heute abend geschrieben... und Du hast nicht geantwortet. Man hat gesagt, Du seist ausgegangen. Und Du bist nicht einmal für fünf Minuten bei mir vorbeigekommen? Oh, mein Gott, wo warst Du?«

Am nächsten Tag kam ein Brief von Alfred. Er wollte wissen, ob sie Lust hatte, übermorgen abend mit ihm bei Pinson zu speisen. Übermorgen? Erst übermorgen? Natürlich hatte sie Lust. Sie ließ ihm sagen, er solle sie abholen.

Bis übermorgen war es noch lange, lange hin. Zwei einsame Abende und drei einsame Tage lagen noch vor ihr.

Buloz rettete sie. Durch einen Boten von der »Revue« ließ er George fragen, ob sie heute abend mit ihm ins Théâtre Italien gehen wolle, zur Premiere einer neuen Opfer. Victor Hugos ungemein erfolgreiches Drama »Hernani« war von dem Italiener Gabussi vertont worden.

George sagte sofort zu.

Buloz war pünktlich, auch George war pünktlich. Aber zu seinem Schrecken erschien sie in Männerkleidung. Diese sehr auffallende Maskerade hatte sie populär gemacht.

Aber in letzter Zeit war sie davon abgekommen und trug die langen Hosen fast nur noch auf Reisen.

George erklärte, der Grund für den männlichen Anzug sei, daß sie im Parterre zu sitzen wünsche, und das sei nur Männern zugänglich. Es erinnere sie an ihre ersten Jahre in Paris, die doch recht glücklich gewesen wären. Außerdem sei es im Parterre billig, und die Bänke wären nicht allzu unbequem.

Buloz hatte einen langen, anstrengenden Tag hinter sich. Er war müde, hätte gern bequem gesessen und sah auch keine Veranlassung so sparsam zu sein. Aber er widersprach nicht. George schien es zu genießen, sich in ihrer schwarzen, frackähnlichen Gewandung bestaunen zu lassen. Wenn ihr das über ihre finsteren Gedanken hinweghalf, sollte es ihm recht sein.

Er schalt sie, weil sie noch nicht bei Delacroix gewesen war. Sie versprach hoch und heilig, morgen zu ihm zu gehen.

Nach der Oper weigerte sich George, mit Buloz zu soupieren.

Sie erwarte eine wichtige Nachricht, sie müsse nach Hause.

Buloz brachte sie gehorsam in seiner Kutsche zum Quai Malaquais. Unterwegs fragte er, ob Alfred sich gemeldet habe.

»Ja. Er ist dagewesen. Zehn Minuten. Höchstens. Es war wie ein Anstandsbesuch bei einer erkrankten Verwandten... einer entfernt Verwandten.«

Buloz unterließ es, näher darauf einzugehen und erkundigte sich nach Franz Liszt.

»Er möchte mich aufsuchen, hat er mir geschrieben. Ich habe ihm nicht geantwortet.«

»Werden Sie es tun?«

»Vielleicht.« George klang völlig uninteressiert.

Das beruhigte Buloz, denn er hatte es schon sehr bereut, Liszt zu einem Besuch bei George ermuntert zu haben. Er hätte den Mund halten sollen! George war unberechenbar. Wenn es ihr plötzlich einfallen sollte, sich mit Liszt an Alfred zu rächen, konnte das nur zu weiteren Tragödien führen.

Nur das Tagebuch wartete auf George. Sie schrieb:

»Ich war in der italienischen Oper. Es war dumm und ärgerlich. Buloz schläft bei den Italienern wie in seinem Bett. Man trampelt auf seinen Mantel, auf seinen Hut, auf seine Füße. Er wacht auf, sagt: ›Verdammt noch mal!‹ und schläft weiter.

Und ich armer Junge? Man sieht mich an und sagt: Das ist doch George Sand! Siehst du? Siehst du? Wo denn?! Tatsächlich! Ich habe gehört, wie eine alte Frau sagte: ›Sie sieht sehr hübsch aus. Und der Anzug ist ganz dezent!‹ Ein tiefgründiger Diplomat, an seiner Weste als solcher erkennbar, begutachtete mich lange durch sein Lorgnon und bemerkte: ›Wie hübsch sie doch ist!‹ Das bin ich also noch. Aber für wen? Es gibt im Augenblick niemanden, der mir mit solchen Worten Freude machen könnte. Vor nur acht Tagen... da wäre ich entzückt gewesen.«

17

Am nächsten Morgen machte sich George auf den Weg zu Delacroix. Buloz hatte recht gehabt, vom Quai Malaquais 19 zum Quai Voltaire 15 waren es knappe zweihundert Schritte.

Die Concierge des Hauses hatte keinerlei Ähnlichkeit mit dem Zerberus aus der Rue de Grenelle, über die George nicht aufhören konnte, sich zu ärgern. Die Haustür stand offen.

Wahrscheinlich kamen so viele wechselnde Modelle zu dem Maler, daß die Hausmeisterin es aufgegeben hatte, sie nach ihrem Anliegen zu fragen, vermutete George und begann die Treppe hinaufzusteigen. In ihrer Vorstellung war ein Malermodell ein hübsches junges Mädchen, das irgendwo eine miserabel bezahlte Arbeit als Handschuhmacherin oder Näherin ausübte und sich einen Nebenverdienst mit Modellstehen schaffte, dem die Welt etwas leicht Verworfenes andichtete. Diese Mädchen verliebten sich oft und schnell, waren lebenslustig und gutmütig. Wenn sie Glück hatten, fanden sie einmal einen braven Bürger, der sie, verzaubert durch ihre erfahrenen Liebeskünste, ehelichte.

Im zweiten Stock angelangt, hielt George nachdenklich ein. In ihren Überlegungen hatte sie eigentlich eine Parallele zum Leben ihrer Mutter gezeichnet. Nur daß die Mutter kein Malermodell gewesen war, sondern eine Statistin beim Theater, und daß der Ehemann, der sie aus diesem Leben erlöste, kein braver Bürger war, sondern ihr angebeteter Vater, der umkam, bevor sie vier Jahre zählte und an den sie nur Erinnerungen aus zweiter Hand besaß.

Im vierten Stock endete die Treppe. Dort mußte das Atelier sein. George klopfte kurz an und öffnete die unverschlossene Tür.

Sie betrat einen großen, luftigen Raum mit einem hohen, der Schräge des Dachs angepaßten Fenster. Einen Augenblick lang glaubte sie sich in den Orient versetzt. Eine Unzahl von bunten Decken, Gewändern, blanken Messinggefäßen, ledernen Satteltaschen, von Skizzen und Gemälden zeugten von der Nordafrikareise, von der Delacroix vor kurzem zurückgekehrt war.

George betrachtete die Zeichnung einer marokkanischen Stadt, die nur aus Würfeln zu bestehen schien, als von nebenan eine Stimme rief: »Ist dort jemand?!«

»Ja, ich!« antwortete George.

»Wer ist ›ich‹?« fragte die Stimme.

»George Sand.«

»Du lieber Himmel!« klang es von nebenan. »Ich dachte, Sie sind krank!«

»Das war gestern.«

Delacroix erschien in der Tür. Er hatte eilig einen Hausmantel übergezogen.

George sah einen großen schlanken Mann, der ein Zigeuner hätte sein können. Er war offenbar gerade aufgestanden. Sein Haar war ungekämmt... Ein in der Mitte gestutzter Schnurrbart wölbte sich wie ein schützendes Dach über seinem Mund. Als blende ihn noch immer die afrikanische Sonne, kniff er ständig die Augen zusammen.

»Guten Morgen«, sagte George amüsiert.

»Ich bitte um Verzeihung«, murmelte Delacroix, »aber es...«

»Aber es ist meine Schuld, wollten Sie sagen«, unterbrach ihn George, »weil ich unangemeldet komme.«

»Richtig.«

»Wo ist Ihre Küche?«

»Ich habe keine. Aber dort in der Ecke«, er wies auf einen Paravent, »steht ein Spirituskocher auf einer Kiste...«

»Haben Sie Kaffee?«

»Ja.«

»Gut. Dann ziehen Sie sich an, und ich werde meine Künste an Ihrem Spirituskocher erproben.«

Sie tranken Kaffee und rauchten Zigaretten aus strohfarbenem Tabak, die George besonders gut schmeckten. Delacroix erzählte von seiner Reise. Er hatte auf dem Rückweg von Marokko ganz Spanien durchquert, auf der Suche nach Bildern von Goya, den er über alles bewunderte. Dabei beobachtete er George unablässig.

Als sie schließlich fragte, wann denn die Sitzung beginnen sollte, lachte er und sagte, sie seien mittendrin. Bevor er mit der Arbeit anfange, studiere er immer die Gesichter seiner Modelle.

Plötzlich sprang er auf, durchsuchte eine seiner vielen Mappen und holte eine Zeichnung hervor, die er George brachte. »Ein echter Goya«, sagte er. »Gefällt er Ihnen?«

George sah das Bild eines jungen spanischen Mädchens, dessen Haar kurz geschnitten war, als sei es ein Knabe. »Ja«, sagte sie ohne besonderen Enthusiasmus. »Sehr hübsch.«

»Es ist gar nicht von Goya«, erklärte Delacroix und lachte vergnügt.

George fühlte sich zum besten gehalten. »Von wem ist es?«

»Von Alfred! Von Alfred de Musset! Er hat es hier in meinem Atelier gezeichnet.« Niemand hatte Delacroix gewarnt, niemand ihm erzählt, daß die beiden sich getrennt hatten und daß alles, was Alfred betraf, besser unerwähnt blieb. »Wissen Sie, daß er ein außerordentlich begabter Maler ist? Wenn er nur gewollt hätte, wäre er sicher einer der ganz Großen geworden«, fuhr er unbeirrt fort und hielt erst ein, als er sah, daß George weinte.

»Er liebt mich nicht mehr«, sagte sie schluchzend und ließ das Blatt zu Boden fallen.

Delacroix hob es auf und schwieg. Was sollte er auch sagen!

»Ich versuche mit aller Kraft nicht mehr an ihn zu denken, aber ich kann es nicht. Ich habe ihm unrecht getan, ihn gekränkt, belogen ... ich will es wiedergutmachen ... mich ihm zu Füßen werfen ... aber er liebt mich nicht mehr. Was soll ich tun? Raten Sie mir!«

»Was kann ich Ihnen raten?« fragte Delacroix hilflos. »Ich würde denken ... seien Sie nicht stolz! Spielen Sie nicht die Mutige! Lassen Sie sich einfach gehen!« Während er das sagte, wurde ihm klar, daß sie genau das tat. Sie ließ sich gehen. Trotzdem fuhr er unbeirrt fort: »Ich bin nicht als tapferer Römer geboren. Wenn es mir so geht wie Ihnen, überlasse ich mich einfach meiner Verzweiflung. Sie nagt an mir, sie wirft mich nieder. Aber wenn sie genug davon hat, wird sie müde und macht sich davon.«

George stand auf.

Der Maler war erleichtert. »Darf ich Ihnen die Zeichnung schenken?« Er reichte ihr Alfreds Zeichnung.

Sie bedankte sich tapfer, versprach, übermorgen wiederzukommen und verließ das Atelier mit dem Blatt in der Hand.

Jeannine hatte ihr beim Entkleiden geholfen und war dann verschwunden.

Jetzt holte George Alfreds Zeichnung hervor und sah sie sich lange und gründlich an. Warum hatte er diese junge Frau portraitiert? Doch wohl, weil er sie hübsch fand, weil sie ihm gefiel. Ihre Augen blickten stolz und selbstbewußt in die Welt. Und jung war sie! Sehr jung! Ob er diese knabenhafte Frau geliebt hatte?

George betrachtete sich in dem Spiegel, der vor ihr auf dem Toilettentisch stand. Sie strich sich das Haar aus dem Gesicht. Ja, kurze Haare verjüngten. Auch sie konnte knabenhaft und jung aussehen, genau wie dieses Mädchen, von dem sie nicht wußte, wie es hieß und wo Alfred ihm begegnet war.

George holte die größte Schere, die sie fand, aus ihrem Nähkorb, griff nach einem der Lockenbündel, die an ihren Schläfen baumelten und schnitt es rabiat ab.

Ein Blick in den Spiegel zeigte ihr das Unheil, das sie angerichtet hatte. Auf der einen Seite glänzte die unversehrte Lockenpracht, auf der anderen Seite hingen Stummeln von Haaren, kurze, weniger kurze, auch ein paar lange, die der Schere entgangen waren. Sie bot ein Bild der Verwüstung, das ihrem Seelenzustand entsprach.

Entschlossen schnitt sie das zweite Lockenbündel ab.

Die dadurch entstandene Parallele milderte den erschreckenden Eindruck nur wenig.

Sie löste die Haarnadeln aus dem Knoten, der auf dem Zenit ihres Kopfes thronte und säbelte blind in die an ihrem Hinterkopf hinabwallende Flut hinein.

Die abgeschnittenen Haare häuften sich vor ihr auf dem Toilettentisch zu einem Berg.

Sie hatte sich kastriert, hatte einen Mord begangen. Sie hatte zerstört, was Alfred am meisten an ihr geliebt hatte.

Wie sollte es weitergehen?

Sie erwog, aus dem gelockten Berg ein Paket zu machen und es ihm zu schicken, damit er erkannte, daß es ein Akt der Liebe war, den sie soeben verübt hatte. Aber die feinen Mussets würden wahrscheinlich nur die Nase rümpfen und das Personal bitten, die leidigen Haare zu entfernen.

George nahm Zuflucht zu ihrem Tagebuch.

»Wenn Du mich noch hübsch findest, trotz meiner abgeschnittenen Haare, trotz der beiden tiefen Falten, die sich in meine Wangen eingegraben haben, dann sage mir irgendwelche süßen Worte. Du siehst, daß ich Dich noch liebe, daß ich niemanden außer Dir lieben kann.

In Venedig habe ich das furchtbarste Unrecht an Dir begangen, als ich mich trösten ließ. Aber Du hattest gesagt, Du liebst mich nicht mehr! Und die böse, egoistische Vernunft sagte mir, Du hast recht getan!

Jetzt bin ich in Deinen Augen schuldig geworden... aber ich liebe nur Dich und will mich allen Torturen unterwerfen, um von Dir geliebt zu werden. Der Verstand sollte Dir sagen: Liebe diese arme Frau! Bestimmt wirst Du sie weniger lieben, als sie Dich liebt! Der, der weniger liebt, leidet weniger! Was fürchtest Du also?«

Die Brüder Musset unterhielten sich, während Alfred im Bett saß, das Frühstückstablett auf dem Schoß.

»Wenn du tatsächlich keine Lust hast, mit ihr zu dinieren, sehe ich keinen zwingenden Grund, ihr nicht einfach abzusagen«, erklärte Paul pointiert.

»Es macht mir wirklich nichts aus.« Alfred klang etwas unwillig. »Ich hätte sie nur lieber bei Pinson erwartet, statt sie in ihrer Wohnung abzuholen. Das ist alles.«

Paul wanderte auf und ab. Er war mit Alfred äußerst unzufrieden. Aber so etwas sagte man sich in der Musset-Familie nicht ins Gesicht. Man deutete es an und erwartete von dem Betroffenen, daß er verstand, was gemeint war. Alfred schien jedoch entschlossen, nichts zu verstehen. Paul versuchte es noch einmal. »Madame läßt dich in einem Licht erscheinen, das... wie soll ich es ausdrücken... nicht ganz in deinem Sinne sein dürfte.«

»Was soll das heißen, Paul? Sprich bitte nicht in Rätseln. Ich fühle mich nicht sehr gut heute morgen.«

»Das ist doch ein wunderbarer Grund, ihr abzusagen!« triumphierte Paul.

»Unsinn! So war es nicht gemeint.«

»Aha.« Also er wollte ihr in Wahrheit gar nicht absagen, begriff Paul. Er war noch längst nicht von dieser unseligen Leidenschaft geheilt. Paul gab sich einen Ruck und wurde deutlicher. »Madame ist sehr emotional neuerdings. Wie Raoul mir berichtet, ist sie bei Buloz in Tränen ausgebrochen und hat versichert, sie sei eine reuige Maria Magdalena und könne nicht aufhören, dich zu lieben. Und diese Rolle spielt sie nicht nur bei Buloz!«

Alfred fühlte sich ein wenig geschmeichelt durch diese Liebeserklärungen, die sie ihm lange genug vorenthalten hatte. »Vielleicht spielt sie keine Rolle... vielleicht meint sie es ernst!«

Paul blickte seinen Bruder mißbilligend an. »Darüber kann ich mir kein Urteil anmaßen. Im übrigen geht es mich nichts an. Gar nichts!« dozierte er. »Aber du, als herzloser Tyrann, der sich von den Tränen einer reuigen Sünderin nicht rühren läßt... das gefällt mir nicht. Und, wichtiger noch, Madames späte Reue klingt mir nicht sehr glaubhaft!«

Alfred wurde ungeduldig. »Bitte, hör auf! Du quälst mich, Paul!«

Der Bruder erkannte, daß es sinnlos war, das Gespräch fortzusetzen. »Entschuldige. Es war nicht meine Absicht, dich zu quälen«, sagte er kühl und verschwand die Treppe hinauf.

Alfred gab sich ein paar Minuten der Vorstellung hin, wie süß es sein würde, einer reuigen Sünderin zu verzeihen. Aber dann schwor er sich, unerbittlich zu bleiben.

Als Jeannine morgens George ihren Kaffee ans Bett bringen wollte, wäre ihr fast die Tasse aus der Hand gefallen, so sehr war sie bei Georges Anblick erschrocken. »Madame!« rief sie, den Tränen nah. »Wie sehen Sie denn aus?!«

»Wie ein gerupftes Huhn?« schlug George vor.

Jeannine war noch so fassungslos, daß sie wahrheitsgemäß antwortete: »Ja! Genauso!«

Nachdem sie George die Tasse gereicht hatte, entdeckte sie den Haufen auf dem Toilettentisch. »Die schönen Lokken!« klagte sie. »Was soll damit geschehen?«

»Weg damit! Je schneller, je besser!«

Mit stummem Vorwurf ließ Jeannine die Haare verschwinden.

Derweil kroch George aus dem Bett, nahm vor dem Spiegel Platz, befahl: »Jetzt zeig, was du kannst!« und reichte Jeannine die Schere.

Mit großem Geschick rettete Jeannine, was zu retten war. Sie schnitt, kämmte, toupierte, bürstete und schuf tatsächlich eine ansehnliche Frisur, die etwas windverweht wirkte und bestimmt Furore machen würde.

George war zufrieden.

Alfred kleidete sich auf das sorgfältigste, bevor er aufbrach, um George abzuholen.

Unter dem engen Überrock trug er eine strahlend blaue Weste, die so stark tailliert war, daß weniger Schlanke als er unbedingt ein Korsett hätten tragen müssen, oder zumindest den Baskischen Gürtel, der auf der blanken Haut geschnürt wurde.

Während er die Treppen zu ihrer Wohnung hinaufstieg, erinnerte er sich mit einer gewissen Wehmut an die Gefühle, die die Nähe der einst Geliebten immer in ihm erweckt hatte. Er glaubte zu wissen, daß diese Gefühle nun endlich überwunden seien.

Alfred erschrak zutiefst, als George ihm entgegentrat. Fast wäre er in Tränen ausgebrochen. Wenn es noch irgend etwas auf der Welt gab, mit dem sie ihm endgültig beweisen konnte, daß ihre unglaubwürdigen Liebesschwüre, ihre zur Schau getragene Trauer reines Theater waren, dann war es die Tatsache, daß sie sich die Haare abgeschnitten hatte. Die schwarzen, seidigen Locken, die er so geliebt, so oft geküßt hatte.

Er ließ sich den Schock nicht anmerken, erwähnte ihr verändertes Aussehen mit keinem Wort und drängte zum baldigen Aufbruch.

George ihrerseits war auf alles andere vorbereitet, nur nicht auf sein Schweigen. Das schien ihr seine totale Gleichgültigkeit zu beweisen und machte den Verlust ihrer Haare, die sie ihm aus Liebe geopfert hatte, ganz und gar sinnlos.

Verbittert und wortlos gingen sie nebeneinander her zu Pinson, dem kleinen Speiserestaurant, das sie früher fast täglich besucht hatten. Meist trafen sie Freunde dort und saßen mit ihnen so lange schwatzend und diskutierend zusammen, bis Monsieur Pinson die Stühle mit lautem Knall auf die Tische zu räumen anfing.

Heute sahen sie niemanden, den sie hätten begrüßen müssen. Trotzdem erregten sie allgemeine Aufmerksamkeit, als Monsieur Pinson ihnen herzlich die Hand schüttelte und sie zu ihrem altgewohnten Tisch geleitete.

Sie studierten die Speisekarte, folgten bei ihrer Bestellung Monsieur Pinsons Rat und fanden dann wenig zu sagen.

Plötzlich konnte Alfred sich nicht mehr zurückhalten. »Wieso hast du das getan?« fragte er heftig.

»Was? Wovon sprichst du?«

»Die Haare! Wie konntest du das nur tun?!«

George schossen die Tränen in die Augen. »Ich habe es für dich getan! Deinetwegen! Nur deinetwegen! Das schwöre ich dir!«

»Richtig!« stimmte Alfred mit kalter Ironie zu. »Du wolltest mir beweisen, wie wenig dir an mir liegt!«

George begann zu schluchzen.

»Mach kein Theater!« befahl Alfred ärgerlich.

Stumm löffelten beide ihre Suppe.

»Ich glaubte, daß du knabenhafte Frauen besonders liebst«, flüsterte George schließlich. »Ich hoffte, wenn ich wie ein Knabe aussehe, dann würdest du...«

»Im Forst von Franchard«, unterbrach Alfred sie, »da warst du wirklich ein Knabe...«

»Eben!« bestätigte George schnell.

»Aber einer mit schönen schwarzen Locken, die er unter seiner Mütze versteckte...«, Alfred wurde ganz warm zumute in Erinnerung an die Nächte im Forst von Fontainebleau.

»Du hast einmal eine andere Frau geliebt, die wie ein Knabe aussah. Das weiß ich genau!« beharrte George.

Alfred kehrte schnell wieder in die Gegenwart zurück. »Dann weißt du mehr als ich!«

»Du hast sie so sehr geliebt, daß du sie gezeichnet hast!«

»Du phantasierst! Du redest blanken Unsinn!«

»Ich besitze diese Zeichnung!« triumphierte George. »Delacroix hat sie mir geschenkt!«

Daß Delacroix ihr eine Zeichnung geschenkt hatte, paßte Alfred überhaupt nicht. »Wie kommst du zu Delacroix? Ich wußte gar nicht, daß du ihn kennst!« Aufkeimende Eifersucht, die ja bekanntlich länger lebt als die Liebe, klang in seiner Stimme mit.

»Er malt mein Portrait für die ›Revue‹. Er hat von dir geschwärmt! Du wärst bestimmt ein berühmter Maler geworden, wenn du dich entschlossen hättest, dabei zu bleiben. Als Beweis hat er mir deine Zeichnung geschenkt.«

Da Alfred in Gedanken noch mit Delacroix beschäftigt war, schwieg er.

»Wer war denn das Mädchen, das dir Modell gestanden hat?« fragte George endlich.

»Dies Mädchen habe ich nie gekannt!« erklärte er. »Wenn irgend jemand sie gekannt hat, dann war es Goya!«

»Goya?« wiederholte George verblüfft. Dann fiel ihr ein, daß Delacroix sie zum Narren halten wollte und erst behauptet hatte, Goya hätte diese Zeichnung gemacht.

»Ich habe damals ein Bild von Goya kopiert.«

»Kopiert?« fragte George erstaunt. »Warum?«

»Weil Kopieren eine gute Übung für jeden Maler ist. Dabei lernt man enorm viel.«

George begann von neuem zu weinen. Ihre Tränen galten jetzt nicht dem Geliebten, sondern ihren Locken, die sie umsonst geopfert hatte.

»Was ist nun wieder los?« fragte Alfred etwas ungeduldig.

»Ich finde es einfach lächerlich, Bilder anderer Maler zu kopieren. Ganz und gar unoriginell...«, brach sie schluchzend hervor und legte ihren ganzen Ärger in diese Worte.

Alfred aber sann weiter darüber nach, warum Delacroix diese Zeichnung, die er ihm geschenkt hatte, an George weiterverschenkte. Delacroix war ein sehr attraktiver Mann, wußte er, und kein Verächter von schönen Frauen.

Schweigend begleitete Alfred George zu ihrem Haus.

»Komm bitte noch mit herauf«, flehte sie. »Ich kann das Alleinsein nicht ertragen...«

»Tut mir leid...«, begann er.

»Nur für ein paar Minuten! Ich halte dich bestimmt nicht zurück! Ich schwöre es dir!«

»Ich bin leider noch mit Tattet verabredet«, entschuldigte sich Alfred.

Der Name Tattet ließ George sofort jeden Versuch aufgeben, Alfred umzustimmen. »Dann gute Nacht, und laß dich bald wieder blicken!« Damit verschwand sie in der Haustür, die die Concierge gerade aufschloß.

George glaubte erkannt zu haben, daß Alfred es gar nicht gern gehört hatte, daß sie von Delacroix gemalt wurde. Diese Reaktion weckte einen Hoffnungsschimmer in ihr. Vielleicht war doch noch nicht alles verloren.

Morgen würde sie wieder bei Delacroix sein, und vorher wollte sie Liszt schreiben und ihn einladen.

Aber erst mußte sie bei ihrem Tagebuch Trost und Halt suchen.

»Armer Alfred«, schrieb sie, »wie sehr habe ich Dich damals in Venedig verletzt. Ich weiß es! Und ich weiß auch, daß Du das, was ich Dir angetan habe, nicht einfach vergessen kannst. Aber Du kannst auch nicht das Mitleid und die Freundschaft für mich ganz aus Deinem Herzen bannen.

Armer Alfred, wenn niemand davon wüßte, würdest Du mir verzeihen. Aber da gibt es einen gewissen Monsieur Tattet, der mit hochmütiger Miene sagen würde: ›Oh, mein Gott, welche Schwäche!‹

Ach, wenn ich erkannt hätte, daß Du mich bei Deiner Abreise aus Venedig noch liebtest, daß Du gelitten hast, so wie ich jetzt leide... Aber wem sage ich das alles? Euch, Wänden meines Zimmers? Dem Echo meines Schluchzens und meiner Schreie? Dir, schreckenerregender Schädel... dem Sarg, in dem ich alle meine Hoffnungen aufgebahrt habe? Dir, Christus, der du taub und stumm bist? Ich kann viel reden, viel weinen und klagen... aber nur du wirst mir verzeihen, mein Gott! Gib mir meinen Geliebten wieder, und ich werde demütig auf Knien die Fußböden deiner Kirchen blank scheuern...«

Über Georges beredte Trauer wurde in ihren Kreisen genausoviel geklatscht, wie seinerzeit über das Debakel mit Prosper Mérimée.

»Ich erzähle allen meine Geschichte, alle kennen sie, alle reden über sie und lachen mich aus«, vermerkte George in ihrem Tagebuch. »Es ist mir gleichgültig. Fast gleichgültig. Im Vergleich zu dem großen Schmerz, den ich empfinde, ist es nur ein kleines Ärgernis.«

Bei Pinson, wohin George gepilgert war, in der Hoffnung, Alfred zu begegnen, setzte sich Heinrich Heine an ihren Tisch. Tränenüberströmt versicherte sie ihm, daß sie nicht mehr lange zu leben habe, da sie Alfreds wegen an gebrochenem Herzen sterben würde.

»Meine Verehrte«, belehrte sie Heine, »Sie machen einen anatomischen Fehler! Man liebt mit dem Kopf und natürlich auch mit dem Gefühl. Das ist logisch. Aber das Herz hat sehr wenig mit der Liebe zu tun. Daher hoffe ich, daß Sie uns noch lange erhalten bleiben!« George war von seiner Antwort enttäuscht. Sie warf Heine vor, übertrieben sachlich und zynisch zu sein.

Durch die kursierenden Gerüchte beunruhigt, überwand Sainte-Beuve seine Scheu, George in ihrer Wohnung zu besuchen und erschien am Quai Malaquais.

Er war von Georges Zustand so erschüttert, daß er ihr dringend empfahl, sich mit einem anderen Mann zu zerstreuen. Er dachte dabei an Delacroix, den er künstlerisch und menschlich hoch schätzte, nannte aber vorsichtshalber keinen Namen, da er selbst es gewesen war, der ihr seinerzeit zu Alfred de Musset, der Quelle ihres ganzen Unglücks, geraten hatte.

Bei jeder der zahlreichen Sitzungen für ihr Portrait, lag sie Delacroix in den Ohren mit ihrer Liebe und ihren Leiden um den zurückhaltenden Geliebten. Delacroix schätzte diese unerbetene Offenheit nicht sehr. Er war ein heiterer Mensch, mit Freude an der Arbeit und aufgeschlossen für interessante geistige Gespräche. Georges ewige Klagen langweilten ihn. Daher malte er sie gnadenlos so, wie sie da vor ihm saß: das Haar fusselig, das Gesicht traurig und ernst.

Franz Liszt dagegen hörte ihrem Unglück mit viel Mitgefühl zu. Da er gerade eine seiner frommen Perioden durchlief, fand er den Mut ihr vorzuwerfen, daß nur Gott es verdiene, so geliebt zu werden, wie sie Alfred liebte.

In ihr Tagebuch notierte George: »Wenn man einen Mann geliebt hat, ist es schrecklich schwer, Gott zu lieben. Es gibt da einen ziemlichen Unterschied.«

Ihr Schmerz wurde noch durch die Tatsache vertieft, daß »Jacques«, ihr unter so schweren Umständen in Venedig entstandenes Werk, von der Presse recht ungnädig aufgenommen wurde.

Sogar Marie Dorval bereitete ihr eine ärgerliche Enttäuschung. Die Schauspielerin hatte sich hinter Georges Rücken mit Jules Sandeau eingelassen. Das sah George als Verrat an, obwohl sie selbst mit dem kleinen Jules nichts mehr im Sinn hatte.

Buloz suchte Georges Gefühlsausbrüche zu steuern oder zumindest zu dämpfen. Er riet dringend zur Vernunft, scheiterte aber an der Ausdauer und Kraft ihrer Trauer um Alfred.

Im Gegensatz zu Sainte-Beuve beschwor er sie, keine Dummheiten zu machen, die ihr später leid tun würden, also mit keinem anderen Mann ein Verhältnis einzugehen, ganz besonders nicht mit Franz Liszt. Mit dieser Empfehlung versuchte er allerdings in erster Linie, den von ihm so bewunderten Poeten Alfred de Musset vor neuen Schmerzen zu bewahren.

George schrieb in ihr Tagebuch: »Was sagte mir Buloz heute wegen Franz Litz!« Sie schrieb seinen Namen stets falsch, obwohl Liszt dringend um Korrektur bat. »Ob Alfred mit Buloz darüber gesprochen hat? Kann er auch nur einen Augenblick ernsthaft gedacht haben, daß ich Monsieur Litz liebe? Denkt er das womöglich noch immer? Oh, mein Lieber, wenn Du meinetwegen wirklich eifersüchtig sein könntest, mit welcher Wonne würde ich all diese Leute wegschicken! Aber ach, Du bist nicht eifersüchtig! Wenn ich mich in ihn verliebt hätte, würde Monsieur Litz nicht mehr an Gott und die heilige Jungfrau gedacht haben, die mir in keiner Hinsicht ähnelt. Gut, ich schätze Litz und habe ihn ganz gern. Aber er ist mir vollkommen gleichgültig!«

George isolierte sich mehr und mehr und verabscheute doch das Alleinsein. Wenn sie die einsamen Abende nicht mehr ertragen konnte, zog sie wieder die männliche Verkleidung an, lief durch die Straßen oder schlich sich in ein Theater.

Nach einem solchen Abend schrieb sie: »Ich war in der italienischen Oper. Es war unendlich langweilig. Ein so schlechtes Theater! So lächerliche Rollen! Die Zuschauer sind ruhig und gleichgültig. Um mich herum sehe ich nur zufriedene Gesichter. Und ich? Eine Viper nagt an meinem Herzen. Da bin ich in meinem schwarzen Anzug zwischen all diesen schwarzen Männern. Auch ich trage Trauer. Die Haare abgeschnitten, Ringe unter den Augen, der Gesichtsausdruck böse und alt. Auf den Rängen über mir in den Logen all diese blonden, rosigen, mit Schmuck behangenen Frauen. Straußenfedern, kostbare Agraffen in den großen Frisuren. Nackte Schultern! Und wo bin ich? Arme George! Da oben... das ist die Wiese, auf der Alfred seine Blumen pflückt! Warum kannst du mich nicht lieben? Oh, mein Gott, weißt du, ob irgendeine von denen da oben ihn so sehr lieben kann, wie ich ihn heute liebe?«

Nach einer schlaflosen Nacht schleppte sich George morgens vor den Spiegel. Die Spuren, die ihre leidenschaftlichen Gefühlsausbrüche ihr ins Gesicht geschrieben hatten, würden bald nicht mehr auszulöschen sein. Sie mußte Vernunft annehmen, mußte aus Alfreds ihr stets gegenwärtigen Nähe verschwinden und sich in Nohant verkriechen. Dort, wo es niemanden gab, mit dem sie von Alfred sprechen konnte, würde sein Bild bald verblassen, und sie wieder sie selbst werden. Nur so konnte sie diesen grauenhaften Depressionen entfliehen, die sie umzubringen drohten.

Das sagte sie sich immer und immer wieder, aber es blieben leere Worte.

Vielleicht war doch noch nicht alles verloren, versuchte sie sich zu trösten. Alfred hatte Schwächen gezeigt. Er war verärgert gewesen über das Geschenk von Delacroix. Und die abgeschnittenen Haare waren ihm auch nicht gleichgültig gewesen, obwohl er die größten Anstrengungen gemacht hatte, sich nichts anmerken zu lassen.

George dachte an Buloz' Warnung, Alfred könnte auf Franz Liszt eifersüchtig werden und das würde alles nur verschlimmern.

Aber vielleicht irrte Buloz? Vielleicht würde Eifersucht auf Franz Liszt Alfred aus der Reserve locken?

Sie entschloß sich, mit Liszt im Jardin de Luxembourg spazierenzugehen. Der Park war voller Erinnerungen an die Kinder und auch an Alfred, der dort eine reizende Zeichnung von ihr gemacht hatte.

Der Tag war nicht sehr glücklich gewählt. Es war kalt und stürmisch. Die herbstlichen Blätter fegten über die Wege, die von wenigen Spaziergängern benutzt wurden. Die Kindermädchen mit ihren Zöglingen, die sonst den Park bevölkerten, fehlten vollständig.

George hatte ihre kurzen Haare unter einem sehr eleganten Hut versteckt, eine von den modernen Schuten, in denen sich bei diesem Wetter der Wind wie in einem Segel fing, so daß sie ihn oft mit beiden Händen festhalten mußte. Liszt trug einen leichten Paletot mit einem kleinen Pelzkragen, der das einzig Wärmende an seinem Mantel war.

Beide froren entsetzlich, so daß sie bald in einem kleinen Bistro Zuflucht suchten und sich bei einem heißen Tee aufwärmten.

Noch bevor George ihre bekannten Klagen anstimmen konnte, begann Liszt von eigenen Problemen zu sprechen. Eine Dame der allerersten Gesellschaft, Mutter von zwei Töchtern, in deren Salon er oft vor geladenen Gästen musizierte, habe sich in ihn verliebt, berichtete er, und George glaubte eine gewisse Angst aber auch Stolz aus seinen Worten zu hören.

»Und Sie? Sind Sie auch in diese Dame verliebt?« fragte sie.

»Ich bete sie an! Es ist eine wunderbare, große, romantische Liebe...«, sagte er, etwas theatralisch.

»Aber? Ich höre doch ein ›aber‹?«

»Sie ist eine wunderschöne Frau, klug, gebildet, belesen... ich könnte viel von ihr lernen...«

»Das ›aber‹!« mahnte George.

»Aber«, wiederholte Liszt unglücklich, »sie kann die Heimlichkeiten nicht ertragen, die unsere Liebe mit sich bringt. Es bedrückt sie, daß sie ihren Mann und ihre Familie belügen muß und...« Er hielt ein.

»Und was?«

Mit sichtbarer Überwindung gestand Liszt: »Sie will Mann und Kinder verlassen und mit mir in der Schweiz leben...«

»Bravo! Eine tapfere Frau!« rief George mit Überzeugung.

»Ja!« stimmte ihr Liszt halbherzig zu.

George wollte wissen, warum er so bedrückt klinge.

»Bedenken Sie, was das für mich bedeutet! Ich stehe noch am Anfang meiner Karriere, und da soll ich die Verantwortung für einen solchen Schritt tragen?«

»Die Verantwortung liegt allein bei ihr, wenn sie einen solchen Schritt wagt«, entgegnete George streng.

Liszt schüttelte traurig den Kopf. »Nein, nein, das stimmt nicht. Aber das ist nicht alles. Es würde eine feste Bindung entstehen, die mich an sie fesselt! Dazu bin ich zu jung!«

»Wie alt ist denn die tapfere Dame Ihres Herzens?«

»Älter als ich. Jahrgang 1805.«

»Und wann wurde der gar nicht tapfere Liebhaber geboren?« fragte George.

»1811«, gab Liszt kleinlaut zu.

George rechnete kurz und erklärte dann, fast amüsiert: »Es besteht eine seltsame Ähnlichkeit zwischen uns. Sie sind ein Jahr jünger als Alfred, und die Gräfin d'Agoult ist ein Jahr jünger als ich.«

Verblüfft fragte Liszt: »Woher wußten Sie, daß es sich um die Gräfin d'Agoult handelt?«

»In Paris ist es fast unmöglich, ein Geheimnis zu bewahren.«

Liszt war erleichtert, daß er nun offen über die Gräfin sprechen konnte. George entnahm seinen Worten, wie sehr ihm ihr Entschluß, seinetwegen Gatten und Kinder zu verlassen, schmeichelte, aber auch, wie sehr er fürchtete, das Zusammenleben mit ihr könne seine künstlerische Entwicklung hemmen. Schließlich fragte er George, was sie ihm raten würde. Sollte er versuchen, der Gräfin die Flucht auszureden, obwohl er sie so sehr liebte und bewunderte?

»Mich fragen Sie? Ausgerechnet mich... die ich doch ganz Paris um Rat und Hilfe anbettele? Ich bin die falsche Adresse.« George war verzagt. Liszts Worte hatten sie enttäuscht. »Sie verdienen die Liebe dieser Frau nicht, scheint mir.« Und spöttisch fügte sie hinzu: »Vielleicht sollten Sie der Gräfin denselben Rat erteilen, den Sie mir gegeben haben. Marie d'Agoult sollte nicht Sie so sehr lieben, sondern Gott! So ungefähr haben Sie es doch ausgedrückt?«

Liszt war beschämt. Er bat um Vergebung.

Beim Betreten des Bistros hatte Liszt seinen Hut abgenommen. George betrachtete jetzt nachdenklich seinen braunen Pagenkopf und begann überraschend zu lachen.

»Was ist denn so komisch an mir?« fragte Liszt etwas pikiert.

»Ich habe eine Überraschung für Sie!« Damit nahm George ihren Hut ab. »Wir beide haben die gleiche Frisur! Sehen Sie? Wir sind zwei komische Mannsbilder, wir beide. Sie sprechen über Ihre Liebe, ich über meine. Beide sind wir unglücklich. Sie, weil Sie zu sehr geliebt werden, und ich, weil ich zu wenig geliebt werde. Uns kann man es nicht recht machen!«

Liszt begleitete George zum Quai Malaquais.

Sie bat ihn nicht herauf zu sich und winkte ab, als er eine neue Verabredung vorschlug.

Sie wollte Alfred nicht mit Liszt eifersüchtig machen, sie konnte es einfach nicht.

18

George mußte versuchen, endlich wieder zu arbeiten. Die »Briefe eines Reisenden« waren in der »Revue« zu einer Art Serie geworden, und sie schuldete Buloz seit langem eine neue Folge. Die letzte hatte sie geschrieben, als sie schon tief in ihrer Melancholie steckte. Sie enthielt fast nur Gedanken über Selbstmord und hatte sehr ablehnende Reaktionen bei den Lesern erweckt. Damals hatte sie Buloz versprochen, einen heitereren Ton anzuschlagen. Und genau an diesem Versprechen war sie bisher gescheitert. Auch jetzt sah es so aus, als ob sie wieder scheitern würde, trotz aller Kraft, mit der sie die Lethargie zu überwinden suchte, die sich ihrer bemächtigt hatte.

Unfähig sich für ein Thema zu entscheiden, griff sie nach einem Buch über die Lombardei, in dem sie in Venedig ein paar interessante Anregungen entdeckt und angestrichen hatte.

Beim Blättern stieß sie auf ein Stück Papier, nicht viel größer als ein Zettel, das Alfreds Handschrift trug.

Sie las:

»Du, die es mich gelehrt hat, Du erinnerst Dich nicht mehr
an all die Zärtlichkeiten, die mein Herz erfüllten,
wenn ich in tiefer Nacht, oh, mein schöne Geliebte,
mich weinend in Deine nackten Arme fallen ließ.
Die Erinnerung daran ist tot, ein Tag hat sie geraubt,
und diese süße Liebe, die unser beider Herzen
in einen Kuß gleiten ließ...

Du, die es mich gelehrt hat, Du erinnerst Dich nicht mehr...«

Diese Zeilen eines noch unvollendeten Gedichts zerstörten jede Hoffnung, daß sie Alfred vergessen konnte. Schluchzend lief sie im Zimmer auf und ab, blind vor Tränen und wußte sich nicht zu helfen. Arbeiten war unmöglich, Konzentration war unmöglich, ein Leben ohne Alfred war unmöglich. Ohne ihn gab es nur den Tod.

Mit fliegender Feder schrieb sie in ihr Tagebuch:

»Willst Du, daß ich mich umbringe? Du sagtest, Du verbietest es mir. Aber was wird aus mir, fern von Dir, wenn diese Flamme mich weiter verbrennt? Wenn ich keine Nacht verbringe, ohne mich schlaflos in meinem Bett zu wälzen und nach Dir zu schreien? Was tue ich, wenn ich Dich für immer verloren habe? Muß ich büßen wie eine Nonne, die von ihren Begierden verzehrt wird?

Oh, Du willst, daß ich mich töte!

Ich will nicht sterben! Ich will lieben, ich will mich verjüngen, ich will leben! Ich bin dreißig Jahre alt, und ich bin noch immer schön. Zumindest werde ich es sein, wenn ich endlich aufhöre zu weinen.

Warum, mein Gott, hast du mich wieder aufgeweckt, als ich mich resigniert auf meinem eisigen Lager ausstreckte? Warum hast du mich noch einmal das Phantom meiner heißen Nächte sehen lassen? Todesengel, unheilvolle Liebe, oh, mein Schicksal! Blondes, zartes Kind, wie sehr ich Dich noch immer liebe... wie schnell mich Deine Küsse verbrennen... Oh, meine blauen Augen, Ihr werdet mich nie mehr anblicken... schöner Kopf, ich werde Dich nie mehr sehen, wie Du Dich über mich neigst in süßem Verlangen. Adieu, mein blondes Haar, adieu, meine weißen Schultern, adieu, alles, was ich liebte, alles, was mir einst gehörte!«

Jeannine ließ sich von niemandem abhalten, nicht von der Hausmeisterin in der Rue de Grenelle, nicht von dem alten Diener Pierre und auch nicht von Paul. Sie drang bis zu Alfred vor und beschwor ihn, sofort mit ihr zu Madame zu kommen, da sie für ihr Leben fürchtete.

Als er noch zögerte, erschien Madame de Musset in Alfreds Räumen. Sie ließ sich von Jeannine erklären, worum es ging und erklärte dann entschieden: »Alfred, ich bin enttäuscht von dir. Hast du vergessen, wie aufopfernd die Baronin Dudevant dich in Venedig gepflegt hat? Sie hat dir das Leben gerettet! Und du zögerst noch?«

Alfred zögerte nicht mehr. Er gehorchte der Mutter und begleitete Jeannine, keineswegs widerstrebend, obwohl er ahnte, was ihm bevorstand.

Als er die Wohnung am Quai Malaquais betrat, war George nicht da. Auf dem Tisch lag ihr Tagebuch, das er noch nie gesehen hatte.

Jeannine wies auf den Sessel, der vor dem Tisch placiert war, murmelte: »Ich werde Madame sagen, daß Sie hier sind, Monsieur le Vicomte«, und verschwand.

Etwas befremdet nahm Alfred Platz. Als George noch immer nicht erschien, begann er in dem hübschen kleinen Büchlein zu blättern. Dann begann er zu lesen und konnte nicht mehr aufhören, bis er die allerletzte Seite erreicht hatte.

Er war tief betroffen und zu Tränen gerührt von der überwältigenden Liebeserklärung, die er eben gelesen hatte. Ihm galt diese Liebe! Ihm allein! Alle guten Vorsätze waren vergessen, ein Widerstand war unmöglich, wäre unmenschlich, kalt und grausam gewesen. Seinetwegen hatte George all diese Leiden durchmachen müssen, die sie fast das Leben gekostet hätten. Aber er konnte sie retten, sie heilen! Und er wußte auch, wie!

In Georges Schlafzimmer wurde er sehnlichst erwartet.

Er betrat es und verließ es drei Tage und Nächte nicht mehr.

Am zweiten Tag verschwand George kurz, während Alfred schlummerte und schrieb einen Brief, der ausschlaggebend für ihre rapide Gesundung war. Er lautete:

»Monsieur, es gibt chirurgische Eingriffe, die gut durchgeführt sind und der Fähigkeit des Chirurgen alle Ehre machen. Aber Sie können nicht verhindern, daß die Krankheit wiederkehrt. Auf Grund dieser Möglichkeit ist Alfred wieder mein Liebhaber geworden. Da ich annehme, daß er entzückt sein würde, Sie bei mir zu sehen, bitte ich Sie bei uns zu dinieren, wann immer es Ihnen paßt.

Adieu, mein lieber Tattet, ganz die Ihre,
George Sand.«

Das Glück dieser aufgewärmten Liebe war nicht von langer Dauer. Keiner von beiden hatte sich geändert. Die Voraussetzungen, die ihre Unverträglichkeiten bedingten, bestanden nach wie vor.

Alfred war, wie immer, überempfindlich, neigte zu Eifersucht und trank zuviel. Er war aufs neue so sehr in George verliebt, daß ihm noch einmal alle Qualen bevorstanden, die er schon fast überwunden hatte, bevor er rückfällig wurde. George war die erste Frau in seinem jungen Leben, mit der er eine Art fester Bindung einging, wogegen er in Georges Leben nur ein zwar wichtiges und prominentes Glied einer langen Kette von Beziehungen darstellte. Das machte ihn sehr verletzlich.

George siegte in diesem traurigen Duell. In den wenigen Wochen ihres neuen Glücks hatte sie nicht nur ihre Schwermut überwunden, sie begann auch der Liebe, nach der sie so eloquent gehungert hatte, etwas müde zu werden. Sie verspürte schon wieder die Übersättigung, die sie auch in Italien schneller überfallen hatte, als es einer wahrhaft großen Liebenden zustand. Der schöne blonde Kopf mit den blauen Augen wurde ihr bald lästig, wenn er sich über sie beugte.

Beide suchten – getrennt voneinander – nach einem Schlußpunkt, von dem es keine Wiederkehr geben durfte. Sie sprachen von Trennung, dachten aber an Flucht. Mit einem wahrhaft großzügigen Vorschuß, den er Buloz verdankte, konnte Alfred seine Schulden an George zurückzahlen. Dadurch fühlte er sich freier, behauptete, auf gepackten Koffern zu sitzen – reiste aber nie ab.

George erkannte wieder einmal klar, daß ihre Liebe zu Alfred nichts anderes war, als die Liebe einer Mutter zu ihrem Sohn. Sie beklagte ihn, verzieh ihm und wartete sehnsuchtsvoll auf das Ende dieser Beziehung. Aber sie beließ es nicht beim Warten, sie ergriff die Initiative. Wie immer, nahm sie ihren Freund Émile in Anspruch.

»Du mußt mir bei der Abreise helfen«, schrieb sie ihm. »Geh um zwölf Uhr zu Postmeisterei und belege einen Platz für mich nach La Châtres.« Gegen drei Uhr nachmittags sollte er dann am Quai Malaquais erscheinen und mit besorgter Miene berichten, ihre Mutter sei plötzlich schwer erkrankt und brauche ihre Hilfe, da ihre Bediente fortgelaufen wäre. »Ich werde dann meinen Hut aufsetzen und sagen, daß ich gleich wieder zurückkomme. Du bringst mich dann runter zur Kutsche!«

Nachdem sie diese komplizierten Anweisungen zu Papier gebracht hatte, fiel ihr ein einfacherer Ausweg ein. Sie bat Alfred schriftlich, sie nicht heute, sondern erst morgen aufzusuchen, reiste aber schon am selben Abend ab.

»Ich komme eben von Madame Sand, und man sagt mir, sie sei nach Nohant abgereist«, schrieb Alfred am Tag darauf an Émile. »Da Sie Madame vorher gesehen haben und ihre Absichten kennen, werden Sie mir sagen können, ob sie bestimmte Gründe hatte, mich nicht vor ihrer Abreise zu sehen. Ich brauche nicht zu betonen, daß ich, sollte das zutreffen, ihren Wunsch respektieren werde.

Ganz der Ihre,
Vicomte Alfred de Musset.«

Alfred erhielt keine Antwort und erwartete auch keine. Er wußte, dies war der Schlußpunkt ohne Wiederkehr.

Postskriptum

Nachdem die frischen Wunden so gut wie verheilt waren, was bei George sehr schnell ging und bei Alfred nie ganz gelang, befleißigten sich die ehemaligen Liebenden eines höflichen, sachlichen Tons, wenn sie – stets rein beruflich – miteinander korrespondierten.

Beide waren entschlossen, ihre Beziehung literarisch zu nutzen.

Zu diesem Zweck wurde der Briefwechsel aus der Zeit ihrer Liebe und auch Georges persönliches Tagebuch unter großen Schwierigkeiten und noch größeren Sicherheitsmaßnahmen zwischen Paris und Nohant hin und hergeschickt. Alles mußte mit der Hand abgeschrieben werden, was sehr zeitraubend war, und wobei auch jeder von ihnen manche unerwünschte Stelle spurlos verschwinden ließ, tief schwärzte, ausschnitt oder auch ansengte.

Musset trat als erster mit seinem Roman »Beichte eines Kindes seiner Zeit« vor die Öffentlichkeit. Mit geradezu masochistischer Übertreibung verlieh er dem Charakter, in dem der Leser ihn selbst erkennen mußte, alle denkbaren Schwächen, Laster, Launen und Unarten, wogegen er die Person, die man mit George Sand identifizieren konnte, mit engelgleicher Güte, Geduld und immerwährender Nachsicht ausstattete.

Nach der Lektüre – Alfred hatte George eines der ersten Exemplare zugeschickt – schrieb sie an Marie d'Agoult, die jetzt mit Liszt in der Schweiz lebte, daß sie beim Lesen wie ein Schloßhund geheult hätte, so sehr habe das Buch sie gerührt.

Als Alfred de Musset im Alter von siebenundvierzig Jahren starb, war George gerade dabei, ihre Version der Affäre zu einem Roman zu machen, dem sie den Titel »Sie und Er« gab.

Nachdem Buloz die erste Niederschrift gelesen hatte, versuchte er taktvoll George davon zu überzeugen, daß sie Alfred zu hart und sich selbst zu makellos und unschuldig dargestellt habe. Er schrieb ihr:

»Ich glaube, daß Sie gut beraten wären, wenn Sie – im eigenen Interesse und aus keinem anderen Grund! – gewisse Passagen mildern würden, dem Maler (Musset) etwas mehr Fleisch geben und Thérèse (George) etwas weniger perfekt schlildern würden. Der Ausdruck ›heilig‹ wird zu oft auf Thérèse angewandt, wenn ich das sagen darf. Man sollte alles noch einmal abwägen und mäßigen, ganz so, als ob Alfred noch unter uns weilte und Ihnen antworten könnte...«

George war schwer zu bewegen, auch nur die allernötigsten Änderungen zu machen. Diese Hartnäckigkeit kostete sie zwanzigtausend Francs. Das war der Preis, den die Académie für den besten Roman des Jahres vergab. Sie erhielt ihn nicht, weil »Sie und Er« ihr von zu vielen Unsterblichen, wie man die Mitglieder der Académie nannte, übelgenommen wurde. Sie begriff nie, warum.

Paul de Musset antwortete George mit einer Gegendarstellung, einem Roman, der »Er und Sie« hieß. Louise Colet, eine Schriftstellerin, die Alfred in seinen letzten Jahren nahegestanden hatte, schrieb einen dritten Roman über dasselbe Thema mit dem schlichten Titel »Er«.

Alle drei Bücher verkauften sich gut.